KB044279

대 산 세 계 문 학 총 서 **0 1 6**

문장

紋章

横光利一

문장

요코미쓰 리이치 지음
이양 옮김

문학과지성사

2003

지은이 **요코미쓰 리이치**(橫光利一. 1898~1947)

일본 근대문학사의 변혁기인 1920년대에 일본 고대 역사를 소재로 한 단편「태양」을 발표하여 문단에 화려하게 등장했다. 이 무렵 일본에는 제1차 세계 대전 이후 유럽에서 싹튼 새로운 형태의 문학과 사상이 물밀듯이 들어와 문학 논쟁을 일으키는데 요코미쓰는 그 중심에 서서 시대의 흐름을 주도하면서 활발한 창작 활동을 전개해나갔다.

그는 그때까지 대화체 계통의 문학이 주류를 이루던 일본 문단에서는 거의 찾아볼 수 없던 신선한 인상의 문어체를 써서 작품을 발표하는 한편, 평론「신감각론」도 발표하여, 이른바 '신감각파' 시절의 문을 열었다. 이후 사회사상과 신감각파 기법의 결합을 시도하면서 야심의 실험작 장편『상해』를 발표하고, 순수문학과 통속소설의 결합을 시도했다. 평론「순수문학론」을 발표하면서 소설에 '우연성'이란 요소를 가미한 작품『문장』을 발표하여 문학계에 큰 화제를 불러일으켰다. 이 무렵부터 그의 작품에 민족과 혈통 문제가 자주 등장한다. 1939년 유럽 여행에서 돌아와, 강한 민족의식을 표출한 생애 최대의 역작『여수』를 집필했다. 일본 정신의 우위를 강력히 주장하여 말년에 신비적 독단주의로까지 기울어졌던 그는 창작뿐만 아니라 문학 이론에 있어서도 항상 시대의 중심에 서 있었다.

옮긴이 **이양**(李陽)은 한국외국어대학 통역대학원에서 일본어를 전공했다. 대학원 시절 한국 정부 장학생으로 선발되어 일본 와세다 대학에서 수학했다. 번역서로『해변의 광장』등이 있다. 현재 일본, 중국, 미국 등지에서 생활하면서 번역가로 활동하는 한편 외국인들에게 한국어를 가르치고 있다.

대산세계문학총서 **016**

문장

지은이__요코미쓰 리이치
옮긴이__이양
펴낸이__채호기
펴낸곳__문학과지성사

등록__1993년 12월 16일 등록 제10-918호
주소__서울 마포구 서교동 363-12호 무원빌딩 4층 (121-838)
전화__편집부 338)7224~5 영업부 338)7222~3
팩스__편집부 323)4180 영업부 338)7221
홈페이지__www.moonji.com

제1판 제1쇄__2003년 7월 22일

ISBN 89-320-1436-1
ISBN 89-320-1246-6(세트)

• 이 책은 대산문화재단의 외국 문학 번역 지원 사업을 통해 발간되었습니다.
• 대산문화재단은 大山 愼鏞虎 선생의 뜻에 따라 교보생명의 출연으로 창립되어 우리 문학의 창달과 세계화를 위해 다양한 공익문화사업을 펼치고 있습니다.

문장

1

밤의 오카와바타(大川端) 강변도로를 따라 달리는 자동차 차창에 빗물이 하염없이 흘러내린다. 나는 조수석에 타고 있는 가리가네(雁金)와 얘기하는 것도 멈추고, 만조를 향해 밀려오는 새카만 수면을 바라다보면서, 오늘 밤 가리가네의 계획이 어디까지 성공할 수 있을지 지레 걱정하고 있었다. 이따금 돌진해오는 헤드라이트가 명멸하는 가운데 내리치는 빗발이 찬연히 그 속에서 빛나고 그 빛줄기가 빙그르르 한 바퀴 급회전할 때마다, 나는 몽상에서 깨어나 눈을 크게 뜨곤 했다. 가리가네가 어떻게 하고 있는지 보니, 내가 그에게 몇 번이나 가르친 대로 오늘 밤 스기오(杉生)와 의논할 것에 대해 얘기할 순서를 수없이 되풀이해보고 있는 것 같았다. 가끔 그는 조끼의 가슴 부분이 너무 벌어진 것은 아닌가 하고 가슴에 손을 대보기도 하고 목덜미를 긁기도 했다. 아무리 그래도 그는 우직해서 스기오와 만나자마자 미리 생각해놓은 얘기 순서 따위는 아랑곳하지 않고 금세 숨김없이 모든 것을 곧이곧대로 말해버릴 것이다. 보지 않아도 그럴 것이 눈에 선하다.

목적지에 가까워지자 가리가네는 부동자세를 취하기 시작했다. 오늘 밤 실패하면 이런 좋은 기회는 앞으로 일이 년간 오지 않는다고 봐야 한다. 그의 옆에 있는 운전수 도야마(戶山)는 가리가네의 목적이 뭔지 벌써 알고 있는 듯, 이따금 가리가네 쪽을 바라보며 히죽히죽 웃었다. 그것은 가리가네가 지금도 조끼 밑 복부를 감싸고 있는 것이 그가 정제

(精製)하고 있는 바나나 껍질을 보온하기 위해서라는 사실을 알고 있다는 증거다. 나는 가리가네가 내 옆의 넓은 쿠션에 앉지 않은 이유가, 이 차가 자기가 관리하고 있는 자동차 대여점의 차라는 사실 때문이 아니라, 복부에 친친 감은 바나나 껍질이 발효하는 냄새를 내게서 멀리하기 위해서였다는 것을 이제야 겨우 깨달았다.

그러나 자동차가 마침내 시바(芝)에 있는 스기오 씨 댁 현관에 다다랐을 때, 내가 그렇게 걱정했음에도 불구하고 전혀 뜻밖의 사건이 벌어지고 말았다. 내가 정차해 있는 자동차 안에 앉아서 가리가네가 돌아오기를 기다리고 있을 때였다. 내가 타고 있는 자동차 외에 또 다른 자동차 한 대가 현관의 히말라야 삼나무 옆에 정차해 있었다. 처음에는 나도 가리가네도 다소 긴장하여 마른침을 삼키고 있었기 때문에 그 차가 있는지조차 몰랐다. 가리가네가 빗속을 종종걸음으로 걸어가 현관에 닿았을 때 갑자기 젊고 아름다운 여성이 빛을 등지고 현관에서 배웅을 받으며 나와 다리를 크게 벌려 속치마를 걷어차며 정차해 있는 자동차에 올라탔다. 그 여자가 자기 쪽을 쳐다보지도 않은 채 지나갔을 무렵 가리가네는 돌연히 뭔가 생각났다는 듯이 방향을 휙 바꾸어 자동차 쪽으로 달려오는 것이었다. 나는 뭘 잊어버렸으려니 하고 우두커니 쳐다보고 있었는데, 그는 내가 탄 자동차로 돌아오지 않고 그 여자 뒤를 따라갔다. 그러나 가리가네가 그 여자를 따라잡았을 때 이미 그 여자는 자동차에 올라타서 문을 쾅 하고 닫았기 때문에 자동차는 곧바로 커브를 크게 그리며 달리기 시작했다. 가리가네는 끌려가듯 자동차 발판에 발을 걸친 채 창을 힘껏 두드리며 문을 열라고 외쳤다. 하지만 자동차는 가리가네를 흔들어 떨어뜨리려는 듯이 젖은 히말라야 삼나무에 메어 꽂고는 급히 달리기 시작했다. 그러나 가리가네는 창에 매달린 채 금세 자동차와 함께 보이지 않게 되었다. 잠시 아연해 있던 나는 곧 운전수에게 그 자동차를 쫓아가라고 말했다. 하지만 이미 우리 차와 그 자동차의 거리는 꽤 벌어져 있었다. 우리가 문을 나왔을 때 그가 매달린 자동차는 이미 큰길에서 좌회전을 하고 있었다. 우리가 그 차를 쫓아갔을 때는 반대편에서 질주해오는, 비에 흠뻑 젖은 자동차들 때문에 어느 차가 어느 차인지 구별할 수 없게 되었다. 게다가 안개처럼 피어오르는 가을비가 라이트를 스쳐 지나갈 때마다 앞뒤가 몽롱해져 앞이 더욱 보이지 않게 되었다. 그래도 운전수는 가리가네 밑에서 일하고 있는 사람이라 속도를 내서 금세 자동차 몇 대를 추월했다. 나는 운전수에게 가리가네가 매달린 자동차 번호를 봤는지 물어보았다. 운전수도 당황한 터라 거기까진 보지 못했다고 말하며 바닷속같이 어두운 큰길을 무턱대고 달렸다. 그러나 어쩌면 가리가네는 자동차에서 떨어져서 우리보다도 뒤에 처져 지금쯤 다시 스기오 씨 댁으로 되돌아갔을지도 모른다는 생각이 점점 들기 시작했다.

"자네, 어느 찬지 알겠나?"

"모르겠는데요. 이렇게 차가 미끄러져서야, 위험해서 찾을 수가 없겠는데요." 도야마가 대답했다.

"그러면, 그냥 돌아갑시다." 내가 말했다.

가리가네가 갑자기 그런 돌출 행동을 하다니, 혹시 발광한 것은 아닐까 하는 의구심이 들 정도로 도대체 무슨 영문인지 이해할 수 없었다. 나는 혹시라도 도야마가 알고 있지 않을까 해서 넌지시 물어봤지만, 그도 나처럼 도대체 어찌 된 일인지 모른다고 했다. 그러나 가리가네가 뒤쫓아간 젊은 여성은 잘못 본 사람이 아니라면, 틀림없이 스기오 씨 댁과는 어떤 연관이 있는 것만은 확실했다. 도야마의 말을 빌리면, 지금까지 스기오 씨 댁에는 여러 번 왔기 때문에 그 여자가 스기오 씨 댁 따님이 아닌 것만은 확실하다고 했다. 나는 가리가네가 전에 얘기했던 스기오 씨 댁에 대해서 생각해보았다. 스기오 씨 댁과 자동차 대여점 주인 오시자카(押坂)와는 친척관계고 오시자카와 가리가네는 동향인 관계로 낙담해 있는 가리가네를 도와줄 요량으로 오시자카가 자동차와는 아무런 연관도 없는 그를 불러 지금 가게의 관리를 맡겼던 것이다.

여기서 얘기를 조금 앞으로 돌려 가리가네가 오늘 밤 나를 스기오 씨 댁에 함께 데려온 이유를 말해야겠다. 실은 그가 나를 데려온 것이 아니라 내가 그를 데려온 것이지만, 그렇게 되기까지의 꽤 복잡한 사연을 먼저 얘기하지 않으면 안 된다.

가리가네가 내게 얘기한 바에 의하면, 그의 집은 도쿄(東京) 근교에 있는데, 그의 집안은 그 지방 제일의 재산가로 대대로 천황에게 충성하는 것으로 유명한 명문이었는데, 가리가네 아버지 대부터 가세가 기울기 시작하여 가리가네가 청년이 되었을 때는 그가 오시자카 씨 댁이 관리하는 상사의 지배인이라는 자리에 앉아 다른 집안의 일에 종사하지 않으면 안 되게까지 되었다. 그러나 고향에서는 아직도 재산보다는 명문 집안을 존중하는 풍습이 있기 때문에 그가 고향에 있는 동안에는 생활에 아무런 불편함이 없었다. 다만 가리가네의 야망은 오로지 가산을 만회하는 것이었다. 그보다 앞서 가리가네는 한때 산업조합 구매 담당을 맡고 있을 때가 있었는데, 그가 오시자카 상사의 지배인을 그만두게 된 원인이라는 것도, 말하자면 그때 그가 쌓아둔 물가에 대한 연구심에서 비롯된 것이라고 할 수 있다. 그의 불행하고도 광기에 가까운 연구심이라는 것이 그때부터 가리가네를 이리저리 끌고 다녔다.

제1차 세계 대전이 끝나자마자 일본이 사상 초유의 물가 앙등을 경험했던 일을 모두 기억할 것이다. 요즈음 생각하면 언제 그렇게 물가가 폭등했던 때가 있었나 싶지만, 그 당시 사람들은 일확천금의 꿈에 사로잡혀 너도나도 뭘 해야 좋을지 몰라 허둥대며 뒷짐만 지고 있을 때였다.

구매 담당을 맡고 있던 청년 가리가네의 넘치는 야망도 바로 이때 싹트기 시작했다. 어느 날 그가 신문을 보고 있는데, 아홉 되들이 간장 한 통의 가격이 12엔으로 개정되었다는 기사가 눈에 들어왔다. 당시 간장 가격은 최상급이 한 통에 3엔 하던 시절로 이렇게 일시에 네 배나 올라간 가격이 물가와 그 원료의 사이에 크게 벌어진 틈새로 가리가네를 밀어 떨어트리고 말았다. 그 속에서 처음 얼마 동안 가리가네는 어느 쪽으로 가야 할지 감을 잡을 수조차 없었다. 다만 그는 거기에서 기어올라와, 한밑천 잡을 좋은 기회가 왔다는 것만은 감지할 수 있었다. 하지만 시세의 특수성까지 꿰뚫어보기에 그는 너무 젊었다. 게다가 그가 하늘 높은 줄 모르고 올라간 간장 가격에만 집착하고 있을 때, 그것도 아주 우연히 마치 그때를 기다렸다는 듯이 어느 신문 광고란에 실린 특허 고구마간장회사의 프리미엄 붙은 주식 모집을 발견한 것이었다. 가리가네의 야망은 금세 다시 이 호기를 붙잡으려고 꿈틀거리기 시작했다.

그 광고는 이러했다. 종래의 간장은 밀과 대두로 만들기 때문에 가격이 올라도 수지가 맞지 않지만, 본사 특허는 고구마를 원료로 하기 때문에, 생산비가 지금까지의 삼분의 일도 들지 않는다. 설령 일반 제품의 반액으로 판매한다고 해도 여전히 5할의 이익이 생긴다. 더구나 이 방법은 본사 독점의 전매특허이다.

쉽게 빠져나올 수 없는 불행이란 것을 만들기 위해서 자연은 헤아릴 수 없는 우연을 모아두는 경우가 많다. 가리가네의 경우가 그러한 예로, 이때 세번째 우연이 그를 향해 기습해왔다. 당대에 백만의 재산을 모으는 데 성공한 사람이 고구마에서 소주를 만들어냈는데, 그 사람이 바로 그가 살고 있는 곳 근처에서 살고 있었다는 사실이 그것이다. 더구나 고구마는 가리가네 고향에서 많이 생산되는 작물로 밀이나 대두가 한 가마니에 10엔이나 하는 데 반해 고구마는 겨우 70전밖에 안 했다.

가리가네가 얼마나 흥분했었는지는 상상하기 그리 어렵지 않다. 그는 곧바로 고구마간장회사의 주식을 살 계획을 세우고 그 계획을 오시자카의 친척뻘 되는 스기오 씨 댁에 가서 의논했다. 스기오 씨 댁과 가리가네와의 관계는 이때 시작되었다.

스기오 헤에(杉生兵衛)는 재산이 백만이 넘는다는 거부답게 가리가네 하치로(雁金八郎)의 계획에 금방 찬동하는 표시를 나타냈다. 그는 가리가네보다도 일찍부터 고구마로 간장을 만들어보고 싶다는 생각을 하고 있었기 때문에 "이건 하늘이 맺어준 인연이다"라고 말하며, 주식은 모두 자기가 알아서 인수할 테니 가리가네는 한시라도 빨리 특허권을 매입할 궁리를 해달라고 부탁했다. 특허 문제는 스기오 씨 댁에 가기 전에 가리가네가 벌써 방법을 다 생각해두었기 때문에 그때 바로 스기오 씨에게 고구마간장을 발명한 사람과 잘 아는 어느 은행 지배인의 동생을 개인적으로 잘 알고 있는데, 그 사람은 자기가 다녔던 소학교 교장선생님이어서 이미 그와 만나서 이야기했고, 언제라도 소개장을 받을 수 있게끔 해놓았다고 말했다. 그러자 스기오 씨는 "마침 잘 됐군요. 내아들놈도 놀고 있으니 함께 가서 그쪽 상황을 함께 살펴보고 오라"고 말해, 가리가네는 스기오의 아들 가오루(薰)와 함께 멀리 산인(山陰)지방까지 가게 되었다.

두 사람은 지체 없이 산인 지방 호숫가의 아담하고 운치 있는 마을로 갔다. 도착하자마자 곧바로 은행 지배인을 만나 그의 소개로 드디어발명가 야마자키 슌스케(山崎俊介)를 만나게 되었다. 야마자키 슌스케는 체구가 우람한 인물로 발명가답지 않게 언변이 좋았다. 그는 가리가네와 가오루를 먼데서 온 손님이라며 그 지방에서 제일 좋은 요릿집으로 안내했다. 더할 나위 없이 솔직한 가리가네와 세상 물정 모르는 부잣집 장남은 야마자키가 친근하게 대하며 아주 정중하게 대접하는 바람에 그만 여유 있게 사리를 분별할 수 있는 이성을 잃고 말았다. 특히 두 사람은 한시라도 빨리 이 일을 결정짓고 싶어했다. 이런 감정은 멀리서 온 사업가에게는 무엇보다도 금물인 피로에서 유발되는 것인데 두 사람에게는 그 피로에 이성을 빼앗긴 자신들을 돌아볼 여유가 아예 없었다. 게다가 능란한 야마자키 슌스케는 특허권 매각에 대해서는 언뜻 찬성한다는 뜻을 비치지 않았다. 그는 먼저 두 젊은이에게 자신에 대한 신뢰감을 심어주려고 자신이 가지고 있는 특허의 결점들을 주의 깊게 설명하기 시작했다. 그렇게 해서 조금씩조금씩 발명가가 얼마나 어처구니없는 꼴을 당하는 어수룩한 사람인가 하는 점을 장황하게 늘어놓는 것이었다.

"내 간장은 처음 발명된 것으로 권리금 3만 엔에 지금의 회사에 양도했지요. 장사하는 사람은 정말로 빈틈이 없어요. 혀를 내두를 정도예요. 요즈음 프랑스에서 귀국한 농학박사로 도요나가 데쓰노스케(豊永鐵之助)라는 사람을 고문으로 만들어놓고, 잘 아는 귀족원 의원을 선거위원으로 만드는 데 성공하여 어쩔 수 없이 그 농학박사가 도와주게 만들어 일본 전국 각 부현(府縣)별로 특허실시권이라는 것을 새로 부여하게 만들었는데, 그 수입만 해도 거의 백만 엔이 된다고 하니 말이에요. 실제로 내가 양도한 권리의 약 삼십 배나 되는 셈이라 이거죠."

뛰는 놈 위에 나는 놈이 있다더니 바로 이 경우가 그렇다. 도대체 계략이라고 하는 인지의 극한점을 향해 치닫는 함정은, 속으로 깊이 들어갈수록 언젠가는 원래 있던 표면으로 돌아와 있을 때만큼 자연스러운 것은 없다고 느끼게 되는데, 이 경우에도 야마자키 슌스케의 계획은 상당히 자연스럽고도 교묘하게 예기치 않은 방향으로 진행되었다고 생각할 수도 있기는 있다. 그러나 그의 계획 가운데는 첫번째 그의 발명보다도 두번째 자신이 발명해낸 새로운 권리를 두 사람에게 팔아넘기려는 욕망이 가슴 깊은 곳에 감추어져 있었다. 그는 첫번째 발명품인 고구마간장을 단념시키기 위해 두 사람에게 말했다.

"고구마간장이란 것은, 실은 고구마만 가지고는 만들 수 없어요. 반은 고구마지만, 보통 간장처럼 역시 대두와 밀도 조금은 들어갑니다. 양질의 간장을 만들려면 아무래도 콩이 들어가야 합니다. 광고처럼 종래의 반액으로 만들 수는 없어요. 고구마간장은 그저 권리를 팔기는 좋지만 정작 제조하게 되면 생각만큼 좋지는 않기 때문에 3만 엔이란 적은 금액에 매각한 것입니다. 그 대신 요번에는 따로 콩만으로 정말 좋은 간장을 발명하려고 목하 연구 중에 있었는데, 이제야 겨우 성공했습니다. 같은 콩이라도 훨씬 싸게 먹히는 것이지요."

이제 고구마는 글렀구나 하고 실망한 두 사람에게 이 두번째 발명은 처음 듣는 얘기기도 하고 그럴듯하기도 한 데다가 일부러 멀리까지 왔는데 좋은 선물이 될 것 같기도 해서, 가리가네와 가오루 두 사람은 다시 이 얘기에 귀가 솔깃해졌다. 발명가인 야마자키 슌스케의 말에 의하면, 이 새로운 간장의 원료는 강낭콩이란 것이었다. 강낭콩은 당시 대두의 반값이란 것에 대해서는 콩류를 전문으로 하는 오사카 상사의 지배인인 가리가네가 너무나도 잘 알고 있었기 때문에, 야마자키 슌스케의 설명을 가리가네는 금방 이해할 수 있었던 것이다. 특히 야마자키가 설명한 강낭콩의 특수한 성분이, 밀과 대두를 혼합한 것과 같은 단백질과 전분을 함유하고 있는 점이나, 간장 원료로는 불필요한 지방을 포함하고 있지 않은 강낭콩의 특질에 관해서도 그는 전부터 잘 알고 있었다.

그러나 그에게 닥쳐오고 있는 이 위기를 한층 깊게 실패로 이끈 원인은 그가 강낭콩에 대해 너무나 자세하게 알고 있었기 때문이라는 것은 말할 필요도 없지만 설상가상으로 그가 그때 콩류에 대한 지식과는 반대로 특허법에 대해서는 너무나도 모르고 있었다는 사실에 있었다. 가리가네는 말할 것도 없고 겨우 중학교를 나온 정도의 지식밖에 없는 가오루도, 특허권이란 것이 제조 방법에는 없고 제조 원료에서만 얻을 수 있는 것이라고 생각했던 것이다. 이때 두 사람은 무모하게도 특허라는 것이 원료에는 절대로 허가되지 않는다는 사실을 몰랐었던 것이다. 그래서 야마자키의 첫번째 발명인 고구마간장도 고구마를 원료로 하는 것에만 특허권이 주어진 것이라고 생각하고 있었기 때문에, 야마자키가 두번째 던진 미끼에도 아무런 의구심도 느끼지 않고, 오로지 한시라도 지체하면 다른 사람에게 특허실시권을 빼앗기지 않을까 하는 조바심에, 곧바로 그 자리에서 가리가네가 거주하는 현의 실시권을 1만 엔에 계약하고, 약속어음으로 지불을 마치고 두 사람은 편안히 앉아서 돈 버는 꿈을 꾸면서 의기양양하게 돌아왔다.

두 사람은 돌아와서 자초지종을 스기오 헤에에게 얘기했다. 스기오는 두 사람의 얘기를 듣자마자 곧바로 그 근처에 있는 작은 역 부근 일대의 토지 수만 평을 매입했다. 그렇게 해서 자본금 50만 엔의 특허간장주식회사를 창립하게 되었다. 가리가네는 오시자카 상사의 지배인직을 사직하고 새로 설립한 특허간장주식회사의 전무가 되었다. 권리와 공장 예정지 매입도 무사히 끝나고, 성공의 첫걸음을 디디려고 하는 순간에 프리미엄 붙은 주식 모집에 당연히 있어야 할 특허간장의 전문가 증명이 필요하게 되었다. 다행히 스기오 헤에의 친구인 은행 사장의 아들로 고등공업학교를 졸업하고 가업에 전념하고 있는 우수한 양조가 쓰카고시 잇사쿠(塚越逸作)라고 하는 성실한 청년이 있어 교섭했더니, 의외로 선선히 도와준다고 하며, 주식의 반을 자기가 인수해도 좋다고까지 말했다. 그러나 무엇보다도 먼저 실지(實地) 조사를 해야 한다고 해서, 가리가네는 잇사쿠와 함께 다시 산인까지 가게 되었다.

산인에 도착하자 야마자키 슌스케는, 이미 스기오 헤에로부터 어음을 받은 후라 허위 사실이 폭로되는 것은 두 사람에게 달렸으므로 전보다도 더 정중하게 두 사람을 대접했다. 드디어 비법을 전수할 차례가 되어 두 사람은 그의 연구소에 들어갔다. 과연 야마자키 슌스케가 설명한 것에는 한 점의 거짓도 없었다. 그러나 두 사람이 숙소로 돌아가려고 연구소를 나오자 곧 쓰카고시가 목소리를 낮춰 가리가네에게 말했다.

"저건 말이에요, 결국 아무짝에도 쓸모가 없는 겁니다. 저 남자 하는 것을 보면 강낭콩을 물에 담갔다가 절구에 넣어 껍질을 벗겨서, 다시 쪄서 누룩으로 만드는데, 실험실에서 적은 양을 한다면 그런대로 할 수 있지만, 몇천 섬이나 되는 막대한 양을 하려면 그리 간단한 문제가 아니죠. 게다가 그렇게 만든 간장은 팔 수 있는 물건이 못 됩니다."

"왜죠?"

이때까지도 가리가네는 성공에 대해 조금도 의심하지 않고 있었기 때문에, 이 생각지도 않았던 쓰카고시의 얘기를 듣고 놀라지 않을 수 없었다.

"그 간장은 간장 같은 향기도 없을 뿐만 아니라 전혀 투명하지도 않아요."

"하지만 야마자키 선생님은 재래의 일본 간장은 향기 때문에 외국에 팔 수가 없었는데, 그 간장에는 그런 결점도 없고, 비중도 27도나 되기 때문에 콩간장보다 월등하다고 말씀하시지 않았습니까." 그래도 가리가네는 배신당한 성공에 대한 미련을 접을 수가 없었다.

쓰카고시는 자신이 종래의 간장 양조 전문가인 만큼 오래된 자기네 제품이 갑자기 나타난 이 우수한 신발명품에 압도되지 않을까 하는 염려에서 그렇게 말했다고 오해받을까 봐 걱정하는 사람처럼 가리가네에게 침착하게 두 간장을 자세히 비교하며 설명했다.

"소스의 원료로 외국에 많이 팔리는 것이라면 그럴 수도 있겠지요. 하지만 그런 것은 거의 공상에 가깝습니다. 지금 일본에서도 소스는 많이 만들고 있지만, 그건 다시 말해서 간장에 향기가 없는, 싸구려 간장이에요. 간장 지게미에 소금물을 부어 하룻밤 만에 만드는 싸구려죠. 그런 싸구려 간장도 요즈음은 점점 많이 나오고 있어요. 그리고 그 간장의 비중이 높다는 것 말인데, 그건 맛과는 아무런 관계가 없는 거예요. 그건 강낭콩이 녹은 끈적끈적한 풀 상태의 혼액 때문에 생긴 것으로, 다시 말해서 부자연스런 현상이지요. 그런 건 아무 쓸모가 없어요."

이런 경우에서조차 가리가네는 꼭 어린애처럼 고지식해서 사람을 의심할 줄 몰랐다. 그러나 이제는 쓰카고시의 말에 난감해졌다. 그는 사기당했다고 알아차리기는 했지만, 그건 처음부터 계획적으로 속이려고 한 것이기 때문에 피할 도리가 없었다. 그는 사기에 한번 걸리면 마지막까지 순순히 넘어가는 그런 타입이었다. 그는 이대로는 돌아갈 수 없다고 생각했다. 자기 재산을 다 쓴 것은 그렇다 치고, 스기오 헤에의 손해는 막대한 것이었다.

생각건대 이때 가리가네는 절망의 밑바닥에 있는 무의식 상태에 있었기 때문에 그의 검은 얼굴에는 아마도 타고난 선량한 미소가 끊임없이 입가에 어른거렸다가는 사라지곤 했을 것이다. 물론 그도 손해를 만회할 최후 수단으로 전에 야마자키로부터 첫번째 발명권을 매입한 고구마간장회사 흉내를 내어 권리금의 손해를 만회할 수도 있었을 것이다. 지금 당장 2만 엔을 던져 야마자키로부터 전국 현별 실시권을 산다면, 지금의 손해는 몇 배의 이익이 되어 되돌아올 것이라는 정도는 알고 있었을 것이다. 그러나 야마자키로부터 받은 허위를 바탕으로 두 배의 허위를 저지르는 악랄한 행위는, 도저히 가리가네가 할 수 있는 일이 아니었다. 추측컨대 고구마간장회사도 야마자키의 계책에 말려들어 당황한 나머지 그러한 나쁜 계책을 생각해내지 않을 수 없었을 것이다. 나쁜 계책이 고통으로부터 나오는 것이 아니라면, 이 세상의 계책이란 것이 그렇게 교묘하게 속속 분출될 리가 없다고 생각한다. 이것은 후에 다른 데서 들어서 알게 되었는데, 고구마간장회사의 실시권을 매입한 거부들은 전국 곳곳에서 계속 파산해갔다고 한다. 이 사건은 당시 전후 재계에 적지않은 파문을 일으킨 것으로 지금은 널리 알려진 사실이다.

가리가네도 지금 그 중에 하나에 걸려 고전하고 있는 것이다. 사람이 이렇게 절망의 벼랑 끝에 몰리게 되면 그 사람의 타고난 본성이 불쑥 튀어나오게 되는 모양이다. 이때부터 가리가네의 정신은 이미 더 이상 나빠질 여지가 없어졌다는 순수한 희망에 강하게 불타고 있었던 것 같다. 그런데 여기서 간과할 수 없는 정신이 그에게는 하나 있었다. 그것은 그가 명문가의 자손이란 점이다. 명문가의 후손은 조상으로부터 면면히 내려온 가문의 후광 때문에 절망의 끝에서조차 우리들이 상상할 수도 없는 독자적인 행동을 하게 되는가 보다. 그러한 것이 나에게는 불가사의한 현상처럼 느껴진다. 가리가네의 집안은 대대로 천황에게 충성한 것으로 유명하기 때문에 평소에도 그의 행동에는 국가라는 관념이 넓은 바다와 같이 깔려 있다는 인상을 나는 받았다. 그러나 그의 국가에 대한 관념은 민중의 그것과는 별개의, 독립된 존재처럼 느껴지는 부분이 있었다. 그래도 그의 머리에 국가가 그렇게 각인되어 있다는 것은 그가 행동할 때, 거의 무슨 일에서나, 자신이 올바르다고 직감하는 것에만 돌진하고 거창한 표현을 쓰면서도 조금도 어색해하지 않는 데 영향을 주었다. 나는 그가 아무리 칩거해 있을 때라도 그가 옳지 못한 감정을 품었을 때의 표정을 상상할 수가 없다. 만일 일본 정신의 화신이 실제로 존재한다면 그게 바로 가리가네가 아닐까 생각한다. 가리가네의 용모와 행위를 제외하고 일본 정신의 실체란 것을 상상하기란 그리 쉬운 일이 아니다. 다른 사람들의 얼굴에는 서구에서 흘러 들어온 지식의 부산물인 의구심이란 그림자가 반드시 어딘가에 드리워져 있다. 이런 의미에서는 지금처럼 유럽 정신이 일본 정신을 경멸하고 있는 시대는 없을 것이다. —그후의 가리가네의 악전고투도 사실 따지고 보면 이 세인의 경멸에서 비롯된 것이라고 해도 틀린 말은 아니다.

가리가네는 이제 다 틀렸다는 것을 알고는 머리를 들고 말했다.

"요즘 홋카이도(北海道)에서 나는 강낭콩은 정말 싼데, 이걸 어떻게 잘 개조할 방법이 없을까요?"

"글쎄요. 그 야마자키의 간장에 향기가 생기고, 투명해지기만 하면 되는 거니까, 지금 상황에서는 뭐니 뭐니 해도 발명밖에는 방법이 없네요."

"하지만 그 강낭콩을 간장 원료로 사용하는 건 야마자키 씨가 특허를 받지 않았습니까?"

"아니, 그렇지 않습니다." 쓰카고시는 가리가네를 쳐다보면서 말했다. "야마자키 씨의 간장은 강낭콩을 물에 담갔을 때 산을 넣어 강낭콩 특유의 냄새를 없애서 만드는 것인데, 그 산을 사용한다는 것이 특허를 받은 것이지요. 원료를 특허낸다는 것은 법률상 있을 수 없는 일이니까요."

가리가네 얼굴에 갑자기 이때부터 생기가 돌면서 미소까지 번지기 시작했다.

"그러면, 저 같은 아마추어도 강낭콩을 사용해서 간장다운 향기가 나고 투명한 간장을 만들면 특허를 받을 수 있습니까?"

"그야 물론 받을 수 있지요. 더구나 발명이란 것은 원래 아마추어가 하는 거니까요. 저같이 깊이 들어가버리면 오히려 겁이 나서 이론적이지 않은 것에는 섣불리 손을 대지 못하게 되지요. 그런데 아마추어는 오히려 그런 점에서 자유로워, 이것저것 무턱대고 막 해보게 되니까, 어쩌다 운이 좋으면 새로운 것을 발명하게 되는 수가 있지요."

이때부터 가리가네는 급격히 선회해서 정신을 가다듬어갔다. 그는 새삼 양손을 무릎 위에 올려놓으며 특유의 빠른 말투로 말했다.

"쓰카고시 씨는 지금부터 고향으로 돌아갈 수 있지만, 저는 이대로는 돌아갈 수 없으니, 부디 혼자 돌아가주세요. 저는 강낭콩을 원료로 훌륭한 간장을 만들기 전에는 고향 땅을 절대로 밟지 않겠다고 결심했습니다."

쓰카고시는 가리가네의 결심이 굳다는 것을 알아차린 듯,

"그렇겠군요, 입장이 입장인 만큼"이라고 말한 후 잠시 입을 다물었는데,

"그러면 그 결심을 제가 돕는 의미에서, 제 경험을 한 가지 말씀드리지요. 저도 학교를 졸업하고 집에 돌아가서 남모르는 고생을 무척 했습니다. 고생이라고 하기는 뭐합니다만, 만 삼 년 동안 새벽 3시에 일어났습니다. 그렇다고 제가 일찍 일어나는 습관이 있어서 그런 게 아니고, 그럴 만한 사정이 생겼기 때문이지요. 학교를 갓 졸업해서 이상에 불타고 있었으니까, 곧바로 노련한 기술자를 해고하고, 생각했던 대로 신식으로 일해보려고 결심하고는, 누룩 띄우는 방에 한온계를 걸어놓고, 학교에서 선생님한테 배운 그대로 누룩을 만들어봤는데, 아무리 해도 전과 같은 누런 누룩은 생기지 않고 글쎄, 새카만 곰팡이만 생기지 뭡니까! 그런데 그 새카만 곰팡이를 다른 사람이 볼까 봐, 그게 싫어서 삼년 간 계속 남몰래 아침 일찍 일어나, 겨우 아무에게도 들키지 않고 일을 마치기는 했지만, 한온젠가 뭔가 하는 거 정말 아무짝에도 쓸모없어요. 원래 술이나 간장 같은 건 이론대로 되는 게 아니죠. 무엇보다도 경험이 제일 중요해요. 아무리 양조학의 대가라고 해도 학자는 이론에만

밝지요. 실제로 좋은 술이나 간장은 이론도 뭐도 없는 노련한 기술자가 만들지요. 그러니까 댁도 걱정 말고 열심히 한번 해보세요. 지성이면 감천이라는데, 마음만 먹으면 뭔들 못하겠습니까."

가리가네처럼 외골수인 사람에게 지금 쓰카고시가 한 말만큼 강한 추진력을 주는 것은 그리 많지 않을 것이다. 가리가네는 그날 밤부터 쓰카고시와 헤어져서 혼자 여관에 머무르게 되었다. 다음날부터 가리가네는 바람 불고 잎이 떨어져 쓸쓸한 갈대가 무성한 호숫가를 배회하기 시작했던 것이다. 그는 우선 간장 제조 원리부터 알아야겠다는 생각을 하고, 스승으로 모실 만한 양조가를 이 마을 저 마을 찾아다니기 시작했다. 그러기를 수일, 어느 날 산인 지방 굴지의 대가인 후지타 센키치(藤田錢吉)의 집을 방문했다. 그는 후지타를 만나자마자 곧 자신이 고향에 돌아갈 수 없는 이유를 하나도 빠뜨리지 않고 말하고는 앞으로 정제 기술을 배우고 싶다고 부탁했다. 후지타는 야마자키와는 달리 온후 독실한 사람으로 양조량은 2백 석 정도의 소량이었지만 그 지방에서는 그로부터 지도를 받는 양조 공장이 다섯이나 있었다. 후지타는 가리가네의 부탁을 받아들이면서,

"간장은 비결이야. 비결만 터득하면 맑은 간장을 만드는 것도, 탁한 간장을 만드는 것도 자유자재로 할 수 있지" 하고 선뜻 대답했다.

가리가네가 입버릇처럼 하는 말에, 무슨 일이 있어도, 라는 것이 있다. 그는 이때도 아마 그렇게 생각하고 성공을 확신했음이 틀림없다. 그때 후지타에게서 들은 바에 의하면, 오우(奧羽) 지방의 향기 좋은 간장은 대두를 볶아서 만들고, 또 나고야(名古屋)의 그 유명한 진간장은 찐 대두를 정제해서 만든다는 것이었다. 그렇다면 강낭콩에서 향기를 내기 위해선 오우 간장처럼 볶는 수밖에 없다고 생각했다. 가리가네는 성공의 열쇠를 손에 쥔 거나 다름없다는 기분이 그 자리에서 들었다. 내가

그의 성격에 결점을 찾으려고 할 때마다 제일 먼저 그의 머리가 지나치게 빨리 돌아간다는 사실이 떠오른다. 그는 머리가 좋기는 한데 도가 지나치면 멈출 줄 모르고 계속 회전하는 버릇이 있다. 생각건대 그것은 머리가 명석한 사람들에게 공통적으로 있는 특질로 그런 사람들은 자기 머리가 돌아가는 속도에 대한 비판력이 없다. 결과적으로 때로는 주위를 잘 살핀 후 천천히 나가는 두뇌에 비해 실패할 확률이 조금은 높다고 봐야 할 것이다. 지금 가리가네의 경우 그러한 그의 결점이 가장 확실한 특징이 되어 지극히 유효하게 작용했다고 해야 할 것이다.

그는 바로 그 다음날 벌써 강낭콩을 볶아서 어떻게 누룩으로 만들까 하는 난관에 부딪히고 말았다. 그래도 그는 누룩이 생기는 온도는 체온과 같다고 하는 후지타의 설명에 힘입어, 그때부터 매일 볶은 강낭콩에 물을 적당량 뿌리고 누룩 종자를 뿌려 신문지로 싸서 겨드랑이 밑에 넣는 실험을 계속해보았다. 처음에는 좋은 질의 누룩이 생길 것 같지도 않았는데, 여러 가지 방법을 써본 결과 볶은 강낭콩 가루에 물을 뿌려서 찐 다음 누런 가루를 뿌리니 훌륭한 누룩이 나타나기 시작했다. 그뿐만 아니라 야마자키의 발명품이나 보통 일반 소맥과 대두를 사용한 것보다도 훨씬 더 기술을 필요로 하지 않았다. 그래서 대량생산에도 적합하기 때문에 가리가네는 벌써 반은 성공한 것이나 다름없다고 생각했다. 그는 작은 병을 사와서 그 속성 누룩을 넣고 그것을 살그머니 여관 화로 밑에 숨겨 놓아봤다. 그렇게 독특한 속성 간장을 만들어보려고 이 주일 동안이나 그는 기다렸다. 그러자 그렇게 한 보람이 있어 겨우 간장 같은 색깔을 띤 것이 생겨 얼른 짜서 맛을 보았다. 그런데 놀랍게도 야마자키의 발명품보다도 더 맛있는 것이 아닌가. 더구나 걸쭉하지도 않고 아주 맑은 것이었다. 그는 실린더에 그 액체를 넣어 전등에 비추고 손가락을 대봤다. 그런데 간장이 맑아서 지문이 확실하게 보이는 것이었다.

이제 가리가네는 특허를 얻는 일만 남았다고 생각했다. 그는 스기오와 고향에 진 빚을 갚을 수 있는 날이 얼마 남지 않았다고 생각했을 것이다. 그는 곧바로 이 성공을 스승인 후지타에게 말해서 공업적인 대량 생산에 적합한지 여부를 실험해달라고 부탁했다. 그 결과 후지타도 가리가네의 타고난 자질에 놀랄 정도로 신제품 간장은 우수한 것으로 증명되었다.

가리가네가 그렇게 짧은 기간 동안에 성공하기는 했지만 다음에 해결해야 할 문제는, 어떻게 하면 특허를 받을 수 있을까 하는 것이었다. 그러나 특허를 받으려면 그 내용이 어떤 것인가 하는 사실보다도 뒷교섭이 필요하다는 세간의 이야기는 유명하다. 그래서 가리가네는 특허 변리사에게 일반 사례비 이외로 성공 특별 감사금 조로 5백 엔을 지불하겠다고 계약을 한 후 특허를 신청하여 겨우 허가를 받은 것이 그 다음 해 봄이었다. 그렇게 해서 드디어 특허권을 얻게 되자 후지타는 자기 집의 양조장을 개방해서 곧바로 주식회사로 변경한다는 야심찬 계획을 세우기 시작했다. 신문기자들이 곧 가리가네에게 몰려왔기 때문에 다음날 신문에는 어느샌가 가리가네는 일약 '간장 양조계의 일대 혁명아'가 되어 있었다. 게다가 신제품 간장의 견본을 받은 고향의 쓰카고시에게 이것이라면 당신이 고생한 보람이 있는 것 같다는 축하 편지까지 받아 이때의 가리가네의 득의만만한 모습은 상상하기 그리 어렵지 않다. 그는 후지타를 중심으로 한 주식 조직에게는 승낙한다는 뜻을 전해놓고 그가 하는 대로 하겠다고는 했지만, 고향에 있는 스기오 씨에게도 지난번에 실패한 것을 충분히 보상할 수 있는 만큼의 권리를 꼭 주어야겠다는 성급한 마음까지 드는 것이었다. 물론 스기오 씨는 기뻐하면서 조속한 시일 내에 꼭 한번 고향에 내려오라는 편지를 보냈다.

이것은 가리가네가 자동차를 탄 여성을 쫓아갔을 때 내가 상상한 것인데, 가리가네의 청년기를 통틀어서 이 발명을 완성했을 때만큼 그가 행운의 절정에 있었을 때가 없었을 것이다. 만일 그렇다면 스기오 씨 댁을 중심으로 한 고향에서의 가리가네에 대한 소문도 또한 거기에 필적할 만큼 무성했을 것이다. 그리고 가리가네가 여성과 어떤 관계를 맺게 되었다고 한다면 아마도 이때 시작되었을 것이다. 그 증거로 가리가네는 스기오 씨의 편지를 받자마자 곧바로 금의환향했었다. 나는 가리가네가 그때의 기쁨을 나에게 말하면서 "저는 기차 속에서 이런 게 만일 발명이란 것이라면, 발명만큼 쉬운 것은 없다고 생각했어요" 하고 말한 것을 기억하고 있다.

물론 그는 고향에서 주야로 친지들로부터 환영받았음은 더 말할 나위도 없다. 그런데 나는 전에 가리가네가 야마자키 슌스케의 허위에 감쪽같이 속아 넘어갔을 때 '인위(人爲)'적인 교묘한 조작에 놀라움을 금치 못했는데, 이번에는 '천위(天爲)'라고나 해야 할 자연의 조작, 다시 말해서 절묘한 시간 조작의 괴이한 모습에 다시 한 번 놀라지 않을 수 없었다. 가리가네가 고향으로 돌아가서 얼마 되지도 않아 지금까지 중단되어 있던 강낭콩의 유럽 수출이 재개된 것이다. 그러자 곧 바닥이었던 강낭콩 가격이 부활해 별안간 대두보다도 높이 올라가버렸다. 사실 강낭콩 가격이 대두 가격의 반액이기 때문에 가리가네의 발명이 의미가 있었던 것인데, 이렇게 되자 가리가네의 고생은 아무 의미도 없게 되어버렸다.

새로 사업을 확대한 후지타는 산인의 호수 부근에서 그대로 쓰러지고 말았다. 그즈음의 가리가네의 운명에는 만지면 베는 칼 같은 처참함이 있었다. 가리가네를 둘러싸고 법석을 떨던 고향 사람들도 어느샌가 잠잠해져 그를 상대하지 않게 되었다. 가리가네는 더 이상 고향에 있을 수 없어 도쿄로 나와버렸는데, 무일푼이 되어버린 그와 나와의 교제는 그때부터 시작된 것이다. ─나는 그 무렵 오시자카 자동차 대여점 부근의 숙소에 있었던 관계로 자동차가 필요할 때면 오시자카 가게에 갔기 때문에 가리가네와 알게 되었고, 내가 자동차를 탈 때면 가리가네가 다른 일을 제치고 조수석에 타고 오게까지 되었다. 이런저런 얘기를 듣기도 전부터 나는 그를 보자마자 왠지 존경하는 마음이 생겼고, 후에 그가 빈곤해진 이야기를 듣고부터는 그를 동정하지 않을 수 없게 되었다.

내가 가리가네에게 오늘 밤 두 번 다시 출입하기 어렵게 된 스기오 씨 댁에 가라고 권하게 된 것도 실은 다행히 도쿄에 스기오 씨 댁 별장이 있어 식구들이 반달씩 본댁과 별장을 왔다 갔다 하는 것을 알게 되었기 때문이긴 한데, 그것도 가리가네가 지금 빈손으로 가지 않아도 되게 되었기 때문이기도 했다. 그는 오시자카의 차고 감독을 하는 한편 쉬지 않고 발명에도 박차를 가해 드디어 바나나 껍질에서 술을 추출하는 방법을 알아냈다. 나는 그가 평소 얼마나 열심히 노력했는지를 직접 눈으로 봐서 알고 있었다. 처음 그가 바나나주를 생각하게 된 것은 후카가와(深川) 만넨초(萬年町)의 빈민굴을 나와 둘이서 걸어가고 있을 때, 길모퉁이에 버려진 바나나의 새카매진 껍질 위에 여기저기 생긴 하얀 곰팡이를 발견하고서부터다.

"바나나 껍질에도 곰팡이가 생기네" 하면서 가리가네는 주운 바나나 껍질의 냄새를 맡으며 걸었었다. 그로부터 한 달 가량 지나자 바나나는 이미 그의 손에서 맛있는 술로 변해 있었다. 나는 자동차 대여점 선반 깊숙이 박혀 있던 더러운 병 속의 술을 마시게 되었다. 그 맛이 술보다도 훨씬 윤택하고 향기 또한 각별했기 때문에 내가 그 술의 맛을 칭찬하자 그는 곧 어떻게 만드는지 자세하게 설명해주었다. 그래서 그때 내가 그에게 다시 한 번 스기오 씨 댁에 가서 주인을 만나기가 힘들면 아들 가오루 씨라도 만나 술 얘기를 해보라고 권했던 것이다. 그가 이제는 스기오 씨 댁의 문지방을 넘기 힘들다고 말하는 것을 내가 그래도 다시 한 번 가서 아들과 만나보라고 설득했던 것이다. 그렇게 말한 이유는, 스기오 씨 댁은 간장 양조가 아닌 술 양조를 하고 있었기 때문에 언젠가는 반드시 바나나주를 어디선가 정제하게 될 것이므로 비록 스기오 씨 댁에서 그가 발명한 것을 거절하게 되더라도 어쨌든 한번 의논해두는 편이 가리가네로서도 인사도 되는 일이기에 그렇게 생각했던 것이다. 나는 워낙 다른 사람 일에 참견하는 것을 좋아하지 않기 때문에 이번에도 가리가네 마음대로 하라고 놔두려고 했는데, 어떻게 된 일인지 그가 하는 일은 옆에서 그냥 볼 수가 없었다. 그에게는 이상하게도 주위 사람을 불안하게 만들어 참견하지 않고는 배길 수 없게 만드는 구석이 있었다.

그러한 까닭에 나는 이날 밤도 가리가네에게 스기오 가오루를 다시 만나도록 했고, 만일 가리가네가 실패하면 내가 가오루를 만나서 가능하다면 바나나주 특허를 받는 데 필요한 돈을 내도록 설득해보려고 따라온 것이다. 물론 특허를 받는 데 큰돈이 드는 것은 아니었다. 신청할 때 10엔, 허가료가 30엔에 지나지 않지만 매년 특허에 돈이 부과되고 또 변리사 요금도 상당히 필요했다. 그러나 그것은 그렇다 치고 이렇게 갑자기 생긴 일을 보고 나는 어찌해야 할지 몰랐다. 아마도 가리가네가 뒤쫓아간 여성도 내가 가리가네에게서 느끼는 불안한 감정을 참을 수 없었을 것이다.

2

나는 스기오 씨 댁 별장으로 돌아가서 운전수를 기다리게 해놓고,

현관으로 들어가서 사람을 불렀다. 현관 옆 응접실에는 아직도 인기척이 났지만 그쪽에서는 아무도 나오지 않고, 집 안쪽에서 짧은 머리의 식모가 나왔다. 나는 식모에게, 조금 전에 왔던 가리가네의 친구로 함께 왔었는데, 그를 찾으러 갔지만 찾기 힘들 것 같아 다시 이곳으로 돌아왔는데, 혹시 그가 이쪽으로 돌아온 것은 아닌지 물어봤다. 식모는 아직 오지 않았다고 대답했다. 그러면 아까 가리가네가 뒤쫓아간 여성이 누군지 혹시 실례가 되지 않는다면 가르쳐달라고 부탁하자, 잠시 기다려주세요, 하고 말하고 응접실 안으로 들어갔다. 그러자 응접실에서 마르고 턱이 짧고 살결이 흰, 안경을 쓴 청년이 금방 나왔다. 이 청년은 얼른 보기에는 청년같이 보이지만 실제 나이보다는 대여섯 살 어려 보이는 것이라고 생각했는데, 과연 청년의 말하는 모습이, 곧 청년기를 벗어날 연령이지 않을까 하는 예상과는 반대로 제법 굵직한 목소리의 소유자였다. 나는 곧 명함을 꺼내 건네주며 자신을 소개했다. 그리고 가리가네와의 관계를 얘기하기 시작하자, 청년은 여기서 얘기하기 뭣하니 안으로 올라와서 그를 기다리는 것이 어떻겠냐고 해서, 권하는 대로 습기 때문에 모노륨 바닥에 쩍쩍 들러붙는 슬리퍼 끄는 소리를 내며 응접실로 들어갔다. 나는 다시 정식으로 인사를 한 후 청년과 마주 앉아, 스기오 가오루란 분의 얘기는 가끔 가리가네로부터 들었는데 혹시 댁이 그분이 아니냐고 물으니,

"아니, 가오루는 제 형님입니다." 청년은 미소도 짓지 않고 금세 대답했다. "저는 젠사쿠(善作)라고 합니다. 실은 오늘 밤 여기 오셨던 여자분은 나이는 저보다도 어리지만 제 아주머니입니다. 가리가네 씨와의 관계는 저도 자세히는 모르지만,—곧 저쪽에서 전화든 뭐든 연락이 올 것 같은데, 그 아주머니와 가리가네 씨는 서로 잘 아시는 사이입니다. 어찌 된 영문일까요, 아까는?"

나는 젠사쿠의 약간 얼빠진 듯하기도 하고 졸린 것 같기도 한 미소를 보고 있노라니, 이건 일부러 그런 표정을 짓는 건지 아니면 원래 그런 표정을 짓는 버릇이 있는 건지, 처음에는 종잡을 수가 없었다. 그래도 나는 그에 개의치 않고 오늘 밤 이곳에 온 것은 가리가네가 이 댁으로는 발걸음을 하기가 어렵다고 하는 것을 내가 억지로 데리고 온 거나 다름없으니, 잘못한 것은 나이며 가리가네를 원망해서는 안 된다는 얘기를 했다.

"그야, 저도 가리가네 씨를 잘 알고 있기 때문에 그런 생각은 눈곱만치도 없습니다. 그나저나 가리가네 씨는 우직한 사람이라, 무슨 일이나 없었으면 좋겠다고 생각하고 있던 참입니다. 실은 이것도 언뜻 들은 얘기지만, 아주머니가 전에 가리가네 씨를 몹시 화나게 하기는 했었던 모양입니다만, 그게 아무래도—."

머리가 들쑥날쑥 삐져나온 젠사쿠는 여전히 얼빠진 표정으로, 마치 내 얼굴이 방해라도 되는 듯이, 끊임없이 좌우를 번갈아 바라다보았다.

"실례지만, 댁의 아주머니라는 그분은 이미 결혼한 분입니까?" 하고 나는 물어보았다.

"네, 이미 출가했습니다. 그러니까 그럭저럭 일 년이 돼가는군요."

젠사쿠는 내 질문의 의도를 알아차린 듯, 어느새 다음에 나올 내 질문까지 한꺼번에 대답하는 것이 아닌가. 짐작컨대, 가리가네를 화나게 한 원인도 그 부인의 결혼에 있다는 것이 거의 틀림없는 사실이라고 봐도 좋을 것이다. 가리가네가 화낼 정도라면 그와 그 여자 사이에는 틀림없이 결혼 약속까지 있었던 게 분명하다. 젠사쿠는 그 이상의 질문을 피하려는 듯이 집 안채를 향해 곧 큰 목소리로, "차 좀 내오지" 하고 외치듯이 말했다. 나와 젠사쿠는 잠시 서로간의 감정이 엇갈려 할 말을 잃고 있었다. 그사이 젠사쿠는 팔짱을 끼기도 했다가 옷깃을 여미기도 했다가 하며 손 둘 곳을 몰라 안절부절못하기 시작했다.

"기다리시기 지루한데, 축음기를 틀까요?"

그가 느닷없이 말하고 일어섰다. 나는 그럴 필요까지는 없다고 대답하고는, 가리가네가 최근 우수한 바나나주를 발명한 얘기를 꺼내보았다. 그러자 젠사쿠는 내가 하는 말에는 아무런 흥미도 없다는 듯이 그저 건성으로 입을 조금 벌리고 "네에" 하고 낮은 소리로 대답하고는 다시 앉았다. 그렇다면 이제 가리가네가 이곳에 다시 올 필요가 없다는 생각에 몸에서 힘이 쭉 빠지는 느낌이었지만, 그 바나나주는 나도 마셔봤는데 아주 맛있었다는 것과 발명의 동기 등을 계속해서 이야기했다. 그러나 젠사쿠는 내가 얘기하고 있는 동안, 시종 무릎을 달달 떨기도 했다가 창밖을 내다보기도 하며, 계속 차가 나오는 것에만 정신이 팔린 듯, 가끔 복도 쪽으로 불쑥 고개를 돌렸다가는 다시 불안한 듯 무릎을 흔들었다. 나는 그만 실망하여 입을 다물게 되었다. 그러자 젠사쿠가 "이제, 틀까요? 축음기" 하며 다시 말을 건넸다.

나는 이 청년이 이렇게 안절부절 못하는 게 내가 있어서 그러는 것인지 아니면 아주머니가 위험에 처해 있어 그것이 걱정이 돼서 그러는 것인지, 도무지 알 수가 없었다. 마침내 홍차가 나왔다. 그런데도 젠사쿠는 여전히 안정을 찾지 못하고 찻잔을 테이블 위에 올려놨다가 손에 들었다가 하면서 거의 마시는 둥 마는 둥 하다가는 문을 열고 그만 밖으로 나가버렸다. 그러는가 했더니 곧 펜과 잉크 그리고 내 저서를 한 권 들고 돌아와서는,

"실례지만, 선생님 저서에 사인을 부탁해도 될까요?" 하며 부끄러운 듯 책을 내 앞에 내밀었다. 나는 엉뚱하다는 생각을 했지만, 사인을 해준 후,

"이런 책을 읽고 계셨습니까? 한 가지 부탁드릴 일이 있었는데

그만둬야겠군요"라며 잉크가 마르라고 책을 덮지 않고 그대로 열어두었다.

젠사쿠가 처음으로 얼빠진 선량한 사람처럼 미소를 짓자, 눈가에서 코 양옆으로 잔주름이 번졌다. 그리고는 달가닥달가닥 스푼 소리를 내며 차를 홀짝였다.

"가리가네 군에게 아무 일도 없어야 할 텐데. 왜 이리 늦을까."

"그러네요. 아까 그 아주머니 남편도 선생님 작품을 많이 갖고 계십니다. 다음에 새 작품을 내시면 사인을 좀 부탁해도 될까요? 그 아저씨 아마 무척 기뻐할 겁니다. 제가 선생님 작품을 처음 접하게 된 것도 실은 그 아저씨가 꼭 한번 읽어보라고 권해서 읽기 시작한 겁니다."

젠사쿠가 하는 얘기를 듣고 있노라니, 내 머리에 그것과는 전혀 관계가 없는 일이 떠오르는 것이었다. 그것은 다름이 아니고 이 세상에는 별의별 희한한 일이 다 있다고 생각해버리고 말 그런 간단한 것이 아니다. 아니 그와는 정반대로, 이렇게 특수한 만남을 우연히 접하고 보니, 이제까지 종종 겪어온 우연한 만남에 대한 기억이 모두 머리에 떠오르는 것이었다. 나는 언젠가 한번 국철 전차 안에서 만났던 승객을 그날 돌아오는 전차에서 또다시 우연히 마주쳐 서로 웃었던 적이 있다. 그리고 언젠가는 내가 외출하려고 집을 나서는데 골목 어귀에서 유명한 화가 한 분을 만난 적이 있는데, 그로부터 반시간도 못 돼서 거기서 오 리 이상 떨어진 간다(神田) 중앙로에서 다시 스쳐 지나가게 되어 서로 목례를 한 적이 있다. 그런데 바로 그날 집으로 돌아가는 밤늦은 전차 안에서 또다시 맞닥뜨린 적이 있다. 그리고 또 한번은 오사카(大阪)에서 나랑 헤어져서 하루 일찍 출발한 친구와 그 다음날 야간열차로 출발한 내가 다음날 아침열차가 거의 도쿄에 닿았을 무렵 침대에서 얼굴을 들었을 때, 우리 두 사람이 바로 옆자리 침대에서 자고 있었던 것을 발견하고는 크게 웃었던 적이 있는데, 지금 나는 젠사쿠로부터 아주머니의 남편과 내가 어떻게 연결되는가를 들었을 때도, 그런 지나간 날의 기괴하고도 전혀 의외였던 우연한 만남의 순간에 느꼈던, 뭐라고 말로 표현할 수 없는 두려우면서도 저절로 미소가 떠오르는 그런 느낌을 받았다. 그러나 이렇게 우연이라고 딱 부러지게 말해버리기 힘든 상황이 되면 왠지 그 사람과는 처음부터 그저 단순한 관계로 끝나버릴 사이가 아니라는 기분이 들어, 그에 대한 인상이 일생 동안 지워지지 않게 된다.

"저쪽 댁에는 벌써 전화를 하신 건가요?" 하고 내가 물었다.

"아아, 그렇지." 젠사쿠는 서둘러 찻잔을 놓고 곧바로 전화실 쪽으로 갔는데, 내가 있는 방의 문에서 나가다 말고 나를 돌아다보며, "아저씨는 아직 돌아오지 않았을 겁니다" 하고는, 갑자기 그런 변명 어린 말은 할 필요가 없었다고 느꼈는지 얼굴을 붉히고는 그대로 서둘러 나가버렸다.

창밖에서는 모밀잣밤나무의 두꺼운 이파리에 떨어지는 빗방울 소리가 한층 커졌다. 나는 문득 지금쯤은 가리가네의 흥분도 진정돼, 스기오 씨 댁 문 앞에서 이 댁의 친척에게 해코지를 하려고 했던 것이 마음에 걸려 들어오지 못하고 다른 데로 가버린 것은 아닐까 하는 생각이 들었다. 그때 젠사쿠가 전화실에서 돌아왔다. 그는 여전히 내 얼굴을 똑바로 쳐다보지 않고 주위를 두리번거리며 말했다.

"가리가네 씨가 경찰서에 끌려갔다는군요. 운전수가 자동차에서 끌어내려 끌고 갔다는군요. 아주머니는 무서워서 정신없이 이제 막 집으로 돌아오긴 했지만 어떻게 해야 좋을지 모르겠다는군요. 그래서 제가 선생님이 지금 여기 계시다고 하니까, 마침 잘됐다며, 아주머니 댁까지 와주실 수 없느냐고 묻는데, 어떻게 하시겠어요. 아저씨는 아직 돌아오시지 않은 것 같습니다만."

"그런데, 바깥양반이 아시면 어떻게 생각하실까요?"

"아마, 괜찮을 겁니다. 그런 일에 집착하지 않는 성격이라서요. 사람이 아주 양반이에요. 아주머니보다도 아저씨를 한번 만나시는 게 어떨까 합니다만. 아마 곧 돌아오실 겁니다. 가시면 아마 아저씨가 아주 기뻐하실 겁니다. 정말 죄송하지만—그렇게 해주시면 서로간의 오해도 풀리고 모든 일이 잘 풀릴 것 같습니다만."

나는 젠사쿠가 너무나 열심히 부탁하는 바람에 그만 승낙을 해버렸다. 만일 그 남편을 만나 내가 사죄를 하면 혹시 가리가네가 경찰서에서 금방 풀려날지도 모른다고 생각했기 때문이다. 젠사쿠가 전화실로 돌아가서 내가 간다는 사실을 알리고는 돌아오자, 그럼 종종 내 거처에도 놀러 오시라고 말하고는 기다리고 있던 자동차에 올라탔다. 운전수인 도야마가 가리가네가 어디 있는지 물어보는데도 내가 아무 대답도 안 하고 있으니까, 그도 입을 다문 채 큰길을 운전해 가다가,

"가리가네 씨, 혹시 머리가 돈 건 아닐까요?" 느닷없이 도야마가 물었다.

왜 그러냐고 내가 되물으니, 자기 집사람이 얼마 전에 얘기하는데, 가리가네 씨가 멀쩡한 바나나를 잔뜩 사 가지고 와서는 먹지도 않고 뒷개울에 전부 버리는 것을 보고는 깜짝 놀라 저건 정신이 어떻게 된 거다 하고 말했다는 것이다. 도야마가 하는 얘기를 듣고 보니 나도 오늘 밤 가리가네의 행동을 보면서 그와 같은 의심을 품지 않을 수 없었으므로, 애써 무시하기는 했지만 왠지 비슷한 께름칙한 마음이 들기 시작하는 것이었다.

아자부(麻布) 마미아나(狸穴)에서 자동차를 내리면서 도야마에게 오늘 밤의 일은 아무에게도 말하지 말라고 이른 후 일단 그를 돌려보냈다. 큰길을 돌아서자 언덕이 나왔고, 그 언덕 중턱에 젠사쿠가 가르쳐준

34

대로 '야마시타 세이치로(山下淸一郞)'라고 쓰인 문패가 달린 집이 눈에 들어왔다. 가리가네가 뒤쫓은 여성은 그 문패 주인인 박사의 장남의 부인으로, 옆에 나란히 걸린 조금 작은 문패에 적힌 히사우치(久內)가 그 부인의 남편 이름이다. 내가 문에 들어서니, 정전이 된 듯 온 집 안이 새카맣고 어수선했다. 나는 전기가 들어올 때까지 기다리려고 다시 문 밖으로 나왔다. 그러자 갑자기 주위가 밝아져서 다시 문 안으로 들어갔다. 집은 두 채로 나뉘어 있었다. 그 중에서 히사우치라고 적힌 쪽의 문을 열자 식모가 안에서 나타났다. 식모가 나를 데리고 안으로 들어가려고 안쪽으로 몸을 돌리자마자 "앗" 하는 소리를 냈다. 식모 목소리를 들었는지 그때 서둘러 나오던 부인과 충돌한 것이다. 나는 부인의 안내를 받으며, 집 속까지 침투한 바깥 공기의 무거운 습기와 섞여, 올라가는 계단 주위에 희미하게 들러붙어 있는 잔향 속을 지나고, 다다미 복도를 지나, 은은한 광택이 나는 양질의 목재로 마감한 이층 응접실로 들어갔다. 부인은 외출복을 입은 채 나에게 인사를 한 후 고개를 들자마자 명료한 목소리로 말하기 시작했다.

"저, 정말 아까는 난처했어요. 보셔서 잘 아시겠지만, 가리가네 씨가 제가 탄 자동차 창을 두드리면서, 문 열어 문 열어, 하는 거예요. 그래서 저는, 그 사람이 워낙 엉뚱한 데가 있는 분이라, 어떤 일을 저지를지 몰라, 문을 열지 못하게 하고, 그대로 꽤 달리게 했어요. 그런데 그분, 끈질기게 발판에 매달려서 따라오시는 거예요. 그래서 그만 저도 모르게 운전수에게 더 빨리 달리라고 했지 뭡니까. 그런데 그게 말썽이었어요. 운전수가 자동차를 이리저리 방향을 바꾸며 떨어트리려고 마구 달렸는데, 그래도 가리가네 씨가 내리시지 않으니까, 운전수가 그만 화가 나서 경찰서로 끌고 가버렸어요. 저는 정말 어떻게 해야 할지, 지금 다시 만나기도 무섭고, 남편도 집에 없고, 그래서 이렇게 여기까지 와주십사 여쭸던 거예요. 정말 죄송합니다."

나는 부인의 아주 매력적인 젊음이, 어딘가에 살짝 부딪혀 튈 것만 같은 느낌에 어떤 지적인 친근감에 빠져, 이 부인하고라면 어제 결혼했든 5년 전에 결혼했든 남편에게는 같은 느낌이 들지 않을까 하는 생각을 했다. 내가, 가리가네가 오늘 일만으로 경찰서로 끌려갔다면 무거운 처벌이라야 오늘 하룻밤만 지나면 방면될 거라고 말하자, 부인은 겨우 정신을 차리는 듯했다.

"하지만 제가 그런 짓을 저질렀으니, 아마 이대로 그냥 지나가지는 않을 거예요. 저, 그분과는, 물론, 그분 그렇게 화내시는 것도 무리는 아녜요. 그래도, 가리가네 씨는 너무 솔직하세요. 제가 이렇게 말씀드려도 무슨 소린지 잘 모르시겠지만은요—저도 여자니까요, 허영심도 많지요. 선생님 아직 듣지 못하셨지요, 저하고 가리가네 씨와의 관계?"

살짝 눈썹을 치켜뜬 부인의 눈이 눈부시게 빛났다.

"그 점이 저도 이상합니다. 부인과 사이의 일에 대해선 전혀 입을 열지 않았으니까요. 오늘 밤도 자칫 머리가 돈 게 아닌가 생각했을 정돕니다."

"네에, 그러셨군요."

한쪽 뺨에 움푹 파이는 보조개 때문에 반짝반짝 빛나는 부인의 쌍꺼풀진 커다란 눈은 웃으면 어린아이처럼 가늘어진다. 몸을 조금 움직일 때마다 광택을 더해가는 새카만 머리 밑으로 호리호리한 상체가 미묘하게 연약한 어깨의 변화를 보였다. 그녀의 말에 의하면, 가리가네와 모종의 사건이 있던 시기도 내가 상상했던 때와 비슷한 시기였던 것 같다. 그녀와 가리가네 사이에는 역시 스기오 가오루가 개입되어 있었다. 가리가네가 산인에서 돌아왔을 때 결혼 약속이나 다름없는 얘기가 오고 갔었다. 그런데 가리가네가 발명한 것이 아무 쓸모도 없게 돼버린 것을 알게 되자 부인과 가리가네 사이도 어느 쪽이 그랬다고 할 것도 없이 저절로 깨지게 되었다고 한다. 그 부분을 설명할 때 야마시타 부인의 말씨에서 그녀의 머리가 꽤 날카롭다는 것을 느낄 수 있었다. 그녀는 여대를 졸업했는데, 그런 부인이 초등학교밖에 안 나온 가리가네와 약혼할 때 했던 생각을 들으니 파혼에 이르렀을 때 취한 부인의 태도도 그렇게 한쪽만 나쁘다고 몰아붙일 일도 아니라는 생각이 들었다.

　"저, 가오루가 혼담을 꺼내기 전부터 가리가네 씨에 대해서는 잘 알고 있었어요. 게다가 초등학교밖에 안 나오신 분이 모르시는 게 없으니까, 늘 천재라고 생각하며 존경하고 있었기 때문에, 그분이 꿀린다거나 하는 생각은 전혀 없었어요. 물론 제가 다닌 학교가 워낙 그러니까, 학벌이 없는 사람이 눈에 찰 리가 없었죠. 그래도 제가 가리가네 씨와 약혼한 것은, 그분을 존경하고 있었기 때문이에요. 저, 지금도 그분에게 대학을 졸업한 남자들보다 훨씬 훌륭한 점이 많다는 생각에는 변함이 없어요. 그런데 제가 그분이 싫어진 것은 가리가네 씨의 운명이 싫어진 거예요. 선생님도 잘 아시겠지만, 그렇게 운이 없는 분도 드물 거예요. 저도, 역시 여자니까, 운이 없을 때도 있겠지 하지요. 하지만 가리가네 씨를 보면, 운이 나빠도 저렇게 나쁠 수가 있나 하는 생각에 소름이 끼칠 때가 있어요. 나쁜 운을 타고난 분 같아요, 그분은. 제가 좀더 의지가 강한 여자였다면 가리가네 씨에게 어떤 불행이 닥쳐도 괜찮다고 했겠죠. 그런데 제 성격에 틀림없이 가리가네 씨를 더 불행하게 만들 거라고 생각했죠. 그렇다면 더 늦기 전에 눈 딱 감고 가리가네 씨를 불행하게 놔두는 편이, 저를 위해서도 또 가리가네 씨를 위해서도 좋겠다고 생각했어요. 그래서 그만 그런 일을 저지르고 말았지만, 이런저런 얘기를 가리가네 씨에게 했어도 그분은 아마 이해하지 못하셨을 거예요. 그래서 할 수 없다고 단념해버렸죠. 거기다 또 한 가지, 이건 제가 파혼할 때 생각한 건데, 가리가네 씨를 사랑한 사람이 저 말고 또 한 사람 있었어요. 그런 건 아무래도 괜찮다고는 생각하지만, 저하고는 먼 친척뻘 되는 사람으로, 저희 집하고는 비교도 안 되는 부잣집 딸로, 하쓰코(初子)라고 합니다. 처음에는 그 사람과 가리가네 씨의 혼담이 있었어요. 그때 가리가네 씨는 속으로 이런 사람이라면 좋겠다고 생각하셨던 것 같은데, 가리가네 씨 조모님이 우시면서, 우리 집은 선조 대대로 우리 마을 제일의 명문인데, 우리 집보다 훨씬 못한 집안에서 며느리를 들이다니, 아무리 가난해도 그렇게는 안 된다고 하시며, 아무리 해도 하쓰코와의 결혼을 허락하지 않으셨어요. 가리가네 씨도 그런 할머님 말씀을 들으시고는, 할머님이 살아 계신 동안은 걱정을 끼쳐서는 안 되겠다고 해서, 그만 그대로 혼담이 쑥 들어가버리게 되었죠. 그러다 가리가네 씨 주위에 있는 분이, 그냥 그대로 둘 수는 없다고 해서, 스기오 씨 댁 따님을 소개해야겠다고까지 됐었어요. 그러다 차례가 저에게까지 돌아오게 됐는데, 그때 마침 저는 도쿄에 있었기 때문에 그런 내막을 전혀 몰랐었어요. 그런데 곧 가리가네 씨가 그렇게 실패하고 말았고, 또 운 나쁘게도 제가 하쓰코와 있었던 혼담 얘기를 그때 듣고 말았어요. 저하고는 친척뻘이 되기도 해서, 그렇다면, 하는 마음이 어느샌가 들고 말았죠. 물론 지금도 제가 잘했다고 하는 건 아니지만, 절반은 시끄럽게 법석이는 쪽의 잘못이 아닌가요."

요컨대 야마시타 부인의 변명을 들으면, 비록 자기 변호에서 오는 과장이 있긴 하겠지만, 자신이 한 계층 아래의 교육받지 못한 계급의 가리가네의 좋은 점을 인정하여 겸손한 마음으로 그와 결혼하려고까지 한데 반하여, 가리가네는 명문이란 이름하에 그보다 한 계층 아래 계급인 하쓰코의 장점조차 인정하려 들지 않은 오만함이 있었기 때문에, 그래도 자신이 가리가네보다 결혼의 동기에 있어서는 순수했었다고 하는 의미가 그녀의 말 속에 포함되어 있는 것을 느낄 수 있었다. 그러나 나는 부인의 파혼을 책망하려고 온 것이 아니라 가리가네가 또다시 부인에게 거친 행동을 하여 그의 앞날을 그르치는 일이 생기면 안 되니까, 부인의 감정을 과장해서 차근차근 가리가네에게 얘기하려는 마음뿐이었다. 그건 그렇다 치고, 요즘 같은 세상에 배우고 돈 있는 집안의 야마시타 부인 같은 여성이 용케도 배우지도 못하고 돈도 없는 남자와 결혼하려고 했었다는 사실 자체만으로도 그녀가 높은 교양을 갖춘 여성이라고 말할 수 있다고 나는 생각했다.

"얘기를 듣고 보니 부인의 심정을 이해할 만합니다. 하지만 가리가네의 입장에서 보면 때가 때이니 만큼 이제까지 법석을 떨다가 갑자기 내팽개친 사람들에 대한 울분도 섞여, 그만 그런 행동을 보이게 된 게 아닌가 합니다만."

내가 그렇게 말하자, 갑자기 부인은 내 말을 가로채며 말했다.

"맞아요. 게다가 또 한 가지, 제 시아버님이 가리가네 씨와 같은 양조학의 대가라는 사실도 그런 행동을 부채질한 게 아닌가 싶은데. 아버님은 장사하시는 분들과도 가깝게 지내셔요. 스기오 씨 댁과도 전부터 친한 사이이시고, 이렇게 말씀드리면 어떻게 생각하실지 모르지만, 학계에서는 대단히 존경받는 분이시죠. 저의 얇은 생각인지는 몰라도 가리가네 씨를 그렇게 화가 나게 한 원인 중에 그런 사실도 포함되어 있는 게 아닌가 하는 생각이 드는군요. 아닐까요?"

아니, 가리가네만큼은 그럴 리가 없다는 내 생각을 말하자 부인은 거기에 대한 대답은 한 마디도 안 하고 그저 웃기만 했다. 그러다 갑자기 태도를 바꾸어 한쪽 뺨에 반지가 없는 잘 손질된 가느다란 손가락 끝을 갖다 대며,

"제가 한번 가리가네 씨를 찾아뵙고 사과드릴까 하는데, 그때 저와

함께 가주시지 않으시겠어요?"

"네, 좋습니다. 그러나 무리해서 그러실 필요는 없습니다. 만일 가리가네 군이 일편단심 부인을 사랑하는 마음에서 오늘과 같은 일을 저질렀다면 그런 사랑이 시키는 일이라 다음번에 또 무슨 행동을 할지 모르니까요" 하고 나는 대답했다.

부인은 근심 어린 표정으로 잠시 입을 다물고 있다가 고개를 들었는데, 그녀의 아름다운 얼굴 한편이 잠시 홍조를 띠는 듯하다가는 다시 평상으로 돌아왔다. 부인이 나를 바라보며 우물우물 어렵게 말을 꺼냈다.

"하쓰코 씨란 분 말이에요, 저는 가리가네 씨가 그분을 완전히 잊었다고는 생각하지 않아요. 제가 하쓰코 씨의 주소를 가르쳐드릴 테니까 가리가네 씨에게 알려주시지 않으시겠어요. 이 양재 학교에 다니고 있어요."

나는 곧 그러마고 대답했다. 그러자 부인은 생기를 찾은 듯 밝은 표정으로 꿇었던 가냘픈 무릎을 옆으로 펴면서, 자기와의 일로 가리가네가 하쓰코와의 관계를 전과 다르게 바라보게 되었을 테니까 지금이라면 둘의 혼담이 잘 진행될 거라며, 하쓰코의 주소를 종이에 적어주면서, 대신 이것은 스기오 씨 댁에서 들은 것처럼 해서 가리가네 씨에게 가르쳐주라고, 다짐다짐을 했다. 얼마 지나지 않아 내가 돌아가려고 하자, 부인은 남편이 돌아올 때까지 제발 있어 달라며 말을 듣지 않았다. 그래서 나는 부인과 이삼십 분을 더 얘기했다. 그 얘기를 통해 나는 부인의 남편은 법과대학을 나온 지 칠 년이나 되는데도 아직 어디에도 취직하려고도 않고, 부모에게서 돈을 타 쓰며 빈둥대고 있다는 사실과, 같이 생활하고 있지만 남편의 희망이 뭔지 아직도 모르겠다는 부인의 불평 등을 알 수 있었다. 나는 부인에게 결혼한 지 아직 얼마 되지도 않는데 그렇다면, 그건 가리가네를 아직 못 잊고 있는 증거라고 말하며 웃자, 부인도 나긋나긋한 어깨를 움츠리며 나와 함께 그도 그렇다는 듯이 웃기 시작했다.

"가리가네 씨와 그렇게 헤어졌을 때, 저도 운이 나쁜 여자라는 생각을 했어요. 야마시타와의 혼담은 가리가네 씨와의 혼담이 있기 전부터 있었는데, 가리가네 씨와의 일이 그르치게 되자 이쪽으로 와버렸기 때문에, 남편에게는 미안한 마음이 있어요. 남편에게 조금이라도 패기 같은 게 있으면 좋겠지만, 어찌 된 일일까요, 요즘 남자들은. 저희 집에 오는 남편 친구들을 봐도, 저렇게 하고도 용케 사는구나 하는 사람들뿐이에요. 어디 취직해서 직장생활을 하는 사람은 그런 사람대로, 술 마시고는 남의 흉을 보거나 여자 얘기만 하고, 가끔 정신이 제대로 박힌 말씀을 한다 싶으면 벌써 목이 잘렸다든지, 그렇게 하면 과장이 동정하지 않게 된다는 등, 시시껄렁한 얘기를 떠들썩하게 하며 재밌어하니까, 옆에서 듣기가 민망할 정도예요. 그게 요즘 세태일까요?"

"글쎄 그렇다고도 볼 수 있겠죠" 하고 말할 수밖에 나는 달리 방도가 없었다.

"그래도 남편은 아직 그 정도는 아녜요. 술도 아주 가끔 마시고, 마작이나 골프도 하기는 하지만. 그 사람은 아무에게나 돈을 줘요. 저로서는 그러는 게 속상하지요. 입버릇처럼 불쌍하다, 불쌍하다, 말하니까, 그러다가 큰코 다칠 날이 올지도 모르겠지만, 남의 흉을 보는 것보다는 이편이 낫다고 체념했어요. 가리가네 씨가 혹시라도 어려운 처지에 있다면 남편에게 말해서 도와주고 싶은 생각이 들 때도 있어요. 아마 남편은 내가 가리가네 씨 얘기만 해도, 정말 불쌍하다, 고 할 거예요. 정말로 가리가네 씨에게 전해주세요."

나는 가리가네 대신에 고맙다는 말을 건네려다 말았다. 그러나 야마시타 히사우치라는 아직 보지도 못한 인물에게 나도 모르게 점점 흥미를 느끼기 시작했다. 그로부터 다시 이십 분 정도 야마시타 히사우치가 귀가하기를 기다렸는데, 돌아올 기미가 전혀 없어, 나는 다시 또 오겠지마는 남편에게도 놀러 오십사 하는 말을 전해달라고 하고는 돌아왔다. 그때 부인이,

"이삼 일 내로 제가 가리가네 씨를 찾아뵙고 싶어한다고 전해주세요. 어떤 일을 당해도 전 상관없으니까, 한 번은 가리가네 씨 하고 싶으신 대로 하게 하는 것이 저도 마음이 편할 것 같아요" 하고 말하며 내 뒤에서 계단을 내려왔다.

나는 부인과 헤어져서 돌아오는 길에 그녀가 가르쳐준 경찰서 앞까지 와서 자동차를 내렸다. 그리곤 내 친구 가리가네 하치로라는 사람이 오늘 밤 여기 신세를 지고 있는 것 같은데 어떻게 됐느냐고 경관에게 물어봤다. 경관은 "아아, 그분 말입니까" 하며 씩씩하게 다다미 위로 올라가다 전등갓에 머리를 부딪히며,

"그분은 벌써 돌아가셨습니다. 그분, 정말 훌륭한 분이더군요. 잘 모시세요. 그분 얘기를 듣는데 나중에는 눈물이 다 나지 뭡니까" 하며 웃었다.

나는 경관에게 인사를 한 후 흐뭇한 마음으로 돌아왔다.

버드나무 그림자 여기저기에 무늬져 보이는 가늘게 갈아 만든 것 같은 반짝이는 격자무늬, 포장 덮개가 움푹 파이도록 고여 있는 빗물에 젖은 인력거, 그리고 멀리 소나무가 들여다보이는 배의 널조각 담장 사이에 섞여, 메밀국수집과 나란히 가리가네의 창고가 있다. 그날 밤 거의 11시가 되었을 무렵, 야나기바시(柳橋)를 건너, 샤미센* 소리가 들려오

---

* 三味線: 일본 음악에 사용하는 세 개의 줄이 있는 현악기.

는 빗속을 걸어 가리가네의 창고로 향했다. 고리 모양이 펼쳐진 화사한 게다*가게 앞을 돌아서자마자 보이기 시작하는 창고 속을 들여다보니, 가게를 지키고 있는 가리가네의 침울한 얼굴이 보였다. 나는 곧 어디선지 모르게 곰팡이 냄새가 떠돌고 냉기가 도는 운전수실로 들어가 가리가네와 만났다. 그는 내가 미처 꼭 닫지 못한 유리문을 꼭 닫고는, 무릎 위에 양손을 대고 정중히 고개 숙이고 인사를 하며, 아까는 여러모로 걱정을 끼쳐서 죄송했다고 사죄했다. 나는 곧 야마시타 부인의 고백을 그대로 그에게 전했다. 그는 내가 얘기하는 동안 연신 "네, 네" 하며 꼼짝도 하지 않고 내 말을 듣고 있었는데, 내가 그 부인은 자네가 생각하고 있는 정도로 미워할 사람은 아닌 것 같다고 하자, 웃을 듯 말 듯한 표정을 지으며 바로 전처럼 금방 동의를 표하지는 않고 잠자코 있었다. 그러다 돌연 얼굴을 붉히더니 경멸하는 듯이 묘하게 그 상황과는 어울리지 않는 굵은 목소리로 껄껄 웃기 시작했다. 분명히 그는 나의 상상과는 비교도 안 될 정도의 고통을 이때 갑자기 느꼈음에 틀림없다. 그러나 가리가네는 얼마 지나지 않아 지금까지와는 반대로 짐짓 점잔을 빼며 표정을 가다듬고 유리문 너머 뿌옇게 김이 서린 빗속으로 보이는 화려한 무늬의 속옷이 걸려 있는 저고리 동정 가게의 밝은 창을 올려다보면서,

"저는 이제 완전히 그 여자와 사이에 있었던 일은, 오늘부로 모두 물에 흘려보내기로 했습니다" 하고 잘라 말했다.

나는 그에게 야마시타 부인이 자네에게 무슨 일을 당하더라도 한 번은 꼭 자네에게 사과하러 오고 싶다고 말했다고 전했다. 그러자 그는 고개를 끄떡이면서도 뭔가를 생각하는 듯 거기에 대한 대답은 하지 않았는데, 빚만 늘고 있는 자기 집에는 양친이 아직 계시고 자기보다도

---

* 下駄: 일본식 나막신.

43

의지가 견고한 훨씬 훌륭한 남동생이 집에 남아 있어 부모님을 모시고 있기 때문에 당분간은 발명에 전념할 수가 있다고 말하고, 내가 응시하던 곳보다 훨씬 먼 곳에서, 어쩐 일인지 그는 혼자서 기뻐하고 있는 것이었다.

나는 가리가네에게 야마시타 부인에게서 받아온 하쓰코의 주소를 알려주고 한번 그녀와 만나보면 어떻겠냐고 권해볼까 생각했다. 그러나 그런 것은 부인이 직접 그에게 말해야지 내가 말할 일은 아니라는 생각이 들어, 그것은 언급하지 않고 부인의 집 생김새와 스기오 젠사쿠 등에 대해 얘기했다. 가리가네의 말에 의하면, 젠사쿠는 대학을 중도에 그만두고부터는 아무것도 할 일이 없어져 댄스나 영화만 쫓아다니고 있는 청년으로 집안 식구들의 걱정거리가 되어 그에게 취직 자리를 찾아주는 사람에게는 3백 엔의 보수와 다달이 월급의 일부를 나눠주겠다는 조건까지 내걸었는데도 불구하고 아직까지 적당한 자리가 없어 빈둥대고 있다는 것이었다. 특히 젠사쿠와 오사카 자동차 대여점의 딸 하루코(春子) 사이에는 혼담까지 있었는데, 하루코와 가리가네 사이에도 언젠가 같은 얘기가 있었다고 하는 것으로 봐서, 어쩌면 가리가네가 모르는 사이에 하쓰코와 젠사쿠 사이에도 혼담이 있었을 것이라는 생각이 들었다.

나는 또 야마시타 히사우치의 부친 세이치로 박사 얘기도 했다. 야마시타 부인은 박사가 양조학의 대가라는 점이 한층 자네 감정에 상처를 준 것이 아닌가 하고 걱정하고 있는 듯한데 그렇지는 않지 않으냐고 가리가네에게 물어보았다. 그러나 역시 내가 부인에게 말한 것처럼 부인의 염려는 단순한 기우에 지나지 않음이 명료해졌다. 그런데 이때 가리가네로부터 우연히, 박사가 새로 시작한 일에 대해서 얘기를 들었다. 야마시타 박사는 최근 어류에서 간장을 제조하는 방법을 발명하여 어떤 제약회사의 양조부와 함께 합자회사를 만들려고 계획하고 있다는 것이었다.

"그런데, 그거 대단한 발명 아닌가요." 나는 오히려 감탄해서 가리가네에게 말했다.

"대발명이지요. 이게 잘되면 우리 나라 식료계에 혁명이 일어나는 셈이지요. 저도 실은 은밀히 그 실험을 해보고는 있습니다만, 처음에는 옆집이 메밀국수가게라서, 날씨가 좋은 날이면 지붕 위에 가쓰오부시*를 끓이고 난 찌꺼기를 말리고 있는 것이 눈에 띄어서 그것을 보고 있는데, 왠지 그것을 어떻게 해서 누룩을 넣으면 간장이 될 것 같은 기분이 들어, 하루는 옆집에서 그걸 얻어와서 실험을 해봤습니다. 국수가게 주인은 찌꺼기를 말려서 비료가게에 팔면, 비료가게는 그것을 사모아 암모니아의 원료로 쓴다고 하더군요. 찌꺼기가 암모니아가 된다면 간장이 안 될 것도 없다, 는 생각이 들더군요."

나는 가리가네가 아직 나에게 얘기하지 않은 그런 계획이 있다고는 지금까지 생각해본 적이 없었으므로 그렇다면 그것 말고도 내가 모르는 숨겨진 연구가 더 있는 게 아닌가 하는 생각이 들었다. 그건 그렇다 치더라도 가리가네가 생선에서 간장을 만들려고 결심한 것도 야마시타 박사의 그 새로운 연구에 대해 들은 것이 동기였는지 아닌지는 미처 물어보지 못했다. 그렇지만 발명이란 것은 한 치 앞을 다투는 것인 이상 박사에게 선두를 빼앗긴 가리가네의 고충이 얼마나 컸을지는 짐작이 가고도 남았다. 그러나 이미 아무런 소용도 없게 된 발명을 아직도 계속하고 있는 그의 연구심으로 볼 때, 가리가네에게는 박사와 경쟁한다는 의식이 없었다고 보는 편이 맞을 것이다.

---

* 鰹節: 바다 가다랭이의 살을 저며 쪄서 말린 가공 식품.

"자네 연구는 그후로 어느 정도 진척되고 있나. 잘 돼가고 있나" 하고 나는 물었다.

"네, 상당히 진척돼 있습니다. 한번 보러 오시지 않겠습니까. 이른 아침에는 언제나 이 강 건너 간다 누룩가게 지하실에 있으니까, 보여드리겠습니다."

가리가네는 그렇게 말하고 연구소 주소를 가르쳐주었다. 나는 한번 들르겠다고 약속하고 그날 밤은 그와 헤어져서 집으로 돌아왔다.

다음날 오후 야마시타 부인한테 전화가 와서 받으니 부인은 어젯밤에는 고마웠다는 인사를 한 후 느닷없이 오늘 남편이 그쪽을 방문하고 싶다고 하니 잘 부탁한다고 말하는 것이었다. 내친김에 나는 부인에게 어젯밤 가리가네와 나눈 얘기를 해주었더니, 부인은 아주 기뻐하며 머지않아 꼭 찾아뵙고 싶으니 그 뜻을 가리가네에게 전해달라고 말하고는 전화를 끊었다.

그로부터 두어 시간쯤 지나 야마시타 히사우치가 여관 종업원의 안내를 받으며 내 방으로 들어왔다. 그는 눈에 띄게 큰 코에 동작이 굼뜬 새우등의 청년 신사로 수수한 홈스펀*에 푸르스름한 넥타이 차림이었는데 외아들 특유의 겁 없고 여유 있는 모습이었다. 첫대면하는 인사도 격식이 없고, 정중하게 한다는 느낌이 조금도 들지 않았다. 그는 이미 자기 처 아쓰코(敦子)와 가리가네 사이에 있었던 일을 알고 있는 듯, 가리가네를 경찰서에 집어넣은 것은 아쓰코의 짧은 생각이었고, 본인도 거듭 적절치 못한 행동을 취했다고 후회하고 있는 듯하니 나에게 가리가네에게 잘 사과해달라고 하며, 오늘은 평소에 만나고 싶었던 나와 만날 수 있는 더없이 좋은 기회라 생각해 이렇게 찾아오게 된 것으로 특별

---

* homespun: 씨와 날을 굵은 수방모사(手紡毛絲)를 써서 손으로 짠 모직물.

히 다른 목적이 있는 것은 아니라고 몇 번씩이나 되풀이해서, 말주변 없는 무거운 목소리로 천천히 말했다. 겉으로 보기에 야마시타 히사우치는 머리가 나쁜 것처럼 보이지만 실제로는 두뇌가 너무 좋기 때문에 밀집해오는 영상과 내부에서 번뜩이는 추상물의 범람을 적절하게 처리하지 못해 그렇게 보이는 듯했다. 아마도 이 히사우치는 내면의 복잡함에 압도당하며 있는 장소와 어울리지 않게 끝없이 느려 언제나 활동이 뒤처지는 인물임에 틀림없다. 이러한 사람의 사고는 이론이 뒷받침하는 한 어디까지라도 쭉쭉 뻗어나가지만 혹시 자신의 이론이 삼라만상을 설명하는 언어의 근본이 되는 기초 개념에 충돌하여 의심하기 시작하면 그때부터는 그만 활동력을 잃게 되어 우물쭈물 주저하게 되어버린다. 생각건대 야마시타 히사우치는 반드시 이렇게 정신적으로 저 높은 곳에서 이미 혼란에 혼란을 거듭하고 있는 근대의 지식인임이 틀림없다. 나는 남편의 외견밖에 보지 못하는 아쓰코가 결혼한 첫날부터 자기 남편을 바보 취급하고 있는 모습이 눈에 선했다. 이런 부부 사이에서는 무지와 변덕이 반드시 승리를 하게 돼 있다. 그런 부인을 상대하려면 남편의 배포가 성벽과 같이 단단하지 않으면 안 된다. 그러나 히사우치에게는 그러한 배포라는 게 그저 묵묵히 꼼짝 않고 있는 것뿐이리라. 만일 움직이면 겉으로는 잘게 부서진 편린밖에 보이지 않을 것이다.

나는 야마시타 히사우치에게 평소 일과를 물어보았다. 히사우치는 아침 정오쯤 일어나서 기분이 내키면 날씨가 좋은 날에는 골프나 낚시를 하러 나가기도 하고 가끔씩은 사격 연습을 가기도 한다. 저녁에는 음식을 맛있게 하는 집을 찾아다니거나 그렇지 않으면 친구와 술을 마신다. 그리고 늦게 귀가하여 술 한 잔을 더 한 후 그렇게 취하지 않았을 땐 독서를 하는 등, 세간의 평범한 사람의 입장에서 보면, 그 어느 쪽인가 하면 칠칠치 못한 생활을 하고 있었다.

"낚시라면 이 근처에서도 종종 하시지 않습니까?"하고 내가 말하면서 창밖을 내다보았다. 강변도로에 숭어잡이를 하는 배를 빌려주는 가게가 있었다. 그리고 그 가게가 길가에 쭉 늘어놓은 큰 대야 속에 낚싯밥으로 쓰이는 고기색의 붉은 지렁이가 우글대고 있는 것이 보였다.

"저는 이런 홍등가에 대해선 잘 모르지만, 선생이 이런 곳에 머무르고 계신다니 잘 어울리지 않는 것 같은데요."

히사우치는 강에 떠 있는 놀잇배를 내려다보면서, 친구 중에 곧잘 여기에 와서 배를 타고 놀러 나가는 사람도 있다고 말하고, 스미다(隅田) 강과 만나는 간다(神田) 강 강물 위에 햇살을 받아 반짝반짝 빛나는 바닷빛 물결에 고개를 돌렸다. 나는 자신이 여기에 있는 것은 이 여관이 주식을 하는 친구의 숙소로 당분간은 무료이기 때문이라고 설명했다.

"가리가네 씨와 선생님과는 전부터 친한 사이십니까?" 하며 히사우치는 돌연 내 쪽을 바라다보았다.

"아닙니다. 전부터랄 것도 없는 사이입니다. 여기서 곧잘 자동차를 부르는 터라 어느샌가 친하게 되었습니다."

나는 히사우치 앞에서 가리가네를 칭찬하는 것도 뭣해서 가만히 있다가, 그래도 내가 평소 느꼈던 그의 과거 행적이나 성격에 대해 꾸밈없이 얘기해주었다. 그러자 히사우치는 내가 감격한 것과 똑같이 느끼는 듯, 내 말에 따라 때때로 눈 깊은 곳으로부터 섬광이 번쩍이는 것을 느낄 수 있었다. 나는 히사우치와 같은 깊은 지식의 소유자에게 가리가네와 같이 행동의 세계에서 어려움을 실제로 몸으로 부딪혀가며 가난도 대수롭지 않게 여기며 살아가는 인물이 무한한 존경의 대상이 된다는 것이 그다지 이해하기 어려운 일은 아니라고 생각했지만, 또 한 가지, 히사우치가 기품 있는 겸허한 인품을 갖고 있어서인지 그도 가리가네에 대해 강한 흥미를 갖기 시작하는 것을 느낄 수 있어 무엇보다도 믿음직스러웠다. 나는 더욱이 그에게 어젯밤 아쓰코와 만나고 돌아와서의 가리가네의 담담한 태도와 그가 히사우치 부친과 같은 새로운 발명에 고심하고 있는 모습을 얘기했다. 그러자 히사우치는 잠시 윗도리 아랫단추를 만지작거리며 잠자코 있다가 자기에게 가리가네를 소개해주지 않겠냐고 물었다. 나는 만나는 것은 어렵지 않지만 가리가네처럼 한때 자기 부인의 상대였던 사람을 만나고 싶어하는 사람 좋은 히사우치의 기분만은 처음에는 나도 믿기 어려웠다. 그렇지만 히사우치 같은 지식 도착 상태에 빠진 훌륭한 사람은 자신이 가장 어렵다고 느끼는 것에 기꺼이 부딪치려고 하는 강한 정신이 발동하는 대로 움직이지 않고는 못 배기는 모양이다. 이러한 사상의 정상에 있는 남성은 종종 자신의 적대적인 인물에 굴복해봄으로써 더욱 자기 자신 깊은 곳에서 정신이 고양되는 것을 자랑스럽게 여기는 고귀한 인내의 소유자일 때가 있는데, 아마도 히사우치의 경우가 그와 비슷한 것임이 틀림없다. 나는 히사우치에게 말했다.

"그러면, 돌아가실 때 자동차를 부를 테니 저와 함께 거기에 타고 가시죠. 제가 탈 때는 언제나 가리가네 군이 조수석에 타고 같이 오니까요."

그렇다면 그렇게 하지요 하고 둘이는 또다시 가리가네 이야기를 했다. 히사우치가 부인에게 들은 얘기에는, 내가 아직 듣지 못한 가리가네와 아쓰코 사이에 있었던 얘기도 많이 섞여 있었다. 가리가네 고향에서는 크건 작건 선거가 있으면 어떤 선거에서도 가리가네가 진두에 서서 응원하면 반드시 승리한다는 불문율이 있었다. 물론 그건 가리가네 집안을 둘러싸고 자란 그 지방 풍습으로 그에게 갖춰진 독특한 위력이라고도 할 수 있는 것 중에 하난데, 아쓰코의 부친이 현 의회에 출마했을 때에도 가리가네는 자기 백부를 떨어트려가면서까지 울며 겨자 먹기로 아쓰코 아버지를 당선시킨 적이 있었다. 아무튼 가리가네의 향배는 그 지방 유력자에게는 서로 다투어 그를 자기 편으로 끌어들이기 위해 전 넘하지 않을 수 없는 권위가 있었다는 것을 생각해봐도 이때 아쓰코와 가리가네의 다툼이 아쓰코 집안에 나쁜 영향을 준다는 점은 어렵지 않게 추측할 수 있다. 그러나 나는 지금 히사우치가 가리가네와 친교를 맺으려고 하는 의중에는 비록 배후에 아쓰코의 책동이 어떤 형태로든 있을 수 있다고 가정하더라도 히사우치에게는 그것이 불순한 행위의 전제가 되었다고는 짐작하기 어려웠다. 이러한 경우 진의 여부는 본인의 얼굴을 쳐다보고 판단할 수밖에 다른 방법이 있을 수 없다.

땅거미가 지고 해질녘이 되어 등을 밝힐 무렵, 강변의 버드나무 가지가 바람에 휘기 시작하자 어설프게 머리를 틀어 올린 게이샤*들을 태운 낚싯배가 돌아왔다. 선착장에서 올라오는 여자들의 소맷자락이나 속곳이 살짝살짝 보이는 화려한 모습이, 망과 낚싯대를 등에 진 남자들에 섞여 파도 위에서 올라오고, 도로에서 물을 끓이는 연기가 느닷없이 얼굴을 덮치자, 훌쩍 춤추듯 움직이는 교태의 아름다움을 히사우치와 나는 의자에 몸을 기댄 채 넋을 잃고 바라다보고 있었다. 히사우치가 돌아갈 무렵 나는 가리가네 가게에서 자동차를 불렀다.

언제나처럼 가리가네가 조수석에서 내려서 우리 두 사람에게 문을 열어주고는, 어젯밤에 대한 인사를 하고 우리를 차에 태웠다. 나는 교바시(京橋)에 있는 단골 음식점까지 가자고 하고 히사우치를 가리가네에게 자연스럽게 소개할 수 있는 적당한 기회가 오기를 기다렸다. 그러나 자동차가 달리기 시작해도 히사우치는 가리가네가 있는 쪽은 보려고도 하지 않고 입을 다문 채 붐비는 주변 도로만을 바라다보고 있었다. 나는

---

* 藝者: 일본의 기생.

그가 가리가네를 슬쩍 보았을 때 예상했던 만큼의 흥미가 느껴지지 않아 실망했나 보다 생각했는데, 그것이 가리가네의 특징인 것을 잘 알고 있는 나는 그의 평범함이 예상치 못한 때에 히사우치에게 갑자기 일격을 가하게 되리라는 것도 잘 알고 있었기 때문에, 그런 일이 일어날 때가 더욱 유쾌한 마음으로 기다려지는 것이었다.

"가리가네 군, 오늘도 간다 연구소에 갔었나?" 하고 내가 물었다.

"네, 갔었습니다. 보고 싶으시면 언제라도 모시고 가겠습니다."

가리가네는 어깨만 약간 내 쪽으로 돌리고 앞을 계속 바라보면서 대답했다. 나는 그때 가리가네가 지금 이 자리에서 필요 없는 말을 꺼낼까 봐 불안한 생각이 들었는데 바로 그 순간 예상한 대로 그가 말을 시작했다.

"오늘 저는 가쓰오부시의 이중 분해를 해보았는데, 꽤 잘됐습니다. 먼저 약간의 염산을 집어넣고 조리니 이상한 물질로 변했는데, 그래도 소다를 넣은 것이라 중화돼 염분이 생겼고, 게다가 아미노산도 생겨 어느 정도까지는 맛도 나올 것 같습니다."

히사우치가 법과 출신이라고는 해도 부친이 연구하는 분야에 완전한 문외한은 아닐 것 같아 가리가네에게 한시라도 빨리 히사우치를 소개하지 않으면 안 되겠다고 생각했다. 그러나 가리가네는 말이 빠른 데다가 일단 말하기 시작하면 제정신을 잃을 정도로 말을 많이 하는 버릇이 있어, 갑자기 이때 히사우치를 소개한다는 것은 분명히 그에게 경고를 보내는 것과 같은 의미로, 막상 하려고 해도 쉬운 일이 아니었다. 그러는 사이에 자동차가 음식점 앞에까지 와서 정차했기 때문에 우리들은 내려서 가리가네도 함께 식사하자고 청했다. 그러나 그는 완강히 거절했다. 그러는 것을 억지로 몇 번씩 권해 이층에 올라갔지만 그렇게 되고 보니 이번에는 그를 당황하게 만드는 것 같아 결국 히사우치를 소개할 수 없게 되어버렸다. 나는 두 사람을 남겨둔 채 손을 씻으려고 일어섰다. 그리고 돌아와 보니 사태가 일변해 있었다. 내가 무슨 말을 해도 두 사람은 대답하려고도 하지 않고 가리가네는 등을 꼿꼿이 세우고 정좌 자세로 있고, 히사우치는 궐련을 화롯불에 몇 번씩 갖다 대고는 한 모금씩 피우고는 다시 화롯불에 담배를 갖다 대곤 하는 것이었다. 나는 실은 손을 씻으면서 술이라도 나오면 그걸 기회로 두 사람을 소개해야겠다고 생각하고 있었다. 만일 자연스런 기회가 오지 않으면 억지로 두 사람을 소개할 필요는 없다는 생각에 우선 무엇보다도 술을 빨리 가져오라고 주문했다. 그러자 갑자기 가리가네가 내 쪽을 향해 앉으며 눈을 번뜩이며 힐책하는 어조로 말했다.

"마쓰야마(松山) 선생님, 지금 이분으로부터 자기 소개를 받았는데, 아쓰코 씨 남편이라며, —"

"그렇다네, 내가 자네 얘기를 했더니 꼭 만나보고 싶다고 해서, 그리고 말이야—"

순간 세 사람은 그만 입을 꼭 다물고 말았다. 겉으로는 안정을 되찾은 듯했지만, 화로로 내민 히사우치의 팔목을 보니, 셔츠 커프스 단추 밑에서 맥박이 팔딱팔딱 뛰는 모습이 눈에 들어왔다.

"가리가네 군은 술 양조에도 관심이 있었던가?" 하고 내가 입을 열었다.

"아니요."

가리가네는 지금 그런 것을 생각할 기분이 아니라는 듯이 잘라 대답하고는 뭔가에 쫓기는 표정으로 히사우치의 옆얼굴을 찬찬히 들여다보았다. 나는 가리가네가 히사우치와 만난 것이 불만이구나 하고 생각했기 때문에 그렇다면 다시 한 번 히사우치의 의지를 설명하지 않으면 안 되겠다는 생각을 하는데, 히사우치가 내 대신 입을 열었다.

"이건 제가 아쓰코에게도 말했지마는, 어젯밤 선생을 경찰서로 끌고간 것은 아쓰코가 열 번 잘못한 것입니다. 하지만 그건 가리가네 씨와 아쓰코 사이의 문제로 남편인 저로서는 비록 알고 있다고 해도 모르는 척하는 편이 더 좋다고 생각했습니다. 지금 아쓰코 대신에 제가 사죄하는 것도 뭣하지만, 만일 가리가네 씨가 아직 아쓰코에게 못다 한 말씀이 있다거나 아니면 꼭 하시고 싶은 말씀이 있으면 선생을 대신해서 제가 아쓰코에게 전할 테니 말씀해주십시오—"

이럴 때 히사우치가 말하는 것을 들으면 그가 명석한 두뇌의 소유자란 생각이 저절로 든다. 가리가네는 "넷" 하고 대답하고 머리를 마음가짐만큼이나 낮게 숙이고 말했다.

"제가 야마시타 씨로부터 그런 말씀을 들으니 어떻게 사죄해야 할지 모르겠군요. 실은 아까부터 기회만 있으면 도망이라도 치고 싶은 심정이었습니다. 어젯밤 일은 제 부덕의 소치인 줄 알고 깊이 후회하고 있습니다. 지금부터는 마쓰야마 선생님께 부탁드려 선생님이 야마시타 씨께 사죄드리는 수밖에 다른 방법이 없다고 생각하고 있었습니다."

"자, 이제 어젯밤 일은 더 이상 언급하지 말기로 합시다. 야마시타 씨도 가리가네 군도 모두 서로의 입장을 충분히 이해하고 있는 이상 이제 말이 필요 없으니까—다만 나로서는—아니 더 이상 아무 말도 하지 말기로 합시다. 이런 재미없는 일은—"

나는 가리가네에게 야마시타 히사우치가 취한 지금 태도는 존경할 만하다고 설명하고 싶었지만 그런 것은 가리가네도 나 이상으로 느끼고 있음에 틀림없을 테니까 한시라도 빨리 술이 오기를 기다렸다.

"아까, 자동차 안에서 이야기를 들으니, 어디 연구소에 나가고 계시다고……" 히사우치는 얼굴을 붉히면서 가리가네를 쳐다보며 물었다.

"아닙니다, 어떤 연구소에도 다닐 만한 형편이 아니라서, 지금은 간다의 누룩가게로 아침 일찍 나가고 있습니다."

"바나나주란 것을 최근에 만드셨다고 들었는데, 꽤 맛있을 것 같은데요."

"네 맛있습니다. 처음에는 그렇게 맛있게 될 줄은 꿈에도 생각하지 못했습니다. 그런데 여러 가지 실험을 해보는 중에 미주(米麴)와 같은 맛이 나왔습니다. 이건 바나나 껍질을 신선할 때 쪄서 건조한 후 다시 한 번 쪄서 거기에 누룩 종자를 뿌려 체온으로 보온하는 방법을 썼는데, 드디어 감주보다도 맛이 좋게 됐습니다."

히사우치는 입을 다물고 아무 대답도 하지 않았다. 바로 그때 술이 나와 처음으로 나는 가벼운 마음이 되었다. 히사우치는 곧 술병을 들어 가리가네의 잔에 술을 따르면서 말했다.

"아시는지 모르겠습니다만, 제 부친도 요즈음 양조를 전문으로 하고 있어 가끔 귀동냥을 할 기회가 있습니다만, 생선으로 간장을 만드는 게 꽤 경쟁이 심하다고 들었는데."

"그렇습니다. 저도 지금 가쓰오부시 누룩을 만들어 이중 분해를 해서 시험해보고 있습니다. 오늘 아침도 하고 돌아왔습니다만, 춘부장께선 훨씬 이전에 성공하셨다고 들었는데, 정말 기쁘게 생각하고 있습니다."

"아니 뭐, ─" 히사우치는 잠시 입을 다물고 있다가 다시 얼굴을 붉히면서 술잔을 입에 댔다가 밑에 내려놓고 천천히 말했다. "일 주일쯤 전인가요, 후쿠시마(福島)의 누구라던가, 노무라(野村)라던가 시마무라(島村)라던가 하는 연구가가 역시 성공했다는군요."

그러자 가리가네는 "네" 하고만 대답한 채, 히사우치의 얼굴을 이상하다는 듯이 눈을 깜박거리며 쳐다보다가,

"그렇습니까? 노무라 나오조(野村直三) 씨가 성공했습니까?" 하고 상 위로 시선을 떨구고 생각에 잠겼다.

"저, 잘은 모르겠습니다만, 저희 아버님의 제조법과도 약간 다른 방법으로, 아까 자동차 안에서 선생이 말씀하신 생선을 누룩으로 만드는 방법이라던가 하는데, 기묘한 방법으로, 생선살을 쌀겨로 싸서 그 속에 달군 부젓가락을 꽂는다고 합니다."

히사우치의 말에 다시 가리가네의 눈은 한층 비범한 광채를 띤 채 움직이지 않게 되었다. 그는 정수리가 높고 뾰족한데, 이렇게 실의에 빠졌을 때의 풍모에서 그때까지 감춰져 있던 비범한 힘이 그의 튀어나온 광대뼈 언저리로부터 숨을 내뿜는 듯이 번쩍번쩍 넘쳐흐르는 것처럼 보였다.

"쌀겨로 생선을 누룩으로 만든다고 하면?" 나는 히사우치의 얼굴을 바라보며 물었다.

"생선에는 기름기가 많죠. 그러니까 비린내가 나고 어지간해서는 냄새가 빠지지 않으니까, 분명히 쌀겨에 생선 기름을 흡수시키려고 그러는 게 아닌가 하는데."

"그렇습니다." 가리가네가 옆에서 말했다. 그리고 점차 조용히 미소 지으며 나를 보면서,

"마쓰야마 선생님, 제가 또 당했습니다."

"그렇지만, 아직 확실한 게 아니잖아."

"아니요, 노무라 나오조 씨의 방법은 제 방법과 같습니다. 쌀겨에는 지방을 분해하는 효소도 감화력도 있습니다."

"하지만 자네는 가쓰오부시를 끓이고 남은 찌꺼기를 사용하지 않나. 그리고 이왕이면 뼈까지 어떻게 할 수 없을까."

"그렇게 할 수 있으면 금상첨화죠. 저도 마지막에는 뼈까지 간장으

로 만들어버리고 싶었는데, 뼈에는 인산칼슘이 들어 있어서 대단히 왕성하게 발효하기 때문에 뼈까지 간장으로 할 수 있으면 이상적이겠지요."

"그러면 이제 가쓰오부시 찌꺼기 같은 건 치워버리고 강변 어시장에서 생선 찌꺼기를 얻어다 해보면 어떨까? 그거라면 공짜고 거기다 운임비까지 저쪽에서 주지 않나?"

"그렇게 하게 해줄까요? 그렇게 되면 더할 나위 없는데."

가리가네의 지금까지의 실망은 다시 한순간에 맑게 개었다. 그는 잠시 고개를 갸우뚱하고 미소를 머금고 잔 속의 차가워진 술을 응시하고 있었는데, 내가 따라준 술을 한 모금 입에 대고는 말했다.

"자, 드디어 내일부터 제가 그걸 해보겠습니다. 저에게도 생각이 있으니까 잘될 것 같습니다."

가리가네가 그렇게 말하고 있는 동안, 술잔을 까딱까딱 흔들고 있던 히사우치가 여전히 시선을 상 위로 떨군 채, 뭔가 말하기 어려운 듯 또다시 얼굴을 붉히며,

"이렇게 중요한 순간에 제가 나서는 건 뭐하지만, 거기엔 저도 대찬성입니다. 아까는 제가 부주의하게 불쑥 그런 말을 잘못한 게 아닌가 했는데, 두 분이 말씀하시는 걸 들으니 아주 훌륭한 생각 같습니다. 후쿠시마의 노무라 씨나 저희 아버님이 하신 것보다 훨씬 연구할 만한 가치가 있는 것 같군요."

"그럴까요?"

가리가네는 싱글벙글하면서 히사우치가 어떤 사람인지조차 잊은 듯 눈가에 엷게 술기운이 나타나고 아주 즐거운 듯이 히사우치를 바라보면서 이렇게 말했다.

"제가 말입니다, 처음에는 이중 분해도 재미있다고 생각을 하긴 했

지만, 이제 염산을 뿌리는 건 관두고, 순수한 효소만 가지고 할 수 있는 방법을 찾아보려고 하는데, 어떨 것 같습니까?"

"저는 이 방면에는 전혀 지식이 없습니다. 하지만 절대로 아버님한 테는 아무 말도 하지 않을 테니 그 점만은 안심하시고 연구하신다면 저도 좋겠습니다."

가리가네는 아까부터 자신이 경솔했다는 것을 처음 알아차린 것 같았다. 일순간 당황한 듯 눈을 크게 떴다.

"그런 말씀 마십시오. 그런 데 별로 신경 쓰지 않으니 걱정 마십시오. 오히려 부친께 배울 수 있으면 더할 나위 없이 좋겠다고 생각하고 있으니, 잘 부탁합니다."

그러자 히사우치는 한층 얼굴을 붉혔다. 그는 마시기 시작한 술잔을 아래에 내려놓고 가리가네의 술잔에 술을 따르려고 하다가 어쩐 일인지 술병을 가리가네의 잔에 따르지 않고 내 잔에 기울였다. 그런데 요리가 우르르 나왔다. 나는 요리에 젓가락을 가져가면서 가리가네에게 그가 있는 자동차 대여점에는 그대로 오래 있을 수 있느냐고 물어봤다. 가리가네의 말에 의하면, 그가 있는 자동차 대여점은 주 고객이 음식점 손님으로 음식점에 이 할을 돌려주어도 상당한 액수의 이익이 남아, 있으려고 하면 언제까지라도 있을 수 있지만, 계속 이대로 있으면 자기 연구를 제대로 하기 어려워 일에 재미를 느낄 수가 없어서 연구에만 전념할 수 있는 설비를 갖춘 곳에 들어갈 수 있으면 들어가는 게 소원이라고 말했다.

"제가 아는 사람이 물산연구소(物産硏究所)에 있는데, 괜찮으시다면 언제라도 소개할 수 있으니까, 사양하지 마시고 언제라도……" 히사우치가 말했다.

"네."

가리가네는 한마디 대수롭지 않다는 듯이 대답할 뿐 기뻐하는 기색이 전혀 없었다. 그러자 히사우치의 얼굴이 금방 다시 붉어졌다. 나는 그 자리에 함께 있으면서 두 사람의 마음이 아주 동떨어져 있다는 것이 느껴졌지만 이제 와서 어떻게 해볼 도리가 없었다. 그러나 다행스럽게도 가리가네에게는 히사우치의 망설이는 기분이 조금도 전해지지 않을 것이었다. 나는 이제까지 때때로 가리가네가 지금과 같이 자기에게 가장 기뻐해야 할 순간에 그런 식으로 간단히 대답만 한다는 것을 알고 있었지만, 처음에는 그런 무딘 반응에 김이 빠져버리는 느낌을 받지 않을 수 없었다. 그렇지만 지금 경우는 상대가 히사우치인 데다가 연구가 연구인 만큼, 히사우치는 한 방 먹은 것처럼 의외라고 생각할 것이 틀림없다. 순간 좌석은 흥이 깨져 쥐 죽은 듯이 조용해졌다. 나는 이렇게 갑자기 덮쳐오는 낭떠러지를 만났을 때의 심리를 처리하는 방법은 절대로 찾을 수 있는 것이 아니라고 생각했다. 뭔가 적당한 방법으로 공기를 흐리려면 흐리지 못할 것도 없겠지만 그건 역시 그저 흐리는 것에 지나지 않는다. 그러자 히사우치는 여전히 얼굴을 붉힌 상태로 다시 한 번 같은 말을 되풀이해서 말했다.

"제 친구가 있는 연구소는 그곳의 연구원이 되지 않으면 들어가지 못하는 곳으로, 설비는 상당한 정도로 완비되어 있을 겁니다. 명목상 연구원으로 해놓으면 연구하는 데는 지장이 없을 겁니다."

"네."

가리가네는 역시 아까와 마찬가지로 무뚝뚝하게 대답했다. 그러나 히사우치는 이때 무슨 생각을 했는지, 갑자기 얘기에 열을 올리면서 더듬더듬 풍부한 화제를 꺼내 얘기하기 시작했다.

"제 친구 중에, 이 친구도 역시 간장 발명에 열심인 친군데, 이 남자의 연구는 다른 사람들하고 또 조금 달라서, 뭐라던가, 간장을 액체로 만들지 않고 고체로, 말하자면 환약처럼 만들려고 한다지 뭡니까. 요컨대 항상 가지고 다니기 편하게 가볍고 작게 만들어 적은 양이라도 물만 넣으면 곧바로 많은 양의 간장이 되게끔 한다고 합니다. 더구나 이제부터 전쟁이라도 일어나면 식량을 비행기에서 아군 진영으로 고속으로 떨어뜨리지 않으면 안 될 상황도 생길 수 있으니까, 가령 쌀 같은 걸 비행기에서 떨어뜨리면 쌀 한 가마니가 지상에 떨어지면 가속도가 붙어 6미터 정도나 땅속에 파묻히게 되는 모양입니다. 그러니까 간장도 웬만큼 가볍게 만들지 않으면 안 되는 거죠. 6미터씩이나 땅속에 파묻히게 되면 어떤 거라도 식용으로 사용하게는 안 되죠. 이런 건 간장도 마찬가지죠. 확실친 모르지만 이런 걸 처음 생각해낸 건, 야채류를 건조시켜 고체로 만들어 그걸 떨어뜨리려고 한 데서 비롯된 거라고 합니다. 그런데 그 야채도 그렇고 간장도 그렇고, 고체로 만들려는 경쟁이 목하 각국에서 진행 중에 있다고 합니다만, 막상 전쟁이라도 일어나면 야채나 간장 등을 대량으로 제대로 고체화할 수 있는 나라는 현재로선 일본밖에 없다고 합니다. 그건 다시 말해서, 일본은 세계 제일의 양잠국이기 때문에 건조기가 전국 방방곡곡 산간벽지에 이르기까지 퍼져 있기 때문이라던가요."

가리가네에게 이런 히사우치의 얘기는 금시초문인 듯 불현듯 빛나기 시작한 눈 깊은 곳에서, 예리하고 짧은 대답을 끊임없이, "음, 음" 하고 되풀이하면서 미동도 하지 않고 듣고 있었다.

"그러면 그 발명은 성공했습니까?" 내가 물어보았다.

"그런데 그게, 아직 이상한 곳에서 막힌 모양입니다. 확실친 모르겠지만, 고체화는 성공했지만, 그렇게 만들면 속에 들어 있는 제일 중요한 영양소인 아미노산이 이상하게도 없어진다는군요."

"그렇습니다. 맛이 없어집니다." 가리가네가 바로 말했다.

"거기다 지금 한 가지 곤란한 것은, 양잠용 건조기를 사용하면 간장에서도 야채에서도 번데기 냄새가 몹시 난다는군요. 번데기 냄새란 것이, 저는 잘 모르겠지만, 참기 힘들다고 하더군요. 그래서 그걸 어떻게 하면 없앨 수 있을까, 매일 아침부터 밤까지 번데기만 태우며 연구하고 있다고 합니다만, 소동이 태우는 곳에서 끝나지 않고, 집 전체, 옷에서부터 음식까지, 번데기 냄새가 배서, 그 친구 부인이 도망가겠다는 말까지 할 정도였다고 합니다. 가리가네 씨도 이런 연구에도 손을 대보시는 게 어떨까요."

히사우치가 단번에 퍼붓는 얘기의 파도가 조금 전부터 품고 있던 내 기우를 한꺼번에 씻어버렸다. 가리가네는 여전히 의연하게 미동도 하지 않고 생각에 잠겨 있었는데,

"야, 정말 재밌는데요" 하고는 젓가락을 요리로 가져갔다.

잠시 후 히사우치는 술기운이 조금 도는 듯했다. 그는 전화를 걸러 방을 나갔다 돌아온 후 이렇게 말했다.

"지금 아쓰코에게 가리가네 씨와 식사를 하고 있다고 하니까, 그러면 자기도 꼭 와서 사과하고 싶다고 하는데, 가리가네 씨, 괜찮겠습니까?"

"아니, 그러면, ―저는 더 이상 여기에 못 있습니다." 하고 가리가네가 말하고는 갑자기 언제나처럼 기묘한 높은 목소리로 웃기 시작했다. 나는 그 가리가네의 웃는 얼굴에서 즐거워하며 들뜬 감정을 발견했는데 그 이유는 히사우치가 제안한 것이 그에게는 제일 즐거운 일일 거라는 생각이 들어, 그러면 꼭 부인을 오시라고 하라고 히사우치에게 권했다. 히사우치는 곧 다시 일어나서 방을 나갔는데, 돌아왔을 때에는 얼마간 침울해 보일 정도로 조용하고 태연하게 입을 닫고 있어서, 다시 부인에게 오지 말라고 한 건지 아니면 부인이 오는 것을 기다리겠다고 한

건지 모를 정도였다. 가리가네도 나와 같은 의문을 품었는지 그도 정신을 집중하는 것처럼 한동안 조용히 있다가 갑자기 구질구질한 옷차림의 견실하고 평범한 시골 촌장 같은 표정으로 바뀌더니 벌써 식어버린 술잔의 술을 입에 갖다 대었다. 히사우치도 아쓰코가 온 후 일어날 예상할 수 없는 불안한 공기를 상상하고 잠시 자기가 시작한 경솔한 행동을 반성하고 있는 것처럼 무거운 표정으로 술을 마셨다.

"이 사람, 혹시 와서 다시 가리가네 씨에게 무례한 말을 할지도 모르는데, 어쨌든 제가 어젯밤 일어난 일을 알고 있어 어쩐지 개운치 않은 마음 다 이해하니까, 잠시라도 좋으니 만나주십시오. 아쓰코도 꼭 한번 만나서 사과하고 싶다고 어제 저녁부터 말했으니까요."

"네에. 저는 아쓰코 씨와 어릴 적부터 알고 있는 사이라 어젯밤 같은 일은 서로를 조금만 더 이해하고 있었어도 일어나지 않았을 거라고 생각합니다."

거북한 침묵이 다시 시작됐다. 나는 분위기를 바꿔볼 요량으로 히사우치에게 언제 한번 낚시하는 데 데려가달라고 부탁했다. 히사우치는 언제라도 같이 갈 용의가 있는데 낚시가 처음이냐고 물었다. 처음이라고 대답하자, 그렇다면 가도 그리 재미있지는 않겠지만 하다 보면 낚시 박사들만 모인 낚시 친구들 사이의 분위기가 재밌어질 거라고 설명하고,

"그런데, 여기에 빠지기 시작하면, 세상일이 재미없어져서 더 이상 재미를 볼 수 없게 된다고들 하니까, 마음의 준비를 단단히 하십시오."

그러자 가리가네가 약간 뒤로 물러서서,

"자, 이만 저는 실례하겠습니다" 하고 느닷없이 말하며 인사를 했다.

히사우치도 나도 뭐라고 대답해야 할지 몰라 가리가네를 그냥 쳐다

보고만 있었다. 가리가네는 뒤로 물러나다 허리를 삔 듯 그대로 앉아 있었다. 히사우치는 잠자코 얼른 가리가네의 술잔에 술을 따랐다. 가리가네가 그것을 입으로 가져가는 것을 보고는 히사우치는 다시 나를 향해,

"낚시도 마음이 평온해져서 좋긴 하지만 저는 골프를 하시는 게 좋을 것 같습니다. 하긴 이걸 시작하면 다른 사람들에게도 해보라고 권하고 싶어 못 견디는 병에 걸린다고 하니까, 제 말을 믿지 못하실지도 모르겠군요."

"오늘은 정말 잘 먹었습니다." 가리가네가 말했다.

"자네, 잠시만 기다리지. 모처럼의 기회니, 잠시면 되니까. 우리도 금방 나갈 테니." 나는 가리가네를 붙잡았다.

가리가네는 아무런 주저도 하지 않고 "그렇습니까?" 하고는 어찌 몸을 뺄 수 없는 따분한 표정으로 우두커니 앉아 있었다.

나와 히사우치의 대화는 그로부터 이십 분 정도 문학으로 옮겨갔다. 나는 그로부터 문학에 관한 이야기를 듣는 것은 처음이었기 때문에, 그 온후한 청년의 흥미 대상이 어디에 있는지 알아보는 데에는 더없이 좋은 기회였다. 그는 내가 상상했던 대로 자의식 과잉으로 고민하고 있는 청년답게, 자신의 생활을 정리하는 방법으로서의 구체적인 가소성을 어디에서 구해야 할지 계속 찾고 있는 성실한 인물 같은 면모가 엿보였다. 그는 이때에도 적면증*에 걸린 게 아닌가 할 정도로 자주 얼굴을 붉히는 버릇이 나왔다. 바로 그런 버릇이 나와 얼굴이 붉어지기 시작했을 때 갑자기 발자국 소리가 복도 쪽에서 어지럽게 들려왔다. 그러자 종업원의 안내를 받으며 등 뒤의 광선을 실내로 끌어들이면서 야마시타 부인이 들어왔다. 어젯밤도 나는 부인 몸에서 어디선가 맡았던 기억이 있

---

* 赧面症: 대인 공포증의 한 종류로 긴장해서 얼굴이 붉어지는 증세.

는 류란 프랑스제 향수 냄새를 맡았었는데, 지금도 부인의 화려한 등장으로 방 안 가득히 어젯밤의 향기가 퍼지는 것을 느꼈다. 나는 부인에게 어젯밤의 인사를 했다. 부인은 들어올 때부터 말없이 히사우치 옆에 앉을 때까지 어젯밤과는 전혀 딴사람처럼 정숙하게 가리가네에게 가벼운 목인사를 한 후 고개를 숙이고 아무 말도 하지 않았다.

"뭐라도 드시지요" 하고 나는 물었다.

"아니, 벌써 다 먹고 왔어요."

핏기가 없는 창백한 눈으로 나를 올려다보면서도 부인은 여전히 고개를 숙이고 있었는데, 이 쾌활한 부인이 잘도 이렇게 얌전을 빼고 있구나 하고 감탄할 정도로 상상외로 수줍은 표정을 지으며 조용히 몸을 움츠리고 있는 것이었다. 그러나 나는 부인의 그런 모습에서 이것은 단순히 가리가네에 대한 사죄의 뜻에서 그런 태도를 취하는 것만은 아니라는 생각이 들었다. 그녀는 아직도 가리가네를 사랑하고 있는 것이다. 하지만 그런 부인의 감정은 아마도 히사우치도 가리가네도 이때 조금도 눈치 채지 못했을 것이다. 가리가네는 어떻게 하고 있는지 궁금해서 쳐다보았다. 때가 탄 넥타이를 적당히 매고 조끼 위로 뻣뻣하게 삐져나온, 역시 때 탄 셔츠에 고래 껍질 같은 코르덴 바지를 입은, 거의 부인과는 어울릴 수 없는 풍모였지만 부인을 가운데 두고 히사우치와 대좌한 형태로 앉아 있는 그는 어느샌가, 이것도 나에겐 의외였는데, 움직이면 절대 안 되는 위엄을 보이며 조용해져 있었다.

일동은 얼마 동안 뭔가를 기다리는 듯 쥐 죽은 듯이 조용히 있었다. 그러자 부인은 작은 손바닥으로 무릎 위의, 남색 바탕에 하얀 무늬와 금빛 매화 무늬가 들어간 기모노를 만지작거리며 낮고 작은 목소리로 말했다.

"이렇게 늦어지긴 했습니다만, 어젯밤은 마쓰야마 선생님으로부터 이런저런 얘기를 들어 대단히 즐거웠어요. 그때는 가리가네 씨도 몹시 화가 나신 것 같았는데, 제가 너무나 놀라서 그만 그렇게 돼버렸어요, 죄송합니다."

가리가네는 "넷" 하고 짧게 대답하고는 더 이상 아무 말도 안 하는 것이었다. 그러나 그는 마음속에서 끓어오르는 것을 겨우 누르고 있는 것처럼 목 주위를 움직였는데, 이상하게 긴장해져 꼿꼿해진 그의 몸을 보고 있자니 지금이라도 소리를 지르며 상을 뒤엎을 것 같은 무시무시함이 어디선지 모르게 느껴졌다. 히사우치는 화롯불 재에 시선을 보내면서 담배를 피우고 있었는데, 부인의 사죄하는 모습을 옆에서 지켜보는 것이 어색한지 계면쩍은 감정이 북받쳐오르는 것을 의식하여 괴로운 듯, 조금 전부터 부인이 하는 말을 들으며 또다시 얼굴을 붉히고 있었다.

"가리가네 씨 부모님도 건강하시지요?" 부인이 물었다.

"네, 건강합니다" 하고 가리가네는 대답했다.

"동생이 가끔 와서 가리가네 씨 소식을 전해줘요. 그런데, 가리가네 씨 선조가 추증*된다면서요. 그래서 고향에서 기념비를 세워야 한다고 떠들썩하다던데, 가리가네 씨도 고향에 돌아가지 않으세요?"

"저도 한번 가고 싶지만, 동생이 뭐든지 알아서 다하고 있으니까 지금 걱정할 건 아무것도 없습니다. 제 동생, 정말 괜찮은 놈입니다."

가리가네는 처음으로 싱글벙글 즐거운 표정으로 아쓰코를 쳐다보았다.

"당신, 그렇게 뻣뻣하게 있지 말고, 술 좀 따라."

하고 히사우치가 나무라듯 아쓰코에게 말했다.

"어머, 그러네요. 미안해요."

---

* 나라에서 공로가 있는 벼슬아치가 죽은 뒤에 품계를 높여주던 일.

아쓰코는 주황색 소맷자락을 걷어올리고 갑자기 신이 나서 터질 듯한 미소를 머금고 가리가네에게 술병을 내밀었다.

"자, 받으세요."

가리가네는 잠시 목례한 후 술잔을 들었다. 아쓰코가 술을 다 따르자 술잔은 입에 대지도 않고 갑자기 정색을 하고,

"어젯밤은 결례가 많았습니다" 하며 고개를 숙였다.

이런 엉뚱한 인사에 일순 일동은 입을 딱 벌리고 가리가네를 바라다보았다. 그러자 아쓰코는 이제까지 다소곳하던 태도가 사라져버리고, 어젯밤과 같은 쾌활한 목소리로 웃기 시작했다. 몸을 움직일 때마다 옅은 주홍색 바탕 위에 검은 물감을 들인 무지의 하오리* 속으로 보이는 안감의 큰 주홍 꽃무늬가 엷은 자색의 옷깃을 한층 요염하게 보이게 했다. 게다가 오비**는 비긴 만(卍)자 바탕 무늬가 있는 검은 비단에 기모노와 같은 금빛 매화 자수였다.

"부인은 요즘 뭐 배우시는 것이 없습니까?" 나는 너무나 세련된 그녀의 모습에 넋을 잃고 무심코 물었다.

"아니 뭐 특별히 배우는 건 없는데, 어머니가 꼭 나가우타***를 배우라고 하셔서 가끔 선생을 집으로 모셔서 배우고 있어요. 그런데 노래는 저보다도 남편이 훨씬 잘해요. 샤미센도 켤 줄 알거든요."

"벌써부터 이렇게 실수를 하면 어떻게."

하고 말하며 히사우치는 쓴웃음을 지었다. 그러나 듣고 보니 히사우치의 느긋한 태도에 예능에 대한 소질이 숨어 있는 것처럼 보였다. 어쩌면 춤까지 할지도 모른다. 나는 대여섯 살 때부터 어머니가 차를 끓일

---

* 기모노 위에 입는 짧은 겉옷.
** 帶: 기모노 위에 묶는 띠.
*** 長唱: 5·7의 구를 반복하다가 5·7·7의 구로 맺는 시가.

때는 항상 옆에 있게 해서 괴로웠던 기억이 있어 그만 나도 모르게 입을 놀리고 말았다. 그러자 히사우치는 미소를 띤 채 듣고 있다가, 그러면 다음에 자기 부친이 차모임을 열 때는 꼭 출석해달라고 나에게 부탁했다. 그러자 아쓰코도 옆에서 말했다.

"네, 꼭 오세요. 시아버님은 차를 그 어느 것보다도 좋아하세요. 다도는 하루아침에 배울 수 있는 게 아니라서 저 같은 사람은 차를 끓일 때면 언제나 쭈뼛거리게 되지요. 아버님은 차모임 때만큼은 음식부터 꽃꽂이까지, 뭐든지 손수 다하세요. 정말 기뻐하실 거예요, 꼭 오세요."

그제야, 아쓰코는 가리가네가 있다는 생각이 들었는지 뒤늦은 변명처럼 갑자기 웃으며 교태를 부리며 그를 보았다.

"가리가네 씨도 괜찮으시면 꼭 한번 오세요. 아마 가리가네 씨는 그런 한가한 사람들이 하는 것에는 흥미가 없으시겠지마는. 저도 별로 좋아하진 않아요. 구질구질한 것 같기도 하고. 가부키*도 남편은 자꾸 보라고 하면서 저를 끌고 가지만, 제게는 역시 활동사진이 더 어울리는 거 같아요."

가리가네가 뭔가를 말하려고 입을 열었다. 그때 마침 히사우치도 말을 시작하려다가 두 사람은 그만 입을 다물고 상대가 먼저 말하기를 기다렸다. 그러나 두 사람은 그대로 아무 말도 하지 않았다. 그러는 사이에 식사가 나와서, 부인에게는 안됐지만 할 수 없이 양해를 구하고 우리들은 급히 식사를 마치고 뒤이어 나온 과일을 먹고 물수건으로 손과 얼굴을 닦았다. 걱정했던 만남이 그렇게 아무 일 없이 끝날 무렵 히사우치가 용무를 보려고 복도로 나가 보이지 않게 되었다.

"가리가네 씨, 저희 집에도 꼭 한번 놀러 오세요. 정오 이후에는 남

---

* 歌舞伎: 에도 시대에 발달한 일본 고유의 연극.

편도 밖에 놀러 나가버리고 집에 아무도 없어 아주 쓸쓸하거든요."

아쓰코는 짧게 대답하고 있는 가리가네의 말은 들으려고도 하지 않고 오비 사이에서 콤팩트를 꺼내 들여다보면서 또다시 말했다.

"저, 머지않아 댁으로 찾아갈지도 모르겠어요. 아직 할 말이 많아요. 하쓰코 건에 대해서도 얘기할 게 있고,—가리가네 씨, 오후가 나을까요?"

"네. 미리 전화를 주시면 언제라도 있겠습니다."

"네에, 그러면 한번 찾아뵙지요. 저는 사실 오늘 밤 야단맞을까 봐, 그게 걱정이 돼서, 오늘 내가 여기서 무슨 말을 했는지도 모르겠거든요. 하여간 야단맞지 않아서 다행이에요."

콤팩트 뚜껑을 닫아 오비에 다시 집어넣고 아쓰코는 자세를 가다듬고는 들뜬 듯 눈썹을 올리고 가리가네를 정면으로 바라다보았다. 가리가네는 아직 술기운이 눈가에 남아 있었다. 처음부터 흐트러짐 없이 하고 있던 정좌 자세를 계속 유지하고 있었는데, 여느 때보다 우울하게 정면에 있는 벽을 뚫어지게 바라다보고 있었다.

"가오루 씨와는 가끔 만나세요?" 하고 가리가네는 아쓰코에게 물었다.

"아니요, 가오루 씨와는 만나지 않아요. 젠사쿠 씨는 자주 집에 놀러 오지만,—그분 소식 못 들으셨어요?"

"아니 아직 아무 얘기도 듣지 못했는데요" 하고 가리가네가 대답했다.

그러자 아쓰코는 일순 고개를 숙이고 입에 손을 대고는, 나오는 웃음을 다 삼키지 못하고 엷은 미소를 내보이며 앞으로 웅크리고,

"그 사람 정말 이상해요. 여기저기 편지만 보내는데 잘 안 되니까, 얼마 동안은 하쓰코에게만 갔던 것 같아요. 하쓰코가 지금 여기에 와

있는 거, 알고 계셨죠?"

"네에, 들은 것 같습니다."

"여름부터 와 있어요. 그런데 왜 하쓰코 잘 아시잖아요, 그래서 젠
사쿠 요즘 몹시 안됐어요."

아쓰코와 가리가네는 얼굴을 마주 보고 뭐가 재미있는지 소리 높여
웃었다. 나는 문득 이때 오해가 아니라면 어젯밤 만난 젠사쿠는 아주머
니인 이 야마시타 부인을 전부터 의지하고 있었음에 틀림없다고 생각했
다. 그렇다면 어젯밤 젠사쿠의 거동으로 봐서 내게 짚이는 곳이 적지않
다. 그러나 그것보다도 히사우치 모습이 보이지 않게 되고서부터 야마
시타 부인과 가리가네의 태도를 보고 있자니 겉으로는 아무렇지도 않은
듯 보이지마는 두 사람 사이에는 나나 히사우치가 아직 모르는 뭔가가
숨겨져 있음에 틀림없다고 생각하게 하는 구석이 많았다.

"하쓰코 씨는 안녕하십니까? 여기에 와 있다는 건 오시자카 씨로부
터 들었지만, 자세한 건 모릅니다" 하고 가리가네는 말했다.

"그 사람, 우리집에도 왔었어요. 혼고(本鄕)에 기요타니(淸谷)란
양재학교에 다니고 있는데, 요즘 고향집이 어수선한가 봐요. 그 뭐라든
가, 책임 보증이라든가 하는 걸로, 하쓰코 씨네 집 파산할 지경에 이르
렀다는데요, 아버님도 책임을 피하기 어렵게 돼 어쩔 줄 몰라하고 계시
대요. 그 집이 생사(生絲) 사업을 하고 있기 때문에 힘든가 봐요. 어젯
밤도 저, 그래서 스기오 씨 댁에 갔었어요. 그 댁도 안심할 수 없는가
봐요."

가리가네는 입을 다물었다 잠시 입을 열려다가 다시 생각에 잠겼다.
가리가네의 조부님도 지금 하쓰코나 아쓰코 친정 그리고 스기오 씨 댁처
럼 친척 보증 때문에 가산을 탕진하게 됐다는 게 생각났다. 가리가네 고
향에서는 모든 명문 집안이 거기에 얽힌 주위 때문에 망해가는가 보다.

히사우치가 들어오자 일동은 자리에서 일어나 밖으로 나갔다. 이층 계단을 내려갈 때에는 앞에 히사우치가 걷고, 내 뒤에 가리가네와 아쓰코가 나란히 쫓아왔다. 아쓰코는, 히사우치가 가리가네 옆에 쭈그리고 앉아서 바지 밑에 아마로 만든 각반의 단추를 채우고 있는 사이에, 혼자서 은쥐색 코트를 몸에 걸치고 현관 입구에 서 있었는데, 돌연 뭔가 생각난 것처럼 "쿡" 하고 웃더니 서둘러 낙타 숄로 입을 막고, 밖의 어둠속으로 얼굴을 휙 돌렸다.

"그럼, 이만 실례하겠습니다" 하고 나는 히사우치에게 말했다.

"네, 여러 가지 폐가 많았습니다."

"안녕히 가십시오."

"안녕히 가십시오."

가리가네와 나 그리고 히사우치와 아쓰코는 음식점 앞에서 각각 두 갈래로 나뉘어서 집으로 돌아갔다.

3

그후 두 달이나 지난 어느 날 밤 나는 야마시타 히사우치와 긴자(銀座)에서 한번 우연히 만난 적이 있다. 그때에는 히사우치도 친구를 데리고 있었고 나도 친구와 함께 있었기 때문에, 선 채로 잠시 이야기를 나누고는 금방 헤어졌다. 그런데 그로부터 채 보름도 지나지 않아 시세이도(資生堂)에서 또다시 그와 마주쳤다. 그때는 히사우치 옆에, 내가 아직 본 적이 없는 젊은 여성이 조용히 몸을 움츠리고 고개를 숙이고 서 있었다. 그 여인은 아쓰코와는 달리 다소곳하고 무표정했는데, 살결이 유달리 새하얘서 보고 있으면 무서우리만큼 맑아 등골이 서늘해질 만큼

차가운 아름다움의 소유자였다. 얼른 보기에 그녀는 양갓집 규수처럼 보였는데 어디를 봐도 부인이 있는 히사우치와 같은 남자와 단둘이서 긴자에 나타날 사람 같지는 않았다. 그래서 나는 벌써 붉어진 히사우치의 얼굴을 보지 않고도 여기에는 뭔가 내가 끼어들면 안 되는 은밀한 사정이 있음이 틀림없다고 생각했다. 나는 곧 히사우치의 모습이 전혀 보이지 않는 곳을 찾아 그곳에 앉았다. 그러나 그러고 보면 아쓰코에게도 가리가네와 함께 식사한 날 밤 이래, 그녀와 다른 면이 있다는 생각을 했다. 언젠가 운전수인 도야마가 가리가네가 있는 곳에 그후 두 번 정도 아쓰코가 찾아온 적이 있다는 말을 했는데, 도야마 말에 의하면 아쓰코와 오시자카 자동차 대여점 주인과는 친척관계이니까 자연히 거기에 있는 가리가네와 아쓰코가 친하게 얘기하는 것 정도는 특별히 이상하게 생각하는 사람은 없는 분위기인 것 같았다. 처음으로 아쓰코가 찾아왔을 때, 그저 계속 입을 다물고 있는 가리가네 옆에서 아쓰코는 별로 대수롭지 않은 말만 하다가 갑자기 차를 마시러 밖으로 나가자며 가리가네를 근처에 있는 제과점으로 데리고 갔다고 한다. 두번째는 밤 9시 무렵으로 갑자기 아쓰코가 자동차 대여점에 나타나 창고 속으로 들어가서 가리가네에게 지금부터 자기 집으로 가자고 했다는데, 지금 문득 그 생각이 나면서 아쓰코 일과는 반대로 지금 히사우치가 데리고 있는 여인이 아쓰코와 가리가네가 전부터 얘기한 하쓰코와 어딘가 닮은 것 같은 생각이 들어, 혹시 이런 내 관찰이 적중하는 건 아닌가 하는 생각이 드는 것이었다.

그러나 그런 식으로 아쓰코와 히사우치 사이가 어긋나버렸다면 원인은 물론 가리가네에게 있다는 생각이 들었지만, 히사우치가 하쓰코와 그런 사이가 되기에는 그때부터 너무나 사건의 진전이 빠른 게 아닌가 하는 생각이 들었다. 어쩌면 히사우치와 하쓰코 사이에 뭔가가 뒤얽히기 시작했기 때문에, 오히려 지난번과 같은 사건을 계기로 한시라도 빨리 하쓰코를 가리가네와 묶어주려고 노력한 것일지도 모른다. 아무튼 그런 내 상상 중에 한 가지라도 사실이라면 나와 함께 식사했던 그날 밤에 히사우치가 자기가 먼저 가리가네와 만나고 싶다고 했을 뿐만 아니라, 또 아쓰코를 가리가네가 있는 곳으로 불러내는 등, 부자연스러운 행동을 유유하게 할 수 있었던 것도, 그다지 이상할 건 없다는 생각이 들었다.

실토하건대 나는 아직도 히사우치의 마음을 이해할 수가 없다. 가령 히사우치같이 온후하고 독실한 사람이 자기 부인이 아닌 젊은 다른 여성과 정사를 일으킨다고 하는 사실부터가, 물론 그런 일이 충분히 있을 수 있는 일이라고는 해도, 어딘가 그 사람 성품과는 어울리지 않는 면이 있어 다소 야릇한 느낌마저 드는 것이었다. 그런데 너무나도 엉뚱하고 의외기 때문에 오히려 실감이 나서, 이런 게 어쩌면 정말 정사다운 정사일지도 모른다는 생각에, 새로운 사실을 발견한 것 같은 새삼스런 기분이 들었다. 더군다나 하쓰코는 가리가네로부터 명문(名門)이 아니라는 이유로 파혼당한 굴욕적인 경험이 있기 때문에, 한 번은 그녀도 가리가네에게 복수하고 싶은 생각이 들 수도 있을 것이다. 아니 어쩌면, 가리가네와 아쓰코의 결혼 약속이 성립했을 때, 비록 두 사람 혼담을 아쓰코가 제멋대로 파기했다고는 하지만, 하쓰코와 가리가네 사이에 혼담이 있었다는 사실을 아쓰코가 알고 그것을 자신과 가리가네 사이를 깰 구실로 삼았을지도 모른다. 어쨌든 그때의 아쓰코의 애매한 흉중은 여자가 아니면 이해할 수 없는 것이기 때문에, 아쓰코와 하쓰코 두 사람 사이의 외면적인 평화도, 흘러간 물처럼 영원히 사라진 거라고 잘라 말할 수는 없다. 어쩌면 혹시 두 사람 사이의 전쟁은, 하쓰코의 미모로 봐서, 그것보다 훨씬 전부터 시작된 건지도 모른다는 생각을 했다. ―

그렇게 생각하고 보니, 지금 하쓰코와 히사우치 사이의 정사도, 어쩌면 그렇게 되는 것이 너무나 당연한 것 같기도 했다. 그러나 그 어느 쪽이든, 만일 지금 히사우치와 함께 있는 여성이 하쓰코라면, 하쓰코가 아쓰코에게 복수하고 있는 셈이 된다. 그런데 지금 내 마음에 하나 걸리는 것은 우리가 모두 만났던 날 밤에 히사우치가 혼자 방을 나갔을 때, 아쓰코가 하쓰코를 따라다니다 실패해서 그녀에게 돌아온 젠사쿠 얘기를 하자 갑자기 가리가네와 아쓰코가 얼굴을 마주 보고 큰 소리로 웃었던 목소리였다. 그 두 사람의 목소리 속에서 젠사쿠의 가엾은 실패를 비웃고 재미있어 하는 마음보다도, 과거 두 사람 사이에 있었던 말로 표현할 수 없는 깊은 친근감을 느꼈는데, 경우에 따라서는 히사우치도 내가 의심하는 바와 같은 생각을 아쓰코와 가리가네 사이에서 느꼈을지도 모른다. 그렇다면 히사우치가 그런 낌새를 알아차렸다는 것을 눈치 챈 이상은, 아쓰코와 같은 여자라면 오히려 역으로 남편의 의심을 없애기 위해서라도 여봐란 듯이 가리가네를 찾아갈 수도 있다. 왜냐하면 그런 경우에 아쓰코가 공공연하게 가리가네를 찾아간다고 하는 것은, 진상을 알려고 하는 남편의 눈을 어둡게 함과 동시에 가리가네가 화가 난 채로 과거 두 사람의 깊은 사이를 히사우치에게 고자질할 염려도 자연히 없어지게 되기 때문이다. 그러나 어차피 아쓰코가 이미 무리한 행동을 하고 말았기 때문에 아마도 그런 눈가림은 머지않아 통하지 않게 될 것이 분명하다.

　　그 무렵의 히사우치와 하쓰코의 교제에 관한 상상이 반드시 이치에 맞는 것이라고는 하기 힘들지만, 히사우치와 함께 있던 여성이 분명히 하쓰코였다는 것을 두 달쯤 지나 확실히 알게 되었다. 어느 날, 모두가 함께 식사했던 날 내가 했던, 나는 까맣게 잊고 있던 약속에 따라 히사우치의 집에서 아주 친한 사람들하고만 차모임을 갖고 싶으니 꼭 참석해달라는 편지가 왔다. 나는 차모임 같은 곳엔 오랫동안 나간 적이 없었지만 어쩐지 그날은 참석하고 싶은 생각이 들어서, 다도 예법에 따라 그 전날 히사우치의 집에 인사를 하러 갔다. 히사우치는 집에 없었지만 히사우치와 함께 있던 여성이 나보다 앞서 와 있었다. 아쓰코로부터 처음으로 그 사람이 하쓰코라고 소개를 받았다. 하쓰코는 지난번과 같은 엷은 갈색 기모노에 그것보다 약간 엷은 같은 색의 하오리를 입고 있었다. 그녀는 나를 보고 가볍게 목인사를 했는데, 얼마 전에 만났던 기억 같은 건 조금도 없는 사람처럼 얼굴색 하나 변하지 않고 내 얼굴을 거의 한 번도 보지 않고 시선을 내 가슴 언저리에 두며 머리를 숙였다. 그녀는 아쓰코보다도 어둡고 지기 싫어하는 성격인 것 같았는데, 두 사람이 나란히 서니 하쓰코의 눈이 아쓰코 눈보다 한층 맑은 것이 눈에 띄었다. 아쓰코는 내가 앉자, 차모임 전날에 일부러 인사하러 오는 손님이라면 선생님의 다도는 대단한 것임에 틀림없다고 나를 칭찬했다. 그런 칭찬을 받고 보니 더욱 인사는 짧게 마치고 일어서야겠다고 하자, 자기네 집 차모임은 그렇게 까다로운 것이 아닌데, 그렇게 예법을 찾으시면 자기는 더 이상 몸 둘 바를 몰라 내일 참석할 수 없다면서 나를 붙잡았다. 그러자 하쓰코는 지금까지 있기 괴로웠는데 도망갈 좋은 기회를 잡았다는 듯이 아쓰코를 보고 말했다.

"그러면 나는 이만 실례할게."

"아니, 왜? 오늘은 빨리 가는 거야?"

"음, 내일 준비도 해야 되잖아."

"아니, 그런 거 없어."

아쓰코가 그렇게 말하는데도 하쓰코는 돌아가겠다고 말하고 나에게 인사를 하고 일어섰다. 아쓰코는 하쓰코를 억지로 붙잡으려고도 하지 않고 배웅하러 나갔다가 다시 돌아와서,

"저 며칠 전에, 언제든가, 가리가네 씨를 찾아갔었어요. 알고 계셨나요, 아니면 아직?" 하고 물었다.

나는 가리가네로부터는 아직 아무 말도 듣지 못했지만 운전수에게 들어서 알고 있다고 대답하고, 내일 모임은 누가 주재하는지, 히사우치가 하는지 아니면 부친인 박사가 하는지 물어보니, 부친이 주재한다고 가르쳐주고는 오는 사람의 명단을 알려주었다. 대여섯 명 되는 사람들 중에 내가 알고 있는 사람은 젠사쿠와 하쓰코뿐이었다. 하쓰코나 젠사쿠가 차모임 같은 데 참석하는 것이 조금 어울리지 않는 것 같다고 생각했지만, 이렇게 부유한 계급의 사람들은 지금도 여전히 이런 모임에 초대받는 것을 기꺼이 즐겁게 받아들인다는 것을 나는 때때로 봐왔다.

"부인이나 야마시타 씨는, 내일 참석하시지 않습니까?"

나는 히사우치도 아쓰코도 참석하지 않는다면 차라리 빠질까 하는 생각에 그렇게 묻자, 아쓰코는 웃으며 히사우치도 자기도 손님으로 참석하니까 잘 부탁드린다고 인사를 했다.

"그렇게 어려운 자리가 아녜요. 아버님은 맛있는 걸 대접하고 싶어 안달이시죠. 요리가 특기이시거든요. 모르는 분이 오시면 더 기뻐하세요. 다도에도 능숙하시지만, 요즘 사업도 잘돼서 아주 기분이 좋으세요. 회사를 만들게 되면 사장님이 된다는군요."

그렇다면 가리가네가 내게 얘기하던 박사가 새로 발명한 생선간장도 드디어 회사를 창립할 정도의 단계에까지 왔나 보다고 생각했다. 나는 아쓰코에게 그것을 묻고 축하의 말을 했다. 아쓰코는 자기는 자세한 것은 잘 모르지만 어떤 해안에 있는 부지를 10만 평 매입해서 마침내 건물까지 짓게 되었다고 가르쳐주고는 갑자기 생각났다는 듯이, 가리가네가 생선간장을 발명하는 데 실패했다는 것을 말하고는 얼굴을 찡그리더니, 그녀의 버릇인 듯 무릎 위에 놓인 기모노 옷자락의 무늬를 손가락 끝으로 만지작대며 집어 올렸다.

"정말 그분이 안됐어요. 되는 일이 없으니 말예요. 이제 겁이 나서 아무도 도와주는 사람이 없어질 것 같아요. 요전에 만났을 때는 씩씩하게, 성공해야겠다는 생각에 하는 게 아니라 그저 재밌으니까 하는 거라고 말씀하셨지만, 그래도 실패하는 것보다는 성공해서 돈이라도 버는 게 좋은 게 아니겠어요. 그래서 제가 그렇게 말씀드렸더니, 이런 기분은 이렇게 계속 실패하는 자기 같은 사람이 아니면, 절대 이해하지 못할 거라고 말씀하시더군요. 그래 더 이상 말 붙일 엄두도 못 내고 말았어요. 그런데 뭐 또 새로운 거라도 구상하고 계신 건가요?"

"물론입니다" 하고 나는 말했다.

나는, 가리가네가 우리들이 함께 식사했던 다음날부터 새로 시작한 발명에 대해서 조금 얘기했다. 실은 나도 그때로부터 한 달 정도 지나서 가리가네가 연구소로 쓰고 있는 간다 누룩가게의 지하실로 가서 보았는데, 그때에는 가리가네 외에, 서너 명의 남자가 거의 알몸으로 무게가 백 근이나 되는 커다란 촛불 아래서 바쁘게 움직이고 있었던 것을 기억하고 있다. 시내 한복판 복잡한 곳에 이런 곳이 있을까 할 정도로 넓은 그곳 지하실은, 어두운 사다리를 내려가면 넓이가 팔구 척에 깊이가 서너 칸이나 되는 누룩실이 몇 개씩이나 있고, 누룩꽃이 하야스름하게 피는 새콤달콤한 냄새로 가득 차 있고, 부풀어오른 쌀이 깊이가 얕은 상자 속 정면에 파도 모양을 이루고 있었다. 숨이 막힐 것 같은 주위 벽에는 습기를 자욱이 끼게 하는 물기가 이슬이 되어 점점이 맺혀 있었다. 가리가네에게 이런 눅눅한 습기가 참기 힘들지 않느냐고 물으니, 이 습기 때문에 우리들은 이렇게 벌거벗고 있지 않을 수 없다고 가리가네는 설명했다. 만일 옷을 입는다든가 허리에 무얼 걸친다든가 하면 누룩이란 것은 두부 버짐과 마찬가지로 세균이기 때문에 몸의 습한 곳에 누룩꽃을 피우고 금방 버짐이 된다고 한다. 가리가네는 거기에 있는 동안은 쌀에 빠짐없이 누룩꽃이 필 수 있도록 계속 비벼서 하나하나 떼어내기도 하고 뒤집기도 했다. 자신의 연구는 가쓰오부시를 끓이고 남은 찌꺼기를 발효하는 것에서 지금은 생선살과 생선뼈를 직접 간장으로 변화시키는 연구로 옮겨졌는데, 실험을 도저히 여기서 할 수 없어 누룩가게에서는 그저 누룩 연구만 하기로 하고 집으로 돌아가서 운전수 대기실 찬장 속에서 생선 내장을 발효시키고 있는데, 운전수들이 생선 발효하는 냄새를 참기 힘들다고 불평해서 이제 더 이상 자동차 대여점에서는 연구를 계속할 수 없게 됐다고 내게 얘기했다. 그래서 내가 아쓰코에게 그런 가리가네의 불만을 이야기하자 아쓰코는 눈을 가늘게 뜨고 내가 말하는 것을 듣고는,

"그러면, 가리가네 씨가 어떻게 하는 게 좋을까요" 하고 내게 물었다.

그러나 나라고 해서 가리가네도 모르는 그런 걸 알 리가 없으므로 지금까지 그대로 묻지 않고 있다고 대답하고, 그러면 내일 뵙겠다고 말하고 돌아가려고 하자 아쓰코는 나를 붙잡았다.

"그래도 가리가네 씨에게 조금이라도 돈이 있으면 그런대로 어떻게 되지 않을까요? 어떻게 생각하세요?"

"그야 그렇겠지만, 워낙 그런 사람이라, 돈 얘기는 전혀 입 밖에 내본 적이 없어서" 하고 나는 말했다.

"그러면, 기회를 봐서 꼭 좀 물어봐주실 수 없으세요. 크지 않은 금액이라면 제가 융통해드려도 괜찮은데, 제 입으로는 그런 말을 하기 어렵고, 더구나 제가 돈을 낸다고 하면 어떤 일이 있어도 그분은 받지 않으실 겁니다. 매번 죄송합니다만, 또 부탁드려도 될까요."

"그러면 그것도 제가 말해보지요." 나는 대답하고, 제발 내일 나를

어려운 상석에만은 앉히지 말아달라고 단단히 부탁한 후 그날은 그대로 돌아왔다.

그날 밤 나는 가리가네를 찾아가서 또다시 야마시타 부인을 만났다는 것을 말하는 김에 부인의 의사를 그대로 가리가네에게 말해보았다. 그러자 가리가네는 역시 호의는 고맙지만 자기로서는 그것만은 받아들일 수가 없다고 말했다.

"그렇다면 자네, 여기에서 나가 어딘가 연구소에 들어가든가, 뭔가를 할 확실한 계획 같은 게 있는가" 하고 나는 물어보았다.

"아니, 실은 그래서 지금 고민 중에 있습니다만, 저는 조만간 이 가게에서 나가려고는 생각하고 있습니다. 이제 더 이상 여기에 있어도 아무것도 할 수 없고, 제가 여기 있으면 다른 사람에게 폐만 되기 때문에, 언젠가 야마시타 씨가 말씀하신 그 물산연구소에라도 소개를 받아서 들어가면 어떨까 하고 생각하고 있는데, 어떻게 생각하십니까?"

나는 가리가네의 그 질문에는 빨리 대답할 수가 없었다. 막다른 골목에 다다랐다고는 하지만, 히사우치의 동정에 그대로 응하려고 생각하고 있는 가리가네의 마음에서 남성적이고 솔직한 감정의 아름다움이 느껴졌다. 가리가네와 히사우치와 같이 대립적인 입장에 있는 사람이라면 누구라도 이런 경우 마음이 꺼림칙하기 마련인데 가리가네는 자신과 히사우치가 어떤 관계에 있었는지 이미 잊어버렸을 것이다.

"자네에게 그런 생각이 있다면 내가 언제라도 히사우치 씨에게 말할 수 있지만, 그보다도 자네 아쓰코는 감정적으로 이미 정리가 된 건가? 앞으로 또다시 내가 이런 일로 뛰어다니는 일이 생기면 그때는 나도 모르네" 하고 나는 말했다.

"그런 일은 결코 없을 겁니다. 제게 지금 간장 이외에 다른 생각을 할 여유가 없습니다."

"그렇다면 아쓰코 씨로부터든 야마시타 씨로부터든 연구비를 빌려도 괜찮다고 생각하는데, 자네 생각은?"

"아니, 그것만은 참아주십시오" 하고는 가리가네는 입을 다물어버렸다.

나는 이러한 가리가네의 혼란을 틈타 아쓰코가 말한 것을 억지로 강요하는 것은 무리라는 생각이 들고 가리가네가 곤란해 하는 것도 무리는 아니라고 생각했기 때문에, 가리가네가 입을 꼭 다물고, 이 미묘한 문제로 고민하는 모습을 보며 생각 없이 입을 놀린 것을 후회했다. 잠시 후 가리가네는 두세 번 눈을 빨리 깜빡이고는 미간에 확실한 결의를 나타내는 얼굴 표정을 지으며 나를 쳐다보았다.

"저는 아까부터 생각해봤는데, 역시 돈만은 다른 사람이라면 몰라도 야마시타 씨나 아쓰코 씨에게서는 빌리는 게 도리가 아니라는 생각을 했습니다. 제발 그것만은 거절해주십시오. 그리고 이런 것까지 말씀드려도 괜찮은지 모르겠습니다만, 실은 말하기 아주 어려운 일인데, 지난번에도 아쓰코 씨가 말한 것으로 기억하는데, 제가 아쓰코 씨와 약혼하기 전에, 아쓰코 씨의 먼 친척뻘로 아야베(綾部) 하쓰코란 여자가 있었는데, 그 사람과 저 사이에 혼담이 이루어질 뻔한 적이 있었습니다. 그런데 저희 조모님이 반대해서 깨진 적이 있죠. 실은 그 여자 집이 이번에 파산하게 됐다는 얘기를 들었습니다. 그게 굉장히 마음에 걸려 고민 중에 있습니다. 지금까지도 그 하쓰코란 여자는 늘 마음에 걸렸었는데, 파산했다고 하니 그냥 있을 수가 없군요. 뭐 좋은 방법이 없을까, 요즘 그게 아쓰코 씨 일보다도 더 걱정입니다."

"자네 조모님은 돌아가셨나" 하고 나는 물었다.

"네, 조모님은 작년에 돌아가셨습니다. 저는 조모님 걱정만 듣지 않았더라면 당초 하쓰코란 여자와 결혼했을 겁니다. 저는 이 여자를 아쓰코 씨보다도 더 좋아하긴 했었습니다. 지금 생각하니 더 마음에 걸리는군요."

　가리가네가 그렇게 하쓰코 일로 걱정하고 있다면 지금 아쓰코나 야마시타로부터 돈을 빌리기는 정말 어렵겠다는 생각이 들었다. 더구나 가리가네의 감탄할 만한 지금의 기분도 하쓰코와 통할 통로는 이미 끊어진 상태다. 게다가 하쓰코와 히사우치의 정사를 알고 있는 나로서는 지금은 더 이상 말하기가 어렵다고 생각했기 때문에 나는, 자네와 여자 관계에 대해선 사정을 잘 모르기 때문에 뭐라 참견할 수 없지만 연구소 건은 언제라도 야마시타에게 부탁할 수 있다고 말하자, 가리가네는 그건도 당분간은 자기 연구의 진행을 봐가면서 부탁하고 싶으녀 그때까지 기다려달라고 말했다. 나는 그날 밤은 그대로 돌아왔지만, 돌아오는 길에 내 머리에 문득 떠오른 생각은, 가리가네가 아쓰코를 생각하고 있는 것이 내가 상상하고 있는 정도로 깊은 것은 아니라는 것이었다. 막다른 골목에 다다른 애정이란 것은 가끔 불순물의 방해를 받아 자기를 잊어버릴 정도로 상대를 사랑하고 있다고 잘못 판단한 결과 실제 이상으로 자신이 상대에게 기울어져 있다고 생각하게 마련인데, 침착함을 되찾음에 따라 의외로 그것이 본인이 상대라고 생각하고 있는 사람보다도 다른 사람을 사랑하고 있는 경우를 자주 우리들은 발견한다. 가리가네의 지금의 경우도 그와 비슷해서 아쓰코를 사랑하는 이상으로 하쓰코를 더 사랑하고 있는 것은 아닐까. 만일 그런 게 아니라면 아무리 가리가네라고는 하지만, 아쓰코를 그렇게 담담한 태도로 대할 수는 없을 거라고, 나는 생각했다.

4

　다음날 야마시타 씨 댁의 차모임은 오전부터 시작되었다. 야마시타 씨 댁 정원의 대기실에는 젠사쿠, 하쓰코, 아쓰코, 히사우치, 그리고 내가 처음 보는 다른 친척 몇 명이 모여 엔자*에 앉아 차모임이 시작되기를 기다리며 마음을 가다듬고 있었다. 아쓰코는 골이 깊은 검은색 비단 지지미 하오리에 국화 모양만 남기고 옅은 주황색으로 물들인 기모노, 하쓰코는 양끝이 뾰족한 타원형을 이어 맞춘 무늬를 홀치기 법으로 염색한 하오리 밑에 엷은 회청색 세로줄 무늬의 기모노를 입었고, 하오리를 입지 않은 히사우치는 평상시에 즐겨 입던 것과는 다른, 매듭을 감춘 하카마** 복장을 하고 있었다. 그리고 각자의 손에 접는 부채***를 들고 있었다. 얼른 보기에 전체 정원 중에 다실에 딸린 뜰은 그다지 넓어 보이지 않았지만, 그래도 사루도****에서부터 깔려 있는 징검돌, 정원수, 석등 그리고 자단 등이 봄에 돋아나는 잡초와 어우러져서 자연스런 풍취를 잃지 않고 있었다. 특히 대나무 창살 옆으로 보이는 측실의 손 씻을 물을 떠놓는 푼주와 디딤돌의 형태의 아름다움이 가장 내 눈길을 끌었다. 나는 두세 명의 손님과 섞여 평평한 징검돌의 높이를 비교하면서, 물을 골고루 잘 뿌려놓은 사루도의 나카쿠구리*****에서 우물******사이를 왔다 갔다 했다. 뒤를 돌아다볼 때마다 아침 햇살을 받은 어린 잎 사이로 히

---

　　* 圓座: 얇고 둥근 짚방석, 다도에서 대기할 때 걸터앉는 의자에 까는 방석.
　　** 일본 옷의 겉에 입는 주름 잡힌 하의, 하오리와 함께 정장의 경우 입음.
　　*** 일본 다도에 꼭 필요함.
　　**** 猿戸: 정원 입구의 간단한 나무 문.
　　***** 中潛: 마당과 다실 전용 건물의 사이를 격리하기 위한 울타리에 설치한 중문. 허리를 구부리고 드나들었음.
　　****** 다실에 들어가기 전에 손 씻는 의식을 치르는 곳.

사우치의 젖은 입술이 반짝반짝 빛나고 있는 것이 눈에 띄었다. 아쓰코와 하쓰코는 히사우치 뒤를 따라가기도 했다가 잠시 서서 얘기하기도 했는데, 특히 이날 하쓰코는 전날보다도 한층 더 아름다웠다. 커다란 눈에는 아무런 감정도 드러내지 않고, 다소곳이 바람에 떨어져 쌓인 나뭇잎 위에 흩어져 있는 소나무 잎과 징검돌 사이를, 마치 안개가 흘러 건너가는 것처럼 그윽한 정취를 자아내며 움직이고 있었다. 젠사쿠는 조금 전부터 여전히 여기저기 바쁜 듯이 걸어다니며 혼자 뭔가 중얼거리기도 했다가 나뭇잎 위를 손가락 끝으로 만져보기도 하면서 내 옆으로 다가왔다. 나는 젠사쿠가 어떻게 차모임 같은 데 흥미를 갖게 됐는지 몰랐지만, 그는 의외로 능숙하게 다실 앞뜰을 걷는 풍습에 따라 정원수를 감상하고, 호랑가시나무와 노송나무가 조화를 아주 잘 이루고 있다든가, 석등 옆에 비파나무와 단풍이 앞뒤로 나란히 있었으면 더 좋았겠다든가 하는 말을 하더니, 이번에는 석등 가사가 받침보다 너무 큰 게 마음에 걸린다든가, 다섯번째 징검돌 모양이 약간 너무 길다든가 하는 말을 하고는, 뒤에 온 하쓰코에게 느닷없이 이 뜰에 정원수가 몇 그루 있는지 세어보았느냐고 물었다. 하쓰코는 미소를 띠고 정원을 한 번 훑어보고는,

"그러면 젠사쿠 씨도 세어보셨어요?" 하고 되물었다.

"물론."

"그럼, 나무 종류가 몇 가지나 되죠?"

젠사쿠는 대답하려다 질문이 나무 종류에 관한 것이라는 것을 깨닫자 갑자기 말문이 막혀 아무 말도 하지 못하고 머리를 긁적였다. 나도 나무 종류가 몇 가지나 되는지는 주의해서 보지 않았기 때문에 그것을 기회로 다시 한 번 정원을 젠사쿠와 함께 돌아다보았다. 소나무, 단풍, 후피향나무, 호랑가시나무, 매화, 모밀잣밤나무, 떡갈나무 등등 수를 세

고 있는데, 히사우치가 내 곁으로 다가왔다. 그는 나에게 다실 앞 정원의 결점을 들먹였다. 석등의 위치가 다실 입구에서 너무 떨어져 있고, 자갈이 인공 자갈이라 이끼가 잘 끼지 않아 나쁘고, 수문 앞 돌이 깊이 박히지 않아 떠 있는 것처럼 보인다고 설명했는데, 그러는 사이에도 나는 히사우치의 설명보다도 하쓰코가 무엇을 하고 있는지, 그녀의 거동에 주의를 더 기울였다. 하쓰코는 솜털이 듬성듬성한 화사하고 작은 손으로 햇살을 가로막으며 아직도 계속 정원의 나무 수를 세고 있었다. 그 옆에서 아쓰코는 관목 밑동 옆에 웅크리고 앉아서, 붉은색 안감이 보이는 소맷자락이 관목 밑의 잡초 위로 질질 끌리는 것도 모르고, 주인이 마중 나오는 것만을 학수고대하는 사람처럼 감탕나무의 붉은 열매에 정신이 팔려 있었다. 이렇게 겉으로 보기에는, 히사우치, 하쓰코, 아쓰코 그리고 젠사쿠, 이 네 사람 사이에 갈등이 존재하는 것처럼은 보이지 않았다. 모두가 화창한 봄 햇살에 빛나는 차모임을 앞둔 전경에 어울리는 모습이었다.

얼마 지나지 않아, 곁방에서 차를 끓이는 데 쓰일 불 준비가 다 된 듯, 주인인 박사가 기다리고 있던 손님을 맞이하러 나타났다. 주인은 주빈부터 차례대로 손님 하나하나와 인사를 나누고, 말석에 있는 히사우치의 차례가 오자, 다시 곁방 쪽으로 돌아갔다. 우리들은 엔자를 벽에 세워놓고, 안 정원으로 들어갔다. 아쓰코가 말한 대로 오늘 차모임은 편안한 모임인 듯, 정원을 걷는 손님 중에 소곤소곤 얘기하면서 걷는 사람도 있었다. 우리들이 우물에서 손을 씻고 입에 물을 적시는데, 내 앞에 있는 젠사쿠는 낭패를 본 얼굴로 다실의 박공을 유심히 살핀 후, 다음은 편액 순서지, 하는 식으로 뒤에 있는 나에게 예법에 도통한 표정을 지어 보이는 것이었다. 내 뒤에 있는 하쓰코는 자연스런 동작으로, 손을 씻는 것부터 무릎걸음*으로 다실에 들어가는 것까지 거뜬히 해내며, 내 뒤를 바싹 따라왔기 때문에, 나는 막힘 없이 술술 흐르는 선명한 하쓰코의 마음을 한층 가까이서 느낄 수 있었다. 실은 이제까지 나는 하쓰코가 제일 못하는 것으로 생각했는데, 실제로 움직이기 시작하니 그녀는 누구보다도 어색한 동작을 하지 않는 것이었다.

내가 좌석에 앉는 순서가 돌아와, 나도 젠사쿠처럼 도코노마* 앞에 가서 부채를 꺼내고 족자를 감상한 후 젠사쿠 옆에 나란히 앉았다. 도코노마는 벽에는 산수화 족자, 그리고 바닥에는 하얀 동백꽃을 세 송이 꽂은 세로로 좁고 긴 구리병으로 장식되어 있었다. 말석을 맡은 히사우치의 도코노마 감상이 끝나자 우리는 모두 순서대로 주인이 앉아 차를 끓이는 곳으로 옮겨가서 화로 앞에 섰다. 나는, 손님들이 가마의 생김새와 손잡이를 쳐다보기도 하고, 화로 가운데 있는 숯과 선반에 즐비한 기물을 보기도 하는 사이에, 히사우치의 거동에 주의를 기울이고 있었는데, 이 청년은 아쓰코가 때때로 내 얼굴을 쳐다보면서 어색한 미소를 짓는 것과는 달리, 시종 신중한 태도를 취하면서 다다미 테두리도 자연스럽게 밟지 않고, 부채를 잡는 것부터 무릎걸음까지 제일 어려운 말석 역할을 아주 잘해내는 것이었다. 내가 다도에 대해 자세히 알지도 못하면서 겁도 없이 이날 참석한 것은, 이 히사우치를 관찰하고 싶은 충동 때문이었다. 히사우치처럼 내면에 복잡한 지식이 뒤섞여서 분열 상태에 있는 근대 청년이 이렇게 고색창연한 다도에 어떤 흥미를 느끼는가 하는 것을 한 번쯤 관찰해보고 싶었다. 아마 누구라도 나 같은 충동을 느꼈을 것이다. 그러나 나는 이미 히사우치의 의식의 흐름을 알 것 같았다. 그는, 내 견해가 틀림이 없다면, 전쟁이 한창이던 때에 다도를 확립

* 전통적인 다실의 문은 문설주가 낮아서 서서는 들어갈 수 없다. 그래서 다실을 들어갈 때는 무릎으로 걸어야 한다.
* 床の間: 일본식 방의 상좌에 바닥을 한층 높게 만든 곳. 벽에는 족자를 걸고, 바닥에는 꽃이나 장식물을 꾸며놓음.

한 리큐*의 정신을 이어받으려는 생각일 것이다. 지금 비록 시대는 다르지만, 그 옛날 전국 시대만큼이나 정신의 혼란을 우리는 경험하고 있다. 지금이 아마도 전국 시대에 가장 가깝게 정신이 흐트러져 있는 시대일 것이다. 우리 나라 문물의 발전이, 누가 뭐래도 다도를 중심으로 발전해온 이상 정신 통일을 리큐에게서 찾아보는 것이 가장 빠른 길임이 틀림없다는 생각을 히사우치는 할 것이다. 다도의 극치를 화경청적**이라고 리큐는 말한 반면, 그 뜻을 확대 해석해서, 다른 사람에게 보이기 위해 수양하는 것이 아니라 자신의 마음을 들여다보기 위한 도장으로 만들기 위해 노력하며 오늘날에 이른 것은, 정신생활의 혼란을 막을 깊은 비밀이 여기에 있을 것이라고 히사우치는 직감했기 때문일 것이다. 게다가 오늘 밤 그는 주위에 신경이 많이 쓰이는 나와 젠사쿠 거기다 하쓰코와 아쓰코까지, 얽히고설켜 마음의 혼란을 야기하는 존재를 모두 한자리에 모아놓은 것도, 자신의 혼란을 보기 좋게 극복하여 어떤 형태로든 통일을 꾀해보려고 각오를 한 후 계획한 것이 아니라고 누가 장담할 수 있겠는가. 그와 같은 인물은 반드시 혼란을 양식처럼 먹으면서 자신의 성장을 도모하기 때문이다.

조금 후 손님들이 모두 좌정하자, 주인이 나온다는 신호로 부엌문을 비로 두드리는 소리가 들려왔다. 그리고 주인이 다도문에서 나오자, 머리가 벗겨진 중년의 주빈이 박사에게 날씨 인사를 했다.

"오늘은 날씨가 쾌청해서 정말 다행입니다."

흰 머리가 희끗희끗한 박사는 갸름한 얼굴로 다정다감한 눈초리로 일동을 둘러보았다. 모두가 박사에게 인사를 하자, 겸연쩍은 표정으로

---

 * 利休: 일본 다도의 완성자.
** 和敬淸寂: 다도에서 유의해야 하는 말로, 남에게는 화경으로 대하고, 다실이나 다구는 조심스럽고 깨끗이 하는 일.

허리를 쭉 펴고 화로 앞으로 갔다. 그런데 박사에게는 다도 예법이고 뭐고 없는 것 같았다. 주섬주섬 적당히 앉아 곧바로 바지락조개로 만든 고리가 달린 가마를 만지작거리고, 이로리*를 향해 깃털로 만든 작은 비를 쓰기 시작했다. 손님들은 차례로 다시 이로리 속을 쳐다보려고 일어서서 갔다. 박사가 호리병박으로 만든 숯그릇에서 숯을 꺼내 화로에 얹기 시작하자 주빈이,

"그 호리병박 숯그릇은 꽤 멋스러운데, 어디서 구하셨습니까?" 하고 물었다.

"이건, 제가 직접 손으로 만든 겁니다. 변변치 못하지만, 그냥 참고 봐주십시오." 박사가 말했다.

주빈 뒤를 이어 무릎걸음으로 온 다음 손님은 산수 그림을 칭찬하고, 그 다음 손님은 차주머니의 감을 칭찬했다. 다음 사람은 찻잔을 씻은 물을 담는 나무그릇, 그리고 가지 모양의 솥뚜껑 손잡이를 칭찬하고 나서 젠사쿠 순서가 되었다. 그러자 그는 얼른,

"오래된 동으로 만든 화병이 멋있습니다. 저런 화병을, 저는 아직 본 적이 없습니다만, 어떻게 구하셨습니까?" 하고 물었다.

박사는 싱글벙글 웃으면서 도코노마의 동백꽃을 꽂은 화병을 바라다보면서,

"마음에 드십니까? 칭찬해주셔서 감사합니다. 저 물건은 우리 집에는 과분한 것입니다" 하고 인사했다.

그러고 보니 과연 화병 문양이 어디서 하사받은 물건인 것 같았다. 서투른 듯한 굵은 선이 돌출되어 있는 모습이 기품 있게 다도의 정신을 품고 있는 것처럼 보였다. 다음에 내 차례가 되었는데, 마땅히 할 말을

---

* 圍爐裏: 마룻바닥을 사각형으로 도려 파고 방한용 혹은 취사용으로 불을 피우는 장치.

찾지 못해 먼저 이름을 말하고, 오늘은 아름다운 정원과 다도 기물을 보여주셔서 감사하다는 말을 하는데, 문득 눈앞의 검은 옻칠을 한 이로리 속을 들여다보니, 앗, 하고 나도 모르게 소리를 지를 정도로 아름다운 재*의 색깔에 눈이 번쩍 뜨였다. 오늘 차모임의 구경거리는 다름아닌 바로 이 이로리 안이라고 깨달았다.

"참으로 아름다운 재입니다. 이것은?"이라고 내가 묻자, 박사의 지금까지 싱글벙글 하던 미소가 갑자기 사라지더니, 박사는 허리를 쭉 펴고 내 얼굴을 바라다보았다.

"이것은 아라래(霰) 재와 후쿠사 재를 반반씩 섞어봤는데, 재를 만들 때 재에 부을 차를 끓일 때 차가 조금 진한 것 같기도 했는데, 어떨지 모르겠군요."

이로리 속에 얇게 깔아놓은 재 가운데 우뚝 솟아 있는 오리 모양의 삼발이와 그 발톱과 엷은 차색의 재를 감싼 화덕의 붉은 돌의 색조화가 볼수록 나른하면서 한가로운 봄 풍경을 연상시키는 것이었다. 그러나 다음 순간 나는 괜히 어설프게 말을 잘못 꺼냈다는 것을 깨달았다. 왜냐하면 박사는 양조학의 대가로, 재의 색깔에 대해 말을 꺼내면 주인은 바로 자신의 직업을 떠올릴 것이기 때문이다. 박사의 설명에 의하면 차가 끓으면 위에 뜨는 거품을 건져내고 남은 물로 재를 씻은 후 크고 작은 채에 걸러낸 것인데, 속에 섞여 있는 아라래 재의 제조법은 다른 사람들은 모르는 자신만의 방법임이 틀림없었다. 그러나 그건 그렇고, 이때 내 머리 속에는 박사에게 선수를 빼앗겨 곤경에 빠져 있는 가리가네의 열심히 일하는 모습이 떠올랐다. 다행히 박사의 풍모는 학식과 재간을 겸비한 노신사의 모습이었고, 다도의 깊이를 느끼게 하는 화려하지 않은

---

* 다실에서 물 끓일 때 사용하는 화덕 밑에는 보통 재를 깐 후 그 위에 숯을 올려 놓는데, 재 모양, 색깔이 만드는 법에 따라 아주 다양하다.

우아함이 엿보여, 지금 눈앞에 벌어지고 있는 단아한 놀음도 오로지 가리가네를 곤경으로 모는 높은 곳의 놀음처럼 보이지는 않았지만, 저 밑바닥에서 인내하고 있는 가리가네의 빈곤을 생각하면, 한가한 봄날의 정취도 어느새 내 눈앞에서 저절로 사라지는 느낌이었다.

"숯을 더 넣을까요?"

하쓰코가 아직 숯을 다 넣지 못하고 있는 박사에게 내 옆에서 말했다. 나는 그녀는 무슨 인사를 할까 하고 기다리고 있었는데, 무슨 일이든 이상하게도 전부터 요령을 알고 있는 사람처럼 자연스럽게 하는 그녀를 보고 이때 나는 다시 한 번 감탄했다. 박사는,

"아니, 그냥 이대로" 하고 가볍게 받았다.

"그 물병은 어떤 것입니까?"

"이건 시메키리(締切)입니다."

"숯그릇이 아주 아름답습니다."

아쓰코는 정색을 하고 시아버지에게 말했다.

"이 정도면 되겠습니까?"

박사가 숯을 다 넣고 가마를 화로 위에 올려놓자 일동은 숯의 흐름을 바라보고는 각자 칭찬을 늘어놓고 자기 자리로 돌아갔다.

"그러면 식사를 내오겠습니다."

박사가 그렇게 말하고 속으로 들어가서 손수 밥상을 들고 들어왔다.

"일하는 사람을 시키시죠." 주빈이 박사에게 말했다.

손님의 말에 따라 시중 드는 여자가 나와서, 박사를 대신해서 밥상을 차례대로 나누어주었다. 박사가 들어가자 비로소 일동은 회식에 들어갔는데, 옆에 있는 젠사쿠는 벌써 아까부터 허기를 참고 있었던 듯, 눈이 가는 대로 생선구이와 회 중에 어느 것을 먼저 할까 하고 젓가락을

들고 우물쭈물 망설이기도 하고, 혀끝에 걸린 가시를 휴지 위에 살짝 뱉어서는 싸서 품에 넣기도 하는 등 여전히 평소처럼 허둥대며 식사를 했다. 국도 한숨에 들이마시다가는 주위 사람들을 둘러보고는 생각났다는 듯이 천천히 마시기도 했지만, 어느샌가 다시 허둥대고 있었다. 성격이라는 것은 배가 고플 때만은 어떻게 조정할 수가 없는 것인가 보다. 그런 데 반해 하쓰코는 차분하다기보다는 오히려 지극히 자연스럽게 젓가락을 움직이고 있었다. 나는 이 여인은 무엇을 시켜도 허둥대는 법은 없을 것이라고 생각했다. 그러나 반대로 무엇을 해도 시작 단계에서 그다지 많이 진보하지는 않을 것이다. 행동거지가 판에 박은 것처럼 늘 일정하기 때문이다. 그런데 비해 아쓰코는 젓가락질도 서투르고, 신경을 쓰면 쓸수록 평소의 덜렁대는 모습이 갑자기 드러나, 혼자 슬며시 얼굴을 붉히기도 하고, 젠사쿠의 빨리 먹는 모습을 보고 저도 모르게 웃기도 했다. 그 옆에 있는 히사우치는 약간 부석부석한 눈꺼풀로 옆을 돌아다보지도 않고 시종 똑바로 앉아 있었다.

상 위에는 처음부터 이쑤시개가 있었기 때문에 과자는 나오지 않을 것이라고 생각하고 있었는데, 과자도 나왔다. 그러나 손님들은 과자에는 손을 대려고도 하지 않고, 도코노마나, 이제 찻물이 슬슬 끓기 시작하는 가마를 보다가는 정원으로 나갔다. 나는 이 집의 측실이 보고 싶어져 혼자서 측실로 들어가보았다. 그런데 문지방의 돌의 놓임이나, 돌디딤대의 돌의 두께, 창의 크기 그리고 고사리비를 걸어놓는 곳 등에 모두 대범한 기풍이 있어, 히사우치의 가풍에 나는 호감이 갔다. 나는 측실에서 나와서 사람들이 담배를 피우고 있는 바깥 정원으로 나가서 담배를 피웠다. 그러는 사이에 히사우치는 나를 편안하게 하기 위해서인지, 내게 그렇게 가까이 붙지 않고, 중문의 걸쇠를 살펴보기도 하고, 여기저기 떨어진 소나무 잎이 쌓여 있는 모습을 바라보기도 하고, 새로 뿌린 물자국을 보기도 하면서 시간을 보냈다.

얼마 지나지 않아 시작을 알리는 징이 울리자, 내 옆에 있던 젠사쿠는 짧은 턱을 잡아당기고, 양손을 무릎 위에 모으고, 갑자기 엄숙한 표정을 짓더니 종소리에 귀를 기울였다. 그는 이상하게도 정색을 하면 할수록 오히려 우스꽝스럽게 보이는 종류의 사람이다. 우리들은 다시 다실로 들어갔다. 그런데 도코노마에 있던 화병은 벌써 이가(伊賀)요(燒) 향로로 바뀌어져 있었다. 박사가 다시 나오자, 주빈이 향로 표면에 흐르는 석영의 광택을 끊임없이 칭찬했다. 박사는 이가*의 산간 지방을 갔을 때, 어떤 오래된 집 불단에서 그것을 발견한 얘기를 간단히 말하고,

"그러면 이제 차를 끓일까요?" 하고 조용히 말했다.

선반 차주머니에서, 하얀 기름 방울이 쏟아진 것 같은 덴모쿠(天目) 차완(茶碗)이 나오고, 주머니 속에서 차그릇이 나오고, 차그릇을 훔치는 삼베 행주, 그리고 하얀 대나무로 만든 차선**, 상아로 만든 차주걱*** 등을 차례로 쟁반 위에 올려놓았다. 박사는 차그릇의 뚜껑을 집는 것도 보자기를 다루는 것도 아주 능숙했다. 그리고 눈에 띄지 않게 되는 대로 차그릇에서 차를 꺼내서 끓는 물을 부어 차선 끝으로 차를 휘저었다. 이날 박사의 행동을 보면 거창해 보이는 구석이 조금도 없었다. 무거운 가마나 물병을 들 때에도 이마에 주름 하나 생기지 않았다. 가벼운 보자기를 다룰 때나 차선을 담글 때, 물방울을 없앨 때 그리고 차선을 꺼내어 닦을 때 등 세세한 데에 이르기까지 하나하나의 행동이 손님들 마음에 청아함을 불러일으키기에 충분한 것이었다. 때때로 살짝 시

---

  * 伊賀: 옛 지방 이름, 지금의 미에현(三重縣)의 북서부.
 ** 茶筅: 가루차를 끓일 때 차를 저어서 거품을 일게 하는 도구.
*** 가루차를 떠내는 조그마한 숟가락.

선을 기물에 보낼 때의 박사의 눈도 섭심독락*의 경지에 이르러, 이렇다 할 아무런 기색도 드러내지 않았다. 기모노도 무명으로 보이는 것을 입고, 큰 코 밑으로 다재다능함이 엿보이는 입 양끝이 위로 부드럽게 올라가 있는 등, 학계를 이끌어나가기 위해서는 오히려 이렇게 온화한 모습이 아니면 안 될지도 모른다는 생각이 들 정도로 은은하면서 가벼운 면이 있었다.

짙은 차가 다 되자, 슈슈 하는 소리가 가마에서 나는 가운데, 주빈에게로 차완이 갔다. 그 차완을 차례대로 주빈부터 한 모금씩 마시며 내 차례가 돌아왔는데, 젠사쿠는 차완을 나에게 건넬 때, 저도 모르게 불쑥 고개 숙여 인사했다. 그러자 그는 그것이 이날 그가 저지른 유일한 실수인 것처럼 머리를 긁적였다. 손님들은 박사와 차의 향기와 맛 등에 대해 얘기를 나누고 있었기 때문에 아무도 그것을 알아차리지 못했지만, 아쓰코는 재빠르게 발견하고 잠시 한 손을 입에 갖다 대었다. 하지만 나는 다음 차례가 하쓰코로 여성이었기 때문에, 차완을 어떻게 건네야 할지 잠시 주저주저하다가 건넸는데, 하쓰코는 잠깐 차완을 밑으로 내려놓으려다가 다시 금방 집어올려 차를 마셨다.

차가 한 바퀴 돌 무렵, 식모가 편지 한 통을 들고 들어와 박사에게 건넸다. 그 편지는 전보처럼 보였는데, 박사는 봉투를 뜯으려고도 하지 않고 곧바로 품속에 집어넣고는 아무렇지도 않은 듯이 차완이 돌아오기를 기다렸다. 그러나 그 자리에 있던 손님들은 그때부터 왠지 입을 잘 열지 않게 되었다. 그리고 손님들이 엷은 차를 요청해서 다시 엷은 차가 한 바퀴 돌자 갑자기 차모임은 서둘러 끝을 맺었다.

우리들이 박사의 배웅을 받으며 집 밖으로 나왔을 때는 이미 늦은

---

* 攝心獨樂: 마음을 가다듬어 혼자 즐김.

오후였다. 다른 손님들은 문 앞에서 모두 내일의 후례는 서로 생략하기로 약속을 하고 헤어져서 집으로 돌아왔지만, 하쓰코와 젠사쿠는 돌아가지 않고 아쓰코 집으로 들어갔다.

5

가리가네의 새로운 간장 양조도 얼마간 윤곽이 잡혀갈 무렵이다. 야마시타 씨 댁 차모임으로부터 대충 육 개월 정도 지났을 때였던가, 어느 날 히사우치가 우리집에 찾아와서 변변치 못한 것이지만 한번 써본 것이니 시간이 날 때 읽어봐달라며 두껍게 묶은 원고를 놓고 갔다. 나는 히사우치가 돌아간 후 흥미있게 그 원고를 읽어보았다. 그 속에는 히사우치의 평소 생각이 잘 적혀 있었다. 흥미있는 신변소설 형식으로, 그 속에 하쓰코와 아쓰코 그리고 가리가네가 주로 나오는 것은 말주변이 없는 그로서는 어쩌면 가리가네와의 사건 이후 가정 내의 동요를 나에게 재빨리 글로 적어 알려서 나의 오해를 조용히 풀어두겠다는 의도도 다분히 내포되어 있을 거라는 생각이 들었다. 특히 끝부분에 내가 상상도 못했던 의외의 대사건이 일어나는 것을 보니, 히사우치도 지금쯤 마음을 정리해야 할 필요를 느껴 쓴 것임에 틀림없다는 생각이 들었다. 여기서 나는, 그 얘기 속에서 가리가네와 히사우치와 함께 회식하던 날 밤 귀가하는 부분부터 발췌해서 읽는 것이 좋을 것 같아 그 부분부터 발췌하기로 한다. 물론 이름을 바꾼 가리가네와 아쓰코 그리고 하쓰코 이름도 혼란을 막기 위해 내가 마음대로 본명으로 바꾸어놓는 게 좋을 것 같다. 히사우치의 어설픈 글솜씨로 쓴 이야기를 보면 히사우치의 의식의 흐름을 읽기가 어렵지만 그 이해하기 어려운 것을 그대로 표현하려고 노력한 바로 그 점이 그의 원고의 장점이기도 하다.—

회식이 끝나고 야마시타 히사우치는 가리가네와 헤어져 아쓰코와 함께 집으로 돌아오는 길에 그때까지도 북적이고 있는 번화한 큰길로 나오자 멍하니 한 자리에 서서 전면에 솟아 있는 빌딩의 새카만 창을 바라다보았다. 밤거리에 나와 있는 새장수가 길바닥에 쭈그리고 앉은 채 추운 듯이 몸을 움츠리고 묵묵히 새장 속의 동박새를 바라다보고 있는 것도 모르고 아쓰코는 가솔린 냄새가 섞인 밤바람에 소맷자락을 날리며,

"뭐 하고 계세요, 당신" 하고 히사우치에게 답답하다는 듯이 말했다. 그래도 히사우치는 입을 다문 채 몸을 움직이려 하지 않았다.

"긴자로 가요. 저 오비 하나 사고 싶어요."

히사우치는 그때 갑자기 길바닥 쪽에서 팔딱팔딱 날갯짓 소리가 들려와 새장으로 시선을 옮기고 그 옆에 쭈그리고 앉았다. 새장 옆까지 한쪽으로는 지붕 없는 골동품 가게가 철물로 새까맣게 가득 차 있었는데, 새장수는 그 앞에서 히사우치는 쳐다보지도 않고 햇볕에 그을린, 축 늘어진 뺨에 콧물을 줄줄 흘리면서 새의 동작만을 하염없이 바라다보고 있었다. 그들 뒤에서는 자동차와 버스가 세차게 질주하고 있었지만 새장수와 히사우치 사이에는 살을 에도록 적막한 세상 바닥의 한기가 숨어들고 있었다. 히사우치는 아까부터 자신이 대체 무슨 생각을 하고 있는 건가 하는 의구심이 들었다. 분명히 자신은 지금 불쾌하다. 자기가 원했던 가리가네와의 만남 때문일까? 아니, 그건 아니다. 아쓰코가 자기 앞에서 가리가네에게 사죄했기 때문일까? 아니 아니, 아니야.—히사우치는 자신이 어떻게 행동해야 좋을지 모르는 가운데서도 지금은 옆에 있는 아쓰코라는 존재가 자신을 우울하게 만드는 근원이라는 생각이 자꾸 드는 것이었다. 자신은 아쓰코를 사랑해서 결혼했다. 그러나 아쓰

코 같은 여자는—저런 여자에게 사랑이란 게 있을 리 없다. 아니, 사랑, 사랑 같은 건 자신에게도 아쓰코에게도 존재하지 않는다.—

그러나 그런 것과는 전혀 상관없이, 바로 이때, 히사우치의 내면에서는 당당한 풍채의 새장수가 이렇게 풀이 죽어 낙담해 있는 운명에 대해 생각해보았다. 새장수는 지금부터 모두가 쥐 죽은 듯 잠이 든 집으로 돌아가서 바스락바스락 새장을 정리해놓고 소맷자락이 다 닳아빠진 옷에서 빠져나와 잠자리로 미끄러져 들어갈 것이다. 그리고 자신은 이제부터 집으로 돌아간다. 그러면 아쓰코는 입에서 나오는 대로 거짓말을 늘어놓으면서 시끄럽게 입을 놀릴 것이다. 히사우치는 또 뭔가를 생각하는 듯하다가 얼굴을 들었으나 이미 아쓰코의 모습은 보이지 않았다. 그는 아쓰코가 갔을 것 같은 방향으로 발걸음을 내디뎠지만 그녀를 찾으려는 마음은 일어나지 않았다. 그는 걸어가면서 어제까지 가리가네에게 느꼈던 승리감이 이유 없이 무너져내리는 것을 순순히 받아들이면서도 갑자기 참을 수 없는 초조함이 엄습해오는 것을 느꼈다.

'아쓰코에게 가리가네를 만나게 한 게 실수였다.'

문득 그런 생각이 들었다. 그러나 그는 실수였다면 실수인 채로 앞으로 더욱 재촉을 해서라도 아쓰코에게 가리가네를 만나게 해야겠다고 생각했다. 하지만 그런 게 다 무슨 소용이 있을까. 아니 아무 소용이 없더라도 괜찮다.—히사우치는 이렇게 생각하자 왜 괜찮은지에 대해서는 더 이상 생각하려고도 하지 않았다. 그리고 갑자기 어제부터 왠지 마음에 걸렸던 하쓰코 생각이 났다. 그는 걸음을 멈추고 고개를 갸우뚱거리다 맥 빠진 듯이 주위를 돌아보고는 성큼성큼 차도로 나가 자동차를 세웠다. 그는 아내가 간 방향과는 정반대로 차를 돌려 혼고 쪽으로 가라고 말하고는 갑자기, "앗" 하고 아무에게도 들리지 않게 외쳤다. 그러나 생각난 사실이 너무나도 바보 같다는 생각이 들었지만, 그대로 정신을 가다듬고 자동차와 함께 더듬어갔다.

혼고의 마사고초(眞砂町)에서 자동차를 내려 히사우치는 언덕을 올라갔다. 여기는 그가 대학에 있을 때 몇 번씩이나 다녔던 곳인데, 하쓰코가 도쿄로 오고부터는 부친이 그녀의 보증인인 관계로 두세 번 아버지를 대신해서 하쓰코를 만나러 온 적이 있었다. 그는 돌담 사이에서 먼지투성이가 되어 매달려 있는 풀잎을 꺾어 손가락 끝에 말면서, 자신이 하쓰코와 만나서 도대체 무엇을 하려는 것일까 생각해보았다. 명료한 대답이 떠오르기도 전에 벌써 언덕에서 옆으로 돌아 닳아 움푹 팬 돌계단을 올라 하쓰코가 있는, 여염집과 조금도 다름없는 기숙사에 도착해 있었다. 그는 그 앞으로 다가가, 널빤지 담 위에서 내려다보고 있는, 잎이 다 떨어진 매화 고목을 통해 이층 쪽을 올려다보았다. 그때까지 조용히 문창호지에 비쳐져 움직이지 않던 세 여자의 그림자가 서로 뒤엉켜 흔들리기 시작했다. 그러나 화로에서 종이를 태우는 듯이 점차로 줄어들어 명료한 원래의 세 사람의 그림자로 돌아갔다. 히사우치는 그 속에 하쓰코가 분명히 섞여 있다고 직감했다. 그는 이제부터 하쓰코를 찾아가도 부자연스러울 게 하나도 없다고 생각했다. 그는 그녀의 그림자를 보기만 해도 지금까지 있었던 초조함이 가라앉는 것을 느꼈다. 그러자 갑자기 싱글벙글 미소를 떠올리며 걷기 시작했다. 이렇게 지금 자신이 하고 있는 것처럼 젠사쿠도 똑같이 했음이 틀림없다는 생각이 문득 들었기 때문이다. 아아, 그 남자도 불쌍하다는 생각이 들며 동시에 가산이 무너지려고 하는 하쓰코도 한층 안쓰러워지는 것이었다. 반년 전에 벌써 시집을 갔더라면 좋았을 것을 반년 차이로 이제 그녀는 아무것도 해갈 수가 없게 되어버린 것이다. 그렇다면 아쓰코가 하쓰코보다 행복한 것인가. ―

여기까지는 논리정연하게 생각한 것 같은데 돌계단을 내려가려고 몸을 앞으로 숙이려는 순간 돌연 지금까지 떠오르지도 않던 가리가네의 모습이 뭐라 형용할 수 없는 바보 같은 모습으로 보이기 시작하는 것이었다. 그러나 막상 돌계단에 발을 내딛자 마음에 여유가 생겨 유유히 언덕을 내려갔다. 그리고 어느새 소리도 없이 엄습해오는 가리가네를 경멸하는 마음이, 마치 만족스럽다는 듯이 그 모습을 점점 드러내는 것을 느끼자, 아아, 허무한 것, 하며 그는 비로소 마음을 다잡아보려고 하는 것이었다. 정체를 알 수 없는 불안이 역습을 해와 상념을 떨쳐버리려고 노력했지만 허사였다. 얼마 후 다시 느긋한 상태로 돌아오자 히사우치는 언덕 중간 돌계단에서 몸을 버티고 하늘을 올려다보았다. 그는 시야에 들어오는 시계 중심을 구름 사이를 헤쳐나온 달에다 놓고 주위의 건물과 거리를 둘러보았다. 골짜기처럼 양쪽 거리에서 내려가 있어 움푹 들어가 있는 가스가초(春日町) 교차로의 전차가 전차 줄에 불꽃을 치지직 치지직 튀기며 지나갔다. 그는 불현듯 다시 언덕을 올라가 기숙사 앞까지 돌아가, 조금도 주저하지 않고 기숙사 속으로 들어가 하쓰코와의 면회를 신청해버렸다.

'아니, 이렇게 하는 게 아니었어.'

그런 생각이 들었을 때는 이미 늦었다. 하쓰코는 곧 나왔다. 그녀는 별로 놀란 것 같지 않았다. 당연히 와야 할 손님이 온 것 같은 표정으로,

"올라오시죠" 하고 말했다.

"잠시, 이 근처를 산책하지 않겠어?"

"좋아요."

하쓰코는 다시 한 번 안으로 들어가려고도 하지 않고, 바로 그 자리에서 게다를 신고 히사우치를 따라나섰다.

"특별히 용건이 있는 건 아니야, 그냥 오고 싶더라고."

하고 히사우치는 말했다.

"네에."

히사우치는 하쓰코와 나란히 삼가 방향으로 걸어갔다. 두 사람에게
는 할 말이 없었다. 그는 아쓰코에게는 자기가 왔다는 것을 말하지 말아
달라고 말하려다, 아니, 말해도 상관없다고 생각했다. 두 사람은 찻집으
로 들어가 서로 마주 앉아 차를 마셨다. 그러나 여전히 두 사람에게는
아무런 할 말이 없었다. 차를 마시고 그곳을 나와서 그 주위를 한 바퀴
돌고 다시 기숙사를 향해 돌아가면서,

"나, 오늘, 가리가네라는 사람을 만났어."

하고 히사우치는 느닷없이 말했다.

"그러셨어요. 그분 변함이 없지요? 그러고 보니 가리가네 씨를 모
르고 계셨네요."

하쓰코는 잠시 히사우치를 보고 웃었다. 히사우치는 하쓰코가 자신
과 가리가네가 만났다는 게 조금도 이상하지 않다는 듯이 웃는 것을 보
고 문득 한순간 하쓰코 마음속을 모르겠다는 생각이 들었다. 그러나 그
와 동시에, 히사우치는 하쓰코가 한층 깊이 자기 속으로 파고들어왔다
는 것도 느꼈다.

"아쓰코 씨, 별고 없으시죠?"

"응"이라고만 히사우치는 대답했을 뿐이었다.

히사우치는 하쓰코를 기숙사까지 데려다주고 그날 밤은 그대로 집
으로 돌아왔다.

그로부터 한 달이 흐르자 하쓰코에 대한 생각이 히사우치 머리에서
점점 사라져갔다. 그러던 어느 날 그는 갑자기 하쓰코가 보고 싶어져 전
화를 걸었다. 하쓰코는 곧 약속 시간에 만나기로 한 장소에 나왔다. 이
때에도 둘은 식사를 하고 조금 걷다가 히사우치가 하쓰코를 기숙사까지

데려다준 것이 전부였다. 그 다음도 역시 마찬가지였다. 히사우치는 하쓰코를 만나는 횟수가 거듭되어도 오늘도 또 별다른 일이 없을 것이라고 생각하게 되었고 또 그렇기 때문에 성에 차지 않게 느껴질 때도 종종 있었지만 그런 것이 오히려 두 사람이 만날 다음 기회를 한층 용이하게 만들어갔다. 히사우치는 하쓰코와 함께 있는 동안은 위험 구역에 두 사람이 가까이 가고 있다는 생각이 전혀 들지 않았다. 그런 생각보다는 하쓰코와 헤어져 집으로 돌아와서 아쓰코를 보면 금세 불안한 기운이 방 구석구석 스며드는 것을 느끼게 되었다. 그로부터 그는 하루 종일 아쓰코와 말을 한 마디도 나누지 않는 날이 점점 늘어갔다.

어느 날, 아쓰코는 밤늦게 집에 돌아와서 책상 앞에 앉아 있는 히사우치 뒤에서, 지금 돌아왔다는 말도 하지 않은 채 꼼짝도 않고 서 있었는데, 히사우치가 뒤돌아보려고도 하지 않고 잠자코 있자 아쓰코는 느닷없이 장갑을 히사우치 얼굴에 탁하고 던졌다. 히사우치는 그래도 여전히 아무 말도 하지 않고 있었다. 아쓰코는 옷을 갈아입고는 다시 히사우치 옆으로 와서 큰 소리를 내며 앉고는 잠시 히사우치 얼굴을 뚫어지게 보다가 평소 목소리로,

"당신, 가리가네 씨에게 돈을 조금 줄 수 없을까" 하고 말했다.

"받는다면 주지" 하고 히사우치는 대답했다.

아쓰코는 아무 대꾸도 하지 않고 일어서서 자기 잠자리로 들어가 혼자 잠들어버렸다. 히사우치는 늦게까지 있다가 이제 잘까 하고 고개를 드는데 저편에서 아쓰코의 코고는 소리가 희미하게 들려왔다. 아내가 잠들어 있을 때만큼 편안한 때는 이 세상에 없다. 히사우치가 그렇게 생각하며 뭉그적거리고 있을 때였다. 지금까지 코고는 소리라고 생각했던 아쓰코의 소리는 갑자기 흐느끼는 소리로 변했다. 히사우치는 자려던 것을 그만두고 주위를 따뜻하게 하기 위해 화로에 석탄을 더 넣고 불

을 두덕였다. 그는 이제 곧 겨울이 지나고 봄이 온다는 것만을 생각하며 동이 틀 때까지 그날 밤은 자지 않았다.

어느 날 하쓰코는 시세이도에 와서 히사우치를 찾아 그의 옆으로 와서 말했다.

"저, 제대로 하면 이제 곧 졸업이지만, 반년 연장하기로 했어요."

"그런 거, 할 수 있어?" 하고 히사우치는 물었다.

"그럼요, 얼마든지. 저 고향으로 돌아가도 할 일이 없잖아요."

부유한 하쓰코 집이 망하게 된다면 하쓰코가 그렇게 생각하는 것도 당연하다고 히사우치는 생각했다. 자신은 하쓰코를 힘닿는 데까지 도와주고 훌륭한 남편을 만날 때까지 그녀를 비호해주어야겠다.—

'비호라고?'

그러나 분명히 자신은 그녀의 남편을 위해 하쓰코를 비호하고 있는 거나 마찬가지라는 생각이 들었다. 그녀와 만나는 것은 감시에 지나지 않는다. 히사우치는 하쓰코가 어떻게 생각하고 있는지는 알고 싶지 않았다. 아니, 잠시 그것에 대해 생각해봤지만 결국 아무런 결론도 못 내고 끝나버렸다. 그는 이제 하쓰코에 대해서도 모르지만 아쓰코에 대해서도 모른다. 그뿐이 아니다. 하쓰코와 아쓰코 사이를 방황하는 자신의 명료한 모습마저도 잡을 수가 없었다.

"하쓰코, 우리 지금 가리가네 군을 찾아가볼까" 하고 돌연히 히사우치는 말해봤다.

순간 하쓰코는 잠자코 히사우치를 뚫어지게 바라다보다가, "네, 가요" 하고 대답했다.

히사우치는 정말로 하쓰코가 자기 말에 따른다고는 생각하지 않았지만 그런 대답을 듣자 저도 모르게 곧바로 일어서서 모자를 들고 밖으로 나갔다. 가리가네가 두 사람을 만나면 적이 놀랄 거라는 생각은 들었다. 그러나 왠지 지금은 가리가네를 만나지 않고는 못 배길 것 같은 기분이 들었고, 두 사람은 이미 자동차에 타고 있었다. 자동차가 달리기 시작하자 어색해져 얼굴이 헬쑥해진 하쓰코 눈초리를 알아차리고,

"그만둘까?" 하고 그는 말해보았다.

"아니, 우리 가요" 하고 하쓰코는 강하게 말했다.

"자, 그만두자."

"그러면, 저 혼자 갔다 올 거예요."

두 사람이 입을 다물고 있는 사이에 어느덧 야나기바시가 눈앞에 나타났다.

두 사람은 다리 근처에서 내려 가리가네의 창고를 찾아갔다. 히사우치는 입을 다물고 있는 하쓰코가 이미 가리가네의 창고가 어디에 있는지 알고 있는 게 틀림없다고 생각했지만, 그는 하쓰코에게 그 사실을 묻고 싶지는 않았다. 그러나 만일 하쓰코가 가리가네와 결혼이라도 하게 된다면 지금 둘이서 가리가네를 만나는 것이 앞으로 그녀를 위해 좋을 게 없다는 생각이 갑자기 들었다. 모퉁이 가게를 돌아서자 벌써 창고가 네모난 입을 벌리고 두 사람 앞에 서 있었다. 히사우치는 그 앞을 지나가면서도 아무 말도 하지 않고 그대로 지나가버리자 하쓰코도 뒤에서 아무 말도 하지 않고 따라왔다. 두 사람이 골목을 빙빙 돌아 다시 강변까지 나왔을 때,

"돌아가자" 하고 히사우치는 말을 건네보았다.

하쓰코는 이번에는 그저 고개를 끄덕이기만 하고 히사우치와 함께 다리를 건넜는데, 히사우치는 자신이 가리가네를 만나자고 말을 꺼내게 된 원인을 한번 생각해보았다. 그것은 자신이 불현듯 하쓰코를 만나고 싶은 생각이 들어 기숙사까지 갔던 그날 밤과 거의 같은 것이었다. 그저 우연히 그럴 기분이 든 것뿐이었다. 그는 자신의 그런 기분을 하쓰코에

게 설명하기 위해선 지금은 그냥 거짓말을 하는 수밖에 없다고 느꼈다.

"의욕이 전부 없어졌어. 내 생각은 이제 아무 쓸모가 없어."

히사우치는 하쓰코 옆에서 암담해진 자신의 기분을 이제 더 이상 억누를 수가 없게 되었다.

"그 가리가네란 남자는 정말 대단한 놈이야."

나는 그 남자가 무서운 거다. 나는 그 남자를 위해 하쓰코와 아쓰코를 지켜주고 있을 뿐이다.—히사우치는 점점 참기 힘든 질척거리는 감정에 빠져드는 것을 느꼈다. 그는 더 이상 한 마디도 하지 않고 잠자코 자동차로 곧바로 하쓰코를 기숙사까지 바래다주고는 혼자서 언덕을 내려왔다. 정체를 알 수 없는 공허함에 매달린 것 같은 기분이 다시 엄습해오자, 지난번에도 그랬던 것처럼 그는 돌담 옆에 멈춰 섰다. 그러자 지난번과 마찬가지로 가리가네의 얼굴이 저도 모르게 갑자기 바보같이 보이는 것이었다.

히사우치의 기분은 그후 꽤 오랫동안 그 상태로 정지해 있었다. 그러는 사이에 어느새 봄도 지나고 만춘의 엄숙함이 더해왔다. 어느 날 아쓰코는 히사우치에게 쌀쌀맞게,

"저, 아기 가졌어요" 하고 조용히 말했다.

히사우치는 오랜만에 물가에서 우연히 만난 여자 얼굴을 보는 듯한 기분이 들어 넋을 잃고 아쓰코의 얼굴을 지켜보고 있었다. 그러자 돌연히 아쓰코는 억누를 수 없는 환희에 들뜨기 시작했다. 그러나 사흘 후 그녀가 다시 히사우치 앞에 나타났을 때는 기가 죽어 한마디 불평도 없이 잠들어버렸다. 그 무렵부터 여름에 걸쳐 히사우치는 부친 집 쪽에서 범상치 않은 험악한 분위기가 넘쳐흐르는 것을 막연히 감지하게 되었다. 그리고 출입하는 사람들 발걸음이 많아지다가 그것이 뚝 끊긴 어느 날 히사우치는 어머니의 부름을 받고 어머니를 뵈러 갔다. 어머니는 히

사우치를 마주하고도 처음에는 아무 말도 하지 않았다. 그녀는 차를 끓이고도 얼마 동안 히사우치 얼굴도 쳐다보지 않고 시선을 다른 곳에 두고 아무 말도 하지 않고 있다가 히사우치가 참지 못하고 그대로 일어서서 나가려고 하자,

"히사우치, 너 어디라도 출근하도록 해라" 하고 화가 난 듯이 말했다.

"그러겠습니다."

"이제 더 이상 아버님만 의지할 수 없게 됐어."

그 소리에 히사우치는 아버지에게 무슨 일이 일어났다는 것을 감지했다. 그는 마당 이끼 위에 열매를 터뜨려놓은 감탕나무 모습이 눈에 들어오자 어머니 말을 더 기다리지 않고 나가버렸다.

"아버님이 만든 이번 회사, 문 닫게 됐으니까, 그렇게 알아."

그는 뒤에서 들려오는 어머님의 말에 아무것도 느끼지 않았다. 그는 게다를 신고 거리로 나가 가로수 밑을 걸으면서, 이런 것이 큰일이 일어났을 때의 심경일까 생각하며 자기 자신을 뒤돌아보았다. 분명히 머리는 명석하다. 실패—흠. 그래도 할 수 없지. 히사우치는 멈춰 서서 자신이 길을 잘못 든 것은 아닌가 살펴보기 위해 주위를 한 번 돌아다보았다. 그러나 길을 잘못 들어설 리가 없지 않은가. 나는 하쓰코를 만나러 가려는 것뿐이다.—

히사우치는 다시 걷기 시작했다. 나란히 서 있는 가로수에 햇볕이 반사되고 있는 잎의 아름다움이 깜짝깜짝 눈에 뜨일 때마다, 아아, 아름답다 하며 일부러 비극 한가운데에서 빠져나와 솟아오르기 위해 크게 과장을 해보았지만 곧 다시 푹 쓰러지며 뒤로 꼬리에 꼬리를 물고, 어두운 그림자가 드리워진 의식이 서서히 일어나기 시작하는 것을 느끼자 그는 공중전화 부스를 찾아 하쓰코에게 전화를 걸려고 들어갔다. 그러

나 수화기도 잡으려고 하지 않은 채 그 속에 서 있다가는 다시 나와서 그는 록퐁기(六本木)에서 후쿠요시초(福吉町)를 향해 언덕을 내려갔다.

"하쓰코네 집이 망하는 것보다 이쪽이 먼저다."

히사우치는 하쓰코와 달리기를 하면서 밑으로 내려가려고 하는 자신이 마치 이유를 알 수 없는 환성을 지르며 신명나서 뛰어다니는 것처럼 보이는 것이었다.

히사우치의 소설이 거기서 끝나는 것은 물론 아니다. 그러나 그 다음은 후에 차차 말하기로 하고 먼저 이 이야기에 나오는 히사우치 아버지의 회사가 망한 것이 사실인지 아닌지부터 살펴보고 싶어져 그날 밤 곧바로 가리가네를 만나러 갔다. 만일 사실이라면 그냥 내버려둘 수 없는 일이기 때문이다. 가리가네는 내가 알고 싶은 것에 대해 아직 아무것도 모르고 있었고, 하쓰코 집 문제는 그후 어떻게 됐느냐고 물으니 그것도 잘 모르겠지만 결국은 재판까지 가서 지지 않겠냐는 것이었다.

"그런데 야마시타 박사가 이번에 설립하는 회사는 대단히 큰 규모라 만에 하나 실패라도 한다면 정말 큰일이지요" 하고 말하고는 가리가네는 눈도 깜빡이지 않고 놀란 듯 멍하니 입을 벌린 채 생각에 빠져 있는 것이었다.

그러나 나는 양조업자가 쉽게 파산할 수 있다는 것을 벌써 여러 번 들었고 이번의 야마시타 박사의 실패도 이유는 그야말로 비밀에 속할게 틀림없기 때문에 히사우치의 원고에는 적혀 있지 않았지만 추측컨대 사실임이 틀림없을 것이라는 생각이 들었다. 그런데 그 다음날 가리가네는 내 거처에 찾아와서 오늘 평소 알고 지내던 무라타 히사타로(村田久太郞)라는 농학박사를 만나 물어봤는데 야마시타 박사가 새로 세운 간장회사가 도산했다는 것은 사실이라고 말했다는 것이다. 그러나 그

원인에 대해서는 설이 여러 가지 있어 분명하지 않은데, 다량 매입해둔 어류의 부패가 원인이라는 설과 박사의 제조 방법이 불완전한 데서 왔다는 설과 공업 경제용으로 부적합한 데서 왔다는 설, 우선 이 세 가지로 압축됐는데 가장 유력한 설은 제조 방법의 불완전설이라는 것이었다. 야마시타 박사가 발명한 생선간장의 특징은 생정어리와 식염을 적당히 섞어서 밀폐 장치를 하여 장기간 저장하는 사이에 정어리가 갖고 있는 자기 소화를 응용해서 만든 것인데, 밀폐할 때 통상 간장과 같다고 생각하고 여름철에 흔히 생기는 생선의 원료 팽창력을 조금도 고려하지 않은 박사의 신발명 방법은 분명히 박사의 실수였다는 것이 중론인 것 같았다. 그러나 가리가네의 의견은 조금 달랐다. 그는 야마시타 박사의 실패의 원인은 물론 여름철 원료의 팽창력에 대해 주의를 기울이지 않았다는 점에 이의는 없지만 그것보다도 어획량이 많을 경우의 응급책으로 공업용으로 적합하지 않았던 게 아닌가 하는 것이다. 다시 말해서, 생정어리를 포화염수에 담가 가압할 때, 야마시타 박사의 방법으로 하면 거기에 소량의 산을 첨가하기 때문에 단백질 분해가 다소 촉진되는데, 그렇게 되면 통에 집어넣은 후 밀폐 작용이 아주 곤란해지기 때문에 그것이 원료 팽창 결함과 합쳐져, 경제상 대단히 부적합하게 된다는 것이다. "그러면 자네가 하는 건 어떤가. 그런 것도 모두 고려하고 하는 건가?" 하고 나는 노골적으로 물어봤다.

그러자 가리가네는 다시 빠른 속도로 말하기 시작했다.

"저는 그런 것을 충분히 고려해서 하고 있습니다. 야마시타 박사님이 하신 발명도 실은 이제 와서 말입니다만, 저렇게 해도 될까 내심 걱정하고 있었습니다. 저는 생정어리 내장에 들어 있는 소화산소도 이용하게끔 했습니다만, 혈액도 영양가가 대단히 높으니까 이것도 그대로 버리지 않고 이용하게끔 했고, 또 대량 생산이 아주 편리하도록 하는 것에 제일 신경을 많이 써서 했습니다. 게다가 제가 실험하고 있는 제조 방법의 특징은, 밀폐와 가공을 하지 않고도 부패하지 않도록 만들었고 단백질 분해도 신속히 이루어질 수 있도록 했습니다. 이제 거의 완성 단계에 와 있습니다. 다만 지금 저에게 돈이 없기 때문에 실험을 해볼 수가 없어, 어디 실험할 데가 없나 하고 자나 깨나 그것만 생각하고 있는데, 별 뾰족한 방법이 없군요. 이 자동차 대여점도 곧 그만둬야겠다고 생각하고 있습니다."

웃고는 있지만 그렇게 말하는 가리가네의 안색은, 이제 더 이상 지체할 여유가 없다는 감정을 확실히 드러내는 것이라고 나는 읽었다. 그건 그렇다 치고 묵묵히 나에게 아무 말도 안 하는 사이에 가리가네도 대단한 연구를 해냈다는 생각에 나는 놀라지 않을 수 없었다.

"실험하는 데 그렇게 돈이 많이 드나?"

"조금은 듭니다. 어쨌든 원료가 생정어리잖아요. 정어린 지금 깻묵이란 비료로 만들 정도로 일본에서 제일 많이 잡히는 생선입니다. 게다가 영양가가 아주 높기 때문에 연구해볼 만한 가치가 있습니다. 그런데 이 정어리란 놈은 한번 잡히면 천만 마리 정도가 한 망에 잡히는 대신 잡히지 않을 때는 한 마리도 잡히지 않는 물고기기 때문에 어쨌든 대량의 정어리를 제조해서 그걸 사용하는 방법을 찾지 않으면 아무짝에도 쓸모가 없습니다. 그런데 대량으로 잡혀봤자 비료로밖에 쓰이지 못하기 때문에, 이건 서양 사람이 빵의 원료인 밀가루를 비료로 만들어버리는 것과 마찬가지 얘기로, 일본으로 볼 때 이렇게 큰 손실이 있을 수 없어요. 그래서 이걸 간장으로 만들어보자는 연구가 양조계에서 활발하게 이루어져왔습니다. 그러나 정어리간장의 제조 방법은 몇 가지 완성된 것이 있긴 합니다만 제일 중요한 대량 제조에 대한 연구는 아직 아무도 못 했습니다. 그래서 제가 이번에 그런 점에 착안을 했습니다. 이게 성공하면 양조학계를 위해서뿐만 아니라 나라 전체를 위해서도 적지않은 이익이 될 거라고 믿고 시작했는데, 이제 돈만 있으면 되는 단계까지 겨우 만들어놨습니다. 콘크리트 상층 내부에 볼록한 섬을 장치한 큰 탱크가 필요한데, 그걸 만드는 데 돈이 꽤 들어갑니다."

이렇게 확신에 찬 표정으로 말하는 가리가네를 보면, 그의 발명도 머지않아 성공할 게 틀림없다고 나는 생각했다. 그로부터 보름 정도 지나 내가 만주 여행에서 돌아와보니, 과연 가리가네는 이미 오시자카 자동차 대여점에는 없었다. 나는 지금부터 잠시 가리가네의 그후의 동정을 이야기하려고 한다.

6

어느 날 가리가네는 혼자 도쿄를 출발하여 한 시간 반도 못 돼서 해안에 높이 풍향계가 달린 물산연구소에 도착했다. 화단으로 둘러싸여 있는 넓은 잔디밭 한가운데 있는 비둘기집에는 바다에서 날아온 전서구(傳書鳩)가 무리져 있었다. 바다 소리가 멀리서 들려오는 화창한 날 오후 조류를 표시한 해도와 망어장의 측량도를 늘어뜨린 벽면을 뒤로 하고 소장과 가리가네는 대면했다. 이곳의 소장은, 이름이 다타라 겐키치(多多羅謙吉)라고 하는데, 나도 후에 그를 본 적이 있지만, 얼굴이 약간 갸름하고 눈에 흰자위가 많은 차가운 표정의 인물로, 사람과 대면할 때는 자신의 의중을 드러내놓기를 꺼려해 가끔 화제를 급격히 일탈해서 얘기하는가 하면 다시 되돌아오는 이상한 습관을 가지고 있었다. 다시 말해서 이러한 습관은 상대방의 심리를 꿰뚫는 데 아주 좋은 무기가 될 뿐만 아니라 동시에 자신의 급소를 가리는 연막이 되기도 하기 때문에,

첫대면하는 사람이 여기에 대항하기 위해서는 상대편이 입을 다물고 있는 동안에는 자신도 입을 열지 않는 수밖에 없다. 그런데 가리가네란 사람은 상대방이 어떤 사람이든 상관하지 않고 늘 같은 태도로 사람을 대한다. 그는 이날도 앞뒤 생각 없이 무턱대고 돌진해서, 상대방은 아랑곳하지도 않고 과거 발명할 때의 고민이나 특허받을 때의 얘기를 해서, 소장도 보통 다른 사람들과는 다른 가리가네의 성격에 넋이 나가 망연스레 그의 얘기를 들었다. 이날 있었던 일을 나는 후에 가리가네에게 들었는데, 소장은 생활 비용은 걱정 없는지 그리고 연구용 탱크라는 것에는 돈이 어느 정도 드는지 등을 물었다. 그래서 가리가네는 생활비는 자기가 어떻게 마련할 수 있지만 용기대와 원료비 그리고 실험 비용으로 2백 엔 정도 있으면 될 것 같다고 말하니까 다타라는 잠시 생각을 하더니 웃을 듯한 표정을 갑자기 바꾸고 짐짓 점잔을 빼며 가리가네의 얼굴을 보았다.

"관공서에서 하는 일이란 게 흔히 생각하는 민간 사업과는 달라서 갑자기 이걸 하고 싶다고 해도 예산을 돌려쓰기가 어렵고, 2백 엔이라고 해도 금방 마련하기는 힘들지만, 그 정도 비용이라면 내가 알고 있는 사업가에게 얘기해서 도와달라고 하면 될 것 같습니다. 내가 말하는 사업가는 나가오 유스케(長尾雄助)란 분으로 어장을 소유하고 있는데 현재 시모노세키(下關)의 업자에게 오 년간 37만 5천 엔이라는 엄청난 액수에 임대해주고 있어서 현재 마땅히 할 일이 없어 일거리를 찾고 있는데, 혹시 적당한 일거리가 있으면 소개해달라고 저한테 부탁을 했으니까 마침 잘됐습니다. 제가 그 친구를 소개해드리겠습니다. 이봐요, 다리 건너 나가오 씨에게 전화 좀 걸어줘요. 그리고 주임보고 잠깐 이리로 오라고 해요."

사환이 주임 기사 하야자카 다쓰조(早坂達三)를 부르고는 나가오에게 전화를 거는데 벌써 하야자카가 소장실에 나타났다.

"하야자카 군, 이분은 생선간장을 발명하신 가리가네 하치로 씨란 분으로 이번에 이 고장의 가마보코* 찌꺼기를 원료로 해서 간장을 만드는 실험을 해보고 싶다고 하셔서 아까부터 의논을 하고 있었는데, 우리 연구소에는 예산이 없지만 사업 자체가 재밌어서 나가오 씨로부터 얼마간 원조를 받으면 어떨까 해서 말이야, 단, 연구소 보고서에는 기타 제조 실험 항목에 넣어두고 말이야. 자네도 여기 와서 같이 의논해보세. 저, 가리가네 씨, 이 사람은 본소 제조주임인 하야자카 다쓰조입니다."

가리가네와 하야자카는 서로 인사를 했다. 하야자카는 몸이 비대한 검소한 청년으로 어깨 언저리의 푸짐한 근육이 호쾌한 느낌을 주는데 담백하면서도 시원시원한 성격이 금방 가리가네와 미소 하나로 묶어주었다. 하야자카가 가리가네에게 뭔가 얘기하려고 하는데 다타라의 탁상전화로 나가오로부터 전화가 걸려왔다. 다타라는 수화기를 들자 굵은 눈썹을 약간 치켜세우고 힘차게 얘기하기 시작했다.

"저, 다타랍니다. 지난번에는 실례가 많았습니다. 아닙니다. 그리고 지난번에 부탁하신 건 말인데요. 실은 오늘 갑자기 가리가네란 분이 찾아오셨는데, 여기에서 나는 가마보코 찌꺼기를 이용해서 훌륭한 간장을 만들 수 있으니 이곳 연구소에서 실험을 해보고 싶다고 해서요, 예 그렇습니다. 그래서 실험이 잘만 되면 이 지방을 위해서도 좋고, 또 사업으로도 적당하지 않을까 해서 이렇게 전화 드렸습니다.—네, 네, 그러면 더할 나위 없겠죠. 아닙니다, 어쨌든 전화로는 얘기하기 뭐하니까 이쪽까지 자전거라도 타고 건너오시지 않으시겠습니까? 마침 가리가네 씨도 여기에 계시니, 네, 그러시겠습니까. 그러면 기다리겠습니다."

---

* 蒲鉾: 어묵의 일종.

다타라는 전화를 끊자마자 곧 하야자카를 향해 다시 말했다.

"자네 어떻게 생각하나, 용기(容器) 등은 나가오 씨 원조를 받아 사도록 하고, 우리 연구소는 일시 빌려주는 형식으로 하고, 원료비와 약품비는 기타 실험 비용에서 지출하면."

뭔가 말하기 어려운 복잡한 것이 숨겨져 있기라도 한 듯이 하야자카가 곧바로 대답을 못하고 잠자코 있자 다타라는 한쪽 뺨의 근육을 실룩이면서 하야자카의 의문을 없앴다.

"그렇지만, 자네, 비용을 전부 나가오 씨에게 내라고 하기도 뭐하지 않나."

"그런데 도대체 비용이 얼마나 듭니까" 하고 하야자카는 물었다.

"지금 확실히 알 순 없지만, 누룩으로 만들 대두와 약품비 정도면 되지 않겠나. 자네도 안초비* 실험을 해야 되겠지만, 생선 찌꺼기는 어느 가마보코 공장에서도 얻을 수 있을 테니, 이쪽에서는 수고비를 합쳐 백 엔 정도만 내면 될 것 같은데."

"그 정도 액수라면 어떻게 되겠죠. 그런데 어떤 실험을 하는 건가요?" 하야자카는 가리가네에게 묻고는, "아직 내용은 잘 모르겠습니다만, 아까 전화 얘기로는 생선 찌꺼기를 이용해 간장을 만드시는 것 같은데, 그럼 저희 은사이신 야마시타 세이치로 박사님이 지난번에 만드셨다가 실패하신 걸로 봐서 상당히 어려운 걸로 알고 있습니다만."

"야마시타 선생님 제자 되십니까?" 갑자기 이때 가리가네는 깜짝 놀란 표정으로 물었다.

"저도 소장님도 모두 야마시타 박사님의 제잡니다. 선생께서도 야마시타 박사님을 알고 계십니까?"

---

* anchovy: 멸치과의 작은 식용 물고기.

"아니, 박사님을 직접 아는 건 아니고, 그분의 아드님을 잘 압니다."

가리가네는 다타라나 하야자카가 야마시타 박사의 제자라는 사실에 대해서는 지금 처음 알았지만 생각해보면 이런 곳에서 일하는 공무원은 모두 물산강습소(物産講習所) 출신들일 테니까 거의 모두가 야마시타 박사의 제자라는 것은 상식적으로 생각해봐도 알 수 있는 일로 새삼 놀랄 일은 아니었다. 그러나 이때 다타라는 조금 기분이 언짢은 듯한 표정으로 두 사람 대화를 끊었다.

"연구 방법은 나가오 씨가 오면 듣도록 합시다. 그것보다도, 자네, 차라도 내오라고 하지."

하야자카가 사환을 불러 차를 내오라고 하고 나서 가리가네와는 전혀 상관없는 해외에서의 안초비 시세에 대한 얘기를 시작했다. 가리가네는 잠자코 얘기를 듣고 있었다. 이 정어리의 일종인 통조림은 올리브유 값이 폭등해서 올리브유에 담은 이태리제가 덩달아 값이 올라 요즘 시장에는 프랑스제가 판을 치고 있는 모양이었다. 이런 때를 기회로 일본제 안초비를 해외로 진출시키지 않으면 안 된다고 하야자카는 말하는 것이었다. 그러나 다타라는 기회가 좋기는 하지만 국고 보조가 요즘처럼 적어서는 눈을 뜨고도 기회를 놓치는 수밖에 달리 방법이 없다는 비관설을 펴자, 다시 화제가 정어리의 다른 효용 가치로 옮겨갔다. 그때 검소한 무명 기모노 차림의 약간 안색이 창백한 나가오가 사환의 안내를 받으며 들어왔다.

"아아, 어서 오세요. 이렇게 오시게 해서 죄송합니다. 그럼 제가 소개해드리겠습니다. 이쪽에 계신 분이 아까도 제가 말씀드린 가리가네 씹니다. 전에도 간장 특허를 받으신 적이 있습니다."

다타라는 나가오에게 가리가네를 소개하고는 이번에는 가리가네에게 말했다.

"이분은 나가오 씨로 형님이 현 의회 의원으로 이 지방의 유지십니다. 이번에 여러 가지 도움을 주실 분입니다."

두 사람이 인사를 마치자 다타라는 가리가네에게 나가오와 하야자카에게 발명의 경과와 포부를 자세히 설명해달라고 했다. 가리가네는 싱글벙글 웃으며 이에 답했다.

"저는 지금까지 도쿄에서 어류 폐물을 이용해 간장 연구를 하던 사람입니다. 그런데 도쿄에서는 생각하는 만큼 연구를 하기 힘들어 어디 다른 데 적당한 곳이 없을까 주야로 생각하던 차에 문득 이 지방은 가마보코 제조가 왕성하다는 걸 깨달았습니다. 그렇다면 분명히 가마보코를 만드는 데 쓰이지 않는 생선 대가리나 뼈, 그리고 내장 같은 것도 많이 나오겠다는 생각이 들어 저 나름대로 조사를 해봤습니다. 그런데 하루에 네 말들이 뒷박으로 무려 50바가지 이상씩 나온다고 합니다. 이걸 줄잡아 어림해봐도 일 년에 간장을 만5천 석 만들 수 있다는 얘기가 됩니다."

"아니, 그렇게 많이 나옵니까?" 나가오는 고개를 갸우뚱거리며 감탄했다.

"제가 전화로 도매점에 물어본 바에 의하면 그 정도를 넘는 것 같습니다" 다타라는 말했다.

"생선 찌꺼기는 일반적으로 폐물 취급을 받지만, 다 아시는 바와 같이 뼈에는 칼슘이 많이 들어 있고, 내장에는 호르몬과 담즙이 들어 있고 또 비타민 A도 다량 들어 있다고 합니다. 그러니까 이건 폐물이 아니라 영양 덩어리로 특히 내장에는 우리에게는 무엇보다도 중요한 여러 가지 효소가 들어 있어 아주 귀중한 것입니다."

"펩신이나 트립신은 돼지 내장에서 추출한다고 하지 않습니까." 다타라가 말했다.

"그런데 가마보코 찌꺼기를 어떤 방법으로 간장을 만듭니까?" 나가오는 기다리지 못하겠다는 듯이 가리가네에게 질문했다.

"처음에 저는 산 분해를 해보았습니다만, 나중에 생선 내장에 자기 소화에 이로운 효소가 들어 있다는 것을 알고 이것을 젓갈처럼 만들어서 산을 사용하지 않는 방법을 연구해봤습니다. 이건 야마시타 박사님이 하셨던 것과 조금 다르지 않을까 생각합니다."

"야마시타 박사의 제조 강의를 읽어봐도 젓갈은 꽤 어렵던데요." 다타라는 말했다.

"바로 그겁니다. 다시 말해서 이제까지의 젓갈은 밀폐한 통에 꽉 채워서 땅굴이나 마루 밑에 넣어서 만들었는데, 저는 젓갈의 상층을 널빤지 같은 것으로 누르고 그 널빤지 위 다섯 치 정도까지 소금물을 채워두면 이 소금물이 종래의 밀폐 작용과 같은 작용을 하기 때문에 아주 간단하게 젓갈을 만들 수 있습니다."

"무슨 소린지 저는 잘 모르겠습니다만, 왜 널빤지 같은 걸 놓습니까?" 나가오는 물었다.

"그러니까, 그렇게 하면 원료가 팽창할 경우 널빤지의 방해를 받아 원료가 밑으로 확대하기 때문에 밑에 있는 진한 소금물이 그것과는 반대로 원료의 압박을 받아 위로 이동하게 됩니다. 그러면 전 원료의 염수 침윤이 균일해져 더욱 좋은 효과를 내게 됩니다. 게다가 널빤지라고 해도 통처럼 완전히 밀폐하지는 못하기 때문에 원료는 압박을 받을 염려가 없어 단백질의 용해가 원활하게 이루어지게 되고 또 원료도 외기에 닿지 않기 때문에 부패 작용도 일어나지 않습니다."

지금까지 웃으면서 잠자코 듣고 있던 하야자카는 이 무렵부터 웃음을 감추고 뭔가 말하고 싶은 듯 몇 번씩이나 머뭇머뭇하다가 드디어 감

동을 억누르지 못하고,

"정말 대단한데요" 하고 말했다. 다타라는 하야자카의 목소리를 듣자 불쾌한 듯 눈살을 찌푸렸다. 하야자카는 거기에는 아랑곳하지 않고 계속 말을 이었다. "확실히 야마시타 박사님의 제조법의 결점을 보완한 방법이네요. 꼭 성공할 것 같습니다. 그런데 혹시 파리가 문제되지 않을까요?"

"파리는 문제없습니다. 파리란 놈은 어두운 곳을 싫어하니까 어둡게만 해놓으면 구더기가 낄 염려는 없습니다."

"구더기는 끼지 않더라도 생선 찌꺼기라면 냄새가 꽤 나겠는데요" 하고 나가오는 물었다.

"물론 처음에는 악취가 나겠지만, 맛은 보통 간장의 배 이상 좋으니까 탈취 방법만 완전하게 하면 그건 문제가 되지 않습니다."

"그렇지만 생선으로 만든 간장이라 빨리 부패하지 않을까요?" 하고 또다시 나가오가 말했다.

"부패하고 안 하고 하는 문제는 원료가 콩이든 생선이든 상관없습니다. 이건 소금하고 관계가 있습니다. 생선을 잘게 부수어서 그대로 두면 자기 소화 작용이 일어나기 때문에 여름이 지나면 곧 젓갈이 됩니다. 그러면 이걸 짜서 즙을 내서 솥에 넣고 조립니다. 그러면 거품이 많이 나는데 그 거품을 버리고 젓갈균이 완전히 죽을 때를 기다렸다가 통에 옮겨서 누룩이나 간장가루를 뿌려두면 간장이 되는 겁니다."

"그냥 그렇게만 하면 됩니까?" 다타라는 의심스럽다는 듯이 물었다.

"그렇습니다. 그러고 나서는 향기를 내는 방법을 찾고 젓갈의 냄새를 없애기 위해 발효만 시키면 됩니다."

"나가오 씨, 어떻습니까. 지금 들으신 대로입니다만, 우리 쪽에서는 이번 회기에는 예산 관계로 용기 구입이 불가능해서 그걸 사주시면 좋겠습니다. 콘크리트 통하고, 압즙기도 실험용으로 작은 것 하나만 있으면 되니까 백 엔 정도만 있으면 충분할 것 같은데."

다타라가 그렇게 말하니까 나가오는 그 정도 액수라면 이따가라도 돈을 보내겠다고 바로 그 자리에서 승낙을 해서, 그날의 가리가네의 목적은 겨우 이루어지게 되었다. 그러나 이때 가리가네는 그 자리에서는 하지 않아도 좋을 말까지 장황하게 하고 말았다.

"저는 만일 이게 성공하면 제 발명을 어촌에 완전히 넘겨서 쇠퇴한 어촌 진흥에 공헌하려고 합니다. 그렇게 되면 연구소에서 실험을 했다는 증명을 꼭 좀 해주십시오. 만일 이 특허를 어촌에 넘기면 우리나라 어촌이 얼마나 좋아질지 큰 기대가 됩니다."

모두 아연실색하여 아무 말도 하지 못했다. 그러나 다타라 소장은 노골적으로 히죽히죽 웃었다.

"대단한 이상주의자시군요. 실험을 끝낸 후에 그 얘기는 다시 듣도록 하고, 오늘은 이 연구소를 한번 잘 둘러보세요. 방도 하나 마련하도록 하겠습니다."

나가오는 아까부터 미심쩍다는 듯이 가리가네를 유심히 쳐다보다가 다타라에게 인사를 하고 소장과 함께 밖으로 나가 함께 소리 내어 웃으면서 복도를 지나갔다. 그러나 하야자카는 그들과는 반대로 조금 전의 감격이 이때 한층 고조된 듯 가리가네를 데리고 연구소를 보여주려고 청사진이 붙어 있는 안쪽 복도로 들어갔다.

7

　가리가네는 연구소 부근에 있는 큰 농가에 숙소를 정하고 식사도 해결할 수 있도록 정해놓고, 격일제로 연구소로 나가 간장 실험을 하게 되었다. 그는 먼저 그 지방의 가마보코 찌꺼기를 면밀히 조사하기 시작했다. 그런데 조사가 진척됨에 따라 생각지도 않았던 어려움이 닥쳤다. 그 지방의 가마보코의 원료는 대한해협에서 잡히는 저인망 어선의 생선을 시모노세키 항에 풀어서 기차에 실어 운송해오기 때문에, 얼음을 넣는다고는 하지만 생선 내장이 거의 다 부패해 있다는 것을 발견한 것이다. 만일 그걸 사용해서 그 내장에 있는 효소를 이용하려면 부패균도 함께 발생하는 결함이 있기 때문에 손이 많이 가는 광산 분해를 해서 살균한 다음에 효소를 이용해야 되기에 일이 번거로워진 것이다. 만일 야마시타 박사처럼 근해에서 잡히는 정어리를 사용했더라면 틀림없는 성공인데, 라고 그때 얼마나 생각했는지 모른다고 가리가네는 후에 나에게 말했다. 그 지방에서 나오는 폐물을 이용하지 않는 한 그 지방 사업가가 돈을 낼 리가 없기 때문에 그런 한가한 얘기를 할 때가 아니었다. 여하튼 성공할 수 있는 범위 안에서 불편하더라도 원료를 구하고 얼른 실험 준비를 하지 않으면 안 되었다. 왜냐하면 연구소는 그 실험의 결과에 따라 임박해오는 차년도 예산에 계상해서 부족분을 본부에 신청해서 국고 보조를 받지 않으면 안 되기 때문이었다. 그러기 위해서는 무엇보다도 먼저 숯불로 여름과 같은 온도의 설비를 일 개월간 하지 않으면 안 되었다. 그는 하야자카 다쓰조의 호의적인 권유에 따라 다행히 비어 있던 그의 실험실을 빌려 쓰기로 했다. 그 입구에는 유산동(硫酸銅)으로 물감을 들인 망이 천장 가까이까지 높이 쌓여 있어 일광을 어둡게 차단하고,

우물처럼 바닥을 깊게 파서 만든 콘크리트 살균 가마 옆에는 전열을 켜는 보일러와 가마보코를 으깨는 큰 절구, 잠수용 펌프, 철제 잠수복 등, 녹슨 무거운 도구들이 어지러이 뒹굴고 있었다.

가리가네는 실험용 탱크 대신에 임시로 사용할 통에 원료인 생선 찌꺼기를 넣고 소금물을 넣고 거기다 누룩균을 넣어 온도에 주의를 기울이면서 일 개월간 기다리는 동안에 겨우 젓갈 비슷한 것이 숙성되었다. 일반적으로 간장 실험을 모르는 사람은 간장을 만든다고 하면 대량 생산하는 간장을 상상하고 하루 종일 열심히 일하지 않으면 안 되는 중노동을 연상하지만 가리가네가 하는 실험용 간장은 그저 팔짱을 끼고 기다리기만 하면 되는 것이다. 그러던 어느 날 그는 이 정도면 되겠지 하고 실험용 통 속의 액즙의 맛을 보았다. 그랬더니 떫은 맛 때문에 혀가 입천장에 들러붙는 것 같았다.

"아, 망했다."

예상했던 것과는 전혀 달라 그만 가리가네의 평소의 자신감이 금방 무너져버렸다. 가리가네는 그때 문득 노무라 나오조 씨가 쓴맛을 없애는 방법으로 부젓가락을 가다랭이 젓갈 속에 집어넣는다고 했던 야마시타 히사우치의 말이 생각나서 철제 부젓가락 몇 개를 새빨갛게 달구어 집어넣어봤다. 그러나 떫은맛은 없어지지 않았다. 그러는 동안에도 다타라 소장은 가끔 실험실에 들렀다. "잘돼갑니까?" 물으면, "네, 곧 보여드리겠습니다" 하고만 대답할 뿐, 어찌해야 좋을지 몰라 아무도 모르는 사이에 살짝 도망가버리는 게 상책이라고 결심하게 되었다. 그는 실험실을 나와 손을 닦으며 옆에 있는 화학실을 들여다보았다. 현미경에 플라스크 그리고 시험관 등의 유리 기구들로 가득 찬 그 투명한 방 속은 아련히 산 냄새만 가득할 뿐 인기척이 없었다. 그는 안으로 들어가 멀거니 서 있었다. 도대체 어디로 도망을 가야 하나 하는 생각에 애가 탔다.

그때 발자국 소리가 복도에서 들리더니 하야자카가 방 안에 나타났다. 그는 가리가네를 보자 스스럼없이 말하기 시작했다.

"제 친구 중에 당신 같은 발명가가 한 사람 있는데 그 친구한테서 편지가 왔습니다. 이 남자도 돈에 쪼들리면서도 돈을 빌려달라는 말은 절대로 안 하는 남잡니다. 가리가네 씨, 돈이라면 조금은 융통해드릴 수 있습니다. 여기 소장은 구두쇠라서 여간 해선 그런 말 하지 않을 겁니다. 제가 어떻게 해서든 융통해드릴 테니 말씀만 하세요."

가리가네는 고맙다는 말을 했다. 그러나 다른 사람의 그런 친절이 지금은 더욱 가슴을 아프게 할 뿐이었다. 하야자카는 플라스크에 남은 점액을 손가락으로 찍어 맛보면서 계속 말을 이었다.

"제 친구도 정어리 연구를 하는데, 이 친구는 간장이 아니라 정어리 지방에서 기름을 짜는 겁니다. 일종의 피마자유 같은 건데, 대포의 포신을 말입니다, 마지막 마무리를 할 때 새빨갛게 달구지 않습니까. 그 새빨개진 포신을 피마자유 속에 담그는데 그 기름에 따라 대포의 수명이 결정된다고 합니다. 그런데 담글 때 정어리에서 짜낸 기름에 담그는 게 제일이라고 하는데 그 기름은 일본에서만 만들 수 있다고 합니다. 제 친구도 무척 기뻐했습니다. 비행기의 기름도 이게 제일 좋다고 해서 곧 특허를 낸다고 들떠 있습니다."

"벌써 성공했습니까?" 가리가네는 다시 물었다.

"어떻게 성공하긴 한 것 같은데, 그 기름이 악취가 대단해서 그 냄새를 제거할 방법이 없어 특허를 받는다고 해도 그 악취의 과학적인 발생 원인을 몰라서 말입니다. 에테르 파동(波動)을 이용한다든가 하는 식으로 파동과 연결시키지 않으면 안 되는 모양입니다. 가리가네 씨, 선생 간장도 냄새가 문제지요? 제 생각에는 그게 제일 문제가 될 것 같습니다만."

"네, 그렇습니다. 아직 지금까지는 탈취 분야에 대가가 여러 명 거론되고 있긴 하지만 완전한 탈취 방법은 하나도 없는 상탭니다" 하고 그만 하야자카가 부추기는 바람에 얼떨결에 말해버리고 말았다.

그러자 하야자카는, "그러면 가리가네 씨는 어떻게 하실 겁니까?" 하고 초조해 있는 가리가네를 붙잡고 점점 더 열을 내며 물었다.

"아마 곧 발표하게 되겠지만, 가능한 한 공정 변화를 때때로 해야 하기 때문에 약간의 기술이 필요합니다. 아까 말씀하신 생선 기름이라면 비누 원료에 수소를 첨가하는 방법, 즉 악취에 악취를 중복해서 좋은 냄새로 쉽게 변화시킬 수 있지만 생선간장은 악취가 불포화지방산에서 발생하기 때문에 생선 기름과는 전혀 원인이 달라서 그렇게 간단히 제거하기는 힘듭니다."

가리가네는 이쯤에서 얘기를 끝내고 자기를 혼자 있게 해주지는 않을까 생각했다. 하여간 이쪽은 도망갈 준비로 마음이 답답하다. 게다가 도망간다고 해도 지금은 기찻삯조차 없는 실정이다. 그러나 하야자카는 바다 소리가 들리는 한가한 관공서의 오후의 무료한 시간이라 느긋한 태도로 이야기를 계속했다.

"저도 얼마 전에 히로시마(廣島) 박사의 탈취법 연구를 읽어봤는데, 원심 분리기를 응용한 것이더군요. 탈취 조작은 생선 기름에는 괜찮지만 간장에는 역시 보통 간장의 기름을 생선간장에 섞어 불포화지방산을 이행시켜 탈취한다고 적혀 있는데, 그렇게 해서는 완전하다고는 볼 수 없겠지요."

"그래요. 그리고 짚을 이용하는 방법도 있지만, 조작 후에 짚을 함께 끓여보면 냄새가 몹시 나는 걸로 봐서 상당히 악취 흡착력이 있는 것으로 기대돼 실험을 해본 결과, 효과가 있기는 있었지만 이건 식물성 단백질이 광산 분해만 한 것이라 산취제거법으로는 완전한 것이지만 그것만 갖고는 부족하죠."

"야마시타 선생의 진공저온자비법(眞空低溫煮沸法)이란 것이 있지 않습니까. 그건 어떻습니까?" 하야자카는 다시 물었다.

"그것도 안 됩니다. 그건 실제 공업으로는 효과가 미미하고 우선 돈이 많이 들어 안 됩니다. 그리고 생선 냄새가 가급적 혐오감을 일으키지 않도록 향료를 첨가하는 방법도 있긴 하지만 이건 일종의 사기술이고, 지금 현재로선 탈취법으로 완전한 건 하나도 없습니다. 제 방법도 그렇게 완전하다고는 할 수 없지만 어쨌든 제가 말하는 자기소화액(自己消化液)이란 것은 지방은 비중이 가벼워 전부 뜨기 때문에 그걸 제거하는 겁니다. 악취라고 하는 것은 끓일 때 위에 생기는 거품에 있는 거니까 가열해서 그걸 떠서 버리고 일단 발효를 중단했다가 남은 냄새를 제거하기 위해 다시 한 번 발효시켜 신선한 술 지게미를 많이 집어넣습니다. 그러면 악취는 없어집니다."

"흠" 하고 하야자카는 감탄한 표정으로 시험관이 나란히 있는 위로 얼굴만 내밀고 잠시 창밖을 바라보다가 돌연히, "이거 야마시타 세이치로 박사 큰일 났는데요. 어쨌든 그쪽은 학계의 거물이니까, 우리들이 실패한 것과는 달리 타격이 클 겁니다. 그리고 곧 당신이 성공하면 학계가 발칵 뒤집힐 겁니다."

가리가네는 무표정인 채로 화학실을 나오다 복도에 뒹굴고 있던 청우계(晴雨計)에 걸려 넘어지면서 큰 소리를 냈다. 방 속에서 하야자카가 뭔가를 말하는 소리가 곧 들려왔지만 그는 거기에는 아무 대답도 하지 않고 방풍림인 소나무 벌판을 똑바로 가로질러 바다로 나갔다. 산봉우리를 어슴푸레 물들이기 시작한 지는 해를 향해 파도가 밀어닥치는 바닷가를 걸어가는 가리가네의 발을 포말이 차갑게 적셨다. 그는 파도가 밀어닥치는 바닷가에 앉아 넋을 잃고 바다를 뚫어지게 바라보기도 했다가 혼잣말을 중얼거리다 갑자기 슬픈 표정을 짓기도 했다가 또 거꾸로 걷다가 풀을 훑기도 하면서 어두워질 때까지 계속 걷다가 밤이 돼서야 겨우 자기 집으로 돌아갔다. 그는 그날 밤 나온 저녁밥에는 손도 대지 않고 집 주위를 빙글빙글 돌다가 문득 그때부터 걸어서 도쿄까지 가야겠다고 결심했다. 그런데 그날 밤 늦게 관청에서 사환이 가리가네 집으로 급히 뛰어왔다.

"가리가네 선생님, 가리가네 선생님, 큰일 났어요. 선생님 간장이 통에서 흘러나와 바닥에 가득합니다."

"그래" 하고 가리가네는 말했다. 그러나 마음속으로 그는 만세를 불렀다. 통 테두리가 터진 것이다. 통이 깨지면 그것만으로도 실패의 원인이 되기에 충분하다. 가리가네는 하늘에 감사하며 곧바로 사환 아이와 함께 관청으로 뛰어갔다. 그런데 실험실로 들어가서 그는 다시 실망하고 말았다. 간장이 새어나온 것은 전부가 아니라 발효함에 따라 팽창한 액즙이 십분의 이 정도의 소량만이 통 속의 널빤지와 널빤지 사이에서 흘러나온 것에 지나지 않았다. 더구나 통은 어느 것 하나 파손된 곳이 없었다.

"정말 고마워요. 이 정도라면 지장이 전혀 없으니 걱정 마요." 가리가네는 사환에게 말했다.

여전히 바닥 전체에 피처럼 흐르고 있는 간장 속에 어지러이 뒹굴고 있는 낡은 프로펠러와 잠수기 그리고 도구 등을 바라보면서 사환은 방에서 나가려고 했다.

"양이 얼마 안 돼 다행이네요. 이 통 속에 있을 때는 먹을 기분이 안 들었는데 흘러나온 것은 아주 색깔이 예쁘네요."

"그렇죠? 곧 완성될 겁니다. 하여간 빨리 알려줘서 고마워요."

가리가네는 무심코 그렇게 말하고는 사환이 나간 뒤 문을 꼭 닫고 곧바로 벌거벗고 콘크리트 바닥을 네 발로 기면서 흘러나온 간장에 입을 대봤다.

그런데 그는 갑자기 "됐다" 하고 소리를 지르고 고개를 들었다.

그는 눈을 반짝이며 통 위쪽의 액체를 맛보았다. 이것은 아직 떫었다. 그러나 이것은 분명히 산화지방의 떫은맛이 여러 가지 맛 가운데 존재하고 있다는 증거였기 때문에 가리가네는 안심하고 술 지게미를 분리해서 위쪽의 기름을 버리자 남은 것은 과연 아주 맛있는 액즙이었다.

"드디어 해냈다." 그는 씩씩한 풍모로 착즙대를 찾아다니며 생각했다. 학계가 발칵 뒤집힐 것이다. 일본의 어촌은 이제 구제되는 것이다. 아아, 아쓰코야—가리가네는 팽이처럼 빙글빙글 도는 것 같은 느낌이었다. 통 속에 있는 액즙을 짜서 솥에 넣었다. 그리고 짚을 솥 속에 집어넣고 전열을 가해 거품을 내게 한 후 거품과 짚을 건지고 간장 지게미를 잔뜩 집어넣었다.

이렇게 해서 가리가네의 간장이 놀랄 만큼 손쉽게 만들어졌다. 이렇게 가리가네의 간장은 열흘이 지난 어느 날 새벽에 완성되었다. 예상 밖으로 생선 냄새가 전혀 안 나는 맛 좋은 것이었다. 가리가네는 너무나도 기쁜 나머지 그냥 사환실에 가서 자고 있는 사환의 머리를 살짝 보고는 만족해서 다시 돌아와서 한산한 긴 복도를 혼자 계속 타박타박 걸었다. 그리고 잊고 있던 야마시타 박사 생각이 문득 났다.

"그 박사는 이제 끝났다."

아무리 경쟁이라고는 해도 오랫동안 학계에서 있는 힘을 다해 연구하고 만년을 조용히 살려고 하는 위인을 무너뜨렸다는 자책감에 자신의 기쁨이 식는 느낌이 들었다. 그러나 할 수 없는 일이다. 자신은 복수를 한 것이 아니다. 만인을 위해서 한 일이다.—그렇게 생각하자 갑자기 다시 힘이 솟아나 실험실로 돌아왔다. 그러나 그날 밤은 더 이상 잠이 오지 않았다. 날이 밝을 무렵 그는 바닷바람을 맞고 파도가 밀어닥치는 바닷가에 나가 솟아오르기 시작한 아침 햇살로 땀에 젖은 이마를 물들인 채 잠시 서서 묵도를 했다.

이제 가리가네의 오랜 고생도 끝이 났다. 짙은 남색으로 파도가 일던 해면도 점점 잔잔해지고 갈매기가 날아오르는 날개 소리가 맑은 공기를 흔들기 시작했다. 어선이 바다로 나가기 시작할 무렵에는 가리가네의 기쁨이 절정에 달했다. 그는 송림을 빠져나가 화단 쪽으로 걸어와서 연구소의 기상대가 아침 햇살에 반짝이는 풍향계 주위에서 비둘기 무리가 원을 그리며 돌고 있는 것을 바라보고는 실험실로 돌아왔다. 그리고 곧 그는 작은 병에 간장을 담아 주인집 가족들이 아침 식사 때 새로 만든 간장을 맛볼 수 있도록 서둘러 집으로 돌아왔다.

8

가리가네의 발명이 완성된 것을 축하하는 시식회가 제일 큰 표본실에서 조촐하게 열렸다. 세계 여러 나라의 갖가지 어선 모형, 꼬리를 은으로 감아서 놓아준 큰 방어, 조개를 넣어서 짠 발 몇 개, 그 밖에 심해에서 사는 물고기 등에 둘러싸여, 바다 냄새가 몹시 나는 테이블을 가운데 놓고 연구소 직원들과 신문기자들이 가리가네가 발명한 간장을 시식했다. 하야자카가 맨 먼저 그 맛에 탄사를 보내자 거기에 장단을 맞추는 것처럼 모두가 이구동성으로 신제품 간장을 칭찬했다. 그러나 다타라 소장만은 처음부터 약간의 미소만을 보였을 뿐 아무 말도 하지 않았다. 가리가네는 간단하게 발명에 얽힌 고생담을 이야기하고 옆에서 도움을 준 소장 이하 직원들에게 다시 한 번 정식으로 감사의 말을 한 후 질문을 받았다. 신문기자들이 가리가네를 둘러싸고 질문 공세를 폈다. 가리가네가 기자들에게 자신의 이력, 발명의 특징 등을 차례대로 대답하고 의자에 앉자 다타라 소장이 잠시 소장실로 와달라고 해서, 그의 뒤를 따라갔다.

다타라는 가리가네를 자기를 바라다보고 앉게 한 후,

"음—" 하며 뭔가를 생각하는 듯 잠시 침묵하다가, "이번에 정말 수고가 많았소" 하고 가리가네를 쳐다보지도 않고 고개를 약간 숙이면서 말했다.

"여러 가지로 친절을 베풀어주신 덕분에 성공한 것 같습니다. 소장님이 도와주지 않으셨다면 해내지 못했을 겁니다. 이 은혜는 아마 못 잊을 겁니다."

"아니, 뭘"이라고 말할 뿐 다타라는 다시 입을 다물었다. 그리고는, "앞으로의 일은 다시 얘기하기로 하고, 오늘은 축하만 하기로 하지. 사실은 내일부터 본 연구소의 촉탁 형태로 해서 출근하는 걸로 하고, 월급은 50엔 정도로 해볼까 하는데 자네 생각은 어떤가."

"저도 좋습니다. 이제부터 여기서 연구할 수 있게만 해주신다면 더 이상 바랄 게 없습니다."

"조금만 더 이대로 견디면, 머지않아 새 방침도 나올 겁니다."

그렇게 가리가네와 다타라의 만남은 끝났다. 가리가네는 다시 표본실로 돌아왔지만 이미 그곳에는 아무도 없어 그 옆에 있는 화학실을 들여다보았다. 현미경 앞에서 하품을 하고 있는 하야자카의 모습이 보였다. 하야자카는 가리가네의 발자국 소리를 듣고 뒤를 돌아다보고 갑자기 정색을 하면서 일어섰다.

"성공하신 걸 축하합니다. 정말 부럽습니다." 그러고 나서 그는 다시 앉아서 말했다.

"소장 녀석, 뭐라고 하던가요?"

"이제부터 저를 촉탁 사원 형식으로 해서 월급을 50엔씩 주겠다고 하시던데요."

"그런 말을 해요? 으음." 하야자카는 의미심장한 미소를 띠었다. 그러나 곧 그런 생각에서 도망이라도 치는 듯이 멀리 있는 바다를 바라보다가, "저도 이러고 있는 게 지겨워졌습니다. 방어 꼬리 끝에 낚시 바늘을 던져보든지 아니면 통조림 속의 벌레를 죽이든지, 뭐라도 하지 않으면."

"하야자카 씨 처지가 어때서 그러세요. 이렇게 설비가 잘 갖춰진 곳에서 자유롭게 연구하실 수 있잖아요."

"그게 그렇질 않습니다. 당신이 아직 잘 모르셔서 그래요. 여기 소장은 해고 소장이라고 모두들 부릅니다. 정말 이상한 사람이에요. 일 년에 한 번은 꼭 누군가의 목을 자르지 않으면 병에 걸리는 사람입니다."

하야자카는 노기 어린 입가에 조소를 떠올리며, "다음은 바로 접니다" 하고 말했다.

"그런 사람입니까? 그 사람." 가리가네는 고개를 길게 늘어뜨리고 작은 소리로 되물었다.

"그렇습니다. 더구나 바닥이 좁은 이런 연구소는 어디에 가서 근무해도 결국은 똑같은 물산계파라서, 한번 성질을 죽이지 못하고 상사와 한바탕 붙기라도 하는 날엔 평생 고개를 들고 다니질 못하게 됩니다. 저같이 성질이 급한 사람은 이렇게 바닥이 좁은 곳에서는 견디기가 힘듭니다."

가리가네는 잠자코 서서 듣다가 갑자기 싱글벙글 웃는가 했더니 다시 웃음을 감추고 말했다.

"그러니까 제가 월급을 받게 되면 대신에 당신이 목이 잘리게 된다는 말씀입니까?"

"하하하하, 아니, 꼭 그런 건 아닙니다. 저는 이미 포기하고 매일 소장에게 대들고 있으니까 어떻게 돼도 상관없습니다. 남자는 배짱 아닙니까."

하야자카는 미소 저 깊은 곳에 일말의 슬픈 거품을 떠올리며 양손을 고개 뒤로 올려 깍지를 끼고 뒤로 돌았다. 그러나 그는 곧 다시 양손을 떼고 가리가네 쪽을 보고,

"그런 그렇고, 소장이 하는 얘기를 전부 곧이곧대로 들어선 안 됩니다. 그 사람은 실력은 쥐뿔도 없으면서 정치는 둘째가라면 서러운 남잡니다. 보도 듣도 못한 당신을 이런 가난한 연구소에 끌어들이는, 그런 기특한 사람은 아니니까, 정신 똑바로 차리셔야 합니다. 저는 어차피 그만두게 될 사람이니까 뭐든지 개의치 않고 말하지만, 다른 사람들은 무서워서 입을 다물고 있으니까 당신도 잘 알아서 처신해야 될 겁니다."

"네, 정말 고맙습니다. 저는 아무것도 모르고 여기서 연구를 할 수 있게 해줘서 정말 감사하게 생각하고 있었습니다."

이야기 방향이 엉뚱한 데로 흐르자 가리가네는 나란히 있는 플라스크를 어정쩡하게 바라다보면서 생각에 잠겼다.

"왠지 가리가네 씨를 보고 있으면 하지 않아도 좋을 것까지 얘기하게 되는군요. 소장과 야마시타 박사 관계를 아십니까? 아직 모르시지요?"

"아니 모릅니다만."

"소장은, 야마시타 박사가 추천해서 온 사람입니다. 그런데 당신이 그걸 뒤집어엎었으니, 아마 소장도 곧 뒤집어엎을 겁니다."

"그렇다면 저를 왜 받아들였을까요?"

"결국 거기가 거기 아닙니까. 저도 잘 모르겠습니다만" 하고 하야

자카는 다시 싱글거리기 시작했다.

"왠지 기분이 나빠지는데요. 그렇다면 저는 어떻게 해야 합니까? 모두를 난처하게 할 것 같으면 지금이라도 당장 여기를 떠날 용의가 있으니, 제발 숨김없이 말씀해주십시오."

"이건 순전히 제 생각입니다만, 그렇게 걱정하지 않으셔도…… 지금은 그저 조용히 있는 게 상책이라고 생각합니다."

"그럴까요." 가리가네는 또 하야자카의 말을 금방 믿어버리고 싱글벙글 웃었다.

"머지않아 이러쿵저러쿵 얘기를 걸어오는 사람이 있을 테니까 그때는 조심하셔야 합니다. 지금은 아무것도 모르는 체하는 게 상책입니다."

"감사합니다."

그러나 하야자카는 더 이상 웃지 않았다. 아마 섣불리 발설한 비밀이 현재 있는 비밀에 덧붙여져 변형되어 돌아다니게 될 막연한 불안감을 이때 느꼈을 것이다. 그는 긴장한 날카로운 표정을 짓고 입을 다문 채 창밖의 한 지점을 뚫어지게 바라다보는가 했더니, 느닷없이 히죽 웃었다. 그리고 살이 두툼한 목 주위를 쓰다듬으면서,

"이게 떨어질까. 하하하하" 하고 높은 목소리로 웃기 시작했다.

가리가네는 깜짝 놀라 넋을 잃고 하야자카를 쳐다보다가,

"제가 그렇게 지독한 짓을 했습니까?" 하고 하야자카를 바라다보았다.

"아닙니다. 당신이 그렇게 하셨기 때문에 이제 계파가 무너져버려 산뜻해진 겁니다. 내일부터 우리는 어깨를 펼 수 있게 됐습니다."

가리가네는 잠시 알았다는 듯이 곧추서서 준엄한 표정을 짓고, "정말 고맙습니다" 하고 화학실을 나가려고 했다. 그러자 하야자카는 당황

해서 얼굴을 붉히며 뒤쫓아와서,

"가리가네 씨, 제가 한 말은 아무에게도 하지 말아주십시오. 이건 비밀이니까 다른 사람한테 말하면 곤란합니다."

"네, 아무한테도 말하지 않겠습니다. 그런데 당신이 그만두게 된다고 생각하면 그냥 가만히 있을 수가 없을 것 같습니다."

"아니, 그건 또 다른 문젭니다. 훨씬 이전부터 있었던 문제로 당신과는 아무런 연관이 없습니다. 이번 발명에 관련해 신문기자를 부른 것도 저니까, 그 정도로만 알고 계십시오."

"하야자카 씨가 부르셨습니까?"

지금까지 모든 것을 소장이 애를 써줘서 된 것으로 알고 있었는데 지금 하야자카의 말을 들으니 아무리 남을 의심하지 않는 가리가네도 그를 전혀 의심하지 않을 수만은 없었다.

"아니 하야자카 씨에게 뭐라고 인사를 드려야 할지 모르겠군요. 아무튼 저는 뭐가 어떻게 돌아가는 건지 모르겠으니 앞으로도 잘 부탁드립니다."

가리가네는 그렇게 인사를 하고 복도로 나와서 실험실로 돌아가 보일러에 걸터앉으며 신제품 간장의 색깔을 살펴보았다. 그러나 그는 점점 오늘의 경사에 어두운 그림자가 드리워지는 것을 느끼지 않을 수 없었다. 하지만 어쨌든 발명은 완성되었다. 내일은 신문에 보도가 되어 온 세상에 알려질 것이다. 그러면 아쓰코도 하쓰코도 틀림없이 볼 것이다. 그 이상 아무런 욕심도 없다. 소장이 어떤 짓을 해도 그가 하는 대로 그냥 내버려둘 것이다. 거기에 생각이 미치자 가리가네는 이 다음에는 정어리에서 된장을 추출해내는 방법을 찾아내야겠다는, 벌써 다음 발명에 대한 생각으로 가득 찼다. 그 밖에 다른 상념은 점점 사라져갔다.

다음날 가리가네의 발명 기사가 지방 신문은 말할 것도 없고 도쿄의 큰 신문에까지 이단 기사로 보도되었다. 양조계의 혁명아 또다시 대발명이란 제목으로 보도되었다. 연구소가 있는 그 조그만 바닷가 마을은 얼마 동안 온통 가리가네 소문으로 자자했다. 양조학계에서는 연구원이 예상했던 대로 야마시타 박사의 위력이 땅에 떨어졌다. 그 대신 가리가네는 방방곡곡 강연회장마다 끌려다니고 타 부현 물산학교 학생들에게 수산 양조 강의를 하는 등, 그의 발명적 천재성은 점점 사회적으로 폭넓은 인정을 받아갔다. 그러는 사이에도 그는 정어리 된장 발명을 착착 진행해나갔다. 이번에도 간장 때와 마찬가지로 생선 냄새를 제거한 정어리 소화액을 재료로 해서 콩에서 추출한 누룩을 넣어 발효시키는 것인데, 그것도 된장국에 사용하는 식물성 된장보다도 훨씬 맛이 좋고 향기도 동물성 단백질을 재료로 사용했다는 느낌이 전혀 들지 않았다. 이 발명도 단시일 내에 완성되어 다시 가리가네의 이름이 신문을 떠들썩하게 장식했다. 이 발명은, 간장의 전국 총소비량이 약 2억만 관인 데 비해 된장의 소비량은 그의 약 두 배인 4억만 관이기 때문에, 국민에게 더욱 중요한 것이었다. 양조계에서 가리가네 하치로의 명성은 이제 무시할 수 없는 것이 되었다. 그러나 그에 반해 야마시타 세이치로 박사의 권위는 안쓰러울 정도로 실추하고 말았다. 하야자카 다쓰조가 뚜렷한 이유 없이 파면당한 것도 그로부터 얼마 지나지 않아서였다.

그러던 어느 날 가리가네가 있는 곳에 아쓰코가 단신으로 찾아왔다. 가리가네는 응접실이 물건으로 꽉 차 있어서 표본실로 아쓰코를 안내하였다. 두 사람은 테이블을 가운데 두고 마주 앉았다.

"가족 모두 건강하시죠?" 하고 가리가네가 먼저 물었다.

그러자 아쓰코는 "네에, 뭐어" 하고는, 쩡쩡거리는 목소리로 비웃듯이 웃기 시작했다.

"아쓰코 씨도 건강하신 것 같습니다" 하고 가리가네는 말했다.

"그렇지도 않아요." 아쓰코는 왠지 불평하는 것처럼 말하는 것이 어딘가 안정감이 없이 불안해 보였다.

"왜 그렇죠?"

"제가 오늘 이렇게 찾아온 것은 특별히 용건이 있어서가 아녜요. 이제 다시는 만나지 않으려고 결심했었어요. 하지만 그런 거, 아무래도 좋아요. 그런데 정말 대단한 일을 하셨더군요."

"발명 말입니까?" 가리가네는 싱글벙글 웃으며 되물었다. 그러나 기뻐하기보다는 원망스럽다는 듯한 눈초리로 쏘아보고 있는 아쓰코의 시선을 느끼고는 깜짝 놀라 입을 다물었다.

"혹시 우리 집이 어떻게 되었는지 생각해보신 적이 있으세요? 이제 엉망진창이 됐어요."

가리가네는 다시 보일까 말까 하게 미소를 지었지만 아쓰코로부터 시선을 돌리고 입을 다물었다.

"저, 정말, 약이 올라요."

아쓰코의 눈이 눈물로 반짝이기 시작했다. 그러나 복받쳐오는 흥분을 억누르고 있는 듯 그녀는 웃으면서 고개를 옆으로 돌리고,

"당신은 정말 대단한 분이에요" 하고 말했다.

"그건 그렇고, 히사우치 씨는 요즘 어떻게 지내고 계십니까? 만나 뵌 지 꽤 오래되었는데."

"남편은 당신 얘기를 자주 해요. 당신이 가리가네 군한테 한번 가 보면 좋으련만, 바보같이라면서. 정말 그럴까요?"

"그런 말씀을 하셨습니까?" 가리가네는 갑자기 기분이 좋아진 듯 쾌활하게 소리 높여 웃었다.

"그런데, 저는, 뭐랄까.—음, 기분이 야릇해요. 오늘은 축하의 말씀을 드려야하겠지만, 이제 하지 않기로 했어요. 괜찮지요, 그런 거."

"괜찮아요." 가리가네는 다시 아쓰코를 머리부터 기모노까지 뚫어지게 쳐다보면서,

"연구소 안을 안내할까요, 아니면 바닷가로 갈까요" 하고 물었다.

"괜찮아요. 아직 이른데요. 저 아직 이 방 안도 제대로 보지 못했어요. 아, 예쁜 배가 있네요. 저기 저 물고기, 무슨 물고기예요?"

아쓰코는 심해어 무리 중에서 솔방울복어를 잠시 손가락으로 가리키고 나서 다른 물고기들을 한 번 훑어보고는 뒤를 돌아다보았다. 뿌옇게 된 큰 전복 알집이 아쓰코 바로 뒤에서 입을 딱 벌리고 있었다. 아쓰코는 일어서서 그녀 가슴 부근까지 올 정도로 큰, 비틀어진 잉어 두 마리의 몸통 옆으로 다가갔다. 그녀는 아무것도 보고 있지 않는 것처럼 머리를 조금도 움직이지 않았다. 그러다 갑자기 그녀는 가리가네 쪽으로 휙 돌아서서,

"저, 오늘 괜히 왔나 봐요" 하고 말했다.

"왜 그러세요?"

"여기 소장이 아버님을 아실 거 아녜요."

"하지만 소장은 당신을 모르잖아요."

"그러네요. 알아도 상관없지만요. 인사라도 하러 오면 곤란하지요. 아무 말씀도 말아주세요. 히사우치는 알아도 상관없지만 아버님은 곤란해요. 당신에게 이런 말씀 드리기는 뭐하지만, 아버님 요즘 편찮으세요."

아쓰코와 가리가네는 다시 마주 앉았지만 가리가네는 아무 말도 하지 않았다. 아쓰코도 문득 오늘 뭐 하러 여기까지 왔나 하고 고민하는 듯 우울해졌다.

"가리가네 씨 덕분에 히사우치도 요즘 변했어요. 아침 일찍 일어나고, 전처럼 놀러 나가지도 않고, 드디어 일하러까지 나가요."

"어디에서 근무하십니까?" 하고 가리가네는 물었다.

"보험회사에서 일하게 됐어요. 그렇게라도 안 하면 우리 생활이 안 되니까 할 수 없지만.—가리가네 씨는 폭탄 같은 분이세요. 그때부터 집안이 완전히 변해버렸어요. 덕분에 저까지 이렇게 가만히 있으면 안 될 것 같은 기분이 들게 되었지만 이제 와서 제가 뭘 할 수 있겠어요. 정말 고민이에요."

가리가네는 한편으론 사람 좋은 것 같고 한편으론 바보 같은 미소를 지으며 목소리를 낮춰 말했다.

"실은 저도 여기서 그 때문에 어렵습니다. 저 때문에 여러 사람이 어려움을 겪게 돼서 말입니다. 전혀 예상치 못했던 일이, 계속 이상하게 일어나서 몸 둘 바를 모르겠습니다."

그러자 아쓰코는 어색할 정도로 소리를 높여 재미있다는 듯이 웃기 시작했다.

"물론 그러시겠죠. 저까지 이렇게 곤란해졌으니. 이제 앞으로 좋은 일만 있지는 않을 거예요, 가리가네 씨."

"정말 그럴 것 같아요. 저는 요즘 그걸 생각하면 소름이 끼칩니다."

"그런데 어떻게 이런 곳에까지 오시게 됐어요?" 하고 아쓰코는 말했다.

"어차피 어디엘 가더라도 우리가 연구할 수 있는 곳은 모두 당신 아버님 제자들로 꽉 차 있기 때문에 어딜 가더라도 똑같다는 생각에 훌쩍 여기에 와본 것뿐입니다. 무슨 특별한 생각이 있어서 온 것이 아닙니다."

"하지만 계속 여기에 계실 생각은 아니시죠?"

"아니, 있을 수만 있으면 있을 예정입니다. 월급도 50엔씩 받게 돼, 이렇게 고마울 수가 없습니다. 촉탁 형식으로 있는 겁니다."

"이해를 못 하시는군요." 아쓰코는 희미하게 입을 열고 의심스럽다는 듯이 눈을 내리깔았다.

"여기서 일하는 모든 사람들이 소장에게 갖고 있는 반감이 대단합니다. 내가 발명했다고 모두 너무 좋아해서 야마시타 박사님도 참 나쁜 제자들을 두었다고 생각했지요. 반감은 결국 박사님으로 이어지는 게 아니겠습니까? 아무리 생각해도 이해가 잘 가지 않는군요."

가리가네는 등을 뒤로 젖히고 잠시 생각에 빠지는 듯 입을 다물었다. 아마 하야자카가 파면당했다는 사실이 문득 머리를 스친 것이리라.

"어쨌든 저같이 잘 모르는 사람이 봐도 벌집을 쑤신 것같이 됐다는 것만은 알겠네요. 지금까지 침묵으로 일관하던 아버님 반대파 학자들도 때는 이때다 하고 전부 일어나 법석을 떨고 있으니까요. 히사우치도 그냥 보고만 있기가 힘든가 봐요. 요새 맘고생이 심해요."

두 사람은 입을 다물고 말았다. 그러나 곧 아쓰코는 가리가네를 뚫어지게 바라다보며 힐난하듯이 말했다.

"왜 제 돈을 받지 않으셨어요? 제가 드린 돈으로 이번 발명을 했더라면 아버님도 히사우치도 이렇게까지 맘고생을 안 해도 될 텐데."

"그러셨겠죠. 하지만 그렇게 할 수 있었다면 저도 이렇게까지 고생하지는 않았을 겁니다."

그렇게 말하긴 했지만 가리가네도 난처해진 듯 얼굴을 붉혔다.

"어떻게 생각하면 아무것도 아닌데, 제가 혼자서 안달복달하긴 했지만—"

"만약 히사우치 씨가 저 때문에 그렇게 난처해지셨다면 아쓰코 씨가 이렇게 저를 찾아오시면 안 되는 거 아닙니까? 히사우치 씨가 아시면 혼나시는 거 아녜요?"

"그런데 그게 그렇질 않아요. 히사우치는 이상한 구석이 있는 사람이에요. 남자의 억지라고나 할까요? 보통 사람들과는 조금 달라요. 저 보고 가리가네 씨를 축하해주러 한번 가보라고 했으니까요. 진심으로 하는 말입니다. 전혀 비꼬는 게 아녜요."

"무슨 생각으로 그렇게 말하는 걸까요?" 가리가네는 듣기 힘든 먼 데서 들려오는 소리라도 듣는 듯이 꼼짝도 하지 않고 아쓰코를 보았다.

"저도 잘 모르겠지만 당신을 존경하는 것 같아요. 더구나 자기 아버지가 당신 때문에 지금처럼 됐다고 생각하면 자기 아버지에게 더부살이하고 있는 자신의 처지가 한심하지 않겠어요? 아무리 포기했다고는 해도 자신의 처지가 처량하게 느껴지지 않을 수 없을 거예요. 옆에서 제가 위로해줄 방법이 없어요. 집이 가난해질 정도로 사태가 어려워졌다고는 생각하지 않지만, 당신 생각을 하는 걸 옆에서 보고 있는 제 입장도 정말 힘들어요."

거기까지 말하고 아쓰코는 자기가 한 말이 가리가네의 오해를 사지 않을까 하는 불안감에 휩싸인 것처럼 갑자기 가리가네를 쳐다보았는데, 말로 다 표현할 수 없는 마음이 그녀의 애타는 눈빛에 뚜렷이 나타났다.

"뭐라고 할까요, 저 요즘 히사우치가 불쌍해졌어요. 하지만 그 사람은 워낙 자존심이 강한 사람이라 제가 동정한다는 게 참기 힘든가 봐요. 저보고 막무가내로 가리가네 씨에게 가보라고 하는 거예요. 히사우치가 저러고 있는 동안은 헤어지지 않을 거예요. 그렇다고 히사우치를 못살게 하려는 건 아녜요. 저 때문에 괴로워하는 거라면 차라리 남자답게 괴로운 편이 나은 것 같아요."

"그건 그렇죠." 가리가네는 말했다. 그러나 아쓰코의 말을 그냥 그대로 받아들이기에는 어딘가 공허한 감이 없지 않았다.

그러나 아쓰코는 저도 모르게 깊은 곳까지 말해버린 자신의 말을 다시 주워 담기라도 하는 듯이 얼굴을 들고 말했다.

"바닷가로 저를 데려가주시지 않으시겠어요? 사실 저 오늘 집안 얘기는 안 하려고 했었어요. 기분 전환하고 싶으니까 이제 저희 집 얘기는 하지 말아주세요."

해안으로 나가 햇볕이라도 쬐기로 하고 두 사람은 복도로 나왔다. 복도를 걸으면서 여기는 화학실, 여기는 염료실, 저기는 훈제실 등이라고 설명해주었다. 실험실 앞을 지날 때 여기서 간장을 만들었다고 말하면서 가리가네는 갑자기 힘이 나는 것을 느꼈다.

"그렇다면 여긴 무시무시한 곳이네요. 그런 곳은 저 보고 싶지 않네요." 아쓰코는 실험실 앞을 재빨리 통과했다.

"잠시 들어가보지 않으시겠어요?"

"싫어요."

가리가네도 웃으면서 아쓰코 뒤를 쫓아 복도에서 잔디밭이 넓은 정원으로 나가 바로 앞에 있는 해안 쪽을 향해 내려갔다. 아쓰코는 붉은 안감이 보이는 소맷자락을 가리가네 몸 위에서 펄럭이면서 뒤를 돌아다보고,

"연구소가 꽤 멋있네요. 어머 비둘기까지 있네" 하고 말하며 즐거워했다.

두 사람은 강 하구에서 왼쪽에 있는 모래 언덕 쪽으로 걸어갔다. 그동안 가리가네는 끊임없이 싱글벙글하며 주위에 있는 산들의 이름과 거기에 얽힌 역사를 가르쳐주면서 해안선을 따라 있는 풀숲 가운데 길을 쾌활하게 걸어갔지만, 아쓰코는 가리가네 어깨 뒤에서 큰 눈을 멍하니 뜬 채 방심했을 때의 공허한 표정을 하고 있었다. 두 사람은 연구소의 풍향계 탑이 보이지 않는 곳까지 가서 아쓰코의 제안으로 풀숲에서 쉬었다.

"이 나이가 되도록 나는 바다가 좋아요. 기억하고 계세요?"

"아니, 저는 벌써 모든 것을 잊었습니다." 가리가네는 딱 잘라 말했다.

"그래요. 그래도 저만은 기억해주세요."

가리가네는 힐끗 곁눈질하는 아쓰코 앞에서 준수한 검은 얼굴을 똑바로 바다 쪽으로 돌리면서 어선이 돌아오는 것을 기다리기라도 하는 듯이 미소를 머금고 바라다보고 있었다. 아쓰코는 양산 손잡이로 가슴을 찌르기도 했다가 주위에 사람이 없는지 살펴보기도 했다가 쭉 뻗고 있는 다리를 반대 방향으로 꼬기도 했다가 하면서 끊임없이 몸을 풀 속에서 움직였다. 그러다가 할 말이 없어지자 심통난 사람처럼 양산 끝으로 풀뿌리를 찔러댔다.

"저는 지금 생선으로 진간장을 만들어보고 있는데, 이게 끝나면 생선으로 젓갈을 만들어보려고 합니다. 만들면 보내드리죠" 하고 가리가네는 말했다.

"이제 발명 얘기만은 말아주세요." 아쓰코는 얼굴을 찌푸렸다.

"하지만 틀림없이 맛있을 거예요. 제일 맛있는 걸로 골라서 보내드리죠."

"자나 깨나 그런 것만 생각하시는군요. 정말 싫어요." 아쓰코는 한층 양미간을 찌푸리며 말했다.

"저는, 지금은 그래요. 별로 따로 신경 쓸 데가 없어요. 아마 이것도 팔자겠죠?"

"저, 가리가네 씨 부인이 되지 않은 게 정말 다행이에요. 그건 그렇고, 정말 이대로 결혼하지 않을 생각이세요?"

"저는 아쓰코 씨에게 데어서 평생 안 할 생각입니다. 얼마 전에 부모님께도 겐조(健藏)를 빨리 장가들이라고 말했습니다. 그런데 동생이 형이 가지 않는 한 저도 절대로 가지 않겠다고 해서 그만 할 말을 잃었습니다."

"그러니까 제가 동생 분까지 불행하게 만든 셈이군요." 아쓰코는
풀잎을 손톱으로 훑으면서 풀이 죽은 모습으로 고개를 숙였다.

"아니 그렇지도 않습니다. 저는 약속한 사람이 있으니 빨리 먼저
가라고 동생에게 거짓말을 해서라도 보낼 생각입니다."

"가엾게도." 아쓰코는 작은 목소리로 말했다. 그러나 곧 기운을 차
리고, "당신이 이렇게 성공했으니까 오늘같이 제가 이렇게 올 수 있지,
만일 그렇지 않았다면 저도 기분이 안 좋았을 거예요. 정말 뭐가 좋은
건지 모르겠어요. 저 오늘도 오는 기차 속에서 그렇게 생각했어요. 행복
이란 이런 곳에 있는 걸까 하고요."

"정말 고맙습니다." 가리가네는 정색을 하고 인사를 했다.

아쓰코는 슬픈 미소를 띤 채 잠자코 가리가네를 보다가,

"자 슬슬 돌아가볼까요. 이제 곧 해가 지겠네요" 하고 말하며 풀숲
에서 일어났다.

두 사람은 파도가 밀려오는 곳까지 내려가서 풀숲과의 거리를 좁혔
다 넓혔다 하면서 걸었다. 하코네(箱根) 연봉이 저마다 다른 높이인 채
로 점차로 붉게 물들어가는 것을 묵묵히 바라다보면서 아쓰코는 다시
내일부터 살아갈 일이 걱정인 듯 갑자기 멈춰 서서, 밀려와 부서지는
파도의 흰 거품 속에서 어깨를 들썩이며 울기 시작했다. 가리가네는 급
히 아쓰코 어깨에 손을 대려고 하다가 갑자기 또 아쓰코에게서 떨어져,
더욱 바빠지기 시작한 바다 위의 어선의 무리를 홀로 바라보면서 서 있
었다.

9

가리가네는 관사로 거처를 옮겼다. 바다 수면에서 바람이 없어질 무렵이 되자 기리잔쇼*를 비롯한 봄 냄새가 나물, 후키미소**, 기노메미소***와 함께 식탁의 색깔을 점점 짙게 물들였다. 그리고 바닷가에 미역을 따는 배가 다 나올 무렵에는 봄비가 안개처럼 낀 화단의 배나무와 은행나무의 하얀 꽃 속에서, 새로 접목한 나무의 새순이 여기저기서 머리를 들고 나오는 것이 보였다. 가리가네는 날마다 생선 때를 묻혀가며 일에 파묻혀 살았지만 그의 표정은 행복한 듯 하염없이 미소가 넘쳐 흘렀다.

그러던 어느 날 밤, 가리가네가 있는 곳에 아쓰코가 찾아온 지 한 달 정도나 지났을 무렵, 가리가네가 사는 관사에 자동차가 한 대 왔다. 다타라 소장이 보낸 자동차였다. 가리가네는 무슨 일인가 궁금해하면서 서둘러 그것을 타고 요정으로 가보았다. 이미 그곳에 와 있던 다타라는, 바로 밑까지 밀려오는 파도를 뒤로한 채 별채에서 기생 두 명을 옆에 앉히고 기분 좋게 술을 마시고 있는 중이었다.

"오늘 밤은 자동차까지 보내주셔서 정말 감사합니다."

가리가네는 상석인지도 모르고 앉으라는 자리에 앉아 인사를 했다. 다타라는 어느새 술병을 들고 가리가네에게 권했다. 이 소장은 큰 키가 자랑스러운 듯 언제나 자신의 포즈에 신경을 써서 그런지 내미는 술병도 큼지막하게 보이는 것이었다.

---

* 切山椒: 생과자의 일종. 산초나무 즙과 설탕을 쌀가루에 섞어 만든 것.
** 蕗味噌: 장아찌의 일종. 머위의 새순을 잘게 썰어 넣고 볶은 된장.
*** 木の芽味噌: 나무 순을 된장에 무친 것.

"저는 술을 조금도 못 마십니다."

사양하는 가리가네에게 다타라는 "자아, 자아" 하면서 그 뒷말은 듣지도 않고 술을 따랐다. 눈 밑에 보조개가 있는 아랫볼이 통통한 기생은 얼른 가리가네 옆으로 무릎을 들이밀면서 다타라와 마주 보고 앉았다.

"얘네들이 이 고장에선 제일이야. 소개할까, 이쪽은 모모치요(桃千代), 이쪽은 하기요(萩代). 그렇게 예쁘지는 않지만 말이야."

가리가네는 두 사람에게 각각 가볍게 인사를 하고 다타라 쪽을 다시 보았다.

"무슨 특별한 용건이 있어서 저를 부르셨습니까?"

"아니 따로 용건이 있어 부른 게 아니고 오늘 밤은 자네하고 같이 한잔하고 싶어서 불렀으니까, 마음 푹 놓고 한잔하세."

다타라는 이렇게 말하고는 지난달 꼬리에 은을 감아 놓아준 방어가 이세(伊勢) 도바(鳥羽)에서 잡혔다는 보고가 들어왔다는 것, 슬슬 방어와 연어의 훈제를 하지 않으면 예산을 계상하는 데 지장이 생긴다는 것, 그 밖에 어망의 염색 등 여러 가지 이야기를 하고 나서, 기생을 방에서 내보냈다. 역시 특별히 할 얘기가 있었구나 하고 가리가네가 생각하고 있는데 다타라가 취기가 돌기 시작한 몸을 화로 위로 구부리면서 겨우 입을 열었다.

"언젠간 한번 의논해봐야겠다고 생각하고 있었는데, 자네 간장 특허원은 어떻게 돼가고 있나?"

"아직 그 상태로 있습니다만, 확실히 특허가 나오긴 나올 겁니다" 하고 가리가네가 대답했다.

"그렇지만 언제까지나 그대로 놔둘 수는 없지 않겠나? 뭐하면 특허국에 내 친구가 많으니까 명의를 자네와 나 둘로 해놓는 편이 심사를 통과하는 데 편할 것 같은데, 자네 생각은 어떤가? 명의를 자네 이름 하나로 해놓으면 당연히 특허가 나올 것도 나오지 않는 경우가 생기지 않을까 해서 말이야."

아무렇지도 않은 듯이 말을 꺼내는 다타라의 술기운이 돌아 불그스레한 얼굴을 보니 하야자카 다쓰조가 주의한 것이 바로 이거라는 생각이 들었다.

"거기까지 신경을 써주셔서 감사합니다만, 특허국은 다른 관청과 달라서, 재판소와 마찬가지로 거부할 경우에는 이유서를 첨부하게 돼 있으니까, 누구 명의로 해도 마찬가지라고 생각합니다. 만일 이번에 소장님 성함을 올렸다가 만에 하나라도 결과가 나쁘게 나오면 존함에 먹칠을 하는 꼴이 될지도 모르니까요."

가리가네는 말하면서, 점점 입이 마음대로 움직여 어느샌가 다타라를 공격하고 있는 자신을 발견했다. 그러나 이미 정도를 지나쳐 이제 와서 말을 중지할 수도 없었다. 그는 싱글벙글 웃으면서,

"들리는 소문에 의하면 현직 장관도 특허만은 안 될 때는 안 된다고 들었습니다. 저도 만일 안 된다면 포기하려고 합니다."

"그렇다고만도 할 수 없지만, 자네 생각이 그렇다면 그만두도록 하지."

화로 위에서 불을 쬐고 있던 손바닥을 뒤집으며 그렇게 말하고 나서 다타라는 고개를 옆으로 돌렸다. 그때부터 가리가네는 그 자리에 있는 것이 괴로워졌다.

"여러 가지로 신경을 써주셔서 정말 감사합니다. 그러면 오늘 밤은 이만 실례하겠습니다." 가리가네가 인사를 했지만 다타라는 입을 다문 채 아무 말도 하지 않았다. 가리가네는 다시 한 번 인사를 하고 곧바로 집으로 돌아왔다. 그때 다타라와 가리가네가 함께 있었던 시간은 아마

한 시간도 못 됐을 것이다. 그러나 그 다음날부터 가리가네를 대하는 다타라의 태도는 냉담하기 짝이 없었다. 가리가네가 내게 한 말에 의하면, 이때 가리가네는 연구를 할 수 있도록 해준 은혜에 보답하는 의미에서 소장이 말하는 대로 명의를 다타라와 함께 두 사람 이름으로 해놓아도 좋다고 잠시 생각하기도 했다는데, 다시 생각해보니 연구소라는 공공기관의 이름이라면 몰라도 소장 개인의 이름으로 하면 연구소가 국립인 만큼 공공 기관을 이용한다는 점에서 보면 일종의 뇌물 증여가 된다는 생각에 양심의 가책을 느껴 그만두었다고 한다. 그러나 다타라 입장에서 보면 특허 명의인인 가리가네가 거절한 것은 크나큰 타격이 아닐 수 없었다. 다타라는 전혀 면식도 없는 사람을 자기 연구소에 받아들여 자신의 은사를 전복하는 거나 다름없는 발명을 완성시키도록 하기까지는 자기희생을 각오한 굳은 결심이 필요했을 것이다. 만일 가리가네 특허의 명의에 자기 이름을 첨가하면 자신도 구제할 뿐만 아니라 은사인 야마시타 박사도 구제하는 셈이 되니까 한때 자신에게 쏟아지는 의혹의 눈초리도 얼마 지나지 않아 틀림없이 없어질 것이었다. 만일 잘못돼서 공격을 받게 되더라도 자기 명의로 되어 있으면 특허권을 이용해서 쉽게 큰돈을 벌 수도 있다. 그러나 만에 하나 계획이 어긋나서 지금처럼 가리가네가 다타라 명의를 집어넣기를 거절한다면 그때는 만사가 그른 것이다. 어쨌든 모든 것을 건 승부에 완전히 패했다고 봐야 한다. 참으로 흥미진진한 인물 다타라는 이때 자신의 머리를 너무 믿었던 것이다. 그는 처음에 가리가네를 보고 그의 사람 됨됨이와 정직함을 간파하기는 했지만 그 뒤에 숨어 있는 우직함은 잊어버렸던 것이다.

그러나 정작 가리가네는 다타라의 이러한 고심에서 나온 책략을 이해할 수 있는 인물이 아니었다. 그는 다음날부터도 여전히 연구소에 근무하면서 다타라의 냉담한 태도와 그의 빈틈없는 부분의 성격만을 서서

히 깨닫기 시작했다. 한편 다타라의 입장에서 보면 이제 더 이상 가리가 네를 사용할 가치가 없어진 셈이 되었다. 가리가네에게 연구소를 그만 두게 하기 위해서 매번 그의 연구를 노골적으로 봉쇄했다. 가리가네 실험 성공에 부여했던 신년도 예산의 증가도 신규 실험은 지사 명령에 따라 불허할 것이라는 것을 이유로 무산되었다. 다음에는 하야자카 다쓰조 대신에 온 주임 기사인 후쿠이 다카노스케(福井高之助)가 가리가네를 동정해서 국고 보조 명목으로 수산국에서 받아낸 5백 엔이란 금액도 약간의 실험비만 지급되었을 뿐 다타라 때문에 다른 용도로 변경되어버렸다. 가리가네는 이상적인 자신의 실험을 한번 해보고 싶어 안달할 때였기 때문에 그에게 떨어진 금액만이라도 사용하게 해달라고 몇 번이나 다타라에게 부탁해보았지만 연구소 예산 운용상이란 이유로 항상 거절당했다. 그러나 이때, 전에는 가리가네를 위해 하야자카 다쓰조가 나타났던 것처럼 이번에는 그 대신에 후쿠이 다카노스케 주임이 가리가네를 도와주기 시작했다. 후쿠이는 하야자카가 그만두면서 타 현에서 불러온 기사였는데, 가리가네가 곤경에 처해 있는 것을 보다 못해, 마침 수산국에 있는 동기생에게 부탁을 해 국고 보조 명목으로 가리가네가 5백 엔을 받을 수 있게 명령이 나오도록 뛰어다녔지만, 그렇게 해서 받게 된 금액마저 다타라는 가리가네가 사용하지 못하도록 금지해버렸다. 후쿠이는 마음속으로 전근을 각오하고 노골적으로 가리가네에게 동정을 표시했다. 이러한 상태가 지속되자 수산 실험에 종사하고 있는 연구 직원들의 순박한 기질 때문인지, 도리에 맞지 않는 다타라에 대한 반감이 점점 거세지고 가리가네 편을 드는 사람이 점점 증가하게 되었다. 그러는 사이에 누가 먼저 말했다고 할 것도 없이, "이번에는 우리 대신에 가리가네가 금방이라도 소장을 그만두게 할 테니까 될 수 있는 대로 가리가네를 응원하자"는 얘기가 암암리에 직원들 사이에 떠돌아다니게 되었다. 그렇게 되자 가리가네도 자연히 주위에 밀려서 이제는 더 이상 주저할 수도 없게 되어, 반 다타라 기치를 선명히 내세워 싸울 각오를 하지 않으면 안 되게 되었다.

그러나 다타라 소장도 가리가네나 후쿠이가 회사를 그만둘 각오로 뭉치기 시작한 것처럼, 그보다 한발 앞서서 자리를 내놓을 결심을 하고 있었지만 이때는 아무도 그런 사실을 눈치 채지 못했다. 다타라의 압박이 이제 상식을 벗어나 난폭해져갔다. 전년도로부터 이월된 훈제 실험도 아직 완성되지 않았는데도 불구하고 다음에는 통조림 실험을 한다며 그쪽에 예산을 배정하고 그것을 제대로 실행하지도 않은 채 이번에는 그 비용을 전갱이 말리는 실험에 전용하는 등 사령을 바꿀 때마다 표면상 금액은 그저 서류상 사용됐을 뿐 뒤로 다타라의 요정 출입 비용으로 유용되는 불미한 일이 계속됐다.

반농반어인 마을의 어부들은 여름까지 산에 칡을 캐러 간다. 콩 숨음을 시작할 무렵이 되면 연구소 화단에서는 목단이나 작약의 분갈이가 시작되면서 매일 밤 도요새가 날갯짓 소리를 내는 한적한 가을 기운이 넘쳐왔다. 어느 날 후쿠이는 실험실로 들어오자 가리가네에게 자기도 이제 전근 가게 되었고 자네도 곧 사직서를 내게 될 테니까 그렇게 되면 연구소 제품보다도 좋은 제품을 밖에서 만들어서 대항하라고 말했다. 연구소에서는 다타라의 상관이 전갱이 말린 것을 좋아한다는 이유로 국고에서 보조받은 다른 실험 비용까지 단순한 건어 실험으로 전용하여 그 연구에만 매달려 있으니까 그것을 능가하는 제품을 만들어서 다타라의 공을 빼앗으면 된다는 것이었다.

"하지만 건어를 만들 때 쓰는 원액은 이 연구소에서는 만들 수 없지 않습니까? 그건 니이지마(新島) 특산이라고 누군가가 말하는 걸 들은 적이 있는데" 하고 가리가네가 말했다.

"그렇습니다. 그 원액만큼은 다른 데서 만들 수 없지요. 여기에서도 이즈(伊豆)에서 가져다 씁니다. 그 원액은 니이지마에서는 색시가 시집갈 때 혼수품으로 가져갈 정도로 귀하게 여깁니다. 옛날부터 그대로 전해 내려와 한 번도 갈지 않았기 때문에 어떨 때는 구더기가 생길 정도로 더럽다고 합니다. 그 속에 생선을 몇 번씩 담갔다가는 말리고 담 갔다가는 말리기 때문에 맛있기는 확실히 맛있지만…… 그런데 그런 것만 연구하고 다른 것들은 탁상 실험으로 어물어물 넘겼다간 이 연구소도 이제 끝장이에요. 이왕 나서신 김에 한번 이곳을 완전히 뒤집어놔 주세요. 당신은 아무것도 겁낼 게 없지 않습니까?"

"그럴까요" 하고 가리가네는 말하고 생각에 잠겼다. 그러다 갑자기, "건어 원액의 비중은 얼만가요?" 하고 물었다.

"글쎄요, 아마 14, 5도 정도 될걸요."

"그러면 생선을 담글 때마다 수용성 단백질이 섞여 부패 작용을 일으키겠네요."

"그렇겠지요." 후쿠이는 갑자기 신경질적인 눈을 깜빡이면서 다음엔 무엇을 물어올지 모르는 가리가네의 질문에 대응하기 위한 불안한 태세로 바뀌어갔다.

"과연, 저도 이제 알 것 같습니다. 그 부패 작용은 진화해서 다시 한 번 부패하면 그때는 반대로 해독 작용을 하게 되니까, 건어 원액 이론은 틀림없이 거기에서 출발하겠군요. 처음에는 분명히 소금을 조금씩 더 넣어가면서 쓰던 것이 어느샌가 전 섬으로 퍼져서 사용하게 되었겠군요."

"정말 그렇겠네요" 하고 후쿠이는 맞장구를 쳤지만, 발명 얘기만 나오면 갑자기 눈을 번뜩이며 달려드는 무서울 정도로 명석한 가리가네에게 주눅이 들어 잠시 입을 다물고 그의 얼굴을 물끄러미 쳐다보다가,

"그러면 다시 만날 기회가 있겠죠" 하고는 다정한 미소를 남기고 방을 나갔다.

가리가네는 후쿠이가 도야마(富山) 현으로 전근 간 후 곧 전갱이 건어법 연구에 몰두했다. 그러나 그로서는 뭐니 뭐니 해도 자기를 위해서 후쿠이가 어렵게 마련해준 5백 엔의 연구비를 사용해서 완전한 생선간장을 다시 한 번 만들어보고 싶은 충동이 밤낮으로 일어났다. 후쿠이가 전근 간 지 며칠 후 다타라 소장이 가리가네를 불렀다. 다타라는 가리가네를 보자마자 증오스러우면서도 차가운 입술을 서로 반대로 밀어내듯이 고개를 옆으로 돌리면서 말했다.

"자네가 전년도에 만든 생선간장은 아직 다섯 석 정도 그대로 있는데, 그걸 불하하든가 자네가 다른 데 쓰든가 해서 빨리 처분해주지 않으면 곤란해. 언제까지 그대로 둘 수는 없네."

"네. 그러면 제가 그걸 빨리 소스로 만들어서 민간에 팔겠습니다."

"그러면 정식 기안은 누구 주사보 한 명에게 시켜서 자네가 그만둔 후에 만들도록 하고 자네는 빨리 소스를 만들 차비를 하도록 하게."

드디어 사직서를 낼 때가 왔다고 가리가네는 생각했다. 그렇지만 그것을 이쪽에서 먼저 말하면 다타라와의 싸움이 성립되지 않는다. 그러나 이럴 때는 자신이 생각하는 대로 말이 나오지 않는 법이다.

"그러면 저는 이 달 안으로 그만두어야 합니까?" 하고 가리가네는 물어보았다.

"그렇게 해줬으면 좋겠네. 사무실 형편상 자네가 계속 여기에 있으면 관청일이 순조롭게 진행되지 않아 할 수 없네."

자나 깨나 오로지 5백 엔으로 꿈에 그리던 이상적인 간장을 한번 만들어보려고 갖은 애를 다 썼던 가리가네는 다타라가 이렇게 노골적으로 말하는 것을 들으니 굶주린 개가 거의 입으로 들어갈 뻔한 먹이 앞에서 넘어진 꼴로 이제는 전후 사정을 살펴볼 여유가 없어져버렸다. 원래 가리가네처럼 순수한 발명가는 정치적으로 주위의 압박을 받으며 계획적으로 투쟁하는 것 같은 약삭빠른 행동을 못한다. 더 이상 희망이 없다는 것을 알자 그는 오로지 실험해보고 싶은 욕망에 신음하듯이 얼굴이 빨개져서 탄원했다.

"지난번에 제가 생선간장을 실험할 때는 실험비도 조금밖에 없고 착즙기도 간장 공장에서 쓰던 중고를 사용하고 거기다 통도 제가 고안한 콘크리트 통이 아니고 적당히 아무거나 사용했기 때문에 사실 어느 것 하나 완전한 것은 하나도 없었습니다. 이번에는 5백 엔 예산도 새로 배정받아서 한번 제대로 제 이상에 맞는 것을 만들어보고 싶습니다. 그렇게만 할 수 있게 해주신다면 내일부터 월급도 필요 없습니다. 무보수로 이곳을 위해서 열심히 일할 각오가 돼 있습니다."

다타라는 일그러진 미소를 잠시 띠었다가 가늘게 뜬 눈으로 창을 통해 보이는 하늘을 바라다보았다. 그는 이제 자기 손에 떨어진 사냥감을 어떻게 하면 제일 잔혹하게 죽일 수 있을까 하고 음미하는 듯이 조금도 덤비지 않고 아주 유연하게 입맛을 다시는 흉악한 맹수 같았다.

"작년에는 하야자카 제조주임이 있어서 자네 형편을 봐주기가 좋았지만 이번에 후쿠이 후임으로 온 마루오(丸尾)란 사람은 괴짜로 융통성이 전혀 없어서 나도 언제까지나 자네 형편만 봐줄 수가 없게 돼버려서 말이야." 이렇게 자기 할 말만 다 하고 다타라는 입을 다물어버렸다.

그러나 사실 다타라의 입장에서 보면 그렇게 말 못할 것도 없었다. 가리가네에게는 손해가 전혀 없이 월급까지 주고 연구하게 해주고 모든 손해는 자기에게 돌아오는 일을 지금까지 관대하게 봐준 데 대해서는 가리가네가 생각해봐도 머리를 숙이지 않을 수 없는 부분이 충분히 있다. 생각이 여기에 미치자 가리가네도 끝까지 투쟁할 용기를 잃어버리고 뒤로 물러서지 않을 수 없었다. 그러나 발명에 대한 것이라면 가리가네는 미친 사람처럼 의리고 인정이고 돌아볼 여유를 잃어버렸다. 그는 커다란 손으로 테이블 한 귀퉁이를 잡고 다른 데를 쳐다보고 있는 다타라 얼굴을 날카롭게 바라다보면서 마치 덤벼들기라도 하려는 듯한 태도로 말하기 시작했다.

"지난번 제가 사용한 돈은 소장님도 아시다시피 나가오 유스케 씨가 주신 백 엔뿐이었습니다. 그땐 생선 내장이 부패해 있었기 때문에 어쩔 수 없이 산 분해를 하지 않을 수 없었지만 이번에는 그걸 하지 않고 해보고 싶습니다. 제발 국고 보조금 5백 엔으로 제게 실험을 하게 해주십시오."

가리가네의 눈초리가 불안한 모습으로 변해감에 따라 다타라는 미소를 더해가며 한층 만족스럽다는 듯이 안정을 찾아갔다. 그는 있는 힘을 다해 가리가네를 괴롭혀보고 싶은 충동을 느꼈을 것이다.

"관청의 일이라는 것은 자네 같은 문외한은 이해하기 힘들 거야, 겉과 속이 틀리니까. 그래그래, 자네처럼 입만 벌리면 국고 보조 어쩌고저쩌고 하면서 어쭙잖게 정의만 찾아도 별 수가 없지. 그야 자네 입장에서 보면 자기 때문에 받은 국고 보조라고 생각할지도 모르지. 하지만 국고 보조라는 것이 지정된 실험에만 사용하라고 정해진 것은 아니란 말이지. 관청에는 겉으로 드러나지 않는 부분도 있어서 소장으로서 맡은 바 직무를 다하기 위해 그런 부분에 내 마음대로 돈을 사용해도 아무도 뭐랄 사람이 없는 거야. 나쁘다고 하면 내가 나쁜 거지 자네가 이래라저래라 할 문제는 아니야."

그렇게 냉담하게 말하면서 속으로는 되지도 않는 말을 막 해대는 쾌감을 느꼈을 것이다. 그는, 요 바보야, 라고 소리라도 지르는 듯이 그렇게 말하고는 가리가네를 방에 혼자 남겨둔 채 밖으로 나가버렸다.

가리가네는 관사에 돌아가서 연구소 직원인 가와시마(川島)에게 다타라가 한 말을 전부 해주었다. 가와시마는 후쿠이 주임이 전근 가고 없는 연구소에서 다음에 올 주임의 대리를 하고 있는 온후한 청년인데, 그도 다른 직원들과 마찬가지로 다타라에게 전부터 반감을 갖고 있던 터라 금방 다른 직원들과 규합해서 가리가네를 도와주려고 애썼다. 다른 사람들은 모두 가리가네에게 그가 만든 간장을 연구소에서 불하받아서 소스를 직접 만들어 그것을 판 자본으로 연구소와는 다른 연구소를 세우는 게 좋을 거라고 말했다. 그리고 직원들에게서 조금씩 돈을 거둬서 가리가네에게 주었다. 가리가네는 곧 휴일을 이용해서 빙산, 타임, 정향유 그리고 양파 등의 재료를 사들여 세 섬 가량의 소스를 만들어서 다음날부터 그것을 자동차에 싣고 직접 마을로 팔러 다녔다.

소스가 완전히 다 팔린 어느 날 다타라가 다시 가리가네를 소장실로 불렀다. 그가 방으로 들어가자 다타라는 얼른 짧게 자른 머리에 한 손을 갖다 대면서 다시 고개를 옆으로 돌렸다.

"오늘중으로 여기를 그만둬주게. 이유는 가정 형편상이라고 하든지 아니면 개인 사정상이라고 하든지, 자네 마음대로 붙여서 사직서를 한 장 써서 내도록 하게."

가리가네는 전부터 연구소를 그만둘 각오를 하고는 있었지만 자신이 스스로 사직원을 쓸 생각은 없었다.

"저는 독신으로 가정에 특별히 일이 있을 리 없고, 또 개인 사정상이라고 해도 무보수라도 일하고 싶다는 생각을 늘 하고 있었기 때문에 그런 것은 쓸 수 없습니다."

다타라는 일순 엷은 미소를 지었지만 곧 가리가네의 안색을 보고 모욕감을 띤 침통한 표정으로 변했다.

"자네가 말하는 뜻은 알겠지만, 내각 대신을 비롯한 관리는 모두 그렇게 쓰는 법이라네."

"그럴지는 모르지만 저는 제 마음에 어긋나는 사직원을 관청에 써서 낼 수가 없습니다."

냉정을 되찾기 시작한 가리가네가 돌연 다타라의 모욕적인 행동을 날카롭게 일축했다. 다타라는 안색이 갑자기 창백해지면서 조금 당황한 듯 주위를 돌아다보다가 다시 위용을 갖추고 가리가네를 정면으로 응시하며 말했다.

"연구소 창설 이래 아직 내가 퇴직 명령을 낸 적은 없지만 자네만은 어쩔 수 없이 퇴직 명령을 내야겠구먼."

"그러면 그러시죠."

다타라는 치밀어오르는 화를 참지 못해 일어섰다. 그리고 성큼성큼 문으로 갔다가 다시 돌아와서 무슨 생각이 들었는지 주머니에서 손수건을 꺼내 냄새를 맡는 것처럼 입에 갖다 댔다가는 다시 금방 주머니에 넣었다. 그는 어린아이 같은 야릇한 표정을 짓고 가리가네 등 뒤에 서서 잠시 천장을 쳐다보다가 눈길을 가리가네의 더러워진 목으로 돌리고 입술 한쪽 끝을 실룩실룩 추켜올리면서 당장이라도 소리를 지를 것처럼 눈을 가늘게 떴다. 그러나 그의 얼굴은 한쪽 눈이 약간 기운 것처럼 빛나고 있었기 때문에 새하얘진 채 웃고 있는 것처럼도 보였다. 그러자 갑자기 있는 악랄함을 다해 무너뜨릴 책략을 생각해낸 사람처럼 느긋해져서 몸을 쭉 펴고 잠시 생각을 하더니 얼굴에 미소를 지었다.

"가리가네 군, 자네가 만든 소스의 원료인 간장을 앞으로 자네에게 불하하지 않을 테니 그렇게 알게."

움직이기 시작한 가리가네는 아랑곳하지 않고 다타라는 책상을 향해,

'사무실 형편상 위탁을 해제함.'

그렇게 써서 도장을 찍고 그 사령을 가리가네 앞에 내밀었다. 가리가네는 퇴직 명령을 갖고 나가려고 하는데 다타라가 뒤에서 다시 불러세웠다.

"그리고 또 한 가지, 소스 판매액에서 간장 제조에 들어간 금액을 빼고 나머지를 곧바로 변제하도록 하게."

"알겠습니다."

가리가네는 지금은 그렇게 말할 수밖에 없었다. 간장을 발명했을 때 들어간 비용을 지금 갚으려면 모처럼 판매한 소스 매상을 전부 준다고 해도 모자랐다. 하여간 가리가네를 손발을 다 잘라서 내쫓아버릴 다타라의 각오는 이미 평범한 사람의 것이 아니었다. 그러나 그로서는 이렇게 한다고 분이 풀리지는 않을 것이다. 가리가네가 이때 받은 충격은 어쩌면 그가 받은 타격에 비하면 오히려 당연히 감수해야 할 것인지도 몰랐다. 기묘한 것은 가리가네도 한때는 다타라의 무자비한 그 행위에 심한 분노를 느꼈지만 다타라의 공격이 도를 넘어서 억지가 되자 오히려 다타라의 크나큰 고통을 어렴풋이나마 이해할 수 있었다. 가리가네는 그날 밤 관사에도 돌아가지 않고 어려울 때면 언제나 그랬던 것처럼 파도가 밀려오는 바닷가를 걸으면서 내일부터 어떻게 해야 하나 하고 생각하고 있었다. 간장 발명에는 성공했지만 돈도 없고 갈 곳도 없다. 그렇다고 다타라에게 화를 낸다고 별 뾰족한 수가 있는 것은 아니다.— 그런데 그날 밤 그가 그렇게 번민하고 있을 때, 가리가네가 퇴직 명령을 받았다는 사실을 알고 있는 관사의 직원들이 밤이 되어도 가리가네가 돌아오지 않자 혹시 무슨 일이라도 생겼으면 어쩌나 하는 걱정에 모두가 몇 그룹으로 나뉘어 마을을 뒤지기 시작했다. 마침내 강 하구에 있는 소나무 숲에서 직원 중 한 사람인 기타오(北尾)가 가리가네를 발견했다.

"어떻게 된 겁니까? 관사에 있는 사람들이 모두 당신을 걱정해 이렇게 숨어서 찾아다니고 있습니다."

"그러셨어요? 정말 죄송하게 됐습니다."

가리가네는 몇 번씩이나 인사를 하고 기타오와 함께 다시 관사로 돌아가려고 했다. 기타오는 지금 오늘 밤 직원들 사이에 불온한 움직임이 있는 것을 소장이 눈치 채고 어디선가 감시를 하고 있을지도 몰라 직원들이 관사에서 떨어진 모래 언덕에 모여 있다고 말해주었다.

"저를 위해서 그렇게까지 해주시는 건 고맙지만 그러다가 또 어떤 화를 입게 될지 모르니 그것만은 하지 말아달라고 기타오 씨가 말씀해주십시오" 하고 가리가네가 부탁했다.

"그것도 생각하지 않은 것은 아닙니다. 하지만 올해는 당신이 그만두었기 때문에 다른 사람들의 수명이 일 년 연장됐다며 말을 듣지 않습니다. 더구나 올해는 다타라가 직원을 일 년에 한 명씩 해직하기 시작해서 꼭 오 년째 되는 햅니다. 그래서 5주년 기념도 겸해서 모인 것이니 꼭 참석해주셔야겠습니다."

그 말을 듣고 가리가네는 다타라에게 당한 사람이 자기만이 아니라는 것을 깨달았다. 그는 그때까지 다타라를 자기의 발명을 완성하게 해주고 또 아무데서도 써주지 않는 자기를 일 년 반 동안이나 월급을 주면서 생활 보장까지 해준 은인이라고만 생각해 감사하는 마음까지 가지고 있었는데 지금 기타오로부터 직원들이 얼마나 자신을 동정하고 있는지를 들으니 자신은 이미 희생된 이상 이참에 아주 직원들을 위해 몸 바쳐 부조리를 없애는 것도 의미있는 일이라고 생각하게 되었다.

그날 밤 그를 찾아 나갔던 사람들이 하나 둘씩 돌아와서 바닷바람에 풀잎이 말라버린 모래 언덕 위에 다 모이자 가리가네를 둘러싸고 의논을 시작했다. 그러나 전국 어디를 가도 같은 파벌에 속하는 연구소에

서는 선배에 반항하는 행동을 한 사람은 평생 생활의 위협을 받게 된다
는 소리를 하야카와 다쓰조로부터 들은 가리가네는 어디까지나 직원들
의 흥분을 가라앉히는 데 전력을 기울였다.

"저는 오늘 밤 여러분들이 저에게 보여주신 동정을 생각만 해도 제
분에 넘치는 영광이라고 생각합니다. 그러니 제발 오늘 밤은 이대로 헤
어지는 것이 좋을 것 같습니다. 그 대신 저는 소장에게 여러분들이 얼마
나 마음고생을 하고 있는지를 글로 써서 보내 앞으로는 저처럼 되는 사
람이 절대로 없도록 할 생각입니다. 그러니 이것만은 제 뜻대로 할 수
있도록 오늘 밤은 그냥 헤어집시다. 진심으로 이렇게 부탁드립니다."

가리가네가 하는 말을 듣고 모두 입을 다물자 가와시마(川島) 주사
보가 마음속에 품고 있던 생각이 있는지 어둠 속에서 부드러운 목소리
로 입을 열었다.

"그러면 조금 면목이 없긴 하지만 가리가네 씨에게 그쪽 일을 맡기
기로 하는 게 어떨까요? 지금 소장은 가리가네 씨가 아직 지불하지 않
은 식비를 받아내고 내일이라도 관사에서 쫓아내라고 저에게 명령을 내
렸는데, 저는 막무가내인 소장과 불쌍한 가리가네 씨 사이에 끼어서 죽
을 지경입니다. 식비는 제가 부담하도록 하고 여러분들이 5주년 기념
회비로 내주신 돈으로 연구소 앞에 마침 비어 있는 집을 빌려 그곳에 가
리가네 씨를 모시는 게 어떨까요? 그렇게 하면 다타라 소장이 연구하고
있는 건어 같은 것보다 훨씬 더 좋은 것을 가리가네 씨가 그곳에서 만들
수 있으니까 가리가네 씨도 어느 정도는 만족하실 수 있을 겁니다."

부서지는 파도 소리 속에서 "그래 맞아, 그렇게 하는 게 제일 좋겠
다" 하고 말하는 소리가 들렸다.

"그러면 여러분 부탁드리겠습니다. 그 집은 아마 6엔이었던 것으로
기억하니까 나머지로 용기와 재료를 사겠습니다. 만일 돈이 부족하면

다시 조금씩 더 갹출하도록 하고."

모든 사람이 가와시마의 의견에 찬성하자, 바람에 섞여 여기저기서 웅성거리는 소리가 들렸다.

"다타라가 하는 탁상 실험을 여기서 막지 못하면 도대체 이 연구소가 뭣 때문에 존재하는 건지 모르게 될 겁니다" 하고 말하는 사람이 있었다.

"요즘은 건어도 안 하니까."

"전부 썩어요."

한바탕 웃는 웃음 소리도 금세 바람에 쓸려갔다. 가리가네는 몇 번씩이나 인사를 하고 밤공기에 차가워진 모래 위에 손을 대고,

"여러분이 베풀어주신 호의에는 꼭 보답하겠습니다. 앞으로 잘 부탁드립니다."

하고 낮은 목소리로 말했다.

거기에 모인 사람들이 모두 모래 언덕에서 일어나려고 하자 가와시마가 한 사람씩 돌아가라고 주의를 했다. 일동은 다시 엎드리듯이 쭈그리고 앉았다. 머지않아 사방으로 흩어져가는 그림자가 하나 둘씩 줄어 가리가네 주위에는 아무도 남지 않게 되었다. 가리가네는 새로 세울 연구소에서 최초로 만들 건어물에 대해서는 이미 전부터 후쿠이의 권유로 혼자 몰래 연구를 진행시킨 것이 있었기 때문에 성공할 자신이 있었지만 직원 일동을 대신해서 다타라에게 보낼 성명서는, 그의 성격이 꼼꼼한 탓에 그날 밤을 꼬박 새워 겨우 완성했다. 그는 격렬한 문장을 한 줄 적었다가는 부드럽게 고치고 너무 부드러워졌다 싶으면 다시 강하게 고쳤다. 그러나 누가 뭐래도 다타라가 있었기 때문에 그렇게 학계를 뒤흔드는 발명을 할 수 있었다. 그런 생각이 들자 몇 번씩이나 머리에 떠올랐다가는 사라진 은혜의 무게가 또다시 느껴지는 것이었다. 그는 탄식

을 내뿜으며 펜을 집어던지고 슬며시 일어나 바닷바람을 맞으며 바다를 향해 뛰쳐나갔다.

소나무 우듬지에 부딪히는 바람 소리가 깊은 밤공기를 뚫고 하늘로 울려 퍼지는 곳을 지나 모래 언덕을 향해 걸어갔다. 그는 전면에 높이 밀려와 부서지는 하얀 파도 앞에 서서 소매를 걷어올리고, 아주 먼 새카만 해면에서 들려오는 바다 소리에서 어떤 결단을 찾아낼 수 있기를 바랐다. 황량하게 밀려왔다간 부서지고 부서졌다간 퍼지는 끝없는 파도를 보면서 문득 정의를 위해 할복하기도 하고 기근에 창고를 열어 쌀을 나누어주고는 가난해지기도 했던 선조의 행적이 머리에 떠올랐다. 한 파도가 다른 파도를 흔들어 움직이게 하는 힘이 그 파도의 선조 파도를 일깨우는 감동이 되듯이 그는 잠시 감동에 취해 있었다. 그러다가 억제할 수 없이 가슴이 뭉클해지는 것을 느끼게 되자 그는 다시 다른 사람들의 고민이 생각났다. 선조는 다른 사람을 위해서 자신을 희생했다. 지금 자기는 다른 직원들이 마음고생 하는 것을 그대로 방관해서는 안 된다.

'이제 더 이상 흔들려선 안 된다. 때가 드디어 왔다' 하는 생각에 어찌 되었건 더 이상 깊이 생각하지 않기로 하고 집으로 돌아와서 책상 앞에 앉았다.

나는 가리가네가 그날 밤 쓴 성명서의 초고를 읽어보았다. 초등학교밖에 나오지 않은 가리가네인지라 문장이 거칠고 당돌하며 한쪽으로 치우치면서 격렬한 표현이 여기저기 눈에 띄었지만 어딘지 모르게 그 초고 밑바닥에는 늠름한 기개가 흐르고 있었다.

우리 기술자는 행정관과 달라서, 정치적으로 이동하는 일이 없다는 것을 안으로나 밖으로 자랑스럽게 여김. 하물며 물산연구소와 같이 실험을 목적으로 하는 기술자에게는 이곳을 평생 봉직해야 할 직장으로 아는 것이 그 본래의 사명을 수행하는 데 필수 불가결한 요소가 됨. 따라서 신분 생활 보증을 토대로 매년 각종 실험 항목을 수립, 각자 소지한 천재 기능의 발휘를 각종 계발의 사표로 삼음. 그럼에도 불구하고 당 연구소에서는 이와는 반대로 현 소장 재임 중, 과거 팔 년간 직원의 평균 재임기간이 일 년 오 개월로 이로 인한 직원들의 마음고생을 짐작하고도 남음이 있음. 더구나 다타라 씨가 부하 직원들에게 명령하는 제조 실험이라는 것이 조령모개라 부하 직원 일동이 그 기술을 연마할 기회 없이 전전긍긍하는 것을 묵시할 수 없음. 본인의 예를 들면, 당 연구소에 박봉 또는 무급으로 봉직하려는 까닭은 수산 간장 제조 실험을 담당하여 그 유종의 미를 거두려는 것임. 금년도 농림성으로부터 국고 보조 명령을 받고 그 명령에 따라 입안에 고심하던 중 현 소장 다타라 겐키치 씨가 호도하는 탁상 실험과 맞부딪혀 퇴직 명령을 받았음. 이것은 본 연구소의 연중행사에 해당하는 것으로 필연적 운명의 결과라는 것은 과거 수년의 역사가 말하는 것일지라도 자신에게 아무런 잘못도 없이 퇴직 명령을 받은 것은 본인의 의사가 아님. 불초 본인이 이 성명을 냄은 과거 본 연구소 기술관 제위와 뜻을 합하기 위해서임. 그렇지 않으면 현임 기술관 제위도 본인과 같은 운명에 처할 것임. 본 물산연구소의 장래를 위해, 또한 현민 모두의 은혜에 보답하기 위해, 감히 본인은 본 성명서를 발표하고 퇴직함.

가리가네 하치로

이 성명서를 쓴 다음날 가리가네는 그것을 등사판으로 인쇄해서 직원들에게 배포하고 한 장을 다타라에게 직접 가져갔다. 마침 그때 다타라는 사환이 가져온 차를 창가에 서서 후후 불어가며 마시고 있던 중이었다. 그가 가리가네를 보자 등을 돌렸다.

"소장님, 이걸 한번 읽어봐주십시오. 여기에 있는 동안 신세 많이 졌습니다. 감사합니다. 그럼."

가리가네는 입을 다물고 있는 다타라에게 성명서를 건네주고 방을 나가려고 대여섯 발자국 걸었다. 그러자, "잠깐 기다려" 하고 다타라가 말했다. 가리가네가 기다리자 다타라는 선 채 성명서를 읽기 시작했다. 손가락 끝에 달려 있는 종이가 끊임없이 덜덜 떨렸다. 다타라가 읽기를 마치자 차를 휙 바닥에 던지고, 한쪽 눈을 가로막으며 가리가네 옆으로 다가왔다. 그러나 그는 가리가네 앞에 멈춰 서서 아무 말도 하지 않고 그를 뚫어지게 바라보고는 성명서를 양손으로 구기고 뭔가 말하려는 듯 입을 조금 벌렸다가는 조금 전보다도 더욱 깊은 침묵으로 빠져들었다. 순간 가리가네는 다타라의 새하얘진 얼굴을 보고 애잔한 우수를 느꼈다. 그리고 자신이 마음에도 없는 일을 일부러 했다는 죄책감에 갑자기 가슴을 후벼 파는 고통을 느꼈다. 그는 인사를 하고 방에서 나왔지만 사환을 통해 전달할 예정이었던 성명서를 예의를 차려 자신이 직접 들고 온 것이 오히려 후회스러웠다. 그러나 이미 엎질러진 물. 더구나 직원들은 자신을 위해 연구소 앞에 집까지 빌려서 다타라에게 반격을 가할 준비를 열심히 해주고 있다.

10

새로 장만한 가리가네의 집 밖에는 가리가네 연구소라고 적힌 간판이 걸렸다. 집은 연립주택을 한 칸 빌렸기 때문에 좁았지만 독신인 가리가네에게는 그래도 남을 정도로 넓었다. 그는 그곳에서 건너편에 있는 다타라 연구소 직원들이 모아준 금액으로 용기와 원료인 생선을 구입해 금방 실험에 착수했다. 그 무렵 나는 가리가네로부터 연락을 받아 가보았는데, 그때는 이미 그의 새로운 발명품, 건어가 거의 완성 단계에 있었다. 그가 내게 설명해준 바에 의하면, 건어의 연구는 전갱이로부터 시작됐는데 이것은 와타나베 가잔*이 이즈의 니이지마로 유배 갔을 때 처음 만들기 시작한 것으로, 전갱이를 담그는 원액에 독특한 장치가 되어 있다는 것이었다. 가리가네는 나에게 마르기 시작한 정어리와 전갱이를 꺼내와서는 자세히 설명해주고 통조림을 따서 달팽이처럼 동그랗게 정어리를 감고 있는 안초비를 꺼내서 나에게 주면서,

"저는 이 안초비가 좋습니다. 안초비는 생선살 속에서 자기 소화 작용이 가장 강한 내장을 전부 제거해서 생선살이 용해되지 않도록 해야만 맛 좋은 것을 만들 수 있습니다. 그러니까 살이 액화되는 것이 제일 나쁩니다. 그런데 이번에 저는 그것과 정반대로 해보았습니다. 다시 말해서 그와는 반대로 내장의 강렬한 효소를 이용해서 생선살을 전부 물에 담가서 완전히 용해시켰더니 전갱이를 말릴 때 사용하는 원액보다도 더 좋은 것이 나왔습니다. 그래서 이건 성공이다 생각해서 곧바로 젓국을 만들어봤습니다. 젓국도 보통 젓국이 아니라 내장을 녹인, 활성효소가 강한 젓국을 만들어 거기에 신선한 생선을 담갔다가 햇볕에 말리니 여기에 있는 것과 같은 것이 나왔습니다. 그런데 중요한 건 역시 젓국에 넣는 내장과 물의 양이더군요. 제가 이것을 위생시험소의 기술자에게 말하고 보여주었더니 이건 다른 어느 것보다도 훨씬 양질의 것으로 무엇보다도 소화가 잘되는 점이 좋다며 학리적으로 칭찬해주었습니다. 그래서 특허를 곧 받을 예정입니다. 특허가 나오면 시식회를 열 예

---

* 渡邊華山(1793~1841): 에도 말기의 남종화가 겸 화란학자. 당시 막부의 금기였던 양이론을 비판했다가 유폐됨.

정이니 그때는 꼭 참석해주십시오."

그가 젓국 연구를 하고 있는 동안 다타라 연구소에서 민간에게 불하하는 생선간장을 가와시마가 몰래 나머지 전부를 불하받아서 가리가네에게 주어서 가리가네는 그것으로 만든 소스를 팔아 생활비로 충당했다. 그러는 한편 가리가네는 작은 화로 곁에 몇 종류나 되는 젓국을 항상 놓아두고는 생선을 담갔다가는 말렸는데, 그러는 사이에 젓국물이 생선살에 침투해 속에 들어 있는 내장이 효소 작용을 하여 독특한 맛이 첨가돼 생선살의 맛에 이중으로 작용해 더욱 맛있는 건어가 되어 모두가 인정하게 되었다는 것이다.

이것으로 마주하고 있는 다타라 연구소의 체면이 완전히 무너지게 되는 것만은 의심할 여지가 없다는 데에 모두가 의견의 일치를 보았다. 그러나 가리가네는 이제 더 이상 다타라에게 타격을 입힐 생각은 없었다. 그는 할 수만 있다면 자기를 도와준 직원들에게 제조법을 양도해주려고 때가 오기를 기다리고 있었는데, 어느 사이에 가리가네가 새로 만든 건어 소문이 사람들 사이에 퍼져나가고 말았다. 그러던 어느 날 가리가네는 결심을 굳히고 특허원에 인지를 붙여 제출했다. 만일 특허가 나오더라도 권리를 다른 사람들에게 양도하면 일단은 마음이 후련할 것 같았기 때문이었다.

효소 이용 건어 제조법이란 가리가네 특허 출원·공고 결정을 받은 것은 제출한 날로부터 약 삼 개월이 지난 후였다. 그 마을에 있는 가리가네의 지인들이, 그렇다면 곧 시식회를 개최해야 한다고 마을의 유지들 사이를 바쁘게 돌아다녔다. 가리가네는 그날 부를 사람들의 이름을 종이에 적었는데 특히 주저한 사람은 야마시타 히사우치였다고 나에게 고백했다. 히사우치는 야마시타 세이치로 박사의 아들이고 또 아쓰코의 남편이기도 하니까 가리가네에게는 적이나 다름없는 사람이었지만 가리가네는 히사우치와 처음 만나 식사한 그날 밤 이래 그의 온후하고 사람을 깔보지 않는 고귀한 인격, 특히 깊은 지식을 애써 감추는 것처럼 보이며 언제나 너그러운 표정으로 말수가 적은 우아함 등이 오히려 아쓰코보다도 가리가네의 마음을 사로잡을 정도였다. 특히 아쓰코로부터 히사우치의 아버지인 세이치로 박사를 전복시킨 증오스러운 자신을 아직도 존경하고 있다는 말을 듣고부터는, 남을 의심할 줄 모르는 성격의 가리가네는 더욱 자신의 기쁨을 함께 나누고 싶어했다. 만일 자신의 초대장을 받고 히사우치가 모욕감을 느낀다면 그냥 오지 않으면 되니까 결정은 그쪽에 맡기기로 했다. 그리고 히사우치가 어떻게 생각하든 지금 초대장을 보내지 않는 것보다는 보내는 편이 자신의 호의를 보여주는 게 된다. 그리고 만에 하나 히사우치가 오게 되면 서로 적대시하고 있는 것처럼 보이는 세이치로 박사와 자신의 관계도 세간의 오해를 풀 수 있는 틀림없이 좋은 계기가 될 것이기 때문이었다.

가리가네는 그렇게 마음을 정하고 히사우치에게 편지를 쓰기 시작했는데 문득 이 편지를 히사우치에게 보내는 것보다 아쓰코에게 보내는 편이 좋지 않을까 하는 생각이 들었다. 만일 아쓰코에게 편지를 보내면 편지 내용에 따라 히사우치의 의견을 아쓰코가 마음대로 결정해줄 것이 틀림없다고 생각한 것이다. 그래서 그는 아쓰코 앞으로 다른 것은 일절 적지 않고 재미도 없는 발명 경위를 길게 적고 마지막으로 시식회를 열고자 하니 사정이 허락하면 남편을 모시고 싶다는 뜻을 첨가해서 보냈다.

그러자 시식회가 열리는 날 아침 아쓰코의 답장이 가리가네에게 배달되었다.

가리가네 씨에게

편지 잘 받아보았습니다. 여러 가지로 신경을 써주셔서 감사합니다. 특히 이번 경사에 히사우치까지 초대해주셔서 송구스럽게 생각하고 있습니다. 저는 이 편지를 히사우치에게 보여주지 않을 생각이었는데, 평소 칠칠치 못한 탓에 그만 히사우치가 보게 되었습니다. 남편은 제가 초대를 거절했다고 했는데도 불구하고 시식회에 꼭 참석하겠다면서 제 말을 듣지 않습니다. 그래서 할 수 없이 본인이 하고 싶은 대로 하게 할 작정입니다. 여러 가지로 불편한 점이 있을 줄 믿습니다만, 앞으로 살아가는 데에도 도움이 될 것 같아 출석에 동의하였습니다. 시식회가 성공리에 끝나기를 기원하며 많은 지도 편달을 부탁드립니다.

아쓰코 올림

이렇게 격식을 차려 쓴 편지 뒤에 작은 글씨로 흘려 쓴 추신이 있었다. 가리가네가 마침 거기까지 읽었을 때에는 바지를 입으려고 한쪽 발을 바지 속에 넣었을 때였기 때문에 그는 무의식적으로 다른 한 발도 바지 속으로 집어넣었는데 벨트를 매는 것도 잊은 채 그냥 읽었기 때문에 바지는 점점 무릎 있는 데까지 미끄러져 내려왔다.

추신, 이것만으로는 뭔가 미진하여 몇 자 더 적습니다. 히사우치가 시식회가 참석하기까지는, 당신이 상상하는 것처럼 점잖게 의논해서 결정된 것이 아닙니다. 저는 절대로 가서는 안 된다고 우겼고 히사우치는 꼭 참석해야겠다고 우겨 제가 그 속을 이해할 수 없어, 그렇게 고집불통처럼 오기를 부리지 않아도 되잖아 하고 말하니까, 내가 오기로 가는 것처럼 보이냐고 묻더군요. 그래서 그러면 왜 가느냐고 물으니, 내가 말해서 당신이 이해할 수 있다면 그것처럼 편한 일은 없겠다. 내가 기꺼이 가는 것을 오기로 간다고 생각하는 수준의 여자이기 때문에 당신은 나같이 시원치 않은 사람에게 시집온 거다, 친정으로 돌아가라, 하고 말하는 게 아닙니까. 그런데 히사우치가 그렇게 말하는 것을 들으니 저도 그런 것 같다는 생각이 들어 제 처지가 한심했습니다. 저도 친정으로 돌아가버릴까 하는 생각을 한두 번 한 게 아닙니다만, 오늘처럼 제 신세를 한탄했던 적은 없었습니다. 제 할 말만 해서 죄송합니다만, 제 대신 가는 히사우치의 마음을 헤아려주십시오. 머지않아 다시 만나 뵙고 자세한 말씀 올리도록 하겠습니다. 안녕히 계십시오.

가리가네는 바지를 입고 벨트를 매면서, '이렇게 될 바에야 안 보내는 편이 좋았을 걸' 하고 생각했다. 그러나 히사우치가 오늘 참석해준다면 오늘 오는 손님 중에 제일 귀한 손님일 것이라며 기뻐했다. 그는 그날 시식회장 식탁에 내놓을 건어의 맛을 몇 번이고 다시 보면서 오전을 보냈다.

시식회장은 오래된 군청의 이층 강당이었다. 이 건물은 마을 행사 이외에는 별로 사용되지 않기 때문에 건물이 거의 폐허처럼 낡았지만, 정원은 수목이 울창하고 산에서부터 흘러 내려오는 맑고 차가운 물이 중앙에 있는 샘터의 녹슨 학의 입을 통해 행사가 있을 적마다 힘차게 솟아나왔다. 이날도 정각이 되자 그 지방 명사들이 물이 솟아나오는 분수 곁을 지나 습기로 눅눅한 이층으로 올라갔다. 그 모습만 봐도 가리가네의 명성이 그 지방에 얼마나 자자한지 알 수 있었다. 그러한 명성을 얻을 수 있었던 것은 가리가네가 새로운 특산물을 그 고장에 선물한 공적 때문만은 아니었다. 반은 가리가네의 노력으로도 어쩔 수 없는 빈곤과

평판이 나쁜 다타라에 대한 반동도 가리가네의 인기를 높이는 데 한몫을 했다고 봐야 할 것이다.

식이 시작되고 제일 먼저 착석한 사람은 멀리 도쿄에서 온 대학교수 무라타(村田) 농학박사와 그의 제자 4명이었다. 그리고 은행장, 시장(市場)의 사장, 교육회장, 육군소장 등의 순으로 재판소 검사, 수산 관계자 일동, 각 군 물산회 주사 및 기사들, 그 밖에 신문사 사장을 비롯해 기자들을 합쳐 80여 명이나 되는 사람들이 식탁에 모였다. 곧 맥주와 우유가 일동 앞에 놓였는데, 이런 것들은 여기에 참석한 사람들 중에 뜻있는 사람들이 기부한 것으로, 덜거덕대는 식탁 위는 한산하고 소박하긴 했지만 특별히 위엄을 갖출 필요가 없었기 때문에, 오랜만에 북적이는 회장 안에서 특별히 눈에 띄었다.

그러는 사이에도 가리가네는 가끔 히사우치의 모습이 나타나지 않을까 신경을 쓰고 있었는데, 이제는 회장을 압도하는 성대한 웃음 소리와 얘기하는 소리 때문에 그에 대한 생각이 떠올랐다가는 금세 없어져 버렸다. 맥주가 어느 정도 돌고 정어리와 전갱이의 시식이 시작될 무렵 히사우치가 헬쑥한 얼굴로 회장에 나타났다. 그는 아무도 눈치 채지 못하는 사이에 식탁 한구석에 앉았기 때문에 가리가네도 그가 왔다는 것을 시식회가 거의 끝날 무렵에야 비로소 알아챘을 정도였다.

급히 꾸민 조리장에서 역시 마을의 뜻있는 요리사가 가리가네의 정어리와 전갱이를 굽기 시작했다. 가리가네가 간단히 제조법을 설명한 후 드디어 정어리가 식탁에 놓였다. 그 자리에 모인 사람들이 모두 신성한 제물을 대하듯이 아무도 얼른 젓가락을 갖다 대지 못하자, 가리가네가 일어서서,

"그러면 여러분 시식해주십시오."

하고 말하자 비로소 여기저기서 웃으며 떠드는 소리가 들리고 젓가

락으로 건어 껍질을 두들겨보기도 하고, 기름을 조금씩 아까운 듯이 핥아보기도 하고, 생선을 뒤집기도 하고 냄새를 맡아보기도 하면서 서서히 속의 생선살 맛을 보기 시작했다.

"야, 정말 맛있는데."

하고 말하는 사람이 있는가 하면, 고개를 갸우뚱거리며 입맛만 쩝쩝 다시는 사람도 있고, 그런가 하면, "이건 조금 간이 센 것 같은데, 그건 어떻습니까?" 하고 옆에 있는 사람에게 묻는 사람도 있고, 개중에는 다른 사람들도 모두 자기와 같은 의견을 내주기를 바라는 마음에 한입 먹고는 큰 소리로, "아, 맛있다, 맛있어" 하고 무턱대고 칭찬만 하는 사람도 있었다. 그러자 누군가 한 사람이, 여기에 밥이 있으면 더 맛있을 텐데 하고 말하자 모두 얼굴을 들고 웃어댔다. 맥주와 우유가 한층 격렬하게 움직이기 시작했다. 다음에는 큰 갈고등어 말린 것이 나왔다. 갈고등어는 이 지방 특산물이라 앞서 나왔던 정어리보다도 더 기다렸다는 듯이 사람들이 더 세심하게 맛을 보았고 농담을 하는 사람도 적었다. 그러는 사이에, "맛있다" 하고 한 사람이 말하자 이 사람도 저 사람도 모두 정색을 하고, "맛있다, 맛있어" 하고 중얼거렸다. 이러한 칭찬이 예의상 한 말이라고 쳐도 이날의 시식회는 대성공이었다고 할 수 있다.

식사가 끝날 무렵 이날 시식회에 제일 공이 많은, 키가 큰 데 비해 얼굴이 작은 물산회 주사가 얼굴을 문지르면서 축사를 했다. 그는 건어가 예상했던 것 이상으로 맛있었던 것을 칭찬하고 가리가네가 이번에 발명한 것은 우리 고장 수산회뿐만 아니라 이 고장의 장래 발전에도 큰 자극이 될 것이라는 의미의 말을 하고는 다타라 연구소의 무능함을 부드럽게 지적한 끝에 야마시타 세이치로 박사의 실패를 언급하고 마지막으로 가리가네의 천재성에는 그저 감복할 따름이라는 말을 한 후 자리에 앉았다. 다음에는 기침을 많이 하는 무표정한 교육회장이 일어섰다.

그는 가리가네가 학력이 거의 없는데도 불구하고 빈곤을 잘 인내하며 대학자도 실패한 어려운 발명을 연속 완성한 부단한 노력은 우리 교육자들에게 있어서는 좋은 교육적 모범으로 감탄하지 않을 수 없는 인물이라는 뜻의 감상을 늘어놓았다. 그 다음 신문사 사장은 국가 경제의 어려움부터 차근차근 설명하기 시작해서 가리가네가 이번에 발명한 것은 우리 고장에 있어서뿐만 아니라 전국적으로 일대 복음이 아닐 수 없다며 이것을 내버려둔다면 우리 고장의 치욕이 될 날도 머지않다는 의미의 말을 거침없는 열변조로 하고는 자리에 앉았다. 그 자리에 모인 사람들은 다른 사람들이 쉽게 흉내낼 수 없는 가리가네의 공적에 대해서는 누구나 할 것 없이 알고 있는데도 불구하고 축사가 진행됨에 따라 더욱 새삼스럽게 그의 위대함에 감격하는 듯이 조용해지는 것이었다. 그러나 가리가네에 관한 예찬은 그것으로 끝나는 것이 아니었다. 건어물 냄새로 가득 찬 강당 안에서 축사는 계속되었다. 축사를 하는 사람들은 가리가네의 발명을 지나치게 칭찬하는 나머지 야마시타 박사의 실패를 지나치게 들먹이는 것이었다. 그럴 때마다 한쪽 구석에서 조용히 위를 쳐다보고 있는 히사우치의 창백한 얼굴이 잠시 홍조를 띠었다가는 하얘지고 다시 붉혔다가는 어물어물 옷깃을 여미곤 했는데, 그러는 사이에 점점 등을 곧게 펴고 태연해져 더 이상 얼굴색이 변하지 않게 되었다. 그리고 마지막으로 도쿄에서 온 무라타 농학박사가 일어서서 차근차근 알아듣기 쉽게 설명하듯이 말하기 시작했다. 이 박사는 히사우치의 부친 세이치로 박사의 최대 라이벌로 전부터 야마시타 박사와는 학계에서 자주 논쟁을 벌여왔던 학자로 히사우치도 이름만은 들어서 잘 알고 있었다.

"저는 무라타 히사타로(村田久太郎)라고 합니다. 도쿄에 있는 대학에서 교편을 잡고 있는데, 효소화학을 담당하고 있는 관계상 가리가네 군과는 전부터 가깝게 지내고 있습니다."

무라타 박사는 여기까지 말하고는 잠시 입을 다물고 움푹 들어간 작은 눈에 웃음을 띤 채 생각에 잠겼다. 그 순간 히사우치는 불의의 습격을 받은 것처럼 갑자기 다시 얼굴을 붉히며 박사를 흘끗 쳐다보는 듯하다가 다시 금방 시선을 테이블 위로 떨어트리고 이야기를 들었다. 박사는 얼마 동안 창을 뒤덮은 커다란 장목나무를 쳐다보다가 말을 이었다.

　　"가리가네 군과 저는 서로 연구를 하면서 제가 가리가네 군의 의견을 묻기도 하고 또 제 의견을 말해주기도 해왔습니다. 그러니까 어느 한쪽이 가르치거나 가르침을 받는 관계는 아닙니다만, 전부터 서로 자문을 구하면서 오늘날까지 연구를 해왔습니다. 여러분도 잘 아시다시피 가리가네 군이 생선간장을 발명한 것은 그 유명한 권위 있는 야마시타 세이치로 박사보다도 월등히 앞서고 있다고 저는 오래전부터 주목하고 있었습니다. 그런데 돌연 저런 훌륭한 발명을 하였습니다. 생각해보면 이것도 전부 가리가네 군의 뛰어난 천재성과 노력의 산물이라고 여겨집니다. 들리는 바에 의하면 가리가네 군은 요즈음 어떤 연유로 그렇게 됐는지는 잘 모르겠습니다만 물산연구소를 그만두어 생선간장 연구는 중단한 상태라고 하는데, 이건 가리가네 군의 발명이 국가 발전에 공헌하는 바가 크기 때문에 무엇보다도 유감스럽게 생각하고 있습니다." 여기서 박사는 다시 말을 끊고 창밖을 올려다보며 입을 다물었다. 고개를 숙이고 조용히 듣고 있던 사람들은 이때 서로 얼굴을 살피면서 엄숙한 표정을 지었는데 말단에 단정하게 앉아 고개를 약간 숙이고 꼼짝 않고 있는 가리가네의 얼굴을 보자 일동은 다시 서서히 고개를 앞으로 돌리고 박사가 다시 입을 여는 것을 기다리는 것이었다.

　　"금번 가리가네 군이 발명한 건어는 여러분과 함께 방금 시식을 해보았습니다만, 여러분들도 아시는 바와 같이 맛은 말할 것도 없고, 무엇보다도 소화 면에서 정말로 이상적인 식품이라고 생각합니다. 가리가네 군은 여러분들도 전부터 칭찬해 마지않는, 저희들은 흉내도 낼 수 없는 발명의 천재입니다. 학문적인 견지에서도 군을 후원해야겠지만, 여기에 참석하신 여러분들도 경제적으로 가리가네 군을 후원해주실 것을 각별히 부탁해 마지않습니다."

박사가 자리에 앉자 감격한 청중들이 우레와 같은 박수를 보냈다. 그런데 이때 느닷없이 히사우치가 일어섰다. 사람들은 박수를 멈추고 히사우치를 쳐다보았다. 사람들은 히사우치가 누군지 몰랐기 때문에, 저 사람은 누구야, 하고 서로 묻는 소리에 잠시 장내가 술렁였다. 가리가네도 아까부터 계속되는 흥분과 많은 사람들로 인해 히사우치가 그 자리에 있는 것도 그가 일어선 것도 모르고 있었는데 여기저기서 소곤대는 소리가 들려 그쪽을 쳐다보고는 일순 놀란 듯 엉덩이를 들고 일어났다. 장내는 술렁이기는 했지만 조금씩 조용해지기 시작해 가리가네는 다시 자리에 앉았다. 히사우치는 목에 갖다 댔던 손을 그대로 밑으로 내리고 창백해진 얼굴을 비스듬하게 테이블 위로 향하면서 뭔가 두세 마디 중얼거리다 곧, 비록 낮기는 하지만 또렷한 목소리로 말하기 시작했다.

"저는 아까부터 여러분들이 말씀하시는 것을 들으면서 오랫동안 인내하신 가리가네 씨가 이런 곳에서 이렇게 축하를 받고 있구나 생각하면서 저도 축하의 말씀을 한마디 드리고 싶어졌습니다. 저는 지금 여러분들이 따끔하게 질타를 해주신 야마시타 세이치로의 아들, 히사우치라고 합니다."

이렇게 히사우치가 말하고는 잠시 입을 다물자 그때까지 움직이고 있던 사람들은 찬물을 끼얹은 듯이 조용해졌다. 그러자 히사우치가 기모노 위의 오비에 손을 갖다 대면서 약간 떨리는 목소리로 말을 이어갔다.

"오늘 제가 이렇게 경사스러운 시식회에 출석할 때는, 물론 제 아버님에 대한 여러분들의 질타가 있을 것이란 것은 예상하고 있었습니다. 사실 제가 오늘 어려운 자리에 온 것은, 뭐라고 하면 좋을까요. 하여간 저로서는 있기 힘든 자리라는 것만은 알고 있었습니다."

히사우치는 거기까지 말하자 지금까지 창백했던 얼굴이 갑자기 화내기 직전처럼 붉어지는 것이었다. 그리고 입술만이 파르르 떨리고 있을 뿐 목이 막혀 목소리가 잘 나오지 않았지만 그는 뛰어넘기 힘든 것을 뛰어넘는 사람처럼 눈을 반짝이더니 갑자기 말이 유창해졌다.

"저에게는 힘든 자리인데도 불구하고 이 자리에 참석하게 된 것은 가리가네 씨의 천재적인 발명력이나, 끊임없이 노력하는 모습 또는 모든 역경을 훌륭하게 헤쳐나가는 인내력 등과 같은 훌륭한 행적을 치사하기 위해서가 아닙니다. 좀 이상한 표현입니다만, 달리 적당히 표현할 말이 없으니 여러분들 양해해주시기 바랍니다. 실은 제가 도쿄에서 여기까지 오게 된 것은 가리가네 씨로부터 초대를 받았기 때문입니다. 저는 여러분들도 아시다시피 가리가네 씨에게는 다른 사람들의 눈으로 보면 적이나 다름없는 야마시타의 아들이기 때문에 가리가네 씨 입장에서 봐도 만일 그 사람에게 뭔가 좋지 않은 감정을 조금이라도 품고 있다면 저 같은 사람에게 이렇게 초대장을 보내지 않았을 것이라고 생각합니다. 그럼에도 불구하고 오늘 아무런 주저함도 없이 저를 초대해주신, 저라면 도저히 흉내낼 수 없는, 이 아름다운 마음을 아시는 분은 이 자리에 그리 많지 않을 줄 압니다. 제 아버님도 필시 마음 흐뭇하게 여기실 줄 믿습니다만, 아무런 도움도 되지 않은 불초 소생이 오늘 뜻하지 않게 이렇게 아버님의 심려를 덜어드릴 수 있게 된 것도 모두 가리가네 씨의 넓은 도량 덕분이라는, 그런 야릇한 감격을 받았습니다. 변변치 않은 말씀이지만 아버님을 대신해서 제가 인사를 올렸습니다."

히사우치가 자리에 앉자 장내에서는 누구 하나 움직이는 사람이 없었다. 그런데 돌연히 앞서 한 번 축사를 했던 수산회장이 다시 자리에서 일어섰다. 그런데 바로 그와 거의 동시에 가리가네와 또 다른 한 사람, 시장의 사장이 일어섰다. 모두는 무슨 말을 한두 마디 하려다가 얘기하려는 사람이 여럿이라는 사실을 깨닫고 서로 상대방 쪽을 보고는 다시 앉아버렸다. 그런데 수산회장은 다른 사람들이 모두 앉았다는 것을 알고 또다시 일어섰다. 그러나 그때는 우왕좌왕 하는 사이에 이미 장내가 어수선해져 여기서도 저기서도 얘기하는 소리로 떠들썩할 때였다. 수산회장은 일어선 채 말도 시작하지 못하고 잠시 주위의 흥분해서 떠드는 사람들을 돌아볼 뿐이었다.

"여러분, 저는 오늘만큼 감격한 모임은 여태껏 참석해보지 못했습니다. 저는 아까,"

이렇게 말하기 시작하는데, 조금 전에 일어서서 야마시타 박사를 공격했던 시장의 사장이 다시 일어섰다. 그는 빠른 속도로 눈물을 흘리면서 외치듯이 말했다.

"그건 저도 동감입니다. 저는 아까 그만 무의식중에 그렇게 말했지만, 저는 물론 학계의 공로자에 대해 그렇게 말할 아무런 권리도 없습니다. 오늘 야마시타 세이치로 박사의 아드님이 말씀하신 것은 오랫동안 제 가슴 깊이 새겨져 있을 겁니다."

얼굴이 작은 수산회장은 그동안에도 계속 선 채로 입을 다물고 있었는데, 시장의 사장이 말을 끝마치는 것을 기다렸다가 다시 말을 이으려는데, 또 한 사람이 나타났다. 이 사람은 벌써 맥주 기운이 돈 듯 새빨간 얼굴을 하고 일어서는데 의자가 큰 소리를 내면서 쓰러져 사람들은 이 남자가 하는 말을 들으려고도 하지 않고 말렸다. 그러는 사이에 가리가네가 일어서자 박수가 일제히 나왔다. 수산회장은 말하려는 것을 단념하고 앉아서 다른 사람들과 함께 박수를 쳤다.

"오늘 이렇게 저를 위해서 성대한 시식회를 열어주셔서 뭐라고 감사의 말씀을 드려야 할지 모르겠습니다." 가리가네는 부동자세를 취하고 말하기 시작했다. "특별히 가난한 저를 위해 식탁을 풍성하게 하기 위해 여러 가지 맛있는 음식까지 기부해주시고 또 요리까지 도와주셔서 정말 감사합니다. 게다가 제 분에 넘치는 격려와 칭찬의 말씀까지 해주신 것을 저는 평생 잊지 못할 겁니다. 저도 지금까지 적지않은 경험을 해왔지만 오늘 여러분들 같이 저에게 사는 보람을 느끼게 해주신 분들은 아직 없었습니다. 부족한 게 많은 제가 지금까지 기울인 노력도 여러분들이 보여주신 호의에 비하면 하찮은 것에 지나지 않습니다. 하지만 여러분들이 보여주신 격려의 말씀에 힘입어 앞으로도 힘이 닿는 데까지 열심히 노력해나가겠습니다. 오늘은 변변치 못한 것을 시식하게 해드려 송구스럽게 생각합니다. 하해와 같이 너그러운 마음으로 용서해주시기 바랍니다."

박수 속에 가리가네는 앉았다. 다음에 폐회사를 겸해 은행장이 회비를 대신해서 앞으로 가리가네 군의 연구비를 받도록 하겠으니 얼마씩이라도 기부를 부탁한다고 말하자, 아직 채 말이 끝나지도 않았는데 사람들은 회의장 한편으로 몰려갔다. 사람들이 모인 곳은 기부를 받는 곳으로 나가는 사람과 들어오는 사람들로 혼란스러웠지만 모두 기부를 마치고 다시 한 번 히사우치를 찾기라도 하는 듯이 여기저기를 돌아다보았는데, 히사우치의 모습은 사람들 속에 파묻혀 보이지 않았기 때문에 그대로 탄식에 가깝게 속삭이면서 계단을 내려가 흩어져갔다.

가리가네는 돌아가는 사람들로부터 인사를 받고 있었기 때문에 히사우치를 찾아볼 여유가 없었다. 그러나 인사 중간중간 눈으로 히사우치를 찾았다. 머지않아 히사우치가 옆으로 다가와서, 여느 때와 마찬가지로 얼굴을 붉히면서 고개를 숙여 인사했다. 그리고 한마디, "기차가……"와 비슷한 말을 하는가 싶었는데 어느새 꼬리에 꼬리를 물고 이어져오는 인사 행렬에 히사우치는 밀려가버려 얘기를 나눌 틈이 없었다. 그러는 사이에 사람 수도 줄고, 접시와 컵을 정리하기 시작하는 소리가 떠들썩하게 들려올 무렵에는 이미 히사우치의 모습은 어디에서도 찾아볼 수 없었다. 가리가네는 창가로 가서 큰 나무 그늘이 져서 잘 보이지 않는, 흩어져 가는 인파 속에서 히사우치의 모습을 찾으려고 허리를 굽히고 한참 동안 정원을 내려다보고 있었다.

11

히사우치는 시식회장을 나와서 역을 향해 묵묵히 걸어갔다. 다른 사람들은 각자의 목적지를 향해 히사우치를 앞질러 마을 속으로 사라져갔다. 이제 와서 생각하니 아까 시식회장에서 그렇게 흥분한 상태에서 축사를 읊은 사실이 거짓말처럼 허무하게 느껴지는 것이었다. 그는 북받쳐오는 감정을 억누르지 못하고 가끔 걸음의 속도를 늦추고는 전봇대를 올려다보았다. 그러다가 여태껏 자동차도 타지 못하고 마냥 걷고 있는 자신을 발견하고는 그 자리에 멈춰 섰다. 바닷바람을 마주 받아 낮게 지은 마을 집 나지막한 처마 밑 언저리에, 말린 생선의 비늘이 떨어져 흩어져 있음직한 쓸쓸한 도로 한복판에 휘몰아치는 바람 사이로 전차 한 대가 느릿느릿 미끄러져 왔다. 히사우치는 전차가 자기 옆에서 정차할 줄 알고 바라다보고 있었는데, 전차가 서지도 않고 계속 미끄러져 가는 것을 보고 비로소 정류장이 꽤 먼 곳에 있다는 것을 깨달았다.

히사우치의 얼굴은 이미 평소의 온화한 표정으로 바뀌어 있었다. 히사우치는 갑자기 하품을 하려고 입을 벌리다 다물어버렸다.

"참, 오늘 가리가네에게 하쓰코 얘기를 해봐야겠다."

그런 생각이 갑자기 들자, 지금까지 마치 가리가네에게 쫓기기라도 하는 듯이 도망쳐온 자신을 뒤돌아봐야겠다는 생각에 다시 의연한 모습으로 변했다.

"그래, 오늘은, 무슨 일이 있어도 하쓰코를 가리가네에게 떠맡기는 거야. 그래야겠어."

이런 히사우치의 감정은 아쓰코의 일보다도 오히려 전부터 끊임없이 히사우치의 마음을 괴롭혔던 것인데, 이때 히사우치는 북받쳐오르는 내부의 힘을 억누르지 못하고, 다시 시식회장 쪽으로 발길을 돌렸다. 이제 그는, 그가 지니고 있는 것들을 하나 둘씩 손에서 놓아버릴 기회만을 엿보고 있음이 틀림없다. 아마도 가리가네가 야마시타 박사의 발명을 전복시킨 그날부터 끊임없이 히사우치 뇌리를 떠나지 않는 감정은, 이 균형을 잃은 자신을 집어내서는 손에서 놓아버리는 것의 연속이었다고 봐야 할 것이다. 그와 같이 근본이 착하고 평범한 청년은, 반드시 의식의 자유에 일종의 이상한 부자유로움을 느끼며, 한번 무너지기 시작하여 감동을 받게 되면 자신의 감정과는 반대의 행동을 계속하게 되는 법이기 때문이다. 내가 히사우치의 옆에서 지켜본 것이 아니기 때문에 잘 알 수는 없지만, 히사우치 같은 청년을 움직이게 하는 필연적인 사정이라는 것은, 시비선악(是非善惡)으로 표현되는 감정에서 유발되는 것은 아닐 것이다. 생각건대 그는, 아쓰코의 편지를 봐도 알 수 있듯이, 틀림없이 평소에 주위에서는 이해하기 힘든 행동을 계속할 것이다. 이런 사람은 자기 언동이 바르다고 생각하면 그 자리에서 오히려 행동을 멈춰버리고 마는 가역성(可逆性)을 띠게 되는 가능성마저 있다. 이때 히사우치는 다시 한 번 가리가네를 만나려고 되돌아가면서도, 과연 자신에게 생각하고 있는 계획을 실행하려는 의지가 있는 것인지 의문이 생기기 시작해서 마음이 착잡하게 가라앉아 발걸음이 불안해지는 것을 느꼈다. 그러나 이렇게 된 이상 자신의 의지 같은 것을 신뢰할 수 없다는 생각이 들었다. 그는 자신의 의지와는 상관없이 움직이는 감정이란 것을 다른 생물을 바라다보듯이 바라보면서 터벅터벅 걸어가는 것이었다.

군청 근처까지 왔을 때 히사우치는 정원의 수목 너머로 이층 쪽을 바라다보았다. 아직 사람이 남아 있는지 계단 쪽에서 식기 부딪히는 소리가 들려왔다. 그런데 위에는 이미 아무도 없었다. 큰 나무를 돌아 서편으로 지는 해는 텅 비어 있는 강당의, 낡은 테이블을 비치고, 뒤집어서 정리해놓은 의자의 다리는 위세 좋게 장내를 제압하고 있었다. 그는 창가로 다가갔다. 멀리 보이는 밝은 바다 위에서 반사하는 강렬한 광선에 빨려들면서, 그는 문득 다시 평정을 잃고 있는 자신을 떠올리고 일순 정신이 멍해졌다. 그는 곧 고개를 숙이고 새우등처럼 어깨를 움츠리고 계단을 타박타박 내려갔다.

'그런데 도대체 나는 왜 슬퍼하지를 않는 걸까. 나는 왜 이렇게 슬픈 일도 없고 불만스러운 일도 없는 걸까. 나는 무감동에 빠져 있는 거다.'

그런 생각을 하고 있는데, 밑에서부터 갑자가 건어 굽는 냄새가 올라와 코끝을 자극했다. 그는 밑으로 내려가서 조리장으로 들어갔다. 그런데 뜻밖에 거기에는 가리가네와 요리사가 전갱이 말린 것을 먹고 있었다.

"어머."

가리가네는 전갱이를 입에서 떼며 일어섰다.

"그러지 않아도 찾았습니다. 오늘은 이렇게 멀리까지 와주셔서 감사합니다."

히사우치는 미소를 머금고 가리가네 옆으로 다가가서 갑자기 입을 다물고 손을 내밀었다. 그러나 가리가네는 전쟁이를 내려놓느라 그의 손을 제대로 보지 못했다. 히사우치는 다시 그만 얼굴을 붉히고 내밀었던 손을 집어넣었다.

"기차 시간에 늦으셨습니까?" 하고 가리가네는 물었다.

"아니, 역까지 가지 않았습니다. 다음 기차 시간까지 아직 여유가 있을 겁니다."

"기차는 얼마든지 있습니다. 저도 함께 역까지 갈 테니 잠시 기다려주십시오."

가리가네는 손을 씻으러 가는지, 그렇게 말하고는 금방 사라졌다. 히사우치는 눅눅한 땅바닥에 뒹굴고 있는, 파리가 새까맣게 낀 접시와 종지를 바라보면서 가리가네가 오기를 기다렸다. 뛰어들어야 할 곳에 뛰어들었다는 안도감에서인지 지금까지 막연하게나마 저항하던 마음의 번민이 없어지고 얼굴이 한층 온화해졌다.

가리가네는 다시 돌아와서 요리사들에게 인사를 하고 히사우치를 데리고 회의장을 나갔다. 그가 히사우치에게 아직 시간이 있으니 성터로 안내하겠다고 하는 것을 히사우치는 가본 적이 있다며 거절했다. 그러면 식사는 어떻게 했느냐고 물으니 그것도 기차 안에서 해결하고 왔다고 한다. 두 사람은 얘깃거리가 없어져 잠시 입을 다물고 걸어갔다. 그러나 가리가네는 연신 얼굴에 미소를 띠고 도로 주변에서 무슨 냄새를 맡는 것처럼 민감하게 얼굴을 좌우로 계속 움직였기 때문에 히사우치는 가리가네가 무엇을 생각하는지 알려고 애쓸 새도 없이, 가끔 세차게 불어오는 바람에 펄럭이는 점포의 포렴 조각과 길에서 파헤쳐진 모래가 회오리치는 것을 보면서, 이제 길이 평탄해지면 하쓰코 얘기도 의외로 쉽게 풀릴지도 모른다는 생각을 했다.

"여기는 바람이 세서 생선을 말리기에는 그만입니다. 이상하게도 바람이 없는 데서 만든 건어는 맛이 없습니다."

가리가네는 이리저리 굴러다니는 모래를 조심조심 밟으며 뒤를 돌아다보고 말했다.

"그런 건가요." 히사우치는 버선 속에 들어간 모래알 때문에 불편해서 정신이 없었다.

"일본해에서는 정어리가 아주 많이 잡히지만 기후가 습해서 많이 잡혀도 말리는 데에 열흘이나 걸리기 때문에 비료로 만들 수밖에 달리 이용할 방법이 없는가 봅니다. 그걸 다카사키(高崎) 정도쯤의 건조한 바람이 강한 곳에 기차로 운송해서 통째로 말리면 하루 만에 틀림없이 맛있게 될 것 같은 생각이 드는데, 여기 연구가 끝나면 그쪽으로 가볼까 하는 생각을 요즘 하고 있습니다. 건조한 바람은 얼마든지 좋거든요."

그렇게 말하는 가리가네의 목소리는, 그가 갑자기 다른 쪽을 향하고 말했기 때문에 히사우치에게는 잘 들리지 않았다. 가리가네는 또 봄부터 여름에 걸쳐서는 이 근처 연해에서 정어리를 잡을 수 있지만 가을부터 겨울에는 바다가 낮아지기 때문에 멀리까지 나가지 않으면 잡히지 않기 때문에, 몸이 자유로워지면 될 수 있는 대로 계절에 맞춰 정어리가 잡히는 지방으로 옮겨 가고 싶다는 얘기를 계속했다. 히사우치는 가리가네의 열정이 넘치는 얘기를 들으면서, 이런 정도라면 자기 아버지뿐만 아니라 다른 어느 학자라도 그에 대항하기 힘들 것이라는 생각을 했다.

"고향에는 돌아가시지 않습니까?" 하고 히사우치가 물었다.

"안 갑니다. 빚이 많아 돌아갈 수가 없습니다. 가끔 재촉하는 편지를 받을 때가 있지만, 저는 봉투를 뜯지 않기로 했습니다. 봉투를 뜯어도 갚을 수 없기 때문에 송구스럽기는 하지만 결국 그런 편지는 안 보는 편이 나중에 갚을 때 마음이 편할 것 같아서요."

건어 발명으로 이번에야말로 돈이 손에 들어올 것이라고 확신하고 있는 듯 가리가네는 힘차게 말하고 전차가 오는 것을 기다리기 위해 걸음을 멈췄다. 그는 다시 주위의 풍경을 돌아다보면서,

"이 지방 사람들은, 뭐라고 할까요, 아주 좋은 사람들이 많습니다. 저는 빈털터리지만, 저도 모르는 사이에 여러 가지 물건을 가져다주어서, 요즈음은 생활에 불편이 없어졌어요. 어차피 다른 곳으로 가게 되겠지만, 그 전에 한두 가지 이 지방의 특산물을 더 만들어놓고 떠나고 싶습니다."

"고호* 대사처럼 말이군요." 히사우치는 그렇게 말한 후에 문득 자기가 한 말이 빈정거리는 것처럼 들리는 것 같아 웃음이 터져나왔다. 가리가네도 뒤늦게 그렇게 느꼈는지 따라서 미소 지으면서,

"이제 저는 그렇게밖에 할 수가 없습니다. 제게는 자본주(資本主)가 영 생기질 않습니다. 그러니까 특허를 받아서는 그 지방에 하나씩 떨어트려놓으려고요."

"가리가네 씨는 결혼은 안 하십니까?"

하고 불쑥 히사우치가 물었다. 그는 그렇게 물으면서도 얼굴을 붉혔는데, 제일 물어보기 힘든 이 질문도 이제는 두 눈을 반짝이며 자기랑은 관계가 없는 양 결연하게 물을 수 있게 되었다. 가리가네는 틀림없이 아쓰코 생각을 했을 것이다. 한순간 그는 무슨 말을 하려는 것처럼 눈을 깜빡이면서 잠자코 있다가 히사우치에게서 시선을 다른 데로 돌리고, 아주 빠르게 좌우를 돌아다보면서,

---

* 弘法: 일본 진언종의 개조. 804년 당나라 장안으로 유학을 갔다가 806년 돌아와서 816년 고야산에 금강봉사를 창건했다. 시문에도 능했다. 구카이(空海)라고도 함.

"그게 말입니까, 오고 가는 혼담이 있긴 있습니다" 하고는 의미심장하게 미소를 떠올리며 히사우치 쪽으로 고개를 돌렸다.

"하쓰코 씨는 어떻습니까?" 히사우치는 얼른 물었다.

"물론 좋은 사람이라는 건 알고 있습니다." 가리가네는 애매한 대답을 했다. 그러나 그는 이제 와서 느닷없이 따지고 들듯이 물어오는 히사우치 마음을 이해할 수 없는 듯 어디에 눈을 두어야 할지 몰라 다시 좌우를 허둥지둥 두리번거렸다.

"하쓰코 씨와의 일은 제 안사람으로부터 들었습니다. 혹시 생각이 있으시면 제가 중간에서 다리를 놓을 수 있는데, 괜찮겠습니까?"

가리가네는 입을 다물고 아무 대답도 하지 않았다. 그러자 히사우치는 꺼낸 얘기를 다시 조금 부드럽게 해서 말했다.

"이런 말씀을 제가 드려도 되는 건지 모르겠습니다만, 혹시 다른 분을 맞이하시려거든 하쓰코 씨를 맞이하시는 게 좋을 것 같습니다. 제 아버님이 하쓰코 씨의 보증인이기 때문에 저도 하쓰코 씨에 대해서는 잘 알고 있습니다."

이렇게 말하고 나자 갑자기 후회가 엄습해오는 것처럼 히사우치 얼굴에서 힘이 점점 빠져나갔다. 그는 잠자코 잠시 눈앞에 있는 밝은 지붕 위를 바라다보다가 다시 혼란스러운 내부의 갈등으로부터 도망치듯 조금 전보다 약간 낮은 목소리로,

"하쓰코 씨도 점점 나이를 먹어가 안 되겠어요" 하고 말했다.

"하지만 하쓰코 씨는 이제 저한테 와주지 않을 겁니다."

"그렇지 않아요."

히사우치는 그렇게 말하기는 했지만 이제는 다른 생각에 쫓기고 있는 듯 아까처럼 가리가네에게 밀어붙이지는 못했다. 그러는 사이에 전차가 와서 두 사람은 거기에 타고 나란히 의자에 걸터앉았다. 그러나 어

느 쪽도 하쓰코에 대해서 더 이상 말을 꺼내지 않았다. 미처 닫히지 않은 창에서 바람이 쌩 하고 들어와 히사우치 목에 닿았다. 히사우치는 일어서서 창을 닫으려고 했는데, 창은 녹이 두껍게 슬어 있어 움직이지 않았다. 가리가네가 일어서서 대신 닫으려고 입술을 꽉 물고 얼굴이 빨개지도록 필사적으로 팔에 힘을 주었지만 창은 꿈쩍도 하지 않았다.

"이제 괜찮습니다" 하고 히사우치가 가리가네를 말렸다.

가리가네는 그래도 그만두지 않고 이리저리 창틀을 유심히 살펴보기도 했다가 두들겨보기도 했다가 다시 목덜미가 새빨개지도록 힘을 주었다. 그때 차장이 와서 이 창은 닫히지 않는다고 가르쳐주었다.

"그럴까요?" 가리가네는 그렇게 한마디 하고는, 다시 이렇게 저렇게 궁리를 하는 듯 창 위를 쳐다보기도 했다가 주위의 틀을 두들겨보기도 하면서 힘을 써서 겨우 두 치 정도 창을 올렸지만 창은 다시 금세 꿈쩍도 하지 않았다.

"가리가네 씨, 이제 정말 괜찮습니다. 이제 곧 역입니다."

"네."

히사우치는 다시 한 번 가리가네의 쓸데없는 노력을 말리려고 일어서다가 그냥 그대로 앉아서 지루하다는 듯이 옆으로 고개를 돌렸다. 차 안의 사람들은 아까부터 가리가네가 닫으려고 하는 창을 아무 생각 없이 바라다보고 있었는데 아무래도 닫히지 않는다는 것을 깨닫자 신경이 쓰였는지 직원인 것 같은 사람 한 사람이 일어서서 가리가네 옆으로 왔다. 가리가네는 그 남자에게 창을 맡기고 겨우 히사우치 옆으로 돌아왔으나 그 남자가 힘쓰는 게 신경이 쓰이는지 가끔 엉덩이를 조금 들고는 일어서서 가려고 했다. 그런데 갑자기,

"지난번에는 아쓰코가 와서 방해나 안 됐는지 모르겠군요" 하고 히사우치가 말했다.

"네, 오셨었습니다. 당신이 가보라고 해서 왔다고 하던데, 정말 감사합니다." 가리가네는 이제는 정말 히사우치의 속을 이해할 수 없다는 듯이 얼굴에서 미소가 사라져버렸다.

그러나 히사우치는 말하지 않아도 좋을 말을 하는 것을 즐기기라도 하는 듯이 가리가네와는 정반대로 온화한 미소를 입가에 떠올리면서 다시 말했다.

"한번 저희 집에도 놀러 오십시오. 아쓰코도 쓸쓸하게 지내고 있으니까."

"네."

가리가네는 내심 놀란 듯 멍한 표정으로 아무 말도 하지 않았다. 히사우치는 지친 듯 창에 비스듬히 기대고 앉았다. 그러는 사이에 가리가네 대신에 창을 닫으려고 했던 사내가 포기하고 원래 자리로 돌아갔다. 히사우치는 들어오는 바람에 목을 움츠리고, 이미 모든 것을 다 던져버릴 준비를 마친 후 한숨을 돌리는 사람처럼 가뿐한 모습으로 차 안을 둘러다보았다.

역에 도착하니 기차 시간까지는 아직 십 분 정도의 여유가 있었다. 히사우치는 차표를 끊고 선물로 와사비를 산 후 가리가네 옆으로 왔다.

"조만간 도쿄에 오실 예정이 없습니까?"

"특별히 용무가 있는 건 아니지만 스기오 씨 댁에 한번 찾아가 뵐까 생각 중에 있습니다. 혹시라도 만나실 기회가 있으면 안부 좀 전해주십시오."

"알겠습니다. 젠사쿠 군은 저희 집에 자주 놀러 옵니다."

"그렇습니까. 지금 자본주가 나타나 얘기 중에 있으니까, 이번에는 스기오 씨 댁에도 돈을 갚을 수 있지 않을까 기대하고 있습니다. 그렇게 되면 한번 찾아가 뵈려고 합니다."

사람들이 움직이기 시작해서 두 사람은 잠자코 시계를 올려다보았으나 그건 하행선이었다.

"아까 잠시 얘기한 하쓰코 씨 건, 한번 고려해보십시오. 제가 아직 하쓰코 씨에게는 물어보지는 않았지만 당신만 좋으시다면 하쓰코 씨도 아마 기뻐할 겁니다" 하고 히사우치는 말하고 얼굴을 붉혔다.

"여러 가지로 친절을 베풀어주셔서 감사합니다. 그런데 하쓰코 씨 댁이 파산 지경에 이르렀다는 말을 들은 적이 있는데, 어떻게 됐는지 알고 계십니까? 저도 마음에 걸렸지만 그후로 소식을 물어보지 못했습니다."

"저도 잘은 모르겠습니다만, 괜찮아진 것 같습니다. 하쓰코 씨는 양재학교에 계속 다니고 있고, 지금은 선생 대리를 하고 있다니, 아마 솜씨가 아주 좋은 모양입니다. 혼담도 여러 군데서 들어오는 것 같은데, 본인이 영 내켜하지 않는 모양입니다."

가리가네는 묵묵히 눈덩이가 조금씩 무너져내려 녹듯이 흩어져가는 사람들을 바라다보면서 생각에 잠기는 듯했다.

"그러면 이번에 제가 올라가면 한번 만나게 해주시겠습니까?" 하고 눈썹을 올리고 히사우치의 얼굴을 자세히 들여다보았다.

"그야 언제든지" 하고 히사우치는 대답했다.

곧 상행 열차가 들어온다는 방송이 나와 히사우치는 가리가네와 헤어졌다. 그는 홀로 기차를 타고는, 얼마 동안은 몸을 조금도 움직이지 않고, 언제 기차가 출발했는지도 모를 정도로 깊은 생각에 빠졌다. 그는 오늘 자신이 한 행동이 과연 전부 자신의 본심이었는지를 생각하고 있었다. 그게 본심이었다고 생각하면 본심인 것도 같았다. 그러나 전부가 거짓이었다고 생각하면 또 그런 것 같기도 했다. 이렇게 방황하는 모습은 피로가 급습해올 때면 언제나 생기는 그의 습관이지만, 오늘은 피로

움에 시달리다 못해 흥분에 빠져 이성을 잃고 행동했다는 불안감이 시간이 지나감에 따라 밀려오는 것이었다. 어딘가 본말이 전도됐다는 느낌을 지울 수가 없었다. 그렇지만 몸을 빨아들이는 듯한 넘기 힘든 고민을 잘 관찰하면, 사람은 지금의 자신처럼 본말이 전도된 행위를 하지 않고는 그것을 극복할 수 없을지도 모른다는 생각을 했다.

"그렇다, 이제 더 이상 내가 할 일은 없다."

그렇게 생각하자 그는 마음이 어느 정도 진정되는 것을 느꼈다. 그러나 하쓰코를 가리가네에게 밀어붙이는 것은 정말 괴로운 일이었다. 그렇지만 만일 지금 히사우치가 말하지 않으면 다른 어느 사람이 말해도 하쓰코는 듣지 않을 것이다. 사실 최근 일 년간 히사우치의 고통은, 물론 부친이 사업에 실패한 것이 제일 큰 고통이었겠지만, 그건 자신의 의지나 능력과는 상관없는 일이고, 또 히사우치와 같은 사람에게는 다른 사람이 생각하는 것처럼 그렇게 큰 고통은 아니었고 오히려 편안한 나날을 보내고 있던 자신이 응당 감수해야 한다는 용기와 강건함을 심어주는 기회가 되었다고도 할 수 있었다. 그러나 하쓰코에 대한 걱정은 가슴 깊이 파고드는, 어떻게 한마디로 간단히 말할 수 없는 문제였다. 한때 그는 결단을 내려 아쓰코를 가리가네에게 보내고 자기는 하쓰코와 함께 도망가버릴까 하는 생각까지 했었다. 그러나 그 마음도 흐지부지 무너져버려 지금에 이른 것이다. 그렇다고 해서 이대로 하쓰코와의 관계를 유지해나간다면 우선 혼기를 놓쳐버릴 하쓰코가 불쌍하다. 지금도 히사우치는 그가 시키는 대로 하려고 결심을 굳힌 하쓰코의 신뢰를 저버리고 하쓰코를 가리가네에게 떠맡기려는 자신이 창피하게 생각됐다. 그러나 하쓰코와 만나기 시작하고부터 언젠가 기회가 오면 하쓰코를 가리가네에게 보내는 것이 가장 자연스러울 것이라고 생각하며 줄곧 준비를 해온 것도 또한 사실이다.

'이미 엎질러진 물이야. 내가 가리가네에게 말했다는 건 내가 그렇게 할 수 있다는 증거야. 오늘 밤 하쓰코를 만나자. 그리고 얘기하자.'

이렇게 생각하며 창밖을 내다보니 기차는 이미 로쿠고가와* 철교를 지나가고 있었다.

12

히사우치는 시나가와(品川)에서 내려 하쓰코에게 전화를 걸어 곧 엔라쿠켄(燕樂軒)까지 나오라고 말했다. 히사우치가 엔라쿠켄에 도착했을 때는 이미, 연보랏빛 바탕에 흰색 만자 무늬의 하오리를 입은 하쓰코가 벽 쪽을 향해서 앉아 있었다. 그 잘생긴 두툼한 귀가 멀리에서도 히사우치의 눈에 띄었다. 히사우치는 먼저 하쓰코의 어깨를 치고, 웨이트리스에게 홍차를 주문한 후 무심코 고개를 들었다. 그러자 지금까지 웃고 있었던 것 같은 웨이트리스는 하쓰코가 머금고 있는 미소를 빼앗기라도 하듯이 한층 친밀하게 생글생글 웃기 시작했다.

"아, 아직도 여기 있었네" 하고 히사우치가 말했다.

"네에, 아무 데도 갈 데가 없어요."

웨이트리스가 홍차를 가지러 간 후에 히사우치는 하쓰코에게 저 웨이트리스는 자기가 학생일 때부터 여기 있었다고 가르쳐주었다. 그러나 그렇게 말하면서 하쓰코의 혼기가 늦어지는 이면에 꽉 막고 서서 방해하고 있는 자신을 발견하고 또다시 마음 한구석이 어두워졌다. 하쓰코도 그것을 느꼈는지 히사우치로부터 눈을 돌리고 침울하게 입을 다물곤

---

* 六鄕川: 도쿄 시와 가와사키 시를 가르는 강.

그대로 얼마 동안 아무 말도 하지 않았다. 두 사람은 차를 마시고 밖으로 나왔다. 히사우치가 어디 가서 저녁을 먹자고 말을 꺼냈다. 두 사람은 택시를 잡아타고, 교바시(京橋) 쪽으로 가서 히사우치가 잘 가는 음식점으로 갔다. 국화로 장식한 이층 방으로 올라가서 두 사람은 마주 앉았다. 히사우치는 음식이 나올 때까지 그날 가리가네와 있었던 일을 일절 말하지 않았다. 곧잘 우울해지는 히사우치의 성격을 잘 아는 하쓰코는 어딘가 모르게 들떠 있는 히사우치의 모습을 보고,

"야마시타 씨, 오늘 무슨 일 있으셨어요? 오늘 좀 이상하신데요"
하며 입에 손을 갖다 대고는 킥킥 웃었다.

히사우치는 물수건으로 얼굴을 감추듯이 닦고 그대로 도코노마에 걸려 있는 화조 그림 족자의 윗부분에 내려와 있는 족자 끈에 시선을 돌렸다가 흥이 깨진 표정으로 다시 국화 꽃꽂이로 시선을 돌렸다. 그는 아까부터 하쓰코에게 가리가네 얘기를 꺼낼 시기가 이젤까 저젤까 하고 기다리고 있었는데, 마침내 기회를 잡아 아무렇지도 않은 듯이 말하려고 하는데, 뭔가 정체를 알 수 없는 것이 혀를 잡아당기는 것 같은 느낌이 들었다. 그는 때때로 하쓰코의 얼굴을 물끄러미 바라다보기도 했다가, 턱을 괘고 있던 손을 떼고 등을 쭉 펴보기도 했다가, 앉아 있는 것이 불편하기라도 한 듯이 얼굴에 손을 갖다 대기도 했다가 다시 축 늘어져서 상에 몸을 기대고는 생각에 잠겼다.

"무슨 일 있었어요? 아무 말씀도 안 하시고."

하쓰코는 웃음을 멈추고 어린아이처럼 불안한 눈으로 히사우치를 뚫어지게 쳐다보았다.

"별 일은 아니야. 지금 내 처지를 생각하기 시작하면 끝이 없어서 말이야."

"그러면, 생각하시지 않으면 되잖아요?"

"그거야, 그렇지." 히사우치가 말하고는 비로소 부드럽게 미소 지었다.

그러나 이때 히사우치는 지난 이 년간 하쓰코와 자기는 무엇을 했는지 생각해보았다. 그 이 년간 가리가네는 네 가지, 아니 다섯 가지나 되는 발명을 했다. 더구나 자기는 아버지 일의 여파로 이렇게 비실거리고 있질 않은가. 기껏 한다는 것이, 자꾸 하쓰코에게 빠져드는 자신을 억제하며 그저 바라보는 것으로 만족하려고 인내하는 것뿐이 아닌가. 그리곤 그 결과가 하쓰코를 가리가네에게 떠맡기는 행동으로 지금 나타나고 있는 것뿐이 아닌가.─이 얼마나 바보 같은 일인가. 이것이 사는 거란 말인가.

그는 복받쳐오는 눈물을 억지로 참았다. 만약 하쓰코가 이 자리에 없다면 자신은 여기를 뒹굴며 무슨 짓을 할지 모른다는 생각을 했다. 그러나 갑자기 그는 오늘 시식회에서 자신이 한 연설이야말로 자신의 진실한 행동이었다고 생각하기 시작했다.

그건 진심이었어. 거짓말이 아니야. 그놈은 대단한 놈이야. 나를 이렇게 괴롭히고 있는 거 봐.─

히사우치는 한 손을 볼에 갖다 대고 눈을 감으면서 몇 겹으로 밀려오는 상념에 점점 깊이 빠져 들어가는 것이었다.

나는 나쁜 놈은 아니야. 그래서 정말 다행이야. 내가 만일 나쁜 놈이라면 이럴 때 남의 성공을 헐뜯으려고 온갖 비열한 생각을 다하다가 결국엔 내 몸을 망칠 거야. 그런데 갑자기, 자연스럽다는 것이 내게 어떤 의미가 있는 것일까, 생각을 하면서 그는 자신의 차갑디 차가운 감정을 발견하고는 깜짝 놀랐다. 히사우치는 갈가리 찢어져서 훨훨 날아오르는 감정의 틈새에 푹 쓰러진 채 움직이지 못하는 취한을 바라보듯이 자신을 바라다보고, 얼굴에서 조용히 손을 내리고 하쓰코를 보았다.

"좀 갑작스럽긴 하지만, 가리가네 군이 하쓰코를 한번 만나고 싶다고 하는데, 한번 만나주지 그래."

하쓰코는 평소 히사우치답지 않은 연약한 미소에 당황해서 그냥 물끄러미 쳐다보다가,

"왜 꼭 만나야 하나요" 하고 한참 만에 물었다.

"정 만나기 싫다면 나도 할 말이 없지만, 하쓰코도 언젠간 결혼해야 하지 않겠어? 그렇다면 가리가네가 어떨까 해서 말이야, 실은 내가 가리가네 씨의 의중을 한번 떠봤지. 그러니까, 가리가네 씨가 한번 만나고 싶다더군. 그래서 이제 하쓰코에게도 결혼을 권해야 할 때가 된 게 아닌가 하고 아까부터 생각하고 있었어."

뭔가 의미가 있는 것처럼 빙빙 돌려서 말하는 히사우치의 말에 하쓰코도 금방은 대답하지 못하고 동그란 눈으로 국화를 바라보면서 입을 다물고 있었다. 술과 음식이 나오고 종업원이 사라지자 하쓰코는 손수건을 꺼내서 천천히 눈을 닦았다.

"그러면, 저, 가리가네 씨를 만나볼게요."

하쓰코는 작은 목소리로 그렇게 말하고는 손수건을 다시 소맷자락에 넣고 젓가락을 잡았다가 금세 다시 젓가락을 내려놓고는 음식을 먹으려고 하지도 않았다.

"어쨌든 다음에 한번 만나주지. 그렇게 해주면 내 마음도 편해질 것 같아. 내가 이렇게 언제까지나 하쓰코 앞길을 막고 있을 순 없잖아. 나는 그렇다 치더라도, 나중에 하쓰코에게 좋을 게 하나도 없어."

히사우치는 배도 고팠지만 술을 한 잔 마시고부터는 하쓰코의 말로 다 못하는 쓸쓸함이 마음에 와닿아 정신없이 생선구이를 먹었다.

"나는 아쓰코와도 헤어질 생각을 하고 있어."

히사우치는 늘 생각하고 있던 것을 불쑥 말할 뻔했다. 그러나 이제

와서 그런 말을 하면 하쓰코를 붙잡는 꼴이 될 것 같아 겨우 말을 삼키고, 다 먹은 생선 접시를 던지듯이 거칠게 앞으로 밀었다. 그는 잠자코 자기 술산에 술을 따르고 하쓰코에게 술병을 내밀었다. 하쓰코는 처음에는 잔을 잡으려고 하지 않았다. 그러나 히사우치가 계속 병을 내민 채 있는 것을 보고 엎어놓은 잔을 집어 단숨에 들이켰다. 히사우치는 웃으면서 술병을 바닥에 내려놓았다. 그러자 하쓰코는 다시 술잔을 들고 히사우치 앞에 내밀면서, "주세요" 하며 계속 술잔을 내밀고 있었다. 히사우치는 그 손을 조용히 누르면서,

"그렇게 성급하게 굴지 말고, 내게도 한 잔 따라줘" 하고 말했다.

하쓰코는 그래도 잔을 내밀고 있다가 술병을 들고 자기가 자기 잔에 덜덜 떨면서 술을 따랐다.

"맛있네요, 술."

"그야, 맛있지."

히사우치가 술병을 자기 쪽으로 치우자 하쓰코는 다시 말했다.

"조금만 더 마실게요. 맛있잖아요. 주세요."

"앞길이 구만 리 같은 사람이 벌써 그러면 쓰나, 이제부터 좋은 사람이 얼마든지 나타날 텐데, 술은 나 같은 사람이나 마시는 거야."

"그럴까요. 저는 평생 좋은 사람이 나타날 것 같지 않은데요."

"내 처지를 생각해봐. 술이라도 안 마시면 견디기 힘들어." 히사우치는 즐겁다는 듯이 천천히 술을 따르면서 하쓰코를 쳐다보았다. 하쓰코는 옷깃을 여민 곳에 턱을 붙이고 정숙하게 고개를 숙이고 있다가,

"한 잔만 더 주세요. 그러면 저, 가리가네 씨를 만날게요."

히사우치는 마치 들리지 않는다는 듯이 조용히 혼자 마시고, 다시 금방 한 잔을 더 마시면서,

"술은 백약의 으뜸이라고 했던가, 하하" 하고 웃기 시작했다.

"미워요."

하쓰코는 히사우치에게서 시선을 돌리고 한층 깊이 고개를 숙였다. 그때 생선회와 가지 구운 것 그리고 국이 한꺼번에 나와 식탁 위가 갑자기 풍성해졌다. 이제 막 술기운이 돌아 하쓰코에게 농담을 던질 정도가 됐던 히사우치는 다시 돌연히 입을 딱 다물고 고개를 숙였다. 지금까지 가슴속에서 잔잔히 타고 있던 불꽃이 바람이 불어 일시에 확 번지면서 타오르는 것처럼 이때 그는 아쓰코에게도 오늘 밤 돌아가서 별거를 선언해야겠다는 생각이 들었다. 기호지세*라고나 해야 할까, 한번 그렇게 결심한 그는 내일이라도 당장 일을 저지르고 싶어 참을 수가 없었다.— 그렇다, 내일부터 새로 시작하자. 좋건 나쁘건 그냥 이대로 있는 것보다는 틀림없이 나을 것이다.—

"저 이제 돌아가고 싶어요." 하쓰코가 작은 목소리로 말했다.

"그러면, 돌아가자."

히사우치는 손뼉을 쳐서 종업원을 불러 빨리 식사를 가져오라고 이르고 이런저런 상념을 떨쳐버리기라도 하려는 듯이 서둘러 식사를 끝마쳤다. 밖으로 나가서 택시를 잡으려고 하자, 하쓰코는 잠시 걷고 싶다고 말했다. 히사우치는 피곤했지만 하쓰코가 하고 싶다는 대로 뒷골목을 걸었다. 그는 오늘 하루 동안 요동을 쳤던 자신의 감정의 동요를 생각하면서 아무리 애를 써도 진정할 수가 없는 극히 평범한 자신에게서, 소리 없이 스며드는 애처로움을 느꼈다.

"내일부터 어디 작은 방을 얻어서, 혼자 나와서 살려고" 하고 히사우치가 말했다.

"왜 그러셔야 하는데요."

---

* 騎虎之勢: 호랑이 등에 탄 형국이라는 뜻으로 한번 시작한 일을 중도에 그만둘 수 없을 때 쓰인다.

"왜가 어덦어, 이제 그렇게밖에 할 수가 없어."

두 사람은 쇼윈도에서 나오는 밝은 빛에서 빛으로 징검다리 건너듯 옮겨 가면서 큰길로 나와서 택시를 잡아탔다.

"가리가네 건은 한번 신중히 생각해봐. 그런 일밖에는 내가 참견할 일도 없으니까, 그렇게 알고 내가 하는 얘기를 너무 섭섭하게 생각하지 말아줘."

"글쎄, 신중히 생각해보라고 하시지만, 어떻게 생각해야 할지."

하쓰코는 창밖을 바라다보면서 기분이 언짢은 듯이 말했다. 혹시 하쓰코는 가리가네와 만나지 않을 작정인가 하고 히사우치는 생각했지만, 그들이 만나고 안 만나는 것이 문제가 아니고, 자신이 하쓰코에게 그것을 얘기할 수 있었다는 것이 지금의 자기로서는 더욱 중요하다고 생각했다. 그 다음 일은 다시 천천히 기회를 봐서 얘기해보는 수밖에 없다고 생각했다.

하쓰코를 보내고 나서 히사우치는 다시 긴자로 나가서 친구들이 있음직한 곳을 두세 군데 돌아보고 집으로 돌아가니 벌써 11시가 다 되었다. 그날 밤 웬일로 머리를 감아 풀고 있는 아쓰코는 자려고 했었는지 유카타* 위에 마름모꼴 꽃무늬가 있는 옅은 갈색의 단젠**을 입고 히사우치 앞에 있는 화로 곁에 앉았다. 히사우치는 양손을 뒤로 하고, 하루 동안 떠나 있던 방 안을, 낯선 것을 쳐다보듯이 둘러보고는,

"차 좀 줘" 하고 말했다.

아쓰코는 차를 끓이고, 자꾸 벌어지는 단젠의 옷깃을 여미며 화사한 손놀림으로 자신의 찻잔을 입에 갖다 대면서,

"가리가네 씨 안녕하시던가요?" 하고 비아냥거리는 듯한 미소를

---

* 浴衣: 목욕 후 혹은 여름에 입는 무명의 홑겹 옷. 잠옷으로도 쓰임.
** 丹前: 솜을 두껍게 둔 소매 넓은 옷. 방한용 실내복 또는 잠옷으로 쓰임.

띠고 물었다.

히사우치는 겉으로 나타난 아쓰코의 비웃음에 왠지 욱 하는 마음이 들어, 순간 찻잔을 던져버릴 기세로 손이 부르르 떨려왔다. 그러나 아쓰코의 얼굴을 보고 있는 사이에 곧 화가 가라앉는 것을 느꼈다.

"당신이 찾아갔던 얘기를 했더니, 놀라던데."

"잘났어 정말, 당신은 이상한 사람이야." 아쓰코는 그래도 즐거운 듯 싱글벙글 웃었다.

"뭐가 이상해?"

히사우치는 화가 난 것도 아니면서 목소리만은 화가 난 듯 따지는 투였다.

"글쎄, 그런 쓸데없는 말씀은 안 하셔도 되잖아요."

그러자, 히사우치는 갑자기 맥이 탁 풀려서 앞에 있는 화로에 몸을 기대고 차를 마셨다.

"부부란 참 묘한 거야."

아쓰코는 흘끗 히사우치의 얼굴을 보고 평상시보다 온화한 히사우치의 표정에 안심을 했다.

"왜 그런 이상한 말씀만 계속하세요?"

"목욕물은 준비됐나?" 히사우치는 돌연 그렇게 말하고는 일어섰다.

그는 목욕탕으로 걸음을 옮기려다 다시 돌아섰다. 그리고 마시다 남은 차를 한숨에 다 들이켜고는 다시 목욕탕으로 갔다. 비누 냄새로 가득 찬 탕 속에 들어가서도 아무 소리도 내지 않고 조용히 있었다. 그는 탕 속에서 몸을 씻지도 않고 나와서는 단젠으로 갈아입고 다실 한가운데 대(大)자로 두 팔을 벌리고 누웠다. 잠시 후 그는 천장을 바라보면서 말했다.

"여보, 한 곡조 켜지 않을래? 내가 노래할게."

아쓰코는 몸을 조그맣게 웅크리고 담배를 피우면서 아무 대답도 하지 않았다.

"여보, 오랜만이잖아. 한 곡 켜지 그래."

"너무 늦었잖아요."

"그냥 손톱으로 켜도 돼."

히사우치는 일어서서 책장에서 기요모토* 책을 꺼내고 샤미센을 꺼내와서 억지로 아쓰코에게 주고는 화로 앞에 반듯이 앉았다. 아쓰코는 무작정 안긴 샤미센 줄을 영 내키지 않는다는 듯이 맞추면서,

"도대체 무슨 일이에요?" 하며 여전히 의아스럽다는 듯이 곁눈으로 히사우치를 바라다보았다.

"아무 일도 아니야. '기러기'를 한번 해보자."

히사우치는 두 손을 무릎 위에 반듯이 올려놓고 낮은 목소리로 기러기의 중간 부분부터 노래를 부르기 시작했다.

"하늘이 어둑어둑한 동틀녘, 나무 사이에 숨어 있는 두견……"

아쓰코는 빛나는 샤미센을 무거운 듯 옆으로 기울여 가슴에 안고, 샤미센 위로 자꾸 흘러내리는 젖은 머리를 중간중간 뒤로 쓸어 넘기면서 손톱 끝으로 마지못해 따라서 반주를 했다. 그러는 사이에 가락을 제대로 맞추지 못하게 되자,

"이제 그만 해요" 하고 눈썹을 찌푸리며 말했다.

"조금만 더 하자."

"빗의 물방울인가, 물방울인가 이슬인가, 젖어서 기쁜 아침 비……"

---

* 清元: 음악 계보 중의 하나.

히사우치는 다시 노래를 시작했지만 소리가 잘 넘어가지 않자 책을 휙 던져버리고 그대로 누웠다. 그리고 두 사람은 입을 다물고 말았다. 아쓰코가 따라주는 엽차 향기가 소리와 함께 엷게 퍼져 있는 가운데, 히사우치는 다다미*에 시선을 떨어트리면서 문득 이게 청춘의 막다른 골목인가 하고 생각했다. 그러나 더운물에 푹 담가 더워진 몸의 열기가 아직 식지 않아 나른한 기분으로 팔베개를 하고 있으니 이미 아무런 희망도 없이 한적해진 부친의 얼굴이 떠올랐다. 그것은 그가 팔베개를 하고 있을 때면 언제나 떠오르는 아버지의 쇠잔한 모습이었다. 자신은 이 자세로 여기서 얼마나 아버지와 아쓰코를 생각했던가. 일상이란 것은 자신에게는 전부 이렇게 팔베개를 하고 꾸는 덧없는 꿈이 아니던가. ─

"나, 내일부터 방 하나를 얻어 당분간 혼자 지낼까 해."

아쓰코는 벌써 기분이 상해 낮게 혼자 중얼거리고 움직이려 하지 않았다.

"나는 이러고 있는 게 지겨워, 당신도 지겹지?"

"그래요 정말 지겨워요."

"이런 생활 청산하자."

"네, 그러는 게 낫겠어요."

두 사람은 작은 소리로 아무렇지도 않은 듯이 애기를 주고받았지만, 두 사람 모두 생각지도 않았던 말들을 뱉으면서 서로에게 등을 돌리며 차츰 조용해져갔다. 히사우치는 아쓰코에게 자신의 기분을 좀더 자세히 설명해줄까도 생각했지만, 아무리 설명해도 이해하지 못할 것이란 생각과 또 귀찮은 마음에 애기할 기분이 나지 않았다.

"아무리 그래도 나, 친정에는 돌아가지 않을 거예요."

---

* 疊: 일본식 방에 까는 두툼하고 푹신한 자리.

"당신 좋을 대로 해요."

"저, 친정에는 돌아갈 수가 없어요."

히사우치는 한바탕 소동이 일어날 줄 알았는데 의외로 간단히 끝나
버릴 것 같아 가능한 한 내일까지 이 상태를 유지하는 게 좋다는 생각에
그대로 자기 서재로 들어가려고 했다.

"잠깐, 당신" 하며 아쓰코는 새하얘진 얼굴로 뒤돌아보았다.

히사우치는 아쓰코 쪽을 쳐다보지도 않고 벋정대고 서 있다가 다시
걸으려고 했다. 그러자 그의 뒤를 쫓아온 아쓰코는 가슴이 맞닿을 정도
로 바싹 그의 앞을 가로막고 섰다.

"정말 어떻게든 해줘요. 나 이렇게 하루하루를 보낼 순 없어요."

"그러니까, 내가 방을 빌려 나간다는 거 아니오."

"그게 아녜요. 나 말이에요."

가슴을 들썩이며 쫓아온 아쓰코는 히사우치의 가슴에 이마를 대고
울기 시작했다. 히사우치는 후스마*에 몸을 기댄 채 아직 마르지 않은
아쓰코의 차가운 머리카락에 턱이 닿지 않게 얼굴을 돌리고 입을 다물
고 있었다. 아쓰코는 얼굴을 들었다.

"당신은 나보고 여기서 나가라는 거예요? 당신은 나를 오해하고 있
어요."

끊기 어려운 애착에 순간 히사우치의 얼굴이 흐려졌다. 그러나 그
는 아쓰코의 이마를 가슴에서 떼고는 다시 서재를 향해 걷기 시작했다.

"여보." 아쓰코는 이를 악물고 히사우치의 손을 잡았다. "당신 내게
숨기는 게 있죠, 말해봐요."

히사우치는 잠자코 아쓰코의 손을 뿌리쳤다. 아쓰코는 신경질적으

---

* 襖: 방과 방을 가르는 문. 나무 문틀에 종이를 발라 만듦.

로 후스마에 부딪히면서 자기 방으로 들어가자 옷을 갈아입고 핸드백을 든 채 후스마를 탁 닫고는 밖으로 뛰쳐나갔다. 히사우치는 혼자서 서재 책꽂이에 머리를 대고 눈을 감았다. 던져진 주사위의 숫자가 몇이든 지금은 상관없다. 떨어질 때까지 떨어지리라 결심하고 내던진 마음에 몸을 맡기면서도, 어렴풋이나마 저 머리 뒤에 빛나고 있는 한 가닥 빛을 느꼈다. 그러자 아쓰코가 다시 금방 돌아와서 그 앞에 섰다.

"저, 당신과 헤어져줄 수 없어요. 더욱 당신을 괴롭힐 거예요."

그래도 히사우치는 계속 말이 없었다.

"아무 말이라도 좀 해봐요."

"담배 좀 가져와." 히사우치가 말했다.

아쓰코는 핸드백을 다다미 위에 던지고 그 자리에 무너지듯 쓰러져서 울기 시작했다. 히사우치는 그녀를 밀치고 현관으로 가서 외투를 걸치고 그대로 밖으로 나와버렸다. 지나가는 사람이 아무도 없었다. 자동차만이 아무 일도 없다는 듯이 길 위를 미끄러져 왔다. 그는 차분히 가라앉은 마음에 오히려 흥분 비슷한 것을 느끼면서 얼마 동안 담을 따라 걸어갔다. 그러자 뒤에서 뛰었다가는 서고 섰다가는 뛰는 조리* 소리가 점점 가깝게 들려왔다. 그것이 아쓰코의 발자국 소리라는 것은 알았지만 그는 뒤를 돌아보려고 하지 않았다. 곧 아쓰코가 그의 옆까지 쫓아와서 낮은 목소리로 말했다.

"여보, 돌아와줘요. 외로워요. 제발 부탁이에요. 이렇게 안 하셔도 되잖아요. 제가 잘못했어요. 이렇게 빌게요. 빨리 돌아오시라니까요."

"당신은 잘못한 게 없어. 나는 지금 당신이 나쁘다는 게 아니야." 히사우치는 그렇게 말하면서도 계속 걸었다.

---

* 草履: 일본 샌들.

"그렇게 큰 소리로 말하지 말아요. 빨리 저랑 돌아가요, 네."

그는 손을 잡아끄는 아쓰코를 따라 다시 돌아왔다. 아쓰코는 히사우치 뒤에서 잠자코 타박타박 풀이 죽어 쫓아오다가, 그와 나란히 걷게 되자 안심한 듯 웃으면서 말했다.

"당신, 왜 그렇게 화가 났어. 나는 정말 이해할 수가 없어요. 미안 해요."

히사우치는 아쓰코의 말에 금방 고개를 끄덕일 수가 없었다. 그렇지만 그는 본래 아쓰코에게 화가 나서 그런 것도 아니고 그렇다고 이대로 두 사람 사이에 벽이 무너질 것도 아니었기 때문에 우선 지금은 조용히 돌아가려고 돌아선 것뿐이었는데, 앞으로 이런 일이 몇 번이고 계속될 것이라고 생각하니 저절로 발걸음이 무거워지는 것이었다. 그러나 자신이 집을 나가려고 하는 기분을 설명하기에는 지금처럼 두 사람 모두에게 겸허한 마음이 들었을 때가 가장 좋을 거라는 생각이 들었다. 지금이라고 해서 아쓰코가 이해할 리는 없지만 말하지 않는 것보다는 말하는 편이 나을 것이다.

"당신은 내가 당신을 오해하고 있다고 했지만, 당신도 나를 오해하고 있지 않다고는 할 수 없어. 나는 아까도 얘기했듯이 당신이 잘못했다고 그러는 게 아냐. 비참한 내 마음을 어떻게든 정리하지 않으면, 당신이 옆에서 아무리 잘해줘도, 점점 더 비참해질 것 같아서 말이야."

히사우치는 천천히 말했다. 아쓰코는 히사우치가 가리가네의 출현으로 괴로워하고 있다고 생각하고 있는데, 사실은 그와는 정반대로 오히려 가리가네의 강인한 의지와 실행력이 자신을 구제하고 있다는 것을 설명하기 위해 위험하긴 하지만 역설적인 방법을 쓸 수밖에 없다고 생각했다. 그러나 그것도 자칫 잘못 해석하면, 설명을 하면 할수록 가리가네에게서 입은 타격만이 점점 크게 부각될 게 틀림없었다.

"당신은 나라는 사람이 당신 때문에 이렇게 법석을 떨고 있다고 생각하지. 그런데 나는, 혹 그런 점이 있을지도 모르지만, 사실 그런 건 아무렇지도 않아. 나를 참기 힘들게 하는 것은, 주위 사람들이 나를 어떻게 보느냐 하는 것보다 다른 사람들이 그렇게 생각하도록 내버려두는 내 마음과 당신의 마음, 그게 나는 싫은 거야. 알겠어?"

아쓰코는 "응" 하고 고개를 끄덕였다. 그러나 히사우치는 그 정도의 설명으로는 아쓰코가 이해하기 힘들 것이라는 것을 알고 입을 다물고 말았다.

"그 정도는 나도 알아요" 하고 아쓰코는 다시 말했다.

"아냐."

"어째서?"

"내가 당분간 집을 나가서 혼자서 살고 싶다는 건, 다시 말해서 나란 사람은 조금도 내 자신에게 솔직하지 못했기 때문이야. 나는 한번 나의 자연스런 모습을 찾고 마음을 정리해보고 싶어, 그렇게 하지 않으면 내 마음이라는 것을 내가 납득할 수 없을 것 같아. 그런데 당신이 곁으로 나타난 내 행동만 보고, 일일이 걸고넘어지면 나는 점점 더 평형을 잃게 되고 말 거야. 그래서 한 번만이라도 나는 내 자신을 뒤돌아보고, 또 당신은 당신을 뒤돌아보는 게 좋을 것 같아. 그리고 나서 다시 당신과 내가 새로 시작해보는 거야."

"뭔지 조금은 알 것 같기도 해요. 그러면 나는 어떻게 해야 되죠?"

두 사람은 집 현관으로 들어갔다. 히사우치는 현관에 들어서자 외투를 벗어놓고,

"당신은 당분간 여기에 그냥 있든지 아니면 친정으로 돌아가든지 하고 싶은 대로 하면 돼" 하고 말했다.

"그러면 나 여기 있을래."

아쓰코는 자기 방으로 들어가서 잠옷으로 갈아입고 거울 앞에 앉아 크림을 얼굴에 바르면서,

"나 여기 있을래요. 가끔은 만나러 가도 되죠?"

"그야 당신 마음이지. 아마 곧 나를 이해하게 될 거야."

"가끔은 떨어져 있는 것도 좋을 것 같네요."

겨우 기분이 좋아진 아쓰코를 보며 히사우치는 자신이 얘기하고 싶은 것은 아직 반도 설명하지 못했다는 아쉬움을 느꼈다. 그럼에도 불구하고 아쓰코가 기분이 좋아지자 자신도 마음의 평정을 찾아가는 것을 깨닫고는, 결국은 이런 거구나 하면서도 갑자기 엄습해오는 외로움을 느끼지 않을 수 없었다. 곧 침실로 들어온 아쓰코는 숱이 많은 머리를 탁 풀어헤치고, 단젠 옷깃 사이로 그 큰 눈을 뜨고 히사우치를 올려다보았다. 그러자 그는 지금까지 자기 곁에서 함께 산 사람이 이 여인이었나 하는 생각에 새삼스럽게 뭔가 무서운 생물을 처음 보는 것처럼 자신을 올려다보고 있는 아쓰코의 눈을 잠시 옹송그리며 쳐다보았다.

13

히사우치가 집을 나와서 방을 빌리게 된 것은 그로부터 일 주일이나 지나서였다. 나는 그 무렵 교외에 집을 한 칸 겨우 지어서 살고 있었고 히사우치도 우리 집 근처로 이사 와서 살고 있었기 때문에 이 무렵에 나는 그와 가장 빈번히 만났다. 히사우치는 낮에는 보험회사 계약과에 근무하면서 월보를 담당하고 있었는데, 집을 나오고부터는 그런대로 원기를 회복한 것처럼 보였다. 나는 히사우치와 만나서 곧잘 문학 얘기를 했다. 그러는 동안에 그가 프랑스어를 잘한다는 것을 알고 저녁이 되면

나는 그로부터 프랑스어를 배우고 나는 영어를 가르치는, 말하자면 교환 교습을 하게 되어, 그와는 전보다 한층 친하게 되었다. 나는 전부터 불어를 공부한 적이 있어서 그가 곧바로 어려운『잘못 묶인 프로메테우스 *Le Prométhée Mal Enchaîné*』란 책을 내가 사용할 교과서로 선택했을 때 과연 이 히사우치란 청년은 문학적으로도 상당한 청년이구나 하고 감탄했다. 이 책은 그 무렵 의식과 행위 사이에서 괴로워하던 히사우치의 기분을 이해하는 데 무엇보다도 좋은 설명서가 될 것이기 때문이다. 그것을 나에게 가르칠 때만은 히사우치도 아주 유쾌한 것 같았고 또 열심이었다. 그 책의 내용은 모든 문학의 원형질만을 모은 것으로 언뜻 보기에 성서와도 같은 소설이었다. 원시인 프로메테우스는 사람의 간 같은 내장을 먹고 자라는 독수리를 사랑하여 언제나 손에 들고 대견히 여기며 키웠다. 그는 이 독수리를 연단 위에서 청중에게 이렇게 설명했다. 사람은 독수리를 키워야 한다. 이 독수리는 인간의 기질이란 것으로, 인간은 인간을 사랑하는 것이 아니라 인간을 먹고 자라는 것을 사랑한다. 나처럼 여러분들도 모두 자신의 간을 먹고 자라는 독수리를 갖고 있는데 그것을 깨닫고 있느냐고 물으며 독수리의 의미를 되새기게 한다. 인간을 인간답게 하기 위해서 나는 많은 것을 해주었다. 빛을 주기 위해 불을 만들어준 것처럼 인간에 대한 넘치는 애정으로 자신이 존재한다는 의식도 함께 주었다. 그러나 의식을 주면서 의식 가운데 사람을 먹는 의식이라는 독수리의 알도 함께 만들어주었다는 것을 깨닫지 못했다. 인간이 존재하면서 이 독수리도 함께 성장하여 사람들에게 정체를 알 수 없는 불안을 주기 시작했다. 그 불안은 인간이 발전하면서 인간에게 일종의 기대를 갖게 했다. 이 책 전권을 통해 자의식을 상징하는, 불안한 기대를 가진 독수리에 대해 얘기하고 있다. 프로메테우스는 인간에게 존재의식을 주는 것만으로는 만족하지 못하고 존재이유까지 부여하려고 생각하게 되었다.

"우리들은 인간에 대해 생각해야 합니다. 인간에 대해 생각한다고 하는 것은 바로 인간을 동정하는 것을 의미합니다. 나는 그들에게 불을 주고, 불꽃을 주고, 그리고 불꽃에서 비롯된 모든 기술을 주었습니다. 그리고 그들의 정신을 뜨겁게 해서 그 속에 진보에 대한 탐욕스러운 신념을 불태우게 했습니다. 그리고 진보를 가져오기 위해 인간이 자신의 건강을 소모하는 것을 바라다보며 야릇한 환희를 느꼈습니다.—이렇게 되면 이미 선에 대한 신념이라고 할 수 없습니다. 보다 좋은 것에 대한 병적인 희망입니다. 진보에 대한 신념, 그것은 모든 인간이 갖고 있는 독수리입니다. 여러분, 우리들의 독수리가 바로 우리들이 존재하는 이유입니다."

프로메테우스는 이렇게 연설해 나가면서 자연스럽게 가공할 만한 결론에 이르른다.

"인간의 행복은 점점 작아졌습니다. 그렇지만 저는 아무래도 상관 없습니다. 독수리가 태어났기 때문입니다. 이제 나는 인간을 사랑하지 않게 되었습니다. 내가 사랑하기 시작한 것은 인간을 먹고 살아가는 독수리였습니다. 이렇게 해서 역사가 없는 인류가 나에게 종언을 고했습니다. 인간의 역사는 바로 독수리의 역사입니다."

히사우치는 이 장의 끝부분을, 자신의 고뇌 그 자체라도 되는 듯이 정열을 다해 나에게 읽히고 그것을 멋있게 번역해나갔다.—fligle! que j'ai nourri de mon sang, de mon âme, que de tout mon amour j'ai caresse…(독수리여, 내 혼과 피로 키우고, 갖은 사랑을 다해 애지중지 키운 너.) devrai-je donc quitter la terre sans savoir pourquoi je t'aimais? ni ce que tu feras, ni ce que tu seras, aprés mor, sur la terre, sur la terre, j'ai vainement interrogé(왜 내가 너를 사랑하는지도 모르고

나는 이 세상을 떠나지 않으면 안 되는가? 내가 없어지고 난 후에, 아아, 이 세상에서……이 세상에서, 네가 어떻게 되고 무엇을 하는지도 모르고……아아, 누구 한 사람, 아무리 물어도 가르쳐주지 않는다).

이러한 것을 읊을 때 히사우치는 마치 프로메테우스의 탄식과 똑같은 고민을 하고 있는 사람처럼 가슴 깊은 곳에서부터 나오는 열정적인 목소리로 말했다. 그러나 히사우치도 프로메테우스도 다음과 같은 탄식이 나오지 않으면 안 된다. 그는 말한다. "—제군, 아직 일어나지 말아주오. 내가 말하건대, 제군의 독수리가 비록 악덕의 독수리이거나 덕의 독수리일지라도, 또는 의무나 정열에 의해서일지라도, 독수리는 제군을 먹는 것을 그만두지는 않을 것입니다."

사람들이 그가 하는 말을 알아듣지 못하고 떠들기 시작하자, 프로메테우스는 마침내 최후의 말을 지독하게 흥분해서 외쳤다. "제군, 제군은 자신의 자의식이라고 불리는 독수리의 털 색깔을 아름답게 하기 위해서 제군의 내장을 독수리에게 먹이고 이것을 사랑하지 않으면 안 됩니다. 왜 사랑하지 않으면 안 되는 걸까. 그것은 제군의 독수리를 아름답게 하기 위해서입니다."

이상은 『잘못 묶인 프로메테우스』의 가장 근간을 이루는 부분인데, 이것은 내가 히사우치의 불분명한 심리 가장 깊은 곳에 될 수 있는 대로 가까이 접근하기 위해서 할 수 없이 인용한 것에 지나지 않는다. 그러나 히사우치의 고민이 그만큼 내적인 것이기 때문에 그와 얽혀 있는 아쓰코와 하쓰코에게 이것을 이해시키기란 곤란함을 넘어서 거의 불가능하다고 해야 할 것이다. 더군다나 생각하는 것을 항상 실행에 옮기는 가리가네 같은 사람은 히사우치를 도저히 이해할 수가 없을 것이다.

그런데 바로 이때, 히사우치에게 의외의 고난의 파도가 밀려오고 있다는 것을 어느 날 나는 알아차렸다. 그것의 원인은 물론 가리가네였다. 가리가네가 히사우치의 뜻에 따라 하쓰코와 만나려고 할 찰나에, 또 다타라 때문에 건어에 대한 효소 이용 특허에 흠집이 나게 되어버렸다. 가리가네가 이 특허를 받게 된 심리적인 원인이 원래 다타라의 전쟁이 원액 연구를 전복시키기 위해서 계획된 것이었던 만큼, 이미 온갖 수모를 다 당한 다타라로서는 당연히 무슨 수를 써서라도 보복하지 않고서는 배길 수 없었을 것이다. 하지만 나도 그것을 가리가네 편지로 들었을 때는, 드디어 다타라가 마지막 수단을 쓰는구나 하는 생각이 들어 내가 나서서 가능한 한 자세한 것을 조사해보고 싶은 마음까지 들었다. 가리가네 말에 의하면, 그가 마침내 하쓰코와 결혼할 결심을 굳힌 어느 날, 돌연히 한 통의 서류 우편이 가리가네에게 배달되었다. 그것은 특허국에서 보낸 야마시타 세이치로 박사의 특허 이의 신청서 복사본으로, 가리가네의 효소 이용 건어 제조법의 제일 공정 부분의 조미료에 관한 제조법은, 이의 신청인인 야마시타 박사가 전부터 갖고 있던 특허 생선간장의 제조법과 동일한 것이고, 제2 공정에 있는 제조법은, 야마시타 박사의 물산 제조 강의 중에 있는 제조법과 다른 점이 하나도 없기 때문에 신규 발명이라고 볼 수 없음, 이라는 것이 특허 이의 신청의 주요한 이유였다.

일이 이렇게 진전되고 보니 가리가네는 하쓰코와의 문제에 더 이상 신경 쓸 여유가 없었다. 수산제조학의 거두인 야마시타 세이치로 박사가 자신과 같이 미미한 존재를 상대로 이렇게 예상 밖의 싸움을 걸어왔다고 보기는 힘들었다. 여기에는 분명히 무슨 이유가 있는 것이 틀림없었다. 이런 생각을 하고 가리가네는 곧장 특허국에 답변서를 쓰려고 했다. 그러나 이러한 사건 뒤에 무슨 음모가 숨어 있다면 그 뒤에 숨어 있는 상대가 곧바로 다시 제2의 이유서를 특허국에 내게끔 해놓았음에 틀림없었다. 그렇다면 그거야말로 큰일이라고 가리가네는 생각했다. 그래서 그는 자신이 직접 답변서 쓰는 것을 단념하고 도쿄에 있는 특허변리사 하라타 지쓰조(原田實造)에게 부탁하기로 했다. 하라타 지쓰조는 변리사치고는 정의감이 넘치는 사람으로, 가리가네와는 전부터 특허 출원 수속 등으로 가끔 만나면서 절친한 사이가 되었는데, 이번 사건에 대해서도 동정을 나타내며 특별히 반액에 답변서를 만들어주었다. 나는 이 답변서도 읽어보았는데, 거기에는 야마시타 세이치로 박사의 특허와 가리가네의 특허를 비교해서 박사의 발명 공정과 가리가네의 공정과 동일한 점은 간장을 제조할 때 원료에 가열 살균하는 것 한 가지뿐으로 이 점은 어떤 간장을 제조할 때에도 똑같이 시행하는 공정이기 때문에 이의 신청의 이유가 될 수 없다는 것이 첫번째 이유고, 가리가네의 특허 출원의 최대의 특징은 활성효소 이용인데 박사의 제조법에서는 이것을 인정하기는커녕 신랄하게 비판하고 있다는 점, 그리고 두번째 이의 신청 이유로 들고 있는 박사의 스에히로 정어리(末廣鰯) 제조법과 가리가네의 제조법이 같다는 점은 마찬가지로 박사의 제조법은 간장 한 되에 설탕 한 돈, 미림 두 홉을 혼합해서 조미료를 만들지만 효소 이용을 조미로 하는 가리가네 연구의 특징과는 전혀 다르기 때문에, 따라서 본원의 신규성을 좌우할 만한 이유가 될 수 없다는 것이다.

이 답변서는 하라타 지쓰조가 직접 특허국에 제출했다. 그런데 아무리 기다려도 야마시타 박사 쪽은 여기에 대해 이유 재제출을 하지 않는 것이었다. 이의 신청의 제출 기간은 공고 일부터 육십 일 이내에 하는 것이 원칙이기 때문에 가리가네도 겨우 안도의 숨을 쉴 수 있었다. 그는 다시 하쓰코와 만날 생각을 하지 않은 것은 아니지만 상대가 야마시타 박사였기 때문에 이런 사건 직후에 히사우치와 하쓰코와의 일을 의논하는 것만은 피했음이 틀림없다. 수일 후 하라타 지쓰조로부터 편지가 한 장 날아왔다. 내용을 읽어보니, 제출 허용 기간 마지막 날에 물산소 소장 다타라 겐키치 씨로부터 새로운 이의 신청이 있어 내용을 살펴본 결과, 가리가네의 인격을 더 이상 신임할 수 없어 대리인을 사임하겠다는 것이었다. 따라서 서류 전부를 돌려주고 싶으니 즉시 상경하기 바란다는 뜻의 내용이 담겨져 있었다.

가리가네는 다타라 연구소 근처를 어슬렁거리다 그와 직접 만나보려는 생각을 했다. 그러나 그를 만난다 하더라도 다타라가 무슨 흉계를 꾸미고 있는지 알 턱이 없었기 때문에 서둘러 그날 곧바로 상경해서 하라타의 사무실로 가보았다. 하라타는 가리가네를 보자 서류를 가지고 와서 불쾌한 얼굴로 다짜고짜 이렇게 말하는 것이었다.

"가리가네 씨. 제가 당신의 복잡한 사건을 맡은 것은 당신을 아주 순진한 발명가라고 믿었기 때문입니다. 야마시타 세이치로 씨처럼 양조학계의 보물이라고까지 불리는 대가가 이치에도 맞지 않는 신청을 한 데 대해서는 한때 저도 분개했었습니다. 하지만 당신이 일했던 연구소의 다타라 씨의 신청서를 이번에 처음 보고, 다타라 씨의 입장에 동정을 금치 못해, 이번에 당신의 대리인을 사퇴하기로 결심했습니다. 제가 어제 심사관에게 가서 구두로 얘기하고 왔으니 그렇게 알고 계십시오."

분명히 하라타는 가리가네를 사기꾼이라고 생각하고 있는 것 같았다. 그러나 가리가네는 다타라가 이의 신청을 했다면 다른 사람이 가리가네를 사기꾼이라고 믿을 정도로 교묘하게 일을 꾸몄음에 틀림없기 때문에 지금 바로 하라타에게 변명을 해봐야 아무 소용이 없을 것이란 생각을 했다.

"저는 선생님에게 비용을 제대로 지불하지 않았기 때문에 선생님이 이 일에서 손을 뗀다고 하셔도 드릴 말씀이 없습니다만, 다타라 씨가 어떤 이의 신청을 했는지는 알고 싶습니다. 가르쳐주십시오." 가리가네는 급해지는 마음을 억누르며 부드럽게 물어보았다.

"그거야 이걸 보시면 제 심정도 이해가 가실 겁니다."

하라타는 그렇게 말하면서 다타라의 이의 신청서를 가리가네에게 건네주었다. 그 신청서는 전략을 아주 잘 짜서 만든 것이었다. 하라타가 가리가네의 대리인이 된 것처럼 다타라에게는 야마우치 세이치(山內正一)라는 변리사가 대리인을 맡고 있었다. 이의 이유는 야마시타 박사의 신청 이유와는 전혀 다른 것이었다. 가리가네의 효소 건어는 다타라가 연구한 안초비의 조미법과는 다른 점이 하나도 없다는 것을 두 개의 제조법을 비교하며 열거하고 있다. 그뿐만 아니라 공문서인 제조 당시의 다타라의 연구 일지와 『수산정치신문水産政治新聞』의 발췌 기사까지 상세하게 적혀 있었다. 그리고 마지막에 가리가네 하치로라는 사람은 수산연구소 앞에 자신의 연구소를 고의로 만들고 간판을 가리가네수산연구소라고 해서 달아놓고, 수시로 물산연구소를 드나들면서 다타라 겐키치 기사가 창안한 제조법을 습득했다고까지 적혀 있었다. 하라타뿐만 아니라 어떤 사람이라도 연구에 대해 잘 모르는 사람이 이것만 보면 자신을 의심하는 것은 당연하다고 가리가네는 생각했다.

"선생님, 선생님은 이걸 믿습니까?" 가리가네는 이성을 잃고 쩌렁쩌렁 울리는 목소리로 앞뒤 가리지 않고 그렇게 물었다.

"그야 믿을 수밖에. 상대가 공무원이고, 더구나 한 현의 연구소장이 개인 자격이라고는 하지만 공문서까지 첨부했는데, 안 믿을 사람이 누가 있겠나." 하라타가 냉담한 태도로 대답했다.

"아니, 이건 전부 꾸며댄 겁니다. 새빨간 거짓말입니다."

"하지만 아무런 반증도 할 수 없으면 소용없지."

"제가 반증을 꼭 찾아오겠습니다. 반드시 찾고야 말겠습니다. 그래도 저를 믿지 못하시겠습니까?" 가리가네는 테이블에 가슴을 바싹 댔다.

"아니, 이건 반증할 여지가 없어. 그렇게 짜여 있어. 하지만 만일 자네가 반증을 찾으면 내가 무보수로 싸워주지."

"그러면 선생님, 제가 반증을 꼭 찾아오겠습니다. 정말 감사합니다. 오늘은 이만 실례하겠습니다. 이러고 있을 때가 아닙니다. 그때까지 이 서류를 맡아주십시오."

"정말로 반증을 찾을 수 있는 거지?" 하라타도 살기등등한 가리가네의 표정을 보고 태도가 약간은 누그러지긴 했지만 그래도 품었던 의심이 아직 다 풀린 것 같지는 않았다.

가리가네는 사무소에서 돌아오자마자 그 길로 나를 찾아와서 그날 일어난 일의 전말을 나에게 들려주었다. 그때만큼은 가리가네도 평소 잘 짓는 미소도 짓지 않았다. 이제 겨우 자본주가 생겼는데 그것도 여의치 않게 됐다며 기가 푹 꺾여 있었다. 나는 가리가네에게도 물론 동정이 갔지만 그보다는 오히려 누구보다도 정신적인 고통이 클 히사우치가 더 걱정이 되는 것이었다. 야마시타 박사가 그렇게 치사한 수단을 써서까지 아무 힘도 없는 가리가네를 무너뜨릴 음모를 꾸몄다고는 보기 힘들었다. 이의를 신청할 수 있는 육십 일 사이에 다타라가 수단 방법을 가리지 않고 필사적으로 일을 꾸몄음이 틀림없다. 더구나 누군가 한 사람이 희생될 각오를 하고, 야마시타 박사에게 은혜를 입은 학계로부터 관청에서 일하는 연구원까지 총동원해서 박사를 위해 활동을 개시한다고 하면 가리가네의 활동력을 봉쇄하고 그의 명성을 일거에 추락시키는 것 같은 일은 그리 어렵지 않을 것이다. 그리고 그러한 것이 다타라를 중심으로 해서 착착 진행되고 있을 것이라는 것은 누구라도 짐작할 수 있는 일이었다.

그런데 내가 가리가네와 만난 다음날 신문에 벌써 가리가네의 효소 이용 특허는 사실은 야마시타 박사와 다타라 씨의 연구를 절충한 사기로 학계의 관심을 모았던 가리가네는 철면피의 대사기꾼이었다고 비난하는 기사가 실려 있었다. 이때부터 가리가네의 명성은 곧바로 실추되고 말았다.

14

　가리가네의 연구소가 있는 그 고장에서는 이번 그의 불행에 대해 동정하는 사람이 적지않았다. 특히 다타라의 평소의 행적을 잘 아는 사람은 한층 더했다. 그러나 가리가네가 예상했던 대로 신제품 건어에 붙었던 자본주만은 다 사라지고 말았다. 가리가네의 건어는 제조법이 단순하기도 하지만 사람들 기호에 맞았기 때문에 만일 이것이 성공한다면 당분간 가리가네가 금전적으로 부자유스러울 염려는 없었다. 다타라의 방해를 막고 이의 신청을 파기하기 위해서 가리가네에게 또다시 자금과 시간 그리고 책략이 필요했다. 그러나 가리가네가 다타라의 신청을 파기할 만한 반증을 찾아 답변서를 작성해서 특허국에 제출한다고 해도, 언젠가 다타라가 가리가네에게 말했던 것처럼 특허국에 다타라의 친구이면서 동시에 야마시타 박사의 문하생인 심사관이 여러 명 있는 이상 가리가네의 분투가 아무런 실효를 거두지 못할 것이라는 것쯤은 누구나 예상할 수 있는 것이었다. 어쨌든 그건 그렇다 치고, 일개인으로 학벌을 전복시킨 가리가네에게 아무런 재난도 닥치지 않으리라고는 생각하지 않았지만 아무리 그래도 명색이 발명가인데, 다른 사람들이 발명한 것을 적당히 절충한 사기꾼이라고 고발당한 이 모욕만을 견디기 어려웠을 것이다.
　이 일이 있은 후, 가리가네는 무슨 일에도 손을 댈 수가 없는 고립

무원의 처지가 됐다는 것을 깨닫고 망연해질 때가 많았다. 적의 진영에서 가리가네가 사실의 반증을 쉽게 찾는다고 해도 자신의 제조법을 알고 있는 사람은 자기 한 사람이기 때문에 아무리 자세히 설명하고 또 반증을 들이대도 결국 알아듣는 사람은 자기 한 사람뿐일 것이다. 특히 효소라는 있는지 없는지도 알 수 없는 단백질을 근거로 건어를 만드는 발명의 특허를 받은 사람은 지금까지 일본에서는 가리가네 단 한 사람이었다.

그러나 이때 가리가네의 악운은 그것만으론 끝나지 않았다. 어느 날 그가 만든 신제품 건어의 유일한 판로였던 도쿄의 백화점에서 때마침 반쯤 마른 건어 속에서 구더기 한 마리가 나왔다는 이유로 납품했던 물건을 모두 반품해왔다. 그런데 엎친 데 덮치기로 다타라의 사주를 받은 나가오(長尾)가 가리가네가 간장을 발명했을 때 연구소에서 빌린 백 엔짜리 청구서를 들고 가리가네의 유일한 제조기인 솥을 차압하러 왔다. 백만의 부를 지닌 나가오가 빈곤의 밑바닥에 있는 가리가네의 생명줄이라고도 할 수 있는 솥을 사용하지 못하게 하는 이 잔혹한 행위도 사실 그가 눈물을 머금고 한 일임이 틀림없었다.

그러나 여기에는 설명을 필요로 하는 복잡한 사회적 사정이 있었다. 바다에 둘러싸인 일본의 해안에서는 거의 모든 곳이 같은 구조로 돼 있으리라 짐작되는데, 해안에 시행되고 있는 법률 가운데 정치어업권(定置漁業權)이라는 것이 있다. 이것은 주로 어장에 질서를 부여하기 위해 있는 법률로 토지와 마찬가지로 바다에도 부모에게서 물려받아 한 개인에게 속한 바다와 어업조합에 속한 바다의 차이를 인정하는 법률로, 조합이라고 할지라도 한 개인의 해면을 함부로 교란할 수 없다고 규정한 것이다. 다시 말해서 나가오의 재산은 이 한 개인에 속한 해면의 소유주로서 있는 것인데, 해면을 전유(專有)한 어망장의 망 하나의 이익이 이 지방에서는 연수 7만5천 엔이나 되기 때문에 항상 어망장에 망을 치는 일은, 때로는 피비린내 나는 싸움이 일어날 정도로, 누구나가 목숨을 거는 일이다. 계절에 따라 바다를 건너오는 어군은 어느 한 망에 들어가면 다른 망에는 들어가지 않는 습관을 가지고 있기 때문에 어망장의 움직임을 감시하는 역할은 이런 해안 지방에서는 무엇보다도 은연한 세력을 가지고 있었다. 다타라는 이 어장의 감시역을 겸임하고 있기 때문에 그의 권력은 어장의 소유주들한테는 가공할 만한 것이었다. 나가오 입장에서도 얼마 안 되는 금액 때문에 그냥 보기에도 생활이 어려운 가리가네의 솥을 차압하는 것이 다타라의 눈 밖에 나지 않기 위해서 할 수 없이 한 일이지만, 이때 그런 태도를 취한 것은 나가오 한 사람뿐만이 아니었다. 가리가네를 동정하고 다타라에게는 반감을 품고 있는 사람들도 다타라가 하는 일에 참견하지 않는 게 상책이라고 생각하는 사람들이 대부분이었다. 그러나 가리가네의 입장에서 보면, 솥의 차압보다도 다타라의 이의 신청서 안에 있었던 수산정치신문의 증명 기사의 존재가 더 그를 괴롭혔다. 그 기사는 다타라의 발명을 정당화하고 가리가네의 발명은 다타라의 방법을 절취한 것이라고 했는데, 다타라가 어떻게 안초비 연구를 가리가네의 활성효소 건어 제조법과 닮게 작성했는지 가리가네는 이해할 수가 없었다. 언젠가 한번 가리가네가 다타라와 우연히 만났을 때 자신이 하는 연구에 대한 얘기를 한 적이 있다는 것을 생각해내기는 했지만, 그때 다타라는 듣는 척도 하지 않았다는 것을 나는 가리가네로부터 들은 적이 있다. 아마 다타라는 탁상 실험 보고서 가운데 가리가네의 연구를 살짝 집어넣어 신문기자에게 보여주고 그것을 쓰게 했음이 틀림없다. 그러나 아무리 그렇다 하더라도 야마시타 세이치로 박사가 가리가네에 대해 이의를 신청한 저의만은 이해하기 힘들었다. 가리가네는 박사의 비이성적인 행동은 전에 박사가 제약회사 양조부와 협력해서 세운 생선간장회사의 실패 때문에 책임상 할 수 없이 한 것 같다고 추측하는 것 같았지만, 이미 실패해버린 지금 야마시타 박사 정도나 되는 사람이 단지 그 때문에 가리가네를 무너뜨리려고 할 리가 없다고 나는 생각했다. 그런데 학계의 대부로 불리는 박사 입장에서 보면 자신이 주장하는 것은 무조건 그대로 통과한다고 믿는 버릇이 있다고 가리가네는 말하는 것이었다. 그러나 나는 수긍하기 어려웠다. 박사와 같이 높은 위치에서 방황하는 학자라는 사람은 반드시 어딘가에 정치가적 수완이 숨어 있는 법이라고 나는 생각했다. 자신의 실패 때문에 학계가 전락되는 사실에 직면한 지금, 그것을 구하기 위해서 박사가 할 수 있는 일은 오로지 한 가지밖에 없다. 가리가네를 무너뜨리든지 아니면 그대로 간과하든지 양단간에 한 가지를 택하지 않을 수 없게 몰리게 되었다면 박사가 취한 수단은 쉽게 이해할 수가 있다. 생각건대 박사는 교묘한 다타라의 계략에 넘어가 그가 권하는 대로 따랐음이 틀림없다. 더구나 다타라는 이의 신청 기간 육십 일 중, 마지막 날에 신청서를 제출한 것으로 보아, 분명히 자신의 패배와 희생을 각오하고 일을 시작한 것으로 보이는데, 박사로 하여금 악덕에 관여하게 한 것으로 보아 다타라에게는 학벌 옹호라는 좋은 명분으로 박사 이외에도 다수의 유력한 동조자가 윗계급 가운데 나타났을 것이다.

이렇게 고뇌에 찬 나날을 보내고 있는 가리가네에게 어느 날 히사우치로부터 부친이 가리가네에게 취한 태도에 관해 깊이 사과하는 다음과 같은 편지가 왔다.

가리가네 하치로 귀하
시식회 날에는 고마웠습니다. 저는 그날부터 얼마 지나지 않아 교외에 방을 빌려 혼자서 생활하고 있습니다. 따라서 금번의 불행한 사태도 뒤늦게 알게 된 고로 지금까지 아무런 인사도 못 올리는 실례를 범했습니다. 괴로움이 클 줄 압니다만, 이렇게 편지를 쓰는 저도 이만저만 괴로운 게 아닙니다. 당신과 나는, 당신이 기쁠 때는 제가 슬프고, 제가 기쁠 때는 당신이 슬퍼야 하는 기묘한 인연으로 이것만은 내가 참견할 문제가 아니라는 생각도 몇 번씩이나 들었지만, 그렇다고 그냥 지나칠 수 없어 이렇게 펜을 들었습니다. 그러나 저는 부친이 당신께 저지른 비열한 행동에 대해서는 조금도 변호할 의사가 없습니다. 부친의 행동은 불쾌하기 그지없습니다. 본래 저는 부친과 당신의 발명 과정의 차이에 대해서는 아무것도 모르는 무지한 사람이라서 이렇게 말할 입장은 아니지만, 부친의 이의 신청에 대해서는, 비록 이의를 제기할 만한 곳이 있었더라도 그냥 간과했어야 한다고 생각합니다. 더구나 당신의 노력의 결과에 대해 아무런 이의도 제기할 것이 없다는 것은 저도 분명히 감지하고 있습니다만, 이미 지금은 저 같은 사람이 근접할 수 없는 곳으로 사건이 진전돼버려 당신과 저만이 불행해졌습니다. 그러나 이번에 부친이 저지른 행위가 부친을 한층 불행하게 하리라는 것만은 불을 보듯 훤하기 때문에, 당신의 불행은 머지않아 맑게 갤 것이라고 확신합니다. 그러한 부친의 부자연스러운 행위는 오래 지속될 수가 없으므로 실망하지 마시고 계속 분투하시기를 바란다는 말 이외에 달리 사과드릴 방법이 없습니다. 머지않아 아쓰코나 제가 방문해서 사과드리려고 합니다. 부디 그때는 저의 심중을 헤아려 용서해주시면 제 고통의 짐도 조금은 가벼워지리라 사료됩니다.

야마시타 히사우치

가리가네는 히사우치의 편지를 읽고 생각지도 않았던 곳에서 갑자기 나타난 아군의 얼굴을 보는 기분으로 편지를 접으면서, 그래, 언젠간 내가 이길지도 몰라, 지금은 그저 져주는 거야, 하고 생각하며 상쾌해진 마음으로 그는 곧 다다미 위에 널빤지를 깔고 펜을 들어 히사우치에게 답장을 썼다.

야마시타 히사우치 귀하

보내주신 편지 감사히 잘 받았습니다. 편지를 읽고 나니 어제 까지의 저의 불행이 씻은 듯이 사라지는 느낌이었습니다. 진심으로 감사드립니다. 언젠가도 제가 한번 말씀드린 적이 있습니다만, 저 는 귀하의 부친으로부터 발명에 대한 가르침을 적지않게 받았습니 다. 변변치 못한 제 발명도 박사님의 발명이 없었다면 제대로 성공 하지 못했을 것입니다. 제가 발명에 성공한 것은 그저 우연히 그렇 게 된 것으로 박사님보다 늦었기 때문에 성공한 것에 지나지 않습 니다. 그러니까 제 능력이 박사님보다 훨씬 모자라기 때문에 오히 려 성공한 것으로, 제 능력이라고 하기보다는 자연의 힘이었다고 해야 할 것으로 저는 조금도 기쁨으로 생각하지 않고 있습니다. 이 번의 이의 신청 건도 학계를 중시하시는 야마시타 박사님으로서는 당연히 취하실 수 있는 태도였다고 생각합니다. 그러나 다타라 겐 키치 씨가 취한 이의 신청 건은 오로지 저를 무너뜨리기 위한 책략 이라고밖에 볼 수가 없고, 저에게 부여된 자연의 힘을 인정하지 않 는 것으로 지극히 유감스러운 일입니다. 다타라 씨 같은 분이 저처 럼 아무 힘도 없고 가난한 사람과 싸우기란 아주 쉬운 일이겠지만, 자연의 힘을 무시하는 다타라 씨의 처사에는 저도 지금은 어찌 손 을 쓸 수가 없습니다. 다행히 오늘 절망에 빠져 있는 저에게 힘을 주시는 귀하의 정중한 편지를 받고, 세상에는 이렇게 고결한 인품의 소유자도 있구나 하는 생각에 감읍할 따름입니다.

가리가네 하치로

가리가네의 이 겸손한 편지에는 그의 의도와는 다르게 날카로운 비난이 숨어 있었지만 가리가네는 그것을 깨닫지 못하고 그만 보내버렸다.

그러자 그로부터 대엿새 지난 어느 날 오후 아쓰코가 그를 찾아왔다. 아쓰코는 입구에서부터 가리가네를 보자 조금 머뭇머뭇하는 미소를 보이며 뒤틀어져서 삐걱대는 마루 귀틀에 걸터앉았다.

"저, 또 왔어요. 오늘은 남편이 보내서 왔어요." 그렇게 말하고 그녀는 과일을 내놓았다.

가리가네는 한 개밖에 없는 방석을 아쓰코에게 주고 자리에 고쳐 앉아 두 손을 바닥에 대고 정중히 인사했다.

"지난번에는 부군께서 친절하게도 격려의 편지를 보내주셨습니다. 마침 제가 곤경에 처해 있는 때라 부군의 편지가 얼마나 큰 힘이 되었는지 모릅니다. 정말 감사합니다."

"뭐라고 해야 하나, 당신 편지를 받고 히사우치는 무척 감동을 했습니다. 나는 절대로 이런 편지는 쓸 수 없다면서. 그건 그렇고 정말 큰일이네요." 아쓰코는 방석 위에 앉으면서 안됐다는 듯이 가리가네를 물끄러미 바라다보며 말했다.

"네, 이번에 정말 혼나고 있습니다. 차라리 이 고장을 떠나 어디 다른 데에 가서 새로운 연구를 해볼까 하는 생각도 있었지만, 이제 그것도 어렵게 돼버렸습니다."

가리가네는 바닥에 비스듬히 시선을 떨어뜨리고, 텁수룩해진 수염에 손을 대고는 생각에 잠겼다.

"남편이 그러는데, 그런 일은 가리가네 씨에게 불명예스러운 게 아니고, 언젠가 아버님이 곤란해질 거라고요. 저도 그럴 거라는 생각이 들어요. 아버님이 왜 그런 일을 하셨는지 처음엔 이해가 가지 않더라고요. 아마 아버님도 상당히 어려우셨는가 봐요. 당신은 지난번의 실패로 이미 희망이 없어졌지만, 당신의 제자들이라도 살리려고 그런 일을 하시게 된 것 같아요. 하지만 당사자인 가리가네 씨에게는 큰일이지요."

그러자 갑자기 가리가네가 얼빠진 사람처럼 큰 소리로 웃었다. 아쓰코는 깜짝 놀란 표정으로 잠시 그를 쳐다보며, 어쩐지 기분 나쁘게 빛나는 가리가네의 불안정한 눈빛에, 하려던 말을 삼키는 것 같았다.

"댁의 아버님 건은 제가 이긴 거나 다름없기 때문에 괜찮지만, 다타라 씨 건은 아주 다루기가 까다롭습니다. 학리적으로 내가 답변서를 써서 다타라 씨를 무너뜨리는 단계가 되면 내일이라도 당장 할 수 있지만, 내 발명은 효소 이용이 특징이기 때문에, 효소라는 물질을 연구해본 적이 없는 심사관에게 제출해도 아무 소용이 없어서 말입니다. 이의라도 나오게 되면 거기에 대한 답변을 써도 또다시 새로운 이의가 나오는 식이 되어 심사관들도 갈팡질팡하게 될 테니까, 결론이 나기 힘들게 됩니다. 다타라 씨는 그 점을 염두에 두고 일을 시작한 거죠. 어린애들처럼 어느 것이 옳고 어느 것이 그르다, 라고 간단히 결론지을 수 없게 돼버렸습니다."

처음에는 차분하게 얘기하던 가리가네도 상대가 아쓰코라는 점도 잊어버리고 점점 목소리를 높였다. 아쓰코는 한마디 한마디에 지당한 말이라는 듯이 고개를 끄덕이며 듣다가 가리가네가 말을 끊자,

"그런데 효소가 뭐예요?" 하고 얼굴을 붉히며 물었다.

"효소란, 이게 어렵게 설명하자면 한이 없어요, 음식물 소화에 없어서는 안 되는 영양소의 근간을 이루는 물질로, 위장병 약 같은 것도 효소의 일종입니다. 그러니까 야마시타 박사님처럼 수산학을 하시는 분

은 잘 모르시죠. 보통 효소가 들어 있는지 없는지는 현미경으로도 잘 구별할 수가 없을 정도라서, 그걸 들어 이의를 신청하면 판정이 나오기 힘듭니다. 며칠 전에도 제 특허변리사로부터 연락이 왔는데, 야마시타 박사의 이의 신청과 제 답변서를 받은 특허국 심사관이, 야마시타 박사님의 제자라고 하는데, 두 사람이 판결을 하기 어렵다고 사직서를 냈다고 합니다. 안타까운 일입니다, 저 때문에."

눈살을 찌푸리고 듣고 있던 아쓰코가 이때 의미심장한 미소를 지으며 가리가네에게서 시선을 돌렸다.

"아쓰코 씨, 그런 얘기 들으신 적이 있으세요?" 하고 가리가네가 물었다.

"아니요, 전혀 몰라요. 저, 요새 히사우치와 따로 살잖아요. 그 사람, 가리가네 씨 시식회에 갔다 와서부터 갑자기 사람이 변했어요. 그날 무슨 일 있었어요? 아무 얘기도 안 하니까 알 수가 있어야지요. 그날 무슨 얘기 안 하던가요?"

아쓰코는 나긋나긋한 몸짓으로 눈을 가늘게 뜨고 가리가네를 비스듬히 올려다보며 웃었다. 가리가네는 아쓰코가 옆에 있다는 것을 그제야 깨달은 사람처럼 갑자기 허둥대며 눈 둘 곳을 찾지 못하다 결국 얼굴을 아쓰코에게서 돌리고 옹색하게 몸을 움츠리고 말했다.

"그날 히사우치 씨와는 얘기를 별로 나누지 못했습니다. 시식회 때는 히사우치 씨가 저를 너무 칭찬해주셔서 몸 둘 바를 몰랐습니다. 대단한 웅변가시던데요, 히사우치 씨. 모두가 넋을 잃고 들었습니다. 나중에 인기가 대단했습니다."

"무슨 말을 했는데요?"

"정확히 기억하진 않지만, 뭐라든가, 내가 히사우치 씨에게 초대장을 보낸 게 맘에 들었는지, 그런 건 보통 사람이 할 수 있는 일이 아니라고 얘기했습니다. 저도 넋을 잃고 들었습니다" 하고 말하며 가리가네는 즐거운 듯이 생글생글 웃었다.

"그런 바보 같은 얘기를 했어요? 어떻게 됐어요, 그 사람." 아쓰코는 어이가 없다는 듯이 소리를 내며 웃었다.

"물론 그 말만 한 건 아닙니다. 저희들처럼 배운 게 없는 사람은 아무리 쥐어짜도 그렇게 말할 순 없을 겁니다. 모두가 감격해서 장내를 진정시키기가 힘들 정도로 떠들썩했었습니다. 보통 분이 아니세요, 정말 훌륭한 분입니다."

가리가네는 감격한 듯, 표정이 굳어지더니 입을 다물었다. 아쓰코도 그날 그 광경을 상상하는 듯 입을 잠시 다물었다. 그러나 곧 비웃는 표정을 슬쩍 비치고는 다시 금세 침묵했다. 아쓰코는 재미없다는 듯이 주위를 돌아다보다가 과일에 시선을 멈췄다.

"가리가네 씨, 칼 좀 주세요. 우리 이거 먹어요."

가리가네는 일어나서 부엌에 가서 녹슨 칼을 들고 왔다. 아쓰코는 더러운 칼날을 보고 잠시 주저하다, 바구니에서 사과를 골라 들고 껍질을 벗겨 가리가네에게 주었다. 가리가네는 그것을 받아 입에 갖다 대면서 즐거운 듯 말했다.

"바닥이 더러우니 조심하세요, 잘못하다 기모노가 더러워지겠습니다. 사람들이 여길 보면 놀랄 겁니다. 바닥이 제대로 안 보여서."

"정말이에요."

아쓰코는 정색을 하고 그렇게 말하고 자신도 바구니에서 사과를 하나 꺼냈다. 가리가네는 아쓰코 말에는 별로 귀를 기울이지 않고 사과를 어석어석 먹고는 다시 멜론을 집었다.

"이건 전혀 다른 얘긴데, 하쓰코 씨 댁은 어떻게 됐습니까?" 잠시 후에 가리가네가 물었다.

"그 사람 집, 아직 그러고 있어요. 아직 모르세요? 미이케(三池) 은행이 망하게 된 거, 그 보증으로 하쓰코 씨 집도 위험하잖아요. 언젠가 제가 말씀드린 적이 있잖아요." 아쓰코는 눈을 불필요할 정도로 크게 뜨고 가리가네를 쳐다보았다.

"네, 그건 알고 있지만, 그후 어떻게 됐는지 궁금해서요."

"많이 사둔 땅의 값이 하락해서 은행이 망하게 됐는데, 간교(勸業) 은행과의 관계가 부활될 무렵, 하쓰코 씨 집이 생사(生絲)를 하잖아요, 그게 다시 회복돼서, 어쩌고저쩌고 어려운 말을 하던데요. 저는 뭐가 뭔지 전혀 모르겠어요."

"지난번에 히사우치 씨가 저에게 하쓰코 씨와의 결혼을 다시 한 번 생각해보는 게 어떻겠느냐고 물어서, 저는 해도 괜찮다고 대답했는데, 그때는 지금처럼 될 줄 몰랐으니까요. 이 상태로는 이번에도 틀렸습니다."

가리가네는 아무 생각 없이 그렇게 말하고 웃었는데, 아쓰코는 갑자기 먹던 멜론을 그대로 밑에 내려놓고 소맷자락에서 손수건을 꺼내고는 꼼짝도 하지 않고 조용히 고개를 숙이고 말았다.

"당신이 말씀하신 것처럼 저는 운이 나쁜가 봅니다. 운이 이렇게까지 없다니, 어떻게 손을 써볼 수가 없습니다. 운만은 어쩌지 못하겠어요, 하하하."

아쓰코가 골똘히 상념에 잠겨 있다는 것을 눈치 채지 못하고 큰 소리를 내어 웃는 가리가네는 마치 모든 것을 포기하고 훌훌 털어버린 사람처럼 얼굴이 반짝반짝 빛나 보였다.

"히사우치가 가리가네 씨에게 그런 것까지 말했어요?" 아쓰코는 손수건으로 입가를 닦으며 고개를 들었다.

"네, 그러셨어요. 저도 처음에는 놀랐지만, 히사우치 씨가 저를 동정해서 그러시는구나 하고, 그러면 한번 만나게 해달라고 했습니다. 하지만 이제 이렇게 됐으니, 하쓰코 씨도 제게 오지 않을뿐더러, 저도 결혼해달라고는 하지 못하죠."

"히사우치도 히사우치네요. 정말 이해 못할 사람이에요. 도대체 무슨 말을 할지 짐작도 못하겠어요. 오늘 일만 해도, 히사우치가 저보고 한번 가보라고 해서 오긴 했지만, 생각해보면 이상하잖아요. 물론 가리가네 씨가 자기 아버지 때문에 이런 고초를 겪고 있으니까, 그럴 수도 있겠지만, 그렇다면 자기가 오면 되잖아요. 저야 가보라고 하니까, 얼씨구나 하고 오긴 왔지만." 아쓰코는 열이 오르기 시작한 볼을 식히려는 듯이 한 손을 얼굴에 갖다 대었다.

"음, 히사우치 씨는 아쓰코 씨를 아껴주기는 아껴주지요?" 가리가네는 눈을 껌뻑거리며 아쓰코를 쳐다보았다.

"글쎄요." 아쓰코는 잠시 입을 다물고 생각에 잠겼다가 눈가에 야릇한 미소를 떠올리고, "그런 걸 아낀다고 할 수 있을지, 저는 잘 모르겠는데요."

두 사람은 얼굴을 마주 보고 입을 다물었다. 아쓰코는 얼굴을 숙이고 웃다가 얼른 다시 정색을 하고 고개를 들었다. 가리가네는 고개를 옆으로 돌리고 수염을 손가락으로 만지작거리며 무슨 얘깃거리가 없을까 하고 머뭇머뭇 방 안을 둘러보았다. 그런데 아쓰코가 갑자기 잠자코 일어서서 방 두 칸밖에 없는 안채로 들어가더니 미닫이문 그늘에 모습을 감추고 한참 동안 나오지 않는 것이었다.

"아쓰코 씨, 거기에 가시면 안 돼요, 더러워요."

가리가네는 그렇게 말하면서 한 손으로 날아오는 파리를 재빠르게 잡고 뒤돌아보았다.

"아쓰코 씨."

"네." 아쓰코는 작은 목소리로 대답만 할 뿐 모습을 드러내지 않았다.

"이리로 오세요."

"네."

잠시 후 아쓰코는 평소의 그녀와는 딴판으로 멍한 표정을 짓고 나왔다. 그녀는 가리가네의 목덜미를 뒤에 서서 물끄러미 내려다보다가 길가로 면한 미닫이문을 열려고 하다가 금세 손을 떼고 가리가네 옆에 앉았다.

"저, 이제 돌아갈까 봐요."

"그러면 바닷가에라도 가볼까요?" 가리가네가 말했다.

"그럴까요." 아쓰코는 별로 내키지 않는 듯한 대답을 하고 고개를 숙이면서 미닫이문에 몸을 기대려고 했다. 그러나 미닫이문 바닥이 문지방에서 빠져나오려는 듯이 바깥쪽으로 들린 채 움직이지 않자 불안한 듯이 양미간을 찌푸리고 급히 다시 몸을 앞으로 일으켜 세웠다.

"가리가네 씨, 지금 저랑 하코네에 안 가실래요? 아직 시간이 이르잖아요. 오늘 하루 놀고 오면 어떨까요?"

가리가네는 팔짱을 낀 채 잠시 고개를 갸우뚱하더니 입을 다물었다.

"저, 집에 가봐야 아무도 없어요. 어디에 가도 혼자 있긴 마찬가지예요. 우리 가요."

"아니, 그건 안 하는 게 좋겠습니다. 그랬다가 나중에 히사우치 씨에게 무슨 말을 들을지 모릅니다."

"그래도 이왕 여기까지 왔으니까, 어딜 가도 마찬가지 아녜요?" 아쓰코는 처음으로 얼굴이 빨개지면서 검은 하오리 옷깃을 꼭 여미며 옆으로 비스듬히 흐트러진 자세로 가리가네를 쳐다보았다.

"바다에 가봅시다. 지금쯤은 바람이 그렇게 심하지 않을 겁니다."

가리가네는 그렇게 말하고 일어섰지만 아쓰코는 불만스럽다는 듯이 입을 연 채 일어나려고 하지 않았다. 가리가네는 어정쩡한 표정을 짓고 서 있다가 입을 다물고 다시 앉아서는 고개를 빼고 옆으로 기울어진 미닫이문 문살을 바라다보았다.

"제가 한번 가리가네 씨를 놀게 해드리고 싶어서 그래요. 날마다 이런 데서 고생하고 계시잖아요. 하코네쯤 한번 가도 괜찮잖아요. 그리고 히사우치에게도 그렇게 말할 거예요. 숨어서 몰래 가자는 게 아녜요."

"호의는 감사합니다. 하지만 이 이상 히사우치 씨에게 실례를 해선 안 되죠."

하며 가리가네는 쭉 뺀 목 밑을 긁적긁적 했다.

"히사우치는 저하고 이혼할 생각일 거예요. 히사우치가 집에서 나가서 혼자 지낸다고 하지만, 아마 틀림없이 여자가 있을 거예요."

"저는 그렇게 생각하지 않습니다." 가리가네는 주저하지 않고 말했다.

"아무리 그렇지 않다고 해도, 제 처지를 생각하면 이해하실 수 있을 거예요. 제가 가리가네 씨에게 그런 짓을 했으니까, 지금 이런 일을 당하는 걸 거예요. 게다가 아버님 때문에 이런 고초를 겪게 되고, 제가 모르는 척하고 있을 수만은 없지요. 그야 제가 운이 없는 여자라고 해버리면 그만일지도 모르죠. 하지만 정말 어떻게 하는 게 좋을지 모르겠거든요. 그래서 당장 하고 싶은 것만이라도 하면서 살려고요. 히사우치도 가능한 한 자기가 하고 싶은 대로 놔두려고 해요. 결국 자기가 하고 싶은 대로 해보지 않으면 성에 차지 않을 테니까요. 저는 요즘 길을 가다가 교회 앞을 지나게 되면 한번 들어가볼까 하는 생각이 들 때가 있어

요. 제가 히사우치에게 그렇다는 얘기를 하니까 가보라고 하더군요. 그
사람도 아마 어떻게 하는 게 좋을지 모르는 게 분명해요."

아쓰코는 호호 하고 웃고는 손목을 빼서 시계를 보았다. 그런데 갑
자기 가리가네가,

"아쓰코 씨, 이번 사건 말입니다, 제가 사기를 친 것처럼 보입니
까?" 하고 물었다.

아쓰코는 잠시 대답하기 어렵다는 듯이 멍하니 가리가네의 얼굴을
바라보다가,

"왜 그런 말씀을 하시나요?" 하고 되물었다.

"아니, 그렇지 않다고 생각하시면, 그것으로 됐습니다."

"제가, 그렇게 생각할 리가 없잖아요."

"그렇습니까? 그렇다면 고맙습니다" 하고 가리가네는 새삼 정중하
게 말했다.

아쓰코는 아직 의아스럽다는 듯이 가리가네를 쳐다보다가, 순간 희
미하게 바보 같다는 표정으로 핸드백을 몸 쪽으로 끌어당겨, 속에서 콤
팩트를 꺼내서 얼굴을 들여다보았다.

"어쩌다 한 번쯤 사기라도 칠 수 있다면, 가리가네 씨도 조금은 더
행복해지지 않을까요. 지나치게 솔직하시잖아요."

저속한 말을 입에 담았다고 문득 깨달았는지, 아쓰코는 장난스럽게
한쪽 눈썹을 치켜세우고 생긋 웃고는,

"가리가네 씨, 저, 당신이 하쓰코 씨와 결혼한다면, 방해할지도 몰
라요. 괜찮아요?"

눈을 가늘게 뜨고, 입술을 쫑긋이 세우고 관능적인 미소를 흘리고
있는 아쓰코를 보면서, 가리가네는 깜짝 놀란 듯 눈을 크게 떴다.

"저는 이미 포기했으니까, 그런 수고는 하시지 않아도 됩니다."

가리가네로서는 꽤 잘 받아넘긴 응수에 아쓰코는 즐겁다는 듯이 갑자기 소리를 내고 웃었다.

"그런데, 말입니다, 이제부터는 결혼하는 것도 쉽지 않을 것 같습니다. 제 친구 중에 대학을 나온 친구가 하나 있는데, 이 친구가 직장이 없어서 순사 시험을 봤는데, 글쎄 20명을 뽑는데 5백 명이나 지원을 했다고 합니다. 그런데 이 친구는 그만 시험에 떨어져서 저한테 하소연을 했습니다. 시험 문제가 초등학교 교과서에서 나오는데, 산수고 뭐고 전부 까먹어서 초등학교 교과서를 사서 다시 공부한다고 합니다. 창피해서 남에게 얘기도 못 한다며."

아쓰코는 웃음이 터져나오는 것처럼 입에 손을 대고 재밌어했다.

"괴롭겠네요. 우리 남편 같은 사람도 분명히 떨어질 거예요. 그 사람 요즘, 그럭저럭 월보를 맡고 있는가 본데, 지금 이 상태론 절 거북해하는 것도 당연해요."

아쓰코는 흥분해서 그렇게 말했지만, 이때부터 뭔가에 빨려 들어가는 듯이 눈에 띄게 침울해져갔다. 가리가네는 축 늘어져서 가늘게 한숨을 내뿜는 아쓰코를 앞에 두고도 어떻게 해줄 수가 없었다. 잠시 두 사람은 입을 다물고 있었다. 그러는 사이에 해가 기울었는지 방 안이 서늘해지고 또 파도 소리도 점점 크게 들려왔다. 아쓰코는 핸드백 끈을 손바닥 속에서 문지르고 있었는데, 무슨 일인지 갑자기 얼굴이 벌게져서 가리가네를 쳐다보았다.

"이제 그만 가볼게요. 안녕히 계세요."

가리가네는 아쓰코의 목소리가 갑자기 너무나 작아져서, 그저 묵묵히 아쓰코의 펴지는 무릎을 바라다보고 있었다.

"벌써 가십니까?" 가리가네는 놀라 큰 소리로 물었다.

"네에."

가리가네는 곧 안에 있는 방으로 들어가 바지만 질질 끌고 나와서, 역까지 바래다줄 테니 잠시 기다리라고 했다. 그러나 아쓰코는 다른 사람 눈에 띄니 그럴 필요 없다고 굳이 사양하고 혼자 밖으로 나가겠다고 했다.

"그러면, 여기서 실례하겠습니다. 건강하십시오. 히사우치 씨에게도 안부 전해주십시오."

"네에, 다시 한번 들를게요. 안녕히 계세요."

아쓰코는 한순간 비스듬히 바람을 헤치고 뒤돌아보고는 살짝 보인 웃는 얼굴을 쓸쓸하게 숙이고 그대로 곧 멀어져갔다.

15

아쓰코가 돌아간 다음날 가리가네는 그 고장의 물산회 사무소를 찾아가서 백화점에서 반품된 건어를 처리해달라고 부탁해보았다. 그러자 면식이 있던 사무소 직원은 그 자리에서 금방 승낙을 해주면서 다타라 겐키치의 이의 신청 내용을 가리가네에게 물었다. 자세한 설명을 들은 그 직원은 가리가네를 무척 동정했다. 그리곤 곧 창고 속에서 간행물 한 권을 꺼내 가지고 나왔는데, 그것은 다타라 연구소에서 발표된 공문서였다. 눈을 깜박이며 서류를 유심히 살펴보던 가리가네의 눈에서 갑자기 환희의 빛이 번쩍였다. 그 서류 속에는, 다타라의 이의 신청서 속에 적혀 있던 여름 이후의 다타라의 안초비 연구에 대한 사항이나 현의 예산을 통과한 그 연구비의 항목 같은 것은 하나도 없었다. 다타라는 공문서까지 허위로 작성했던 것이다. 가리가네는 뜻밖에 생각지도 않은 곳에서 반증을 얻은 기쁨에 흥분하여 사무소에 있는 사람들에게 이 사실을 알렸다. 직원은 가리가네가 펼쳐준 간행물을 살펴보다가 한층 더 놀란 표정으로 가리가네에게 새로운 사실을 가르쳐주었다.

"가리가네 씨, 이건 순 엉터립니다. 갈고등어는 이 근처 바다에선 6월부터 9월에 걸쳐서 잡히는 게 보통인데, 아까 말씀하신 다타라 씨의 이의 신청서엔 3월에 잡힌 것으로 돼 있잖아요."

"네—에."

하고 가리가네가 말하고 서둘러 직원이 보고 있는 어황 보고 항목을 살펴보았다. 거기에도 이 근해에서 3월에 갈고등어가 잡혔다는 보고는 한 건도 없었다.

"이건 하늘이 보살펴주신 겁니다" 하고 가리가네는 말했다. "나도 그 연구소의 공문을 믿을 수가 없어 될 수 있는 대로 자세히 조사해보려고 했지만, 어쨌든, 오늘은 뭐라고 감사의 말씀을 드려야 할지 모르겠군요."

가리가네는 정중히 인사를 하고 곧 부근에 있는 위생시험소에 이 사실을 보고하기 위해 가려는데 사무소 직원이 잠시만 기다려달라며 가리가네를 붙잡았다. 그는 그 자리에서 곧바로 어시장에 전화를 걸어, 자신은 물산회의 아베(阿部)인데, 금년도 3월 중에 갈고등어가 잡혔다는 보고가 있는지 알아봐달라고 신청했다. 그러자 금세 같은 전화로 3월에 갈고등어가 잡혔다는 보고는 한 건도 없다고 알려주었다. 뒤엉킨 실타래도 한쪽 끝이 풀리기 시작하면 술술 끝까지 쉽게 풀려나가는 것처럼, 바로 이때 지금 전화를 건 어시장 사장이 사무실 마당으로 들어오고 있었다. 아베가 지금 통화한 내용을 그에게 간단히 설명하고 가리가네를 도와줄 무슨 방법이 없느냐고 물었다. 사장은 시식회에도 출석해서 다타라 및 야마시타 박사를 공격한 적이 있는 만큼, 흥분해서 금방 어시장의 증명서라면 언제라도 떼어주겠다고 가리가네에게 약속했다. 그리고 그날 가리가네는 이 소식을 자기와 함께 가장 기뻐해줄 위생시험소 기사를 찾아갔다. 기사는 잡히지 않은 생선까지 잡힌 것으로 위조했다면 어쩌면 날씨도 잘못 기재했을지도 모르니까, 그날의 날씨도 함께 조사해보는 것이 좋을 것 같다고 말했다. 그러나 날씨를 알아보기 위해서는 다타라 물산연구소의 기상 담당자에게 물어봐야 하는데, 그러지 않아도 가리가네와 얘기했다는 사실만으로도 목이 잘릴 우려가 있는 때이니 만큼 자기가 직접 가서 물어볼 수는 없다고 가리가네는 대답했다.

"그러면, 친한 사람 중에 가리가네 씨와 친하다는 사실이 외부에 알려지지 않은 사람이 혹시 없습니까? 이쪽의 의도를 알릴 사람 같으면 무슨 일이 있어도 가르쳐주지 않을 테니까 말입니다. 혹시 치바 다네토미(千葉種臣) 씨를 모르십니까? 그 사람이라면 다타라 씨 눈치를 보지 않으실 것 같은데."

듣고 보니, 과연 그 사람이라면 틀림없이 자기를 동정해서 관측 일지를 다타라 연구소에서 빼내줄 것이라는 생각이 들었다. 치바 다네토미는 그 고장 상공회장으로 전부터 가리가네의 후원자였지만 그 사실을 아는 사람은 그다지 많지 않았다. 가리가네는 곧 치바 다네토미의 집으로 찾아갔다. 마침 운 좋게도 치바가 집에 있어 가리가네는 안내를 받아 응접실로 들어갔다. 이 치바 다네토미는 이 고장에서는 덕망 높기로 알려진 인물로 풍모도 온화하고 고매한 정신과 편견 없는 주장을 항시 잃지 않는 신사였기 때문에, 모든 계급과 당파를 초월해서 존경을 받고 있었다. 이때도 가리가네가 수난을 당하고 있다는 이야기를 듣고 금방 그의 부탁대로 관측 일지의 통계표를 다타라 연구소에서 가져다가 가리가네에게 보여주었다. 과연 예측한 바와 같이 연구소에서 했다는 안초비의 시험일의 날씨는 비〔雨天〕였다. 더구나 3월 19일부터 27일까지는 큰비로 구 일 동안의 일조 시간은 모두 합쳐봐야 겨우 세 시간 오 분밖에 안 됐다. 연구소의 시험 일지에는 맑음으로 되어 있는 데 반해, 관측 일지는 그와는 정반대인 큰비로 되어 있는 이 생각지도 못한 다타라의 실수를 발견하자, 가리가네는 승리가 바로 눈앞에 와 있다는 생각에, 다네토미 앞에서 "이제 살았습니다. 이것 좀 보세요, 거짓말입니다. 이건 전부 엉터리예요" 하고 얼굴에 홍조를 띠고 외쳤다.

이렇게 해서 허위라는 증거의 실마리를 잡은 가리가네는, 있는 힘을 다해 그 껍질을 벗겨나갔고 그에 따라 첨차로 떠오르는 진실과 허위 사이의 차이에서 발견되는 재미와 이 세상이 돌아가는 오묘한 이치에 이때부터 그의 발명적 재능이 치밀하게 발동하기 시작했다. 이것은 분명히 그가 의식적으로 한 행동이 아닌 것이 분명했지만, 두뇌의 본질적인 회전이라고 하는 것이 방향이 다르면 다른 대로 스스로 활동을 개시하는 것처럼 보였다. 그는 도쿄에 있는 하라타 변리사에게 보고하는 것을 잠시 보류하고 먼저 직접 현립 기상 전문 관측소를 찾아갔다. 그는 그곳에서 자신의 특허 서류 전체의 복사를 보여주고 당시의 기상 증명서를 떼어달라고 부탁했다. 관측소에서는 다타라 연구소의 관측 일지와 거의 비슷한 증명서를 떼어주었고, 더욱이 다타라가 맑음이라고 기록한 3월 18일과 21일에는 다타라 연구소에 폭풍우 경보까지 보냈었다는 증명서도 떼어주었다. 이 증명서만 있으면 다타라의 이의 신청을 완전히 타파할 수 있을 뿐만 아니라 비를 맑음으로 바꾼 공문서 위조죄까지 다타라에게 씌울 수가 있다. 그러나 가리가네는 그것에 만족하지 않았다. 왜냐하면 다타라를 중심으로 한 학벌 진영에는 눈에 보이지 않는 철조망이 몇 겹으로 쳐져 있기 때문이었다. 그것을 근본부터 전복시키기 위해서는 날씨라는 가늘디가는 창 하나만으로는 적의 발꿈치도 맞추기 힘들 것 같은 불안을 느꼈다. 그래서 가리가네는 좀더 정예한 무기를 찾아내기 위해 현청 회계 서류를 조사해서, 정말로 다타라 연구소가 그런 비오는 날에 시험용 어류를 구입했는지 알아내면 좋겠다는 생각을 했다. 그러나 나는 여기서 관청을 오가며 한 가리가네의 지루한 활동을 될 수 있는 대로 간결하게 기술하도록 하겠다.

가리가네는 곧바로 현청으로 가서 회계과장을 만나서 회계 서류 열람 신청서를 제출했다. 그러자 이상하게 여기서도 행운이 그를 기다리고 있었다. 그가 열람 허가를 받아 회계 서류를 보니 다타라의 실험 일지에 있는 어류 구입은 전혀 사실이 아니라는 것이 판명되었다. 이제 더이상 주저할 것이 없었다. 그는 곧 지사에게 자신의 건어 특허원에 제기된 이의 신청에 관한 답변 증명 자료로 필요하니 3월 중에 물산연구소에서는 갈고등어를 한 마리도 구입한 사실이 없다는 것을 회계 서류와 대조해서 틀림없다는 증명서를 떼어달라고 신청서를 제출했다.

그러나 현실을 구성하고 있는 법규의 장치에는, 적이 침입했다는 것을 알자마자 수축하는 근육처럼 꽂힌 화살의 뿌리를 향해 조여 들어오는 조직이 완비돼 있었던 것이다. 가리가네가 아무리 기다려도 교부(交附) 통지가 오지 않아 다시 현청을 찾아가니 물산연구소장 다타라 겐키치 씨가 현의 출납 관리를 겸임하고 있기 때문에 회계 증명은 귀관이 하라는 첨부서를 붙여 다타라 씨에게 회송했으니까, 당신은 연구소에 직접 가서 증명서를 받으라는 것이었다. 이것은 다타라에게는 구원이 아닐 수 없었다. 그러나 가리가네에게는, 지하에 숨어 자신을 향해 다가오는 적의 공격이 어디까지 진행되었는지를 알려주는 것과 마찬가지로, 최초 계획이 어긋났다는 것을 의미했다. 이렇게 계획에 차질이 생긴 것은 그가 너무 깊이 생각했기 때문이라고 할 수 있는데, 이 복잡한 사바세계에서는 때로는 너무 깊이 생각한다는 것이 뜻밖의 결과를 초래해 부메랑이 되어 자신에게 돌아오게 되는데, 지금 가리가네의 경우가 그랬다. 가리가네는 이 급격히 변하는 상황에서 벼랑 끝에 선 것처럼 당황하기 시작했다. 이 현의 지사는 가리가네에게 두 번이나 불행을 가져다준 인물이었다. 한 번은, 가리가네가 생선간장을 발명해서 차년도 예산에 연구비 책정을 상정했을 때 지사 부친의 가업이 간장 양조인 관계로 생선으로 만든 간장이 팔릴 리가 없다고 일언지하에 거절한 적이 있다는 것을 나는 들을 적이 있다. 두번째인 이 사건에 있어서도, 다타라가 한 현의 출납 관리를 겸임하고 있을 리가 없는데도 불구하고 가리가네의 세력을 봉쇄하기 위해서 생각해낸 고육지책임에 틀림없었다. 그러나 나는 이런 얘기를 들었을 때, 서민의 복지를 증진한다는 점에 있어서 적지않은 힘을 가진 가리가네의 생선간장 발명이 만일 실행에 옮겨져 착착 이 세상에 침입하게 되면 그로 인해 타격을 받게 될 기존의 간장 양조업자들이 금권을 이용해 어떤 반동적인 행동을 개시하게 될지 모르기 때문에, 가리가네의 생선간장이 생산도 되기 전에 분쇄되어 결코 실행에 옮겨지지는 않을 것이라고 염려했다.

그러나 생선간장의 경우는 대자본가가 뒤를 받쳐주지 않는 한 실현되기는 불가능한 것이지만, 건어처럼 비교적 간단한 경우에도 가리가네의 곤란은 이상과 같은 방해만으로는 끝나지 않았다. 그는 일이 이렇게 된 이상 연구소의 회계 증명을 떼기 위해서는 다타라를 직접 만나는 수밖에 없다는 생각에 사건이 일어난 이래 처음으로 다타라를 만나러 연구소로 쳐들어갔다. 그러나 다타라는 부재를 이유로 아무리 해도 만나주지 않았다. 할 수 없이 가리가네는 치바 다네토미에게 일의 전말을 다 얘기하고 다네토미에게 직접 다타라를 만나달라고 요청하기에 이르렀다. 이미 다타라의 부정과 가리가네가 겪는 고초에 대해서는 소문이 다 나서 그 지방의 유력 인사들까지도 다 알고 있던 터라 그는 가리가네의 요청에 따라 곧 다타라를 만나기 위해 연구소로 찾아갔다. 그러나 이미 이때는 다타라 쪽에서도 현청에서 연락을 받고 경계를 빈틈없이 해놓았을 뿐만 아니라 적의 공격 방법까지도 냄새를 맡고 면밀한 방어 방법을 이중 삼중으로 준비해놓았다. 그러나 나는 이 부분도 줄여서 간단히만 언급하고자 한다. 치바 다네토미는 연구소에서 아무런 소득도 얻지 못하고 빈손으로 돌아와서 가리가네에게 말하길,

"그건 글렀어. 내가 다타라 군에게, 자네는 가리가네 군이 특허국에 제출할 증명서 신청을 허가하지도 않고 그렇다고 각하하지도 않는다는데 그것은 도리에 맞지 않으니 정정당당하게 맞서 싸우는 게 어떠냐고 충고하니까, 자기 권한으로 떼어줄 수 있는 거라면 몇 장이라도 떼어주겠지만 법규상 회계 증명을 민간에게 떼어주는 일은 금지되어 있다고 하더군, 그렇다면 법규상 증명을 떼어줄 수가 없다는 메모를 덧붙여서 가리가네에게 보내면 되지 않느냐고 하니까, 되돌려 보내는 것에 메모고 뭐고 필요 없지 않느냐고, 그런 억지말만 하고 자네가 냈던 신청서를 내게 돌려주더군, 그런데 관청의 수리 번호가 적혀 있지 않더군. 그래서 여기에 번호가 없느냐고 물으니, 정식으로 수리하지 않은 것에 번호를 붙일 수가 없다고 대답하는 거야. 그래서 할 수 없이 수리한 후 다시 되돌려주라고 하고는 돌아왔어. 이 상태로는 자네가 이길 확률은 거의 없을 것 같아." 이렇게 해서 가리가네의 신청은 묵살되고 말았던 것이다.

그런데 가리가네의 돌격력은 이렇게 풀기 어려운 현실의 막다른 골목에 다다르면 발명할 때와 마찬가지로 감각이 침투할 수 있는 틈새를 발견하는 데에 비상한 재주를 발휘하는 것이었다. 그는 곧바로 방향을 바꿔 현에 있는 유일한 발명협회에 탄원하러 갔다. 그러나 여기서도 그의 진정은 현청에서 보조를 받고 있는 협회로서는 현의 관리와 투쟁하는 것을 장려하는 듯한 인상을 주는 행동을 할 수가 없다고 딱 잘라 거절했다. 비를 맑음으로 바꿔 적고, 구입할 수 없는 원료까지 구입했다고 적은 한 장의 공문서 때문에 그때까지 아무도 찾아내지 못한 진실을 찾

아내기 위해 끊임없는 투쟁을 해 이룩한 발명을 빼앗길지도 모른다고 하는 이 공포는 발명가에게는 더할 나위 없이 큰일이 아닐 수 없었다. 이런 생각을 한 가리가네는 최후의 수단을 쓰기로 결심하고 재판소에 가서 공문서 위조 고발장을 제출했다. 그것과 동시에 다타라의 이의 신청에 대한 답변서도 하라타 지쓰조의 손을 통해 특허국에 내었다. 그런데 이 모든 것이 무효였다. 나는 그 이유를 모른다. 다만 가리가네의 고발장은 어떤 이유에서인지, '다타라 겐키치 고발 사건은 불기소 처분함'이라는 한 장의 통지로 그대로 끝나버리고, 이의 신청에 대한 답변서에 대해서는 아무런 회답이 없었다는 것 이외는 알 수가 없었다. 그 밖에 내 귀에 들어온 것은, 가리가네가 수산계 신문에서 한층 심하게 두들겨 맞았다는 것과 연구소가 있는 고장의 사람들은 상공회장 치바 다네토미를 비롯해 물산회 부회장이나 식품연구가 마스다(增田) 남작, 시장의 사장 그리고 그 밖에 가리가네 시식회에 나타났던 면면들이 단결해서 도쿄의 특허국까지 가리가네를 응원하기 위해서 몰려갔었다는 이야기뿐이다. 그러나 이런 모든 노력이 아무런 효과도 올리지 못했다. 어느 날 가리가네에게, 그에게 건어 연구를 해서 다타라 연구소의 콧대를 꺾으라고 권하고 전근 간 후쿠이로부터 편지 한 통이 날아왔다. 그 편지에는, 다타라가 며칠 전 자신에게 편지를 보냈는데, 그 속에는 학벌 옹호를 위해 나는 이번에 내 한 몸 던져 선생을 위해 싸울 결심이니, 선생님의 가르침을 받은 사람은 모두 우리 운동에 동참해주길 바란다고 적혀 있었다고 한다. 자신은 정당한 연구를 부정한 것으로 만들면서까지 선생님을 옹호하는 것은 선생님을 위해서도 취할 행동이 아니라고 생각하기 때문에 아무런 회답을 보내지 않았다고 말했다. 그는 또 이런저런 것을 비춰 봐도 얼마나 가리가네 군이 고생하고 있을지 짐작이 된다며 희망을 잃지 말고 분투하라는 의미의 글이 적혀 있었다.

그러나 가리가네는 전의를 거의 잃고 말았다. 그래도 그는 너덜너덜한 의복에 입이 벌어진 구두를 신고 걸어서 도쿄와 그 고장 사이를 왕복하며 밤에 지치면 노숙까지 해가며 필요한 곳은 모두 찾아가보았다. 그는 다타라의 변리사 야마우치 세이치가 고등고시를 통과했고 발명에도 이해가 깊은 인물이라는 얘기를 들었기 때문에 그도 만나서 얘기를 해보았지만, 물론 이 사람도 가리가네가 하는 얘기를 받아들이려고 하지 않았다. 가리가네는 또 그를 끝까지 공격해 마지않았던 도쿄의 수산정치 신문사에도 찾아가서 어떻게 해서 자기가 사기꾼인지 그 이유를 말하라고 따지기도 했다. 그렇지만 이것도 상대가 신문사 입장만을 내세워 아무런 소용이 없었다. 그는 마지막으로 검사국을 찾아가서 그에게 불기소 통지를 했던 검사를 만났다. 검사는 기다리고 있던 가리가네를 보자,

"자넨가, 가리가네라는 사람이. 본인은 자네에게 출두 명령을 낸 적이 없는데" 하고 일축하고는 그대로 가버리려고 했다. 가리가네는 주야로 그렇게 고생한 것이 물거품이 되었다는 것을 깨닫자 갑자기 피가 거꾸로 치솟아오르는 것을 느꼈다.

"저는 물산연구소장을 공문소 위조 혐의로 고발한 사람인데, 어째서 그 위조가 불기소 처분을 받았는지 가르쳐주십시오." 가리가네도 생각다 못 해 그렇게 물었다.

"그런 것은 자네에게 말해줄 수 없네."

"그렇다면 관리는 공문서를 위조해도 괜찮다는 말씀이십니까?" 이제 가리가네는 상대방의 직업을 생각할 여유가 없었다.

"본인은 자네 고소 때문에 연구소원을 증인으로 조사해봤지만, 자네가 말하는 부정을 인정할 수가 없었네."

검사는 의자 옆에서 떠나려고 했다. 가리가네도 함께 일어서서 창백해진 얼굴로 음침한 미소를 띠고 검사 뒤를 쫓아가다 문 앞에 이르자

갑자기 등 뒤에서 검사의 어깻죽지에 덤벼들듯이,

"검사님. 저를 수감해주십시오" 하고 외쳤다.

검사는 고개를 뒤로 돌린 채 가리가네를 노려보고, "바보 같은" 하고 한마디 던졌다.

가리가네는 큰 나무 잎 사이로 들어오는 빛을 받아 창백해져 있는 검사의 얼굴을 보면서 잠자코 다시 히죽히죽 웃기 시작했다.

"자네, 나를 모욕하고 있군. 여기가 어디라고. 황송하게도 폐하의 명령에 따라 재판을 하는 곳이야."

그러나 검사가 이렇게 말했을 때는 가리가네도 겨우 이성을 되찾았을 때라 검사에게 낮은 목소리이긴 했지만 또렷하게 다시 말했다.

"저는 제 신념에 따라 소장이 확실히 공문서를 위조해서 저를 모략하려고 했다고 생각했기 때문에 그런 고발을 했는데, 검사님이 조사를 하신 결과 제 고발이 사실 무근이라고 생각하셨다면 저도 한 현의 고관을 모욕한 것이 되니까, 저를 수감해달라고 말씀드린 것입니다. 만일 제가 수감되면 연구소 직원들도 저를 위해서 조금이라도 진실을 말해주지는 않을까 해서, 그렇게 말씀드린 것이지 결코 검사님을 모욕하려고 말씀드린 것은 아닙니다."

가리가네의 논리는 조금 어색한 곳은 있었지만 검사도 가리가네 내부에서 일시적으로 끓어오르는 분노와 싸우는 이성의 피할 수 없는 혼란을 감지했는지, 이때부터 갑자기 눈에 띄게 태도가 부드러워지고 말씨도 조용조용해졌다.

"자네는 발명하는 데는 직감이 뛰어날지 모르지만, 범죄를 조사하는 것은 내 천직이라, 이 고발이 죄를 구성하는지 아닌지 하는 것에서는 내 직감이 더 나을 거네. 게다가 대소 간에 차이는 있지만 사람에겐 누구나 결점이 있는 법이라, 그런 것까지 모두 벌을 줄 수는 없네. 자네

건은 특허국에서 주장하는 게 온당하다고 나는 보네. 그러니 자네 여기서 너무 억지 부리지 말고 돌아가도록 하게."

이렇게 정중하게 말하는 데는 가리가네도 더 이상 어떻게 할 도리가 없어 그냥 그대로 돌아왔다. 나는 가리가네가 그후에 취한 행동과, 가리가네와는 별도로 특허국을 찾아가 진정을 했다 아무 소득도 없이 돌아온 지방 유지들의 단체 행동 등도 언급해야 하겠지만, 그런 것들은 나에게는 그다지 중요한 목적이 아니기 때문에 간략하게 줄이도록 하겠다. 특허국에서 가리가네를 담당한 심사관은 지방의 진정자들이 찾아갔을 때는 부재 중으로 만나지 못하고 그 대신에 과장을 만났으나 공문서에 씌어 있는 것처럼 갈고등어가 3월 중에는 잡히지 않는다는 것과 비를 맑음으로 해놓은 것 등은 지울 수 없는 불성실한 행동임은 틀림없지만, 관청이란 곳은 회계 연도 말에 돈이 남으면 때때로 생선 대금 형식으로 업자들에게 현금을 나누어주고, 차년도에 그에 해당하는 생선을 수령하는 방법을 사용하기도 하기 때문에, 그 당시 제조 주임이 공석인 관계상, 부득이 소장이 그런 방법을 사용했다고도 해석할 수 있기 때문에, 그런 것들을 다 포함해서 심사관에게 귀하의 뜻을 잘 전하도록 하겠다는 말만 듣고 쫓겨왔다는 것이다. 그러나 이렇게 내부 구조에 있어서는 쉽게 민간의 의지가 근접하기 힘든 관청의 행위도 결국엔 그 내부에서부터 부식 작용이 일어나기 시작하여 무너질 날도 그리 멀진 않을 것이라는 생각을 나는 했다. 그렇지만 그것은 이미 가리가네와는 관계가 없는 먼 훗날의 일일 것이다. 가리가네가 그런 조직이 붕괴될 때까지 긴 시간과 싸우기 위해서는 막대한 노력과 비용이 필요할 것이다. 지금까지 가리가네가 그 고장의 후원자들로부터 필요한 경비를 충당하기 위해 기부받은 금액도 적지는 않았다. 가리가네도 그것을 깨달았고 또 그 지방 사람들이 베풀어준 은혜 또한 크다는 것도 느꼈다. 그러던 어느 날 가리가네는 이런 상태로 지내는 것보다는 오히려 발명 몇 가지를 더 해서 이 지방에 그 특허권을 양도하는 편이 은혜에 보답하는 훨씬 유익한 일일 것이라는 생각이 들었다. 그렇다면 무엇보다도 전부터 염두에 두고 있던 일본해에서 나는 정어리를 연구해야겠다는 생각을 했다.

그러나 이미 그는 마음도 몸도 지칠 대로 지쳐 있었다. 단 하루라도 좋으니 한번 다타라를 둘러싼 감정에서 벗어나 일본해로 나가보고 싶었다. 이런 열망이 나날이 더해갔다. 더구나 그에게는 기부받은 돈이 아직 얼마간 남아 있었기 때문에 특허국에서 통지가 오기를 두 손 놓고 기다리는 것보다는 오히려 지금 일본해로 나가보는 편이 훨씬 좋을 것 같았다. 그래서 가리가네는 아무에게도 말하지 않고 도야먀(富山)를 향해 출발하기 위해 어느 날 홀연히 도쿄에 나타났다. 그러기 위해서는 도중에 다카사키(高崎)에 들러서 그 지방의 바람의 강도를 연구해볼 필요가 있었다. 그런데 그는 도쿄에 도착하자 문득 아쓰코가 보고 싶어졌다. 지금 제일 자기를 위로해줄 사람은 아쓰코일 것이기 때문이었다. 더구나 아직 기차를 갈아타기까지는 시간이 충분하고 또 야마시타 박사의 근황도 궁금해서 역에서 직접 우에노(上野)로 가지 않고, 아쓰코와 만날 때 곧잘 가던 오사카 빌딩에서 심부름꾼을 마미아나에 있는 아쓰코 집으로 보냈다. 그러자 심부름꾼이 돌아왔는데, 곧 그리로 갈 테니 기다려달라는 대답이었다.

아쓰코가 온 것은 그로부터 삼사십 분이나 지나서였다. 그녀는 그릴의 회양목 분재 그늘에서 가리가네를 찾았는데, 그는 바로 눈앞의 긴 의자에 혼자 걸터앉아 멍하니 위를 쳐다보고 있었다.

"어머나" 하고 아쓰코는 자신도 모르게 잠시 뒤로 물러났다. 가리가네는 아쓰코를 불러 자기 옆에 앉혔다.

"이렇게 불러내서 죄송합니다. 실은 지금부터 도야마에 가려고 하는데, 특별히 용무가 있는 건 아니지만, 심신이 피로해서요.—어쩌다가 이렇게 됐는지, 요즘 말이 아닙니다."

"그러시겠죠. 저도 히사우치에게 들었어요, 고생하고 계시다고." 큰 파도 무늬에 잔잔한 나뭇결 무늬가 있는 고급 기모노가 바닥 깊이 가라앉은 광선 밑에서 어느샌가 사람의 눈길을 끌고 있었다.

"히사우치 씨도 별고 없으시죠?" 하고 가리가네가 물었다.

"네에, 그런데, 요즘 글을 쓰기 시작해서 열심히 긁적이고 있어요. 당신 얘기를 하니까, 한번 만나야 할 텐데 하던데요. 오늘도 집에 있었으면 함께 오는 거였는데, 아직도 따로 있어서요."

"지난번에는 일부러 와주셔서" 하고 가리가네는 갑자기 생각난 듯 인사를 했다. 아쓰코는 가리가네의 얼굴을 쳐다보면서 핸드백을 손에서 놓았다.

"지난번보다 많이 여위셨어요. 어디 특별히 나쁜 곳은 없는 거죠?"

"네에, 특별히 나쁜 곳은 없습니다만, 대중없이 노숙을 하기 때문에, 감기가 잘 나가지 않는군요. 야마시타 선생님은 어떻게 하고 계십니까? 이제 연세도 있으시니까……" 가리가네는 부엌에서 샌드위치를 담은 쟁반을 교묘히 돌리면서 나르는 여자의 손놀림을 넋을 잃고 바라다보았다.

"아버님은 집 안에서 꼼짝도 않고 계세요. 이제 기운을 다 잃으셨어요. 매일 혼자서 차를 끓이시는데, 제가 어쩌다 불려가도 오래 같이 있기가 힘들어요. 이런 말을 하기는 뭐하지만, 저, 아버님만 안 계시면 정말로 고향으로 돌아가고 싶어요. 하지만 아버님을 생각하면 그렇게 할 수도 없고요. 아버님이 어째서 그런 일을 하셨을까, 하고 가끔 생각해보는데, 아마 주위 사람들에 밀려서 할 수 없이 하셨을 거예요. 저는 아버님이 결코 그런 무리한 행동을 하실 분이라고는 생각하지 않아요."

"저도 그렇게 생각합니다. 저도 야마시타 선생님을 생각하면, 발명을 하는 게 가끔 싫어질 때가 있으니까요. 밑의 사람들이 저렇게까지 저를 방해하는 걸 보면 박사님이 얼마나 덕이 크신 분인지 알 수 있어요. 웬만큼 덕이 높지 않은 분이면, 제자들이 저렇게까지 할 수는 없다고 생각합니다."

아쓰코는 그릴 벽에 걸려 있는 직물로 짠 벽걸이의 숲 그림과 손에 닿고 닿아 빛나는 의자의 팔걸이를 바라보면서 때때로 밝은 미소를 흘리며 듣고 있다가,

"당신은 한 번도 아버님을 나쁘게 말씀하시지 않는군요. 제 앞에서는 그렇게 신경 쓰시지 않으셔도 돼요" 하고 가리가네를 놀렸다.

가리가네는 얼굴을 붉히며 말을 더듬었다. "그, 그야" 하고 말을 시작하는데 마침 여종업원이 그 앞을 지나가자 우물쭈물 차를 주문했다.

"처음부터 저는 나쁘게 생각하지 않았습니다. 더구나 히사우치 씨를 생각하면, 야마시타 선생님을 나쁘게 생각하려야 나쁘게 생각할 수가 없습니다. 혹시 히사우치 씨가 허락만 하신다면 저는, 당신을 위해서라도, 지난번에 선생님이 실패하신 생선간장을 손해가 전혀 없도록 지금부터라도 다시 만들어드릴까 하는 생각까지 한 적이 있습니다. 그건 얼마든지 할 수 있으니까요. 하지만, 히사우치 씨에게는 아무 말도 하지 말아주십시오. 제가 이런 말을 했다는 것을 아시면, 아마 굉장히 화를 내실 겁니다."

아쓰코는 미소를 짓고 무슨 말을 하려다 그만두고, 창을 통해 밖에서 성큼성큼 술집으로 들어가는 사람들을 바라다보았다.

"아버님의 간장은, 이번에 황산암모늄*원료로 전용할 거라는 말을

---

* 질소 비료의 원료로 쓰임.

들었어요."

"그렇습니까? 그거 좋은 생각입니다. 황산암모늄 비료 가격이 요즘 폭등했으니까요. 그건 생각 없이 너무 많은 양을 외국으로 수출해서 국내에선 오히려 부족하게 돼버린 것이죠. 올 봄 뽕나무에 지대한 타격이 있을 거라는 얘깁니다. 아버님이 현명한 결정을 내리신 겁니다."

그런데 두 사람의 의상에 차이가 너무 큰 탓인지 종업원들끼리 소곤대고 있더니, 그쪽을 쳐다보자 갑자기 자기네들끼리 눈을 맞추고는 고개를 숙였다. 가리가네는 여종업원이 가져온 차를 벌컥벌컥 마시고, 일어서지 않으면 보이지 않는 멀리 걸려 있는 시계를 보았다.

"몇 시 기차로 가시나요?" 하고 아쓰코도 손목을 올려 시계를 보았다.

"3시 반 차를 탈까 합니다."

"어머, 그러면 이렇게 여유 부릴 겨를이 없네요. 일어서세요. 잘못하면 늦겠어요."

"아쓰코 씨는 이제 돌아가세요" 하고 가리가네는 말했다.

"아녜요, 역까지 바래다드릴게요."

가리가네는 몇 번씩이나 사양했지만 아쓰코는 듣지 않고 먼저 일어서서 밖으로 나갔다. 가리가네가 계산을 마치고 아쓰코를 뒤쫓아나가, 두 사람은 나란히 어두운 계단을 올라갔다.

"오늘 이렇게 저를 불러주셔서 정말 기뻐요. 언제 돌아가시나요?" 아쓰코는 기모노 옷자락을 밟은 자신의 발에 신경을 쓰면서 그렇게 물었다.

"그게, 아직 확실하지 않습니다. 먼저 다카사키에 내려서 바람을 조사하고 일본해 쪽으로 가서 해안을 따라 걸어보려고 합니다."

"또 발명인가요?"

"네에. 그것밖에는 할 게 없으니까요."

두 사람이 밖으로 나오자 아쓰코는 택시를 잡아 우에노로 가자고
했다.

"나도 이대로 아무 데나 가버렸으면 좋겠다.—어딜 가도, 마찬가
지일 거예요." 아쓰코는 반짝반짝 빛나는 거리의 광선에 눈을 가늘게
뜨며 혼잣말처럼 작은 목소리로 말했다.

"기억나세요? 아, 참, 언젠가 전부 잊어버렸다고 말씀하셨죠? 너무
하세요."

"무얼 말씀입니까?" 가리가네는 멍하니 아쓰코를 보았다.

"아니, 됐어요. 제가 잘못했어요. 하지만 가리가네 씨와 이렇게 다
시 마음 편하게 지낼 수 있게 된 거, 저의 장점이라고 생각해요. 제가
히사우치에게 그렇게 말했더니, 그런 걸 대단한 여자라고 한다나요. 우
습죠?"

신이 나서 나불나불 말하는 아쓰코의 말을 가리가네는 전혀 알아들
을 수가 없었다. 곧 두 사람은 역에 도착했다. 거의 발차 시간이었다.
가리가네는 얼른 표를 끊고 기차에 올라탔다. 아쓰코는 창 옆에 서서 홈
주위를 둘러보았는데, 뭐가 그렇게 즐거운지 끊임없이 웃으면서 몸을
가만두지 못하고 계속 움직였다. 가리가네 옆에서는 개구쟁이 같은 사
내아이가 엄마에게 안긴 채 고개를 돌려 아쓰코를 쳐다보려고 가리가네
의 옆구리를 한쪽 발로 계속 찼다. 아쓰코가 턱으로 어린애를 놀리니까
아이는 웃지도 않고 점점 더 세게 고개를 돌렸다. 그러는 사이에 벨이
울리기 시작했다.

"그러면 갔다오겠습니다. 정말 감사합니다." 가리가네는 말하고 고
개를 숙여 인사했다.

아쓰코는 잠자코 잠시 허리를 굽혔는데, 곧바로 가리가네에게서 눈

을 떼고, 움직이기 시작한 기차의 창유리를 탕탕 치고 있는 어린아이 쪽으로 시선을 옮겼다. 기차가 곧 멀리 사라지려고 할 무렵 가리가네는 창밖으로 고개를 불쑥 내밀었다. 그러나 이미 아쓰코는 기둥 그림자가 되어 보이지 않았다.

16

아쓰코가 가리가네를 우에노에서 배웅하고부터 한 달 동안 히사우치와 아쓰코는 만나지 않았다. 그러는 사이에 계절은 완전한 겨울이 되어 히사우치 방 앞뜰은 황량해져갔다. 어느 일요일 아침, 히사우치가 집을 나서 들을 향해 걸어가보았다. 공기는 차가웠지만 햇볕은 앞길 언덕에 가득 차 있었다. 동백꽃이 하얗게 핀 길 앞에 오자, 그는 여느 때처럼 그 앞에 멈추어 섰다. 어젯밤 비에 얼었는지 조그만 나비 한 마리가 덩굴 풀잎 그늘에 날개를 가지런히 하고 조용히 죽어 있었다. 히사우치가 손바닥 위에 올려놓으려고 손가락으로 집는 순간 나비는 날개를 팔딱이면서 날아가, 젖은 나뭇잎 뒤로 들어가 보이지 않게 되었다. 문득 그때, 그는 야릇하게 혼란스런 느낌이 들어 잠시 그대로 웅크리고 있었다. 그러나 날아간 가냘픈 나비 모습에서 굳이 자신의 모습을 발견하고 자조하는 가련함은, 이미 지나간 일로 접어두려고 해도, 다시 날아서 햇볕 속으로 나갔다. 열매가 달리기 시작한 상록수 사이에서 하얀 비파꽃이 삐져나와 있는 울타리 곁을 지나 대나무숲 사이를 빠져나가 평평한 들 한가운데 서니, 눈에 들어오는 이곳 저지대에는 엷은 안개가 숲속으로부터 조용히 흘러나오고 있는 중이었다. 히사우치는 그 엷은 안개 가운데를 가로지르는 길을 팔짱을 끼고 걸어갔다. 그에게는 어젯밤부터 해결되지 않은 채 남아 있는 작은 문제가 있었다. 그는 최근 일 년간 미로에 갇히는 것 같은 괴로움이 닥칠 때마다 자기도 모르는 사이에 다음 날 아침 해가 뜨기를 기다렸다 자신의 태도를 정하는 습관이 생겼는데, 오늘도 자기 집에 돌아가 아버지와 만나야 되는, 어젯밤부터의 고민에 봉착하자, 자, 이제 어떻게 해야 하나, 하고 고민을 다시 시작하는 것이었다. 특히 히사우치는 그저 단순히 아버지를 만나는 것이라면 언제 가도 괜찮았지만, 그저께 아쓰코에게서 온 편지에 의하면, 오랜만에 차모임을 일요일 밤 열 예정이니 그날 밤엔 꼭 집에 와야 한다는 아버지의 명령이 있었다는 것이었다.

애초 히사우치가 아버지 집을 나올 때는, 양친에게는 집을 나가서 살아본 적이 없으니까, 한 번은 밖에서 살아보고 싶다는 핑계를 대어 어려움 없이 허락을 받았기 때문에, 히사우치의 행동에 대해서는 부모님 모두 지금까지 아무런 의구심도 갖지 않았다. 더군다나 가끔 아쓰코가 히사우치를 만나러 갔기 때문에 그녀와 히사우치 사이에 이렇다 할 변화가 있으리라고는 짐작도 못하고 있었다. 그래서 아버지는 무슨 일이 있을 때마다 히사우치를 불러들이는 것을 아무렇지도 않게 생각하고 있었다. 그렇지만 히사우치 입장에선, 아버지가 가리가네의 신제품에 대해 이의 신청을 하고부터는 아버지를 만나는 것이 고통스러웠다. 물론 히사우치도 나름대로 아버지는 아버지, 나는 나, 하는 식으로 두 사람의 행동에 대해 남에게 대하듯 비판의 눈으로 본 적도 있다. 아버지 사건이 자기가 모르는 곳에서 일어났더라면 얼마나 좋았을까. 그는 기회 있을 적마다 아버지 신변에 신경이 쏠리게 되는 불안정에서 벗어나려고 시도해본 적도 여러 번 있었다. 하지만 아버지의 부정만은 피해봐도 뒤쫓아오는 고약한 냄새처럼 몸을 피할 방법이 없었다. 전에 가리가네가 아버지를 전복한 사건 같은 것은, 가리가네가 편지에도 쓴 것처럼, 그건 분명히 불행하게도 아버지가 자연의 힘에 진 것이었다. 그러나 이번의 아버지 행위는 뭔가. 히사우치는 그것을 생각할 때마다 마음속으로 아버지를 공격하다 못해 가슴에서 신음 소리까지 내며 분해하는 것이 보통이었다.

'나는 비록 아버지에 비하면 세상을 무위도식이나 하며 지내는 인물이다. 그러나 나는 세상을 도전하며 사는 인물보다는 적어도 내 불행이 무엇인지 정도는 알고 있다. 더구나 나는 하루도 빠짐없이 다른 사람의 불행이 하나라도 줄어들길 바라며 살지 않았나. 내 불행, 그런 것은, 나 혼자 감당하면 그것으로 족하다.'

히사우치는 이렇게 생각하고 안개 밑바닥에서 반짝여오는 늪의 수면에 눈을 돌렸다. 그러자, 문득 가리가네의 건어 시식회장에서, 공격을 받은 아버지를 대신해서 횡설수설 축사를 읊었던 자신의 괴로움이 되살아나는 것이었다. 그때는 가리가네의 초대를 받은 자신 때문에 아버지도 분명히 마음이 편해질 것이라고까지 말했었는데, 아아, 그런데, 뭐야 이 추태는, 하고 생각하자, 얼굴을 묻고 울부짖고 싶은 충동에 사로잡혀, 발에 힘을 주어 버티고 서 있는데도 공연히 한기가 느껴지는 것이었다. 물론, 히사우치라고 해서 가리가네에게 이의 신청을 하지 않고는 있을 수 없는 아버지의 주위 사정을 생각해보지 않은 것은 아니다. 그렇지만 그런 것은 모두 다른 사람들의 생각이고, 아들인 히사우치에게는, 정상을 참작할 만한 분명한 이유가 되지는 않았다. 악덕이 날카로운 화살이 되어 끝까지 히사우치를 찔러대고 있는 것이었다.

그러나 무엇보다도 분한 것은, 집을 옮기고 아쓰코와 떨어져서 이제 겨우 안정을 찾은 생활이 다시 혼란스러워지는 것이었다. 그즈음 그는 그전의 단조로웠던 생활과는 달리 아침 일찍 집을 나서 회사에서 하루 종일 일하고 저녁에나 집에 돌아오는, 피로를 느끼는 생활을 하고 있지만 회사 상사가 자신을 추천한 친지이기 때문에 고객 대접 같은 데 신경을 쓸 필요도 없고, 아직은 집에 계시는 부모님의 생활비를 걱정할 필요도 없었기 때문에 모아놓은 재료 정리만 하면 우선 그달의 생활비 걱정은 없는 무사 안일한 생활을 해왔던 것이다. 귀찮은 일이 있다면 자신에게 어울리지 않는 출세를 바랄 때만 일어나는 초조함뿐이었다. 그러나 히사우치에게는 이미 다른 동료들처럼 출세를 바라는 마음이 없었다. 아무리 다른 평범한 사람들이 바라는 곳에 다다른다고 해도 이전의 편안하고 자유로운 생활 이상의 즐거움은 얻을 수 없을 것이다. '이제 그 희망은 포기했어. 아쓰코를 기쁘게 할 뿐이야' 하고 생각했다.

이런 순진한 히사우치의 사고방식은 약간의 억지가 있기는 했지만, 과거를 회상하는 사람의 즐거움이라는 것은 다시는 과거의 기쁨이 돌아오지 않을 것이라는 체념에서 오는 것은 아닐 것이다. 히사우치와 같은 인물은 생활이 기울어지면 슬퍼 한탄하면서도 자신의 위치에 의미를 부여하는 방법을 틀림없이 발견하는 부류이다. 다만 그가 포기하지 못하고 분해하는 것이 있다면 아버지가 가리가네에게 취한 태도이다. 이것을 생각하면 저절로 가리가네 앞에 엎드리게 되는 것 같고, 그리고 이루어놓은 게 하나도 없는 자신의 무력함을 생각하면 생각할수록 한없이 가리가네에게 고개가 숙여지는 자신에게서 왠지 한 가닥 빛을 발견하는 것이다. 그러면 그는 그런 비굴한 자기 태도를 바라다보는 눈을 발견하고는 금세 조바심을 내는 어린아이 같은 반항심이 일어나 의기양양해지는 자신을 느끼는 것을 잊지 않는다. 그렇지만 결국은 히사우치의 자아는 꺾이고 묵묵히 일상적 불가사의한 망각의 심연으로 조금씩 가라앉아가면서 다음날 아침 해를 기다리며 잠에 빠진다. 이럴 때면 언제나 그가 애독해 마지않던 파스칼의 말이 머릿속에 떠오르는 것이었다.

'아아 사람아, 그대는 그대 불행의 구제(求濟)를 그대 가운데서 찾

으려 하는가. 그대의 모든 예지로는 그대가 그대 안에서 찾으려고 하는 진실도 선도 배울 수 없으리라.'

그러나 히사우치는 지금과 같은 위기에 이런 말이 떠오를 때마다 노기가 생기며, 큰 소리로 고함치듯이 마음의 눈을 크게 뜨는 것이다.

'나는 진실을 캐내려는 것도 아니고 선을 알려는 것도 아니다. 나는 다른 사람을 동정할 수 있으면 그것으로 만족한다.'

그렇지만 그가 그렇게 할 수 있는가를 생각하면 그만 실망하여 말을 잃게 되었다.

히사우치는 이날 아침도 무엇을 보러 왔는지 아무런 풍경도 눈에 들어오지 않고, 이런저런 상념에 빠져 구불구불한 길을 따라 자신의 집을 향해 돌아오다가, 기울기 시작한 사원에 뜸을 뜨러 가는 노파들 사이에 섞여, 안으로 들어가려고 하는 아쓰코 모습을 발견했다. 히사우치는 얼마 동안 부르지도 못하고 그냥 서 있다가, 저녁 차모임에 나오지 않는 자신을 꼭 나오라고 말하려고 왔다가 집에 없는 것을 알고 그대로 밖으로 자기를 찾으러 나왔을 것이라는 생각이 들었다. 그는 천천히 아쓰코 뒤를 쫓아가서, "여보" 하고 불러 세웠다.

아쓰코는 고개를 돌려 히사우치를 보았다. 그녀는 엷은 미소를 보일락 말락 하다가 금세 고개를 숙이고 서둘러 그의 옆으로 와서 나란히 문 밖으로 나갔다.

"요즘 같은 때, 차모임이 뭐야?" 히사우치는 오르막길에 발을 내디디며 불평하듯 말했다.

"당신이 그렇게 말할 줄 알고 이렇게 왔어요. 아버님이 오늘 저녁에 꼭 오라고 하세요. 같이 가세요."

"조금 전에도 생각했지만 말이야."

"제가 곤란해요. 꼭 오세요."

238

낙엽으로 덮인 곧바른 길 끝 언덕의 저 먼 정상이 무성한 메밀잣나무 잎 사이에 가려져 있는 것을 올려다보면서 문득 히사우치는, 오늘 밤 차모임은 아버지가 자신과 아쓰코를 다시 이전같이 함께 살게 하기 위해서 계획한 것은 아닐까 하고 생각했다. 아쓰코는 옷자락이 끌릴까 봐 연신 추켜올리면서 몇 겹으로 쌓인 낙엽 위를 미끄러지듯 조리를 끌며 걸으면서, 가끔 숨을 고르기 위해 멈춰 서서는 길 한편에 쌓여 있는 타는 듯이 밝은 은행나무 잎을 넋을 잃고 바라다보았다.

　　"이런 곳에 계시면 돌아가고 싶은 마음이 생기지 않겠네요. 정말 아름다워요."

　　언덕을 오르면서도 히사우치는 자신과 아쓰코는 이렇게도 마음이 통하지 않는구나 하고 느꼈다. 그는 아직도 옷자락을 걷어올린 채 넋을 잃고 있는 아쓰코의 상기된 얼굴을 바라다보면서, 자신이 하는 말 중에 가장 바보 같은 말밖에 통하지 않는 이 여인에게, 앞으로 길고긴 세월을 도대체 무슨 말을 하며 살아야 하나 하고 생각했다. 그러면 나는 아쓰코에 대해 얼마나 알고 있단 말인가.─히사우치는 약간 높은 곳에 서서 내려다보고 있는 자기 곁으로 거리를 좁혀가며 부지런히 쫓아오는 아쓰코가 갑자기 가련하게 느껴졌다. 그는 아쓰코가 지금 자신이 한 무서운 생각은 전혀 모르는 채 다가오고 있다는 생각을 하니 아쓰코를 똑바로 쳐다볼 수가 없었다.

　　"여기서 잠시 쉬도록 하지. 금방 돌아갈 것도 아니니."

　　히사우치는 아쓰코를 데리고 언덕 중간에서 옆으로 벗어나, 언덕 경사면에 붙어 있는 널찍한 공간으로 들어갔다. 히사우치는 얼굴을 두드리는 나뭇가지를 휘어보기도 하다가, 발밑에 있는 구멍을 뒤에 있는 아쓰코에게 가르쳐주기도 하고, 또 거미줄을 거두기도 하면서, 아쓰코를 햇볕이 따뜻한 들 가운데 풀숲으로 데리고 나갔다. 두 사람은 거기

나란히 앉았다. 하지만 잠시 동안 어느 한 사람도 입을 열려고 하지 않았다.

"오늘 꼭 오셔야 해요." 아쓰코는 발끝으로 연약한 겨울 버섯의 갓을 부수면서 말했다.

"음."

히사우치는 건성으로 대답하면서 확실한 말은 하지 않았다. 그는 아버지 곁에 돌아간 후의 얽히고설킬 일을 생각하니 점점 더 돌아가고 싶은 마음이 사라져갔다. 그러나 이대로 있으면, 금방 친정으로 도망가리라 상상했던 아쓰코가, 자기도 없는 공허한 방에서 하루하루를 인내하며 살고 있다고 생각하니, 아쓰코 마음속에도 이만저만한 고통이 있는 게 아닐까 하는 생각이 들었다.

"나는 당신을 친정으로 돌려보내는 것이 당신을 구제하는 길이라고 생각했는데, 그게 틀린 생각이었나 보군." 그는 그렇게 말하려고 했지만 막상 입으로는 그 말이 나오지 않았다. 그러나 그런 무자비한 말을, 오랜만에 찾아온 아쓰코에게 한다는 게 꺼림칙해서, 히사우치는 그대로 그 말을 삼켜버렸다. 얼마 지나지 않아, 이 들판의 일광을 즐기러, 일요일이 되면 곧잘 몰려오는 부부들이 올 시간인데, 오늘은 자신도 몇 시간 여기서 그런 부부들 틈에 끼어 느긋하게 즐겨야겠다고 생각했다. 그때 마치 눈썹이 없는 사람처럼 전신이 새하얀 개 한 마리가 들 한쪽에서 느닷없이 나타나, 질풍과 같이 마른 풀숲 가운데를 달려와서 두 사람 앞을 지나갔다. 히사우치는 일순 아연히 그것을 바라다보고 있었는데, 개가 사라진 들 한쪽에서 잊고 있던 가리가네의 모습이 불현듯 떠올랐다.

"가리가네 군에게서 그후로 무슨 연락 없었나?" 하고 히사우치가 아무렇지도 않은 듯이 물었다.

"왔어요, 한 번. 아 참, 당신에게 말하려다 잊어버렸는데, 나, 가리가네 씨가 도야마에 갈 때, 마침 시간이 있어 우에노까지 배웅 나갔었어요."

히사우치는 자신의 안색도 살피지 않고 그런 말을 입 밖에 내는 아쓰코를 보고 이제는 일부러 그러는 단계를 지나 자유로워진 그녀에게서 아름다움을 느끼고, 어느 사이엔가 아쓰코를 풀어놓아준 효과가 확실하게 나타나기 시작했다고 느꼈다.

"그래, 잘했군."

"나는 전혀 모르고 있었는데, 심부름꾼이 가져온 편지에, 도야마에 가려고 하는데, 잠시 야마시타 선생님에 대해 물어볼 것이 있으니 십 분 정도 시간을 내줄 수 없겠냐고 적혀 있어서, 가보았어요. 당신에게 안부 전해달라고 하더군요."

아무리 은밀하게 아쓰코가 가리가네를 만난다 하더라도, 조금도 질투를 느끼지 않는 자신의 마음을 보면서 히사우치는 가리가네의 아름다움이 새삼스레 마음에 와닿았다. 그 인물을 일 분이라도 즐겁게 해주는 것이 자신의 재주라고 생각하는 요즈음의 습관이 자신에게 유일한 구원과 같이 느껴지는 것이었다. 아쓰코는 잡아뽑을 때마다 폭폭 소리를 내면서 빠지는 풀뿌리를 냄새만 맡고는 버리면서 말했다.

"그분 편지, 다카사키에서 왔는데, 그곳에서는 모두 대성공이라는군요. 일본해에서 열흘씩 걸리지 않으면 완전히 마르지 않는 정어리가 다카사키 해변에서 건조한 바람을 쏘이며 말리면, 단 하루 만에 맛있는 건어가 된다는군요. 재밌죠."

그렇다면 가리가네도 이번에야말로 돈을 벌겠구나 하는 생각에 히사우치는 마음이 조금은 밝아지는 것을 느꼈다. 그러나 아까부터 똑바로 내리쬐는 햇볕 때문에 우울해진 히사우치는 입을 다물었다. 그러자 아쓰코도 입을 꼭 다물고 아무 말도 하지 않았다. 그녀는, 히사우치가 조용히 멀리 지나가는 짐마차의 말이 움직이는 모습을 바라다보고 있는 사이에, 그와는 반대편에 있는 숲을 바라보기도 하고, 초조한 듯한 표정으로 잡아 뽑은 풀뿌리에 손톱을 대기도 했다. 그러나 히사우치가 아쓰코의 마음이 흐트러지기 시작했다는 것을 알아차린 것은, 시간이 조금 지나서였다. 그는 아쓰코가 가리가네 얘기를 하자마자 입을 다문 자신을 생각하고, 다른 사람을 오해하게 만드는 부분이 바로 이런 점이라는 것을 깨달았다. 그러나 이제 변명하기에는 시간이 너무 지나가버렸다. 만일 이런 차이에서 생기는 오해가 끊임없이 종횡무진 움직인다면, 이 세상에 정확한 판단은, 애정 이외에 무엇을 근거로 해야 할까 하고 생각했다. 히사우치는 이때부터 아쓰코를 자기 곁으로 다가오게 하여 부드럽게 바라보고 싶은 마음이 가물가물 일어났다.

"당신, 가난하게 살아보고 싶은 생각이 있으면, 내게 와서 함께 있어도 괜찮아. 집에서 어머니하고만 얼굴을 마주 대하고 있는 것도 괴로울 테니."

"글쎄요, 괜찮아요. 옛날부터 고생해본 적이 한 번도 없어서, 어머니 곁도 괜찮아요."

"또 억지를 부리는 거야" 하고 히사우치는 말하며 온화하게 웃었다.

"억지라니요, 그런 말이 어딨어요. 저, 이래봬도 당신만 허락하시면, 취직해서 당신을 편하게 해드릴 각오는 돼 있어요."

미소를 띠었던 히사우치의 입가가, 아쓰코가 갑작스럽게 던진 비말(飛沫)에 굳어졌다. 아쓰코는 풀리기 시작한 감정의 실마리를 찾은 것처럼 발가락 끝을 움직이면서 다시 말했다.

"저는, 당신이 혼자 계시는 건 괜찮아요. 하지만 어머니께서는 왜 당신을 혼자 나가서 살게 했는지 궁금해하시지 않을 리가 없어요. 그걸 생각하면 저도 괴로워요. 어머님은 이해심이 많으신 분이시니까 괜찮다고는 하시지만, 왜 외롭지 않으시겠어요."

"하지만, 당신 입장에서 보면, 내가 싫다고 하기 전에 나가는 편이 낫지 않을까" 하고 히사우치는 아쓰코를 바라보고 웃으면서 말했다.

아쓰코는 뜻밖의 말을 듣고 히사우치를 돌아다보고, 모처럼 시작한 불평을 계속할 기력을 잃고 말았다.

"당신이 아직 그런 마음 편한 생각을 하고 있다니, 마음대로 하세요."

두 사람 사이가 외줄타기처럼 험악해지려는 찰나에 갑자기 뒤편에서 음메음메 하는 산양 무리의 우는 소리가 들려와 다시 평안함을 찾았다. 산양은 지금 막 나온 듯 재빠르게 골목에서 뛰어나와, 매일 나와 익숙해진 잔디밭 위에 모여 한 무리를 이루었다. 아쓰코는 신기한 듯 뒤돌아서서 두리번거렸다. 그러나 히사우치는 이제야 겨우 아쓰코와 자신 사이에 서광이 비치기 시작한 막연한 화합의 언어를 발견한 기쁨을 계기로 좀더 깊이 있게 자신과 그녀의 복잡하게 격리된 심리를 설명하려던 참에, 이 돌연한 산양의 출현으로 맥이 빠진 것 같아 불쾌해졌다. 잠시 히사우치의 머리를 스치고 간, 아쓰코가 알아들을 법한 적확한 말도, 그 미묘한 흔들림에 그만 형태를 갖출 틈도 없이 멀리 도망가버렸다.

아쓰코는 곧 일어나, 산양 무리가 있는 곳으로 다가가서 산양 새끼 한 마리의 머리를 쓰다듬으며 장난했다. 그러자 갑자기 아쓰코 주위로 몰려든 산양 무리가 머리를 그녀 무릎에 비비려고 했다. 아쓰코는 소리를 지르며 도망갔지만 산양들은 그녀의 뒤를 쫓아가 비자나무 옆에서 다시 그녀를 둘러쌌다.

"여보, 좀 쫓아줘요. 여보."

히사우치는 아쓰코가 부르는 소리에 느릿느릿 일어서서 갔다. 햇볕이 화사한 노랑꽃이 매달린 비자나무 가지와 산양들 등에 반사하여 부서졌다. 그 광선 한가운데서 아쓰코는 그를 바라다보면서 아름답게 양미간을 찌푸리고 웃고 있었다.

"바보같이. 도망 오면 될 걸 가지고." 히사우치가 말했다.

"무서운 걸 어떡해요. 빨리요."

히사우치는 산양 무리 가운데를 뚫고 들어가 머리를 쓰다듬으면서 아쓰코 옆으로 다가갔다. 아쓰코는 히사우치의 팔을 붙잡자 몸을 스치며 그의 주위를 돌았다. 그는 한쪽 다리로 산양을 쫓았고 점점 비자나무에서 멀리 떨어져가, 송림 속으로 들어가서야 겨우 산양 무리로부터 벗어났다. 두 사람은 비로소 서로에게서 떨어졌다.

"이럴 때는 당신도 도움이 되네요." 아쓰코는 뒤를 돌아다보고 어깨를 움츠렸다.

"산양이 아니라 호랑이였다면 도망갔겠지만."

왠지 상쾌한 기분으로 히사우치는 소나무 잎사귀 냄새가 가득한 풀숲을 지나 언덕으로 나왔다. 그러자 아쓰코는 재빨리 동백나무를 발견하고, 주위를 온통 메운 작고 하얀 꽃송이를 따서는 웅크리고 앉아 손바닥 위에 올려놓고는 즐거워했다. 히사우치는 옆에 서서 담배를 피우다가, 문득 오늘 밤은 손님이 되어 아버지 집으로 가서, 아버지가 어떤 얼굴로 차모임에 나오는지, 한번 봐볼까 하는 생각이 들었다. 게다가 당분간 하쓰코와도 만나지 않았으니, 분명히 하쓰코도 올 테니까, 가리가네의 근황도 겸사겸사 알려주고, 그녀의 의사도 타진해보는 게 좋겠다고 생각했다.

"하쓰코 씨 그후에 오지 않았어?" 하고 히사우치가 아쓰코에게 물었다.

"지난번에 한 번 왔었어요."

아쓰코는 그 뒤에 무슨 말을 더 하려다가 입을 다문 채, 자기의 생각을 감추기라도 하는 듯이 나뭇가지 끝에 달린 꽃을 올려다보았다. 히사우치는 지난번에 아쓰코를 만났을 때, 하쓰코와 가리가네의 혼담을 성사시키려는 자신의 노력을 아쓰코가 물어 수긍한 적이 있는데, 그때도 아쓰코는 히사우치가 왜 그런 것까지 참견하지 않으면 안 되는지 언짢은 듯, 갑자기 어색한 표정을 지었던 것이 생각났다. 만일 아쓰코가 이미 자신과 하쓰코의 관계를 눈치 챘다면, 분명히 자신이 깊이 고민한 결과 그런 무리한 결정을 했다는 것 정도는, 전부는 아니더라도 대충은 추측하고 있으리라 생각됐다. 그러나 만일 그렇다 하더라도 할 수 없다고 생각하고, 아쓰코에게서 돌아서서 집 방향으로 걸어갔다.

아쓰코는 히사우치 뒤를 따라 언덕을 올라왔는데, 무슨 일인지 갑자기 싱글싱글 웃기 시작했다.

"여보."

히사우치가 뒤돌아보자 아쓰코는 웃음을 멈추고,

"하쓰코 씨, 여기에 오지요?"

하고 물었다.

"아니, 안 와." 히사우치는 드디어 죄어오는구나 하는 생각이 들자, 순간 눈앞이 어찔한 불안함을 느꼈다.

"온다고 해도 괜찮아요. ─당신, 하쓰코 씨를 사랑하지요?"

히사우치는 옆으로 다가온 아쓰코를 몸으로 느꼈지만, 입을 다문 채 오만하게 담배 연기만 내뿜었다.

"당신은 어떨지 모르지만, 하쓰코 씨는 그럴 거예요. 안 그래요?"

하고 아쓰코는 히사우치의 얼굴을 들여다보았다.

"이런 언덕길에서 그런 말도 안 되는 얘기는 집어치우지."

"그렇게밖에 생각할 수 없어요."

"그렇다면 그렇게 생각하면 되잖아. 당신이라고 내가 그런 질문을 하면 대답할 수 있을 것 같아?"

"나는 달라요. 나는 가리가네 씨가 좋긴 하지만, 그런 감정과는 다르죠." 아쓰코는 재빨리 그렇게 말했는데, 당연한 주장을 명료하게 나타낼 때처럼 얼굴색 하나 변하지 않았다.

"나는 가리가네 군 얘기를 하는 게 아니야. 내가 그렇든 안 그렇든, 당신처럼, 질문 받는 사람이 얼굴을 붉힐 그런 식의 질문은 하지 말라는 거야."

"뻔뻔해요. 내가 이렇게 분명히 물어보는데, 당신은, 그냥 얼버무리잖아요."

히사우치는 이제 귀찮아졌다. 게다가 무슨 말을 하려고 해도 오르막길을 걸으니 숨이 차서, 얼굴이 자꾸만 찡그려지는 것이었다.

"이제, 그만둬."

"자, 이것 보세요."

"언덕에 다 올라가서 시작해."

두 사람은 다시 잠자코 언덕을 올라갔다. 그런데 언덕을 다 올라가서도 두 사람 다 입을 열려고 하지 않았다. 히사우치는 오랜만에 부부가 이렇게 만났는데 그녀의 돌연한 질문으로, 이렇게 두꺼운 먹구름이 끼게 된 것이라고 생각하니, 두 사람은 아직 무슨 일에 대해서도 서로 이야기를 나눌 수 있는 사이가 아니라는 생각이 들었다. 아니 그것보다는, 자신과 가리가네 사이의 감정을 감추려고도 하지 않고, 오히려 정직함을 무기로 공격해오는 아쓰코는, 정직한 것처럼 보이면서, 상대방의 약점을 들추고 거꾸로 거짓말을 한다는 생각이 자꾸 드는 것이었다.

"지금 당신은 당신이 이겼다고 생각하지?" 하고 돌연히 히사우치는 아쓰코의 얼굴을 보고 말했다.

"당신이 진 거 아녜요?" 아쓰코는 눈가를 붉히고 히사우치가 말을 더 잇지 못하게 웃으면서 그에게서 떨어져 말했다.

히사우치는 잠자코 걸었다. 이제 그 이상 아쓰코와 다투고 싶지 않았다.

"오늘 밤 하쓰코도 집에 와요. 그러니까, 당신도 오세요."

"갈게" 하고 히사우치는 말했다. "하쓰코에게 할 말이 있어."

"아무리 그래도, 당신, 되지도 않는 말 하시면 안 돼요. 저는 당신이 가리가네 씨에게 하쓰코를 중매하는데, 이러고저러고 참견하고 싶지 않지만, 젠사쿠도 좀 생각해주세요. 젠사쿠, 정말 안됐어요. 아 참," 하고 아쓰코는 말하고 다시 히사우치 옆으로 다가갔다. "당신한테 말하려고 했었는데, 젠사쿠, 아무래도 하쓰코를 단념하지 못하겠나 봐요. 그러니까, 가리가네 씨와 어떻게 되든 당신은 참견하지 마요. 제 앞에서 체면 차리지 않아도 되니, 제발 젠사쿠 일이나 잘 봐주세요."

히사우치는 끝까지 물고 늘어지는 아쓰코에게 화가 났다. 그러나 젠사쿠를 생각하면 아쓰코의 말에도 일리는 있었다. 특히 젠사쿠가 하쓰코 때문에 고민한 지도 오래됐기 때문에 아쓰코가 그런 말을 하면, 히사우치도 모른 척하고 입을 계속 다물고 있을 수는 없었다. 물론 히사우치도 젠사쿠 생각을 안 한 것은 아니지만 아쓰코와 가리가네의 혼담 전에 하쓰코와 가리가네 사이가 깨졌던 것이고, 그렇다면 하쓰코가 젠사쿠에게 전혀 마음이 없는 이상 가리가네와 하쓰코 사이를 먼저 부활시키는 것이 히사우치로서는 맞는 순서일 것 같았다. 어쨌든 하쓰코 처리에 대해 이의를 제기한 아쓰코의 솜씨는, 히사우치에게 조금의 여유도 주지 않고 착착 옥죄는 것 같은 것이었다.

"젠사쿠 얘기는 당신이 하쓰코에게 직접 하면 되잖아. 나는 벌써 가리가네 군에게 말했기 때문에, 젠사쿠 군 얘기는 꺼낼 수가 없지."

"그렇게 꼬아서 말하지 않아도 되잖아요. 저는 그냥 그렇다는 말을 하는 거예요."

"뭐가 꼬는 건가."

하고 히사우치는 말했다. 그러나 그 순간 지금 아쓰코가 하쓰코와 젠사쿠를 맺어주려는 것은 가리가네와 하쓰코 사이를 갈라놓는 것과 같다는 것을 깨달았다.

"당신이 한발 앞서고 있었군." 히사우치는 갑자기 낮은 소리를 내며 재미있다는 듯이 웃기 시작했다.

아쓰코는 히사우치의 갑작스런 웃음에 신경이 쓰이는 듯 잠시 입을 다물었다가, 겨우 깨달은 듯, 떨떠름한 표정으로,

"당신은 제가 하쓰코에게 그런 말을 할 것 같아요? 참 한심한 분이네요."

하고 말하고 다시 히사우치에게서 떨어졌다. 히사우치는 자기의 부주의로 의외의 승리를 거두게 됐다는 것을 깨달았다. 그리고 어설픈 아쓰코의 대답에 힘이 쭉 빠진 것처럼 느껴져 다시 마음이 상쾌해지는 것이었다.

17

히사우치는 저녁 식사를 마치자 집안 식구들과 마주치는 것을 피해 곧바로 부친이 있는 안채의 바깥 정원으로 갔다. 정원에는 친척들과 절의 주지, 그리고 하쓰코와 젠사쿠도 벌써 와 있었다. 히사우치 거처에서 손을 거들기 위해 한발 앞서 돌아온 아쓰코는 조금 늦게 정원으로 나왔

는데, 히사우치를 보고도, 아침에 나눈 둘 사이의 대화를 연상케 하는 특별한 기색은 전혀 없었다. 손님들은 달이 떠 있는 정원의 의자에 걸터 앉아 조용조용 얘기를 나누고 있었고, 젠사쿠는 초롱을 들고 바깥 정원에 있는 나무의 가지와 물 뿌린 자국 등을 보며, 여전히 바쁘게 끊임없이 움직이고 있었다. 손님들이 누구나 할 것 없이 모두 히사우치 집 사정을 알고 있기 때문인지, 우울한 표정을 겉으로 나타내지 않기 위해 신경을 쓰느라 이상하게도 부자연스럽게 흥분한 표정으로 서 있다는 것을 감지하자 히사우치의 기분도 자연히 가라앉는 것이었다.

곧 주위가 새카맣게 되자, 정원수에 남은 물 자국에 석등의 불빛이 반사되고, 달빛이 한층 선명하게 되었다. 젠사쿠는 히사우치에게, 달이 있는데 등롱의를 밝게 한 것은 적절치 못하다는 의견을 말했다. 그러자 옆에 있던 주지는 웃으면서, 오늘 밤 같은 달이라면 이런 정도는 나쁘지 않다고 반대했다. 히사우치는 아까부터 정원 경치에는 그다지 주의를 기울이지 않았는데, 막상 둘러보니 정원 손질이 평소같이 잘되어 있지 않는 것이 눈에 띄었다. 나무 사이 여기저기서 거미줄이 빛나는 것도 어쩌면 아버지가 의도한 것일지도 모른다는 상상을 했다. 드디어 다실에 들어가는 순서가 되어 야마시타 박사가 손님을 맞으러 사루도까지 나왔다. 히사우치와 아버지의 시선이 한순간 마주쳤는데, 아버지는 별로 노쇠한 기색도 없이 평소의 부드러운 모습으로 다시 곁방으로 들어갔다. 주빈인 주지와 말석인 히사우치는 초롱으로 발밑의 징검돌 위를 밝히면서 다른 손님들과 함께 손을 씻고 입을 헹군 후, 돌 위에 놓인 초롱 너머로 박공 지붕을 쳐다보고 다실 안으로 들어갔다.

모두 다실에 들어가자 히사우치는 초롱을 방 안 한편에 불을 켠 채 내려놓았다. 주지는 서서 도코노마 앞에 가서 초롱 밑받침 접시를 손으로 잡아당기면서 족자의 풍란을 감상했다. 이 족자는 히사우치도 처음

보는 것으로 족자 폭도 좁고, 속에는 글자 한 자 없고, 낙관에 찍힌 이름도 모르는 것이었다. 이 치졸한 그림에 오늘 밤 모임의 쓸쓸하고 쇠퇴한 모습이 그대로 나타나 아버지의 의중을 한눈에 알아차릴 수 있었다. 게다가 도코노마를 화려하게 장식하는 것을 좋아하는 아버지가 드물게도 꽃꽂이도 향로도 장식하지 않았다. 검은 옻칠을 한 낮은 등롱 하나만이 희미하게 선반과 도코노마를 비치고 있을 뿐이었다. 히사우치는 이 간소한 밤모임 풍경에서, 아무리 괴로워하고 발버둥쳐도 회생할 희망이 없어진 아버지의 마지막 풍류를 발견하고, 그것을 보려고 찾아온 자신의 냉정함이 오히려 이 자리에 어울리지 않게 부자연스럽게 일그러져 있다는 생각이 자꾸 드는 것이었다.

'나는 지금까지 책임을 회피하려고만 애썼던 게 아닌가. 나는 아버지를 도와야 하는데도 불구하고, 오히려 아버지를 비난하려고만 했다.'

갑자기 그런 생각이 들자, 아버지와는 차이가 많이 지는 자신의 젊음이 갑자기 힘을 잃고, 꼼짝달싹 못하게 된 자신의 정열의 추악함이 거꾸로 자신에게 되돌아오는 느낌이었다. 그는 예상은 했었지만 오늘 밤 모임에 괜히 나왔다는 생각이 들었다. 그러는 사이에 하쓰코가 일어서고, 바로 앞의 젠사쿠 순서가 되었다. 젠사쿠는 배운 곧이곧대로 예법에 따라 초롱 큰 접시에 손을 대고 적송으로 만든 도코노마 옆으로 다가서다가는 갑자기 뒤로 물러서서 눈을 크게 떴다. 뒤편에 있는 낮은 등잔 불빛에 자신의 그림자가 도코노마 족자에 비쳤기 때문이다. 그는 금세 자세를 바로하고 초롱 옆에 서서 도코노마를 감상하고, 뒤로 돌아와서 안경을 반짝이며 조화를 살핀 후, 흔들리는 등잔 불꽃 심지 수를 세고 점화구를 자세히 살펴보고는 이번에는 검사관처럼 다다미 틈새 수를 세며 자기 자리로 돌아왔다. 젠사쿠 성격을 잘 모르는 사람은 그의 이런 모습을 보면 배꼽 잡을 일이지만, 히사우치는 이런 밤모임에 서투른 젠사쿠의 딱딱한 동작을 보면서 문득 하쓰코에게 행복을 가져다 줄 수 있는 사람은 바로 젠사쿠가 아닐까 하는 생각이 들었다.

히사우치가 도코노마 감상을 끝내고 초롱을 제자리에 놓고 젠사쿠 옆에 앉자 곧 비질하는 소리가 들리며 박사가 부엌문에서 나와서 인사를 했다.

"이쪽으로 들어오십시오" 하고 주지가 말했다. 박사는 무릎걸음으로 안으로 들어와서,

"이렇게 멀리까지 와주셔서 감사합니다" 하고 인사말을 했다.

"오늘 밤 이렇게 조용한 모임에 초대를 해주셔서 정말 감사합니다." 주지가 다시 인사를 했다.

"안 정원 청소가 아주 잘되어 있더군요." 다음 손님이 말했다.

"손이 부족해서 내팽개쳐놨었습니다. 죄송합니다."

숯을 올려놓는 순서가 되어 인사를 마치자, 박사는 이로리 옆자리에 앉아 도라지꽃 무늬가 있는 가마를 들어내고 깃털로 만든 작은 비로 화로 주변을 쓸기 시작했다. 손님들은 차례대로 이미 불을 지펴놓은 화로 앞으로 가서 박사가 숯을 얹어놓는 것을 바라보면서 이야기를 주고받았다.

"도코노마에 있는 족자는 유서 있는 것입니까?" 주지는 상냥하게 웃으면서 주위의 화제를 염두에 두고 물었다.

"아닙니다. 이름 없는 사람의 작품입니다." 박사가 대답했다.

다음 손님은 차 도구를 넣는 작은 장을 가볍게 칭찬했다. 다음 손님은 모양이 예쁜 가마를 칭찬하고, 다음은 등잔의 접시를, 그리고 아쓰코 차례가 오자,

"이제 숯을 피울까요?" 하고 박사를 위로하듯 말했다.

박사는 얼른 아쓰코의 물음에 거절을 했다. 다음 차례인 하쓰코는

한 번 씻어서 만든 것 같은 숯의 아름다움을 칭찬했다. 그러자 젠사쿠는 아까부터 깊이 생각하고 있던 것처럼,

"초롱의 양초는 무게가 얼마나 됩니까? 달빛과 잘 어울립니다" 하고 능숙하게 물으며 안경에 손을 갖다 대었다.

"그렇습니까? 열다섯 돈입니다." 박사는 대답하고 숯 놓기를 끝마쳤다.

히사우치는 잠자코 자기 자리로 돌아왔다. 주빈인 주지가, 박사가 도자기로 된 향합에서 향을 꺼내 화로 속에 넣을 때, 향합(香盒)을 보여 달라고 부탁해서 자리로 가져와 차례대로 손님들이 돌아가며 보았다. 향냄새가 점점 강해지며 방 안을 가득 채웠다. 히사우치는 계속 아버지에게서 시선을 돌렸다. 그는 밤모임 전에 아버지와 만나기를 꺼려 식사를 하숙에서 하고 온 게 마음에 걸렸는데, 이제는 그것이 한없이 자신을 압박해오는 것이었다. 그러는 사이에 향합이 그에게로 와서 후쿠사(袱紗)로 받아서 아버지 곁으로 가져가는데 감정이 자꾸 위축이 되어 다다미 선을 잘못 밟아 자칫 호흡까지 흐트러지려는 것이었다.

가루차로 만드는 짙은 차(點茶)를 준비하려면 불도 맞춰야 하기 때문에, 조절이 비교적 쉬운 엷은 차(薄茶)가 먼저 나오게 되었다. 히사우치는 아버지의 동작을 쳐다보면서 이날 밤 아버지의 예법에서 평소보다 몸을 낮춰 정중함을 더한 것을 발견하고, 돌연 눈물이 목까지 치밀어오르는 것을 느꼈다. 차모임에서 눈물을 흘려서야, 하는 생각에 그는 마음을 가다듬기 위해서 등잔불 그늘 밑에 뚜껑을 열어놓은 차 그릇 안쪽의 금색이 은은하게 빛나고 있는 것을 바라다보면서, 악행을 저지른 결과가 바로 이거라는 생각, 지금 눈앞에서 아들을 괴롭히고 있는 것도 아버지라는 생각 등으로 끝없이 나락으로 빠져드는 느낌이었다. 그는 마음의 갈피를 잡지 못해 애를 쓰다가 마지막으로 슈코*의 말을 생각하며

마음을 가라앉히려고 노력했다.

'다도는 유(遊)도 아니요, 예(芸)도 아니요, 방락(放樂) 또한 아니라. 한 모금 마실 때마다 마음을 깨끗이 하여 참된 이치를 깨달아 선열(禪悅)을 느끼는 것이니.'

이런 생각을 해도 여전히 마음에 저며드는 음울함이 향 냄새 속에서 바짝바짝 밀려와 가라앉지 않았다. 엷은 차가 주빈으로부터 차례대로 돌아가고 있는데, 이미 마신 손님들과 아버지가 잡담하기 시작했다. 부친은 짙은 차의 원료인 차나무는 백 년 이백 년 나이를 먹은 노목이어야 하는데, 올해는 우지**에서 좋은 노목이 말라버렸기 때문에 새싹도 좋은 것이 드물 거라고 말하자, 주지는 오늘 밤 차는 햇차 같은데 냄새가 각별하다며 차맛을 극찬했다. 다음 손님은 이로리 테두리로 좋은 것을 발견하지 못해 애쓰고 있는데, 댁의 씻김 테두리의 바탕은 무엇이냐고 묻자, 박사는 이것은 밤나무인데, 후루타 오리베***로부터 전해 내려오는 말에 의하면, 밤나무 테두리는 새것일 때 뜨거운 물을 뿌려서 쓰라고 돼 있어서, 뜨거운 물을 뿌리고 배무늬로 마감을 했다고 말했다. 그러자 그 다음 손님은, 밤나무를 씻을 때 물에 담그면 앙금이 나와 얼룩이 생기지 않느냐고 질문했다.

"그건 어떻게 씻느냐에도 달렸지만, 대야에 물을 가득 채워 물에서 나오지 않게 하고, 씻을 때도 물속에서 씻는 것이 좋은 것 같습니다. 물에서 꺼내서는 바로 닦아서 물기를 없애면 얼룩은 생기지 않는 것 같더군요." 박사는 온화한 표정으로 손짓까지 해가며 설명했다.

"씻김 테두리는, 요즘은 누구나 다 아는 모양인데, 이것도 역시 원

---

* 珠光(1422~1502): 무로마치 시대 차의 명인. 다도의 아버지로 불린다.
** 宇治: 교코부 남쪽에 위치한 차의 명산지.
*** 古田織部(1543~1615): 아즈치모모야마 시대의 차의 명인. 리큐의 수제자.

래는 천테두리였다고 하지요?" 주지가 다시 말했다.

"그렇다고 하더군요. 밤나무로 이로리 테두리를 만들었을 때, 더운 물을 뿌린 다음에 사용하는 것이 좋다고 해서 이름을 씻김 테두리라고 하게 되었다고 합니다."

"우리들이 쓰기에 칠 테두리와 천 테두리 중에 어느 것이 좋을까요? 저는 겨울에는 칠 테두리를 쓰고 있습니다만." 젠사쿠가 앞의 손님을 건너뛰고 박사에게 물었다.

"그건 사람마다 다 다르겠지만, 저는 계절에 따라 바꿔 사용하기도 하지만, 점점 나이를 먹을수록 천 테두리가 더 좋아지는군요. 칠 테두리는 때가 잘 지지 않아서요." 박사는 말하고 갑자기 히사우치 쪽을 뚫어지게 바라다보았다.

히사우치는 마침 차를 다 마시고 아버지 곁으로 차완을 가져가려던 참이었기 때문에, 아버지 시선을 느끼자 이제까지 가정의 책임을 피하고만 있었던 이유를 설명하라고 요구하는 것처럼 느껴져, 차완을 가져가는 것이 마치 사죄하러 가는 것처럼 무겁고 느려졌다.

'내가 정말로 사죄한 것일까. 지금 한 건 도대체 뭘까.'

히사우치는 자기 자리로 돌아가면서도 생각에 몰두했다. 다음에는 우사기야(兎屋)의 모나카*가 나왔다. 그러나 히사우치는 아버지와 주지가 차완에 대해서 대화를 나누는 것에 무심코 귀를 기울이면서도, 아버지 몰래 가리가네에게 손을 내민 자신의 행위가 자연히 머리에 떠오르는 것이었다. 하지만 이미 내게 불만은 없다. 내가 아버지를 좋아하는 것은 지금 시작된 일이 아니지 않은가, ─그는, 아직도 무슨 꼬투리를 잡으려고 어물쩍거리고 있는 자신의 한 부분을, 이때 냉정하게 내려다

---

* 最中: 과자의 일종. 얇게 구운 찹쌀피 두 장을 겹치는데 속에 단팥소 등을 넣는다.

보면서 방을 한 번 둘러보았다. 그때 마침 휴식 시간이 되어 손님들이 한 사람씩 정원으로 나가고 있었기 때문에, 히사우치도 초롱을 들고 밤이슬에 젖은 울창한 나무 밑을 지나 정원으로 나갔다.

"오늘 밤, 달님이 정말 아름답네요." 하쓰코는 처음으로 히사우치 곁으로 다가와서 인사를 했다.

"정말 그러네." 히사우치도 시선을 달로 옮기면서 말하고 초롱불을 한숨에 불어 껐다.

손님들은 의자에 걸터앉아 점점 밝아지는 등롱의 불과 달빛을 비교하면서, 제각기 옆에 있는 사람과 소곤댔다. 히사우치는 하쓰코에게 가리가네와의 혼담을 권한 이후 한 번도 그 얘기를 꺼낸 적이 없었다. 아침에 아쓰코와 한 얘기도 있고, 또 젠사쿠의 희망을 생각하면, 이제 더이상 하쓰코에게 가리가네 얘기를 꺼내고 싶지 않았다. 그보다도 그는 아버지와 아쓰코를 내버려두고 자신의 동요를 혼자서 정리해보려고 노력했던 어제까지의 행위는 아무런 효과가 없었다는 마음의 움직임에 점점 강한 비중을 두게 되는 것이었다.

'어쨌든 지금은 제일 귀찮은 것, 그걸 먼저 하자.' 히사우치는 큰소리로 타이르듯이 이런 생각을 했다.

그는 악행 때문에 상처를 입고 쓰러진 아버지를 등에 지고, 어느 쪽을 택해야 할지 몰라 방황하는 아쓰코를 등에 지고, 걸어갈 수 있는 데까지는 걸어가봐야 하겠다고 결심하자 그 밖의 것은 어떻게 되든 그에게는 상관없게 되었다. 그러자 그때부터 마치 폭풍처럼 감정의 동요가 일어나 그대로 달을 바라다보며 태연해질 수가 없게 되었다.

다시 일동은 다실로 들어가서 짙은 차를 돌려 마신 다음 옅은 차를 마시고 무사히 밤모임을 마치자 히사우치는 일동과 문 앞에서 헤어졌다. 젠사쿠는 하쓰코를 데려다준다면서 함께 돌아갔다. 그는 아쓰코와 집 안으로 들어갔다. 그는 전에 집에서 살 때 늘 그랬듯이 응접실로 들어가 화로 앞에 앉았다.

"내가 오늘은 돌아가지만, 내일부터 다시 이쪽으로 옮길게. 당신 괜찮아?"

아쓰코는 히사우치의 의미를 얼른 알아차리지 못하는 듯,

"그러면, 저쪽은 정리하는 거예요?" 하고 되물었다.

"응. 내일, 준비 좀 해줄 테야? 혹시라도 불만이 있으면, 지금 말해줘."

"나한테야 불만이 없죠. 불만은 당신한테 있는 거 아녜요?"

"아침처럼 말다툼을 계속하고 싶진 않아. 나는 다시 한 번, 뭐야—" 하고 히사우치는 말을 시작하다가, 귀찮아져서 그만두고 담배를 입에 물었다.

아쓰코는 차를 끓여 히사우치에게 내밀면서,

"무리해서 집으로 돌아오지 않으셔도, 저는 괜찮아요. 저, 이제 이유도 모르고 구박받기는 싫어요."

"그거야 모르지, 중간에 돌아오는 거니까 불평이 많을 수밖에 없지." 히사우치는 말하고 차를 마셨다.

"그렇다면 싫어요."

"좀 봐줘. 머지않아 나도 괜찮아지겠지."

아쓰코는 의심스럽다는 듯이 입을 다물고 히사우치의 얼굴을 쳐다보고는 말했다.

"하쓰코, 오늘 밤은 안됐어요. 당신이 하쓰코에게 한 마디도 하지 않아서, 나, 조마조마했었어요. 그렇게 하면 안 되죠. 아니면 말을 안해도 다 통하는지는 몰라도."

히사우치는 쓸쓸하게 젠사쿠와 어깨를 나란히 하고 돌아간 하쓰코

의 모습을 떠올렸다. 그러나 지금은 더 이상 어떻게도 할 수 없는 하쓰코는 차라리 젠사쿠에게 맡겨두는 편이 그녀를 위해서도 안전할 것이라고 생각했다.

"오늘은, 그럼, 이만 돌아가볼까." 히사우치는 말하고 몸을 일으켜서 오랜만에 방 안을 천천히 걸어보았다.

아쓰코는 잡으려고 하지 않고 히사우치의 뒷모습을 바라다보다가, 히사우치가 다시 그녀 곁으로 돌아오자, 뭔가를 기다리는 듯이 그에게서 시선을 돌린 채 꼼짝도 하지 않았다. 히사우치는 그러는 사이 아쓰코 뒤에서 왔다 갔다 하다가, 찻장 옆에 기대어 세워둔 샤미센을 발견하자 줄을 하나 잡고 한두 번 튕겨보았다.

"그러면, 돌아갈게. 어머니에게는 당신이 말해줘."

"네에." 아쓰코는 대답은 했지만 그래도 움직이려고 하지 않았다.

히사우치는 현관으로 걸어갔다.

18

다시 자기 집으로 돌아온 히사우치의 생활에 눈에 띄게 전과 달라진 것은 없었다. 그러나 날마다 이는 잔물결 같은 가정 내 감정의 기복이 예전보다는 한결 가볍게 가슴속을 스쳐 지나가는 것처럼 느껴졌다. 아버지를 보고도 예상한 것 같은 대립적인 감정의 무게를 느끼지 않게 된 것도, 심해 속에 가라앉아버린 자신의 몸의, 움직일 수 없는 침착함 때문인가 하는 생각이 들었다. 그는 자신 곁에서 생활을 함께 하고 있는 아쓰코가, 이미 자신에게서 희망을 버렸는데도 불구하고, 아직도 바지런히 주부의 역할을 다하고 있는 것을 보자, 문득 세상에는 이상한 평범함이 뿌리 깊게 호흡하고 있구나 하는 생각에 아쓰코의 얼굴을 하염없이 쳐다볼 때가 있었다. 그런가 하면 또, 공기 거품이 뽈록뽈록 위로 올라오는 것처럼 옛날에 자신의 머릿속을 꽉 메우고 떠나지 않던 잡다한 사상을 떠올려볼 때도 있었지만, 그런 것들이 서로 엉켜서 한 줄의 망이 되어 머릿속 저 높은 해면에서 그냥 흔들리고 있는 것처럼 보일 뿐이었다.

'나는 이제 그렇게 쳐놓은 망에도 걸리지 않는 물고기가 되었나? 아니, 나는 그런 망이 무서운 게 아닌가' 하고 멍하니 그는 생각한다. 그러나 해저 깊이 가라앉아 있는 이 물고기에게도, 살아 있다는 것을 증명이라도 하듯이 가끔 기묘한 먹이가 매달려 내려왔다. 월급날이 되면 아침부터 오늘은 월급날이다 하고 생각한다. 월급 봉투를 받으면, 뭐 살 게 없나 하고 재빨리 돈 쓸 재미에, 거리도 그날 밤 하루는 더 밝아 보이는 것이었다.

아아, 나도 이제 겨우 인간다워졌구나 하고 히사우치는 싱글벙글 웃으면서 사람들이 모여 있는 당구장 입구를 기웃거리기도 하고, 옛날에 먹었던 사치한 음식의 혀 감촉을 머리에 떠올리며 뒷골목을 천천히 걷기도 하고, 무슨 가스처럼 밑바닥을 흐르고 있는, 꾸벅꾸벅 조는 듯한 음산한 즐거움에 취한 자신의 모습을 발견하고, 과연 이 세상의 번성한 사상이 싹튼 뿌리가 여기인가 하고, 눈이 번쩍 뜨인 순간, 잠에서 깨어나듯이 한줄기 빛이 눈앞에 지나가는 것을 의식했다. 그렇지만 그럴 때마다 "아냐, 잠들어, 잠들어" 하고, 그는 자신에게 들려주는 자장가를 부르는 것이다.

그런데 이렇게 단조로운 생활 가운데에도 그의 직장에서 가끔 기괴한 일이 일어나 히사우치를 놀라게 하곤 했다. 생명보험회사 월보 담당인 그는 보험금이 탐나서 연출하는 인간의 농간이라는 것이 대개가 비숫해서 흥미도 없었다. 그런데 그런 것들과는 백팔십도 다른 사건이 일어나 회사 전체를 떠들썩하게 하는 일이 일어났다. 2만 엔의 보험금을 든 사람이 사망을 해서 회사가 정당하게 그 금액을 전달하려는데 수취인이 받으려고 하지 않은 것이다. 단돈 2만 엔 때문에 죽은 사람이 생각나서 앞으로의 생활이 편하지 않을 것이라는 게 이유였다. 그러나 회사로서는 이유가 어떻든 전달하지 않으면 안 되었다. 그래서 얼마 동안 받아라, 안 받는다, 하고 쌍방이 실랑이를 하던 끝에 겨우 수령 증서에 서명을 하도록 만들었는데, 히사우치는 아직 인간의 머리 바닥에 없어지지 않고 남아 있는 큰 꿈을 엿본 것처럼, 사람을 보는 판단에 자신의 기준이 흔들리는 것을 느꼈다. 그런 사건이 일어날 때마다 연상되는 사람이 있다. 이 보험금의 수취인과 그다지 다르지 않은 가리가네였다. 히사우치는 가리가네와 아쓰코의 관계가 자신에게 아무런 거리낄 것이 없는 관계라고 쭉 생각해왔는데, 그것도 결국은 가리가네란 인물을 근본적으로 신용하고 있기 때문이었다. 그는 가리가네가 아쓰코를 스기오 씨 댁 현관에서 보았고 그녀 뒤를 쫓아온 사실을 알고 있는데도 불구하고 여전히 아쓰코와 가리가네의 밀회에 아무런 의구심도 품지 않고 안심하고 있는 것은, 히사우치 자신도 알 수 없는 신뢰감이라고나 해야 할, 어떤 불가사의한 확신에 근거를 두고 있는 것에 지나지 않았다.

'확신이라는 것은, 꿈에 지나지 않는다.'

히사우치는 이렇게 생각한다. 그러나 히사우치에게는, 이런 경우, 가리가네라고 하는 커다란 꿈보다 더 신뢰할 수 있는 인물을 다른 데서 찾을 수 없었다.

'아아, 그 가리가네란 남자는, 돈 키호테다. 나는 그 남자의 산초 판사다.'

어느 순간 히사우치는 이런 생각을 하고 그를 떠올렸다.

그후 얼마 지나지 않아 가리가네로부터 아쓰코 앞으로 편지가 한 통 날아왔다. 그 편지에는 도야마에서 보내온 말린 정어리는 다카사키에서 완전히 팔리는 대성공을 거두었지만 조사비와 원액비 그리고 여비를 계산에 넣으면 결국은 손해를 보았다고 적혀 있었다. 편지와 함께 강변 돌 위에 세워져 있는 말뚝에 발처럼 매달려 있는 정어리에 둘러싸여 있는 가리가네의 사진이 한 장 들어 있었다.

"어머머, 가리가네 씨, 또 손해를 봤대요."

아쓰코는 웃으면서 그렇게 말하고 편지를 히사우치에게 보여주었는데, 편지 마지막 부분에 이번에는 정어리와는 전혀 관계가 없이, 생 소나무 잎에서 특수한 술을 만드는 방법을 고안해냈다고 적혀 있었다. 그것도 길을 걷다가 공복을 참지 못해 길가에 있는 숲속에서 쉬고 있는데, 소나무 밑동이 옹두리에서 눈깔사탕 같은 덩어리가 보여 얼른 먹어보았더니, 뭐라고 표현할 수 없는 달콤한 맛이 나서, 소나무 잎에서 한 번 단 것을 만드는 연구를 해보기로 했다는 것이다. 가리가네가 그런 것을 적을 때는 상대가 여자라는 사실을 완전히 잊어버리고, 편지에까지 학술 잡지에 실리는 글처럼 성분을 분석해서 자세하게 적었다.

저는 그때부터 소나무 사탕의 달콤함에 빠져, 길에서 벗어나 숲속으로 점점 더 깊숙이 들어갔습니다. 저는 걸으면서도 저질의 사탕도 산 분해나 효소 분해를 하면 전화당이 되어 맛이 좋은 고급 포도당으로 변할 것이라는 생각을 했습니다. 그러자 갑자기, 그렇다, 생 소나무 잎에는 이거야, 인베르타제가 섞여 있을 거야. 소나무 잎이 위장병에 좋은 것은 분명히 효소력(酵素力)이 있기 때문일 거야, 하고 생각했습니다. 저는 서둘러 마을로 돌아가서 페링씨액과 시험관, 알코올램프, 그리고 사탕과 온도계를 마련해서, 다시 숲

속으로 정신없이 돌아갔습니다. 거기서 곧 소나무 잎 한 움큼을 으깨서 자당 용액에 넣어 온도를 섭씨 50도 내외로 유지하면서 약 삼십 분 정도 지난 후 페링씨액 한 방울을 붓고 잘 휘저으면서 가열하니 곧바로 반응이 나타나는데, 분명히 전화효소가 함유되어 있다는 사실을 과학적으로 밝혀내는 데 성공했습니다. 이제는 소나무 잎에 들어 있는 소나무 진과 강렬한 떫은맛을 변화시킬 수만 있으면, 소나무 잎의 모든 영양가를 함유한 음료 재료가 될 수 있다고 생각했습니다. 그러나 제가 이렇게 엉뚱한 말씀을 드리는 것도 이유가 있기 때문입니다. 저의 고향에서는 옛날에 산속에서 사는 신선이나 둔갑술사들이 생명을 유지하는 방법으로 소나무 잎과 메밀로 만든 환약을 복용했던 사실을 당신도 알고 계시리라 생각됩니다. 그다지 건강하지 않은 당신과 바깥양반에게 이것을 권하는 것도, 평소의 호의에 보답하는 길이라고 생각해, 이상과 같이 길게 적었으니 양해해주십시오. 소나무잎술이 완성되면 곧바로 보내드릴 테니, 부디 부군께 권해주십시오.

"이번에는 소나무 잎을 먹으라고 하는군." 히사우치는 말하며 웃었다.

"웃을 일이 아녜요. 당신 안색이 나쁜 걸 보고, 염려해주신 거예요. 정말 요즘 당신 안색이 안 좋아요." 아쓰코는 말했다.

"참, 별난 일도 다 있어. 당신 뒤를 쫓아와 때리려고까지 한 남자가, 당신과 내 건강을 위해 걱정하고 있으니 말이야. 내가 언제 이런 물이 들었는지 모르겠어."

아쓰코는 웃으려고 하다가 무슨 생각이 났는지 입을 다물어버리고 귓속에 새끼손가락을 넣고 고개를 숙였다. 그건 그렇다 치고 자기 아버지가 가리가네의 명예에 누를 끼쳤다고 하는 사실 하나가 이렇게 가리가네를 동정하게 만들었다고 생각하니, 히사우치에게 말로 형용할 수 없는 감사하는 마음이 생기는 것이었다.

"가리가네 씨 소송 건은 어떻게 됐을까. 당신 아는 거 없어요?" 잠시 후 아쓰코가 물었다.

"그건 나도 모르겠는데. 어쨌든 특허국 심사관 중에는 아버지 제자가 5명이나 있으니까, 가리가네 군 상당히 어려울 거야."

"그래도 그냥 내팽개쳐놓을 수 있는 일도 아니잖아요. 결국은 이겼다든지 졌다든지 하는 판결이 나오겠지요?"

"그야 그렇겠지만. 심사관 입장에서 보면 조사만 하는 것도 큰일이겠지. 게다가 다타라란 남자가 믿을 수 없는 사람이기 때문에 또 무슨 일을 꾸미고 있을지 모르니까 말이야. 아버지가 뭐라고 말씀해도, 저렇게 되면 그냥 듣고만 있을 리도 없고, 하여튼, 그 다타라란 남자는 국회의원까지 되려고 어업조합에서까지 운동을 하고 있는 모양이니, 아주 무서운 놈이야."

"그러면 아버님도 가리가네 씨도 속는 게 당연하네요. 양쪽 다 사람이 좋으니까요."

아쓰코가 자신을 스스러워하는 히사우치의 의중을 알아차린 듯 그렇게 말하고 입을 다물자 어색한 분위기가 지속되어 누구도 입을 열려고 하지 않았다.

그로부터 일 주일이나 지난 어느 날 몹시 무더운 밤이었다. 회사 퇴근 시간 무렵에 젠사쿠로부터 전화가 걸려와서 히사우치는 긴자로 나갔다. 젠사쿠가 기다리고 있던 찻집에서 만난 히사우치와 젠사쿠는 식당에서 간단히 식사를 끝내고 어슬렁어슬렁 걷고 있는데, 돌연 젠사쿠가 오늘 밤 의논할 일이 있어서 왔다며 말을 꺼냈다. 그들은 어디 적당한 곳에서 술이라도 한잔하며 이야기할 생각으로 근처에 있는 에비스 맥주 본점 속으로 들어가보았다. 그곳은 입구가 좁은 데 비해 속은 어느 가게보다도 동굴처럼 널찍했고, 이미 술 취한 사람들로 가득 차서 쾨쾨하고 끈끈한 옅은 안개가 끼어 있고, 떠들썩한 파도가 두꺼운 기둥 사이로 이리저리 울려 퍼졌다. 히사우치는 전면에 즐비한 새빨개진 사람들 얼굴에 압도당해 입을 다물고 홀 속을 바라다보았다. 그 속의 사람들은 서로 상대방이 하는 말은 들으려고도 하지 않고, 각자 제멋대로 마구 떠들고 있다는 것을 깨닫고 오히려 이런 곳에서 얘기하는 편이 옆에 있는 손님에게 들릴 염려가 없을 것 같다는 생각을 했다. 게다가 대부분의 손님은 회사에서 퇴근하고 온 샐러리맨들로 평소 쌓인 울적한 감정을 지금 한꺼번에 날려보내고 있는 것처럼, 대부분 다른 사람을 욕하거나 조소하는 말뿐이어서 정면에 빛나는 포도밭의 밝은 벽화가 무색하게 어딘지모르게 살기가 등등했다.

히사우치는 주문한 맥주가 와도 주위의 광기 어린 떠들썩함에 압도당해 혼자서 입을 다물고 있는 자신이 형용할 수 없이 쓸쓸하고 가련하게 느껴졌다. 그러나 세상에 여론이라고 하는 것은, 틀림없이 이런 곳에서 그 원형이 가장 잘 만들어질 것이라고, 히사우치는 옆에 젠사쿠가 있다는 것도 잊어버리고 멍하니 사람들의 얼굴을 쳐다보며 생각했다. 그러자 점점 사람 열기와 소음에 의외로 빨리 술기운이 돌았다. 그러나 문득 그는 햇볕에 그을린 사람 좋은 가리가네의 미소를 떠올리면서, 만일 지금 이 넘쳐흐르는 사람들 앞에 가리가네를 데리고 와서, 그의 업적과 고난을 이야기로 엮어서 말하면, 이 사람들이 뭐라고 하며 법석을 떨까하고 공상했다. 그렇지만 가리가네처럼 희귀한 인물의 행위라는 것이, 일단 지식인의 비평의 대상이 되면, 의견은 구구하게 갈리고, 거의 수습할 수 없게 될 것이라는 생각이 들었다. 그러나 사람 두뇌나 사상의 정도에 따라, 거의 그 비평은 세 단계로 나뉘어 심한 언쟁이 시작될 것만은 확실하다. 지식인으로 가장 천박하고 하급한 사람이라면 가리가네처럼 시대착오적인 발명가는 내버려두라면서 상대도 하지 않을 것이 분명하다. 만일 그보다 한 단계 위의 사람이라면 가리가네를 동정하면서도 그가 빠져 있는 정의란 관념 같은 것은 아무것도 아니라고 할 것이다. 그렇지만 그 중에서 가장 높은 데에 있는 사람이라면 반드시 자기 자신을 뒤돌아보고 묵묵히 있든가 가리가네를 동정하는 나머지 언쟁의 상대를 때려눕힐 게 분명하다. 그러나 만일 그보다 한 단계 위에 있는 사람이라면,—이때 히사우치는 그 대답을 생각하기에 앞서 갑자기, 그의 옆에 있는 젠사쿠는 과연 가리가네를 어떻게 생각하고 있는지 알고 싶어졌다. 그는 맥주를 마시면서 젠사쿠의 얼굴을 보고,

"자네는 가리가네 군을 어떻게 생각하나?" 하고 물었다.

젠사쿠는 안경에 손을 갖다 대고, 곧바로는 대답을 못하고 멀리 있는 벽화를 바라다보면서 히죽히죽 경멸하듯이 웃기 시작했다.

"그 사람은 우리 고향에서도 골칫덩어린 것 같은데, 괴상한 남자라고 생각합니다만."

문득 그때 히사우치는, 어쩌면 하쓰코 일로 젠사쿠가 가리가네를 원망하고 있는지도 모르겠다는 생각을 했다.

"괴상한 사람이긴 괴상한 사람이지만, 자네도 알다시피, 그 사람은 자기 선조가 기근이 들었을 때 곡간의 쌀을 전부 빈민들에게 나누어 주어버려 빈털터리가 되기도 하고, 여러 가지 정의를 위해 싸우고 할복을 하기도 했다는 선조들의 미담과 경쟁이라도 하듯이 끊임없이 발명을 해서는 특허권을 민중에게 넘겨주려고 생각하고 있는 사람이야. 나는 가리가네 군이 생각하고 있는 정의에 대한 관념은, 비록 그것이 어떤 것일지라도, 그건 그렇고,"

하고 히사우치가 말을 건넸다. 그때 젠사쿠도 마찬가지로 술기운이 돌기 시작했는지 갑자기 히사우치를 돌아다보고,

"바보 같은 소리 집어치워. 바로 그 정의가 문제란 말이야" 하고 대들었다.

"그게 문제는 문제지. 하지만 지금 그런 걸 트집 잡자면 가리가네 군이 발명한 물건도 트집거리가 되지."

"물론 그렇죠" 하고 젠사쿠는 어찌 된 일인지 대단히 흥분해서 강하게 말했다.

히사우치는 그런 말을 꺼낸 것을 후회하는 듯, 그대로 잠시 고개를 숙이고 있다가, 어렵게 띄엄띄엄 다시 말을 잇기 시작했다.

"만일 자네가 가리가네 군의 발명품을 트집잡는다면, 자네는 이제 글렀어. 사상적으로 정당한 비판은 이런 경우에는 발명품과 아무런 관계도 있을 수 없어. 사상적인 행위라는 것은, 가리가네 군의 경우 발명하는가 마는가 하는 실행 이외는 생각할 필요가 없는 거야. 그렇지 않으면, 축음기 바늘의 굵기를 발명한 것과 여자 지방 흡입술을 발명한 것 중 어느 쪽이 위대한지를 비교하는 것처럼 저급한 비교론에 빠진 거나 다름없지."

"하지만 정의가 문제가 안 된다고 하면, 비판이라고 하는 것의 기초가 없어지게 되는 셈이잖아요." 젠사쿠는 이렇게 말하고 외투 소맷자락을 빼내서 의자 위에 걸쳐놓았다.

"비판 정신과 정의가, 자네가 말하는 것처럼 확실히 구별할 수 있는 거라면, 누가 이런 곳에서 술 같은 걸 마시겠어."

"술과 정의는 별개죠" 하고 젠사쿠는 말하고 몸을 뒤로 젖혔다. 그러자 뒤에 있는 사람들 쪽에서도 정의 얘기가 시작되었다.

"그야, 자네가 말하는 것 같은 정의라면, 정의에도 여러 종류가 있

어. 그렇다면, 그걸 비판하는 정신에도 여러 종류가 있겠지" 하고 히사우치는 말하면서 젠사쿠의 컵에 맥주를 따랐다.

"그게 바로 회의주의란 거야. 하나의 정의에 적응하는 하나의 비판 정신을 발견하는 것이, 다시 말해서 우리들의 정의란 말이지. 그걸 자네처럼 의심해버리면, 의심하는 것 그것부터 무엇을 의심하는지 모르게 되지." 젠사쿠는 주위의 소음을 되밀치듯이 큰 소리로 의기양양하게 그렇게 말하고 맥주를 마셨다.

히사우치는 보일 듯 말 듯한 엷은 미소를 입가에 떠올리며, "그렇게 말하면 그렇겠지만, 나는 무얼 의심하는 건 아니야. 그건 그렇다 치고, 정의라고 하는 훌륭한 것은, 그것과는 반대로, 소유의 관념을 떠난 완전히 자유로운 장소에 자신의 정신을 도달시키는 노력이라고 생각해 본 적이 자네는 한 번도 없었나?"

히사우치는 이제 더 이상 젠사쿠의 대답을 기다리고 있는 것 같지 않았다. 그가 혼자서 낮은 목소리로 중얼중얼하니까, 젠사쿠는 점점 히사우치 쪽으로 몸을 쭉 빼고 다가가다가 안경에 손을 갖다 대며 갑자기 큰 소리를 냈다.

"그렇다면, 가리가네 씨가 하고 있는 발명이란 행위도, 문제가 안 되잖아요."

그러자 히사우치는 비로소 젠사쿠를 보고 강하게 말했다.

"물론, 문제가 안 되지. 나는 가리가네 군이 발명하기 때문에 이러쿵저러쿵 하는 게 아니야. 그 사람이 무얼 하든, 그런 건, 나에게는 처음부터 상관없었어. 그 사람이 고마운 건, 내 정신이나 상상력을 누구보다도 아름답게 해주기 때문이야. 다시 말해서 그 사람은, 내 의식과 정열이라고 할 수 있는 것을, 아까도 말한 물건이나 사상을 소유한다고 하는 낭만적인 감상주의에서, 완전히 자유롭게 벗어나게 해주는 데 대단히 편리한 사람이었어. 내 애정이라든가 정의라든가 하는 것처럼 고상한 것은, 여기에서 시작하는 거야. 나는 바야흐로 지금부터가 나야. 자네 같은 사람은, 아직 자네라고 하는 인간이 아니야."

젠사쿠는 참으로 바보 같다는 듯이 히사우치에게서 눈을 돌리고 맥주를 더 시키기 위해 여자를 찾았다.

"자네는 돈 키호테를 경멸할 수 있어?" 히사우치는 돌연, 옆을 향한 젠사쿠에게 말했다.

"그런 놈을, 나는 경멸해요." 젠사쿠는 맥주잔을 여자에게 내밀었다.

"그러면 자네는, 지식 계급이 아니군. 자네는 자유라고 하는 것을 절대로 이해 못 해."

"그까짓 괴물 같은 자유, 이해하고 싶지도 않아요" 하고 젠사쿠는 말하고, 그 옆을 지나는 여자에게 치즈 한 접시를 주문했다.

"일본에 마르크시즘이라고 하는 실증주의 정신이 근래에 와서야 비로소 들어왔다는 걸, 자네도 알겠지만, 여기에 빠졌다가 다시 빠져나온 사람이라면, 자유라고 하는 것이 대충 어떤 것인지 정도는 알고 있어야지. 그렇지 않으면 지식인이라고 할 수 없으니까 말이야. 이제부터 지식인이라고 하는 것은, 자유를 어떻게 해석하느냐에 따라 결정될 거야."

히사우치는 점점 이 화제를 꺼낸 것을 후회하면서, 나도 이제 슬슬 술기운이 도는군 하고 얼굴을 문지르면서 입을 다물어버리고 종처럼 위에 매달린 샹들리에 아래 물방울이 맺혀 있는 수반으로, 넋을 잃을 정도로 아름다운 눈을 돌렸다. 그러자 젠사쿠가 버릇처럼 달려들듯이 다시 말을 이었다.

"그러니까 자네가 말하는 자유와 가리가네의 발명이, 어디가 어떻다는 거야."

히사우치는 순간, 젠사쿠가 오늘 밤 불만을 품고 자기를 만나러 온 것이 틀림없다고 생각했다. 그는 갑자기 상대방을 베어 쓰러뜨리려는 듯이 말에 힘을 주어 젠사쿠에게 말했다.

"자네 오늘 밤 화가 나 있군. 그러니까 좀더 자유로워지라고. 자기 정신 하나 자유롭게 못하면서, 정의 운운 하는 것은 말이 안 되지. 자유라고 하는 것은 자신의 감정과 사상을 독립시켜서 냉정하게 바라볼 수 있는 활달한 정신이야. 가리가네 군은 내게는 적이나 다름없는 사람이지만, 그러니까 오히려 그 사람의 행동이 내게 누구보다도 자유라고 하는 정신을 강하게 일깨워줄 수 있었지. 나는 가리가네 군에게 졌지만 결과적으로는 내 쪽이 승리한 거야. 그런데 이게 아무에게도 통하질 않아. 나는 통하지 않는다고 해서 슬퍼하지는 않지만 말이야."

"그런 게 나한테는 전혀 통하질 않네. 그런 바보 같은 놈의 발명 같은 게 도대체 뭐란 말이야. 시대착오적인 돈 키호테가 아니냐고." 젠사쿠는 의자 위에 두 다리를 올려놓고 불만을 표시하고는 몸을 뒤로 젖혔다.

"그러면, 자네는 산초란 말인가." 히사우치가 힘을 주어 말했다.

"무슨 산초?"

"자네에게는 돈 키호테도 없질 않은가. 어슬렁대는 산초 판사 모습을 보고 싶으면, 자네, 거울을 보게. 재밌는 얼굴을 하고 있으니까. 아니, 그런데, 울지 마, 산초. 오늘 밤은 이 정도로 해둘 테니까."

히사우치는 웃으면서 고개를 들었다. "자네 오늘 무슨 의논할 일이 있어 왔다며? 이제 그 얘기나 들어보자." 히사우치는 새로 가져온 맥주를 젠사쿠 잔에 따랐다.

그러나 터질 것같이 새빨개진 젠사쿠의 험악한 얼굴은 좀처럼 가라앉을 것 같지 않았다.

"나는 자네처럼, 그렇게 사람의 감정을 경멸하는 사람에게는, 의논 같은 거 안 할 거야."

어느새 진짜 화가 난 젠사쿠를 보고 히사우치는 다시 싱글대면서 컵을 입으로 가져갔다.

"자네가 생각하고 있는 건 이루어질 거야. 의논할 거란 게 그거 아니야? 돈 키호테가 그 주변에 있잖아."

콩을 집어넣고 움직이기 시작한 젠사쿠의 입이 깜짝 놀란 것처럼 일순 멈췄지만 그는 그대로 입을 다물고 히사우치 쪽을 쳐다보지 않았다.

"아직도 고백하지 않을 거야?" 하고 히사우치가 말했다.

젠사쿠가 무슨 말을 꺼내려다 어깨를 움찔하는 순간, 마침 테이블에서 테이블을 건너가던 취한 한 사람이 비틀거리며 히사우치 어깨를 잡았다.

"고백하라고, 그만두지 그래, 정말 꼴불견이야."

취한은 큰 소리로 그렇게 말하고 히사우치 머리를 쓰다듬고 다시 다음 테이블로 건너갔다. 그러자 젠사쿠는 소리를 내며 우습다는 듯이 웃기 시작했다.

"좋아, 고백하지."

젠사쿠는 치즈를 우적우적 입에 쑤셔 넣고 맥주를 쭉 마시고 잔을 비웠다. "들어줄래? 이제 화 안 내기로 했으니까, 됐지? 나는 오늘 밤, 사실 계획이 있었는데, 이거야 원, 이제 너무 늦었지?"

"벌써부터 취하면 어떡해." 히사우치가 말했다.

"뭐라고, 아직 괜찮아. 이제부터 가서 만날 때까지는 술이 다 깰 거야. 나가자."

"나가긴 나가겠지만, 고백은 어떻게 된 거야?"

"그거, 잠깐만 기다려." 젠사쿠는 웃으며 말하고 자기 머리에 손을 올렸다.

"너무 늦어지면, 문이 닫혀. 지금부터라면 괜찮아. 나가자."

히사우치가 여자를 불러 계산을 하려고 하니까 젠사쿠가 오늘 밤은 자기가 내겠다며 영 말을 듣지 않았다. 두 사람은 아직도 뒤에서 정의 얘기에 침을 튀기고 있는 사람들 속에서 밖으로 나왔다. 그때 젠사쿠가 히사우치 쪽으로 비틀거리며 다가오면서,

"내가 하쓰코 씨와 결혼을 하려고 하는데, 자네 생각은 어떤가?" 하고 말하고 뒤에 올 대답은 기다리려고도 하지 않았다.

역시 젠사쿠는 벌써 자신과 하쓰코 사이를 눈치 채고 있었구나 하고 히사우치는 생각했다.

"내게 따로 의견은 없어."

"하지만 찬성은 하지 않는다는 거겠지?" 하고 젠사쿠는 말하고 무릎으로 히사우치 옆구리를 걷어찼다.

히사우치는 보도에서 발을 헛디디며 비틀거렸지만 아무 말도 할 수가 없었다.

"자 됐어, 오늘 밤은 내가 자유주의 설교를 실컷 들었으니까." 젠사쿠는 물어뜯으려는 듯이 이를 드러내고 웃으면서 자동차를 불러 세웠다.

"이만, 실례."

젠사쿠는 혼자서 자동차에 올라타서 턱을 내밀고 혼고 쪽으로 가버렸다. 히사우치는 물이 빠진 것처럼 갑자기 주위가 공허해지는 것을 느꼈다. 그는 큰길에서 옆으로 돌아 다리 쪽으로 가서 파란 램프를 켠 작은 배가 움직이지 않는 새카만 수면에서 젖은 노만이 빛나고 있는 것을

내려다보다가 문득 과거의 음산한 잔해를 보고 있는 착각이 일어나 다리를 뒤로 하고 다시 돌아왔다. 그러자 단골 음식점 식모가 길모퉁이를 돌아 헐레벌떡 달려와서 지나가는 말로,

"사장님이 조금 전에 돌아가셨어요" 하고 말했다.

히사우치는 멈춰 서 있는 어두운 자동차 옆에 선 채 잠자코 있었다. 그녀는 인사를 하고 다시 서둘러 달려갔다. 히사우치는 그녀 뒤를 따라 오륙 보 걸어가다 진흙 냄새 가운데 잠겨 있는 음식점의 젖빛 유리를 바라보면서 멈춰 섰다.

"내가 하쓰코에게 빠지는 것을 걱정했었는데, 죽었다니." 히사우치는 저도 모르게 그런 생각을 하고, 다시 다리 근처로 돌아가 그곳에서 한동안 음식점의 이층 쪽을 바라다보다가 돌아갔다.

19

가리가네가 도야마 현을 목표로 일본해 쪽으로 나간 것도 사실 건어를 만들어보는 것이 어떻겠냐고 권하고 전근 간 후쿠이 기사 뒤를 쫓아간 것이다. 일본해의 정어리는 태평양안 정어리와는 달라서, 먹이를 찾아 회유해오는 것보다도 산란을 위해 건너오는 것이 많기 때문에, 해류의 온도가 13도에서 4도 사이가 아니면 거기서는 정어리를 잡기가 힘든 모양이다. 가을이 되면 먼저 한국 동해안에서 잡히기 시작해, 점점 남하해서 야마구치(山口), 나가사키(長崎), 후쿠오카(福岡)에서 잡히고, 2월 초순에서 4월에 걸쳐서는 도야마 현 히미(氷見)에서 제일 많이 잡힌다고 한다. 가리가네도 분명히 이 계절을 전부터 염두에 두었다가 갔을 것이다. 후쿠이 기사와 히미에서 만나 그곳에서 잡힌 정어리를 이

용할 새로운 방법을 연구하는 한편 가리가네를 경애해 마지않는 후쿠이 기사의 알선으로 그 지방 유력 인사를 소개받아 주식회사를 세워서 가리가네가 그 사장으로 추대되었다. 그때까지 히미에서 잡힌 정어리는 비료용으로 갈아서 쓸 뿐이었는데, 가리가네는 이곳의 정어리에서 미소 된장과 간장 그리고 건어를 만들 계획을 세웠다. 그런데 회사를 조직하자마자 얼마 지나지 않아, 대주주가 은행 도산으로 인해 망해버렸기 때문에 불입 자본이 끊겨버려, 회사 회계에 결손이 지속됐을 뿐만 아니라 사장인 가리가네의 월급마저도 나오지 않게 되어버렸다. 그래서 가리가네는 도산한 주주를 구할 목적으로 후원자를 구하기 위해 무척 노력했지만 가능성이 제일 높은 통째로 말린 건어의 특허에 이의 신청이 걸려 있는 상태라 특허가 확실히 나올 때까지는 아무도 투자를 하려고 하지 않았다. 회사 주위에 몰려든 사람은 대개가 일확천금을 노리고 온 놈팡이나 다름없는 사람들뿐으로 돌아갈 기찻삯마저 가리가네가 내주어야 할 형편이었다. 그는 점점 더 궁핍해져갔다. 더구나 겨우 윤곽이 잡히기 시작한 간장과 미소 된장에 대해서도 운 나쁘게 도야마 현이 일본에서 제일 불교가 번성한 곳인 까닭에 생선으로 만든 간장이나 미소 된장을 어떻게 쓸 수 있냐며 오히려 조소를 보냈다. 사실 실패라는 것도 가리가네처럼 횟수를 거듭하다 보면, 비참해지기보다는 오히려 대범해지는 법인지, 그의 풍모도 어딘가 모르게 멍하면서 우스꽝스러운 어린아이 같은 모습으로 변해갔다.

그러던 어느 날 도쿄에 있는 변리사 하라타 지쓰조에게서 가리가네 앞으로 편지가 왔다. 드디어 다타라 겐키치의 이의 신청 증인인 연구소 직원 한 사람과, 그 당시 다타라의 연구를 발표하기도 했고 가리가네가 다타라의 연구 결과를 절취했다고 게재했던 신문기자, 이 두 사람을 심문하는 증거 조사 일정이 결정되었으니까, 조속히 상경했으면 좋겠다는 내용이었다. 가리가네는 그때 마침 회사에 있어도 무슨 뾰족한 수가 있는 것도 아니었기 때문에, 결정일 전날 오랜만에 상경해서 하라타 사무소를 방문했다. 가리가네는 응접실에서 하라타와 인사를 마치고, 내일 증거 조사에서 심문 사항 이외의 질문을 할 수 있는지 여부를 물어보았다. 하라타는 한때 가리가네에 대해 의구심을 품었었지만, 지금은 전보다도 더 그를 신뢰하고 있었다. 그러나 심사관들이 꺼려하는 사정을 가리가네 이상으로 잘 알고 있었기 때문에 확실히 대답할 수는 없지만 아마도 심문 사항 이외의 것도 물어볼 수 있을 것으로 짐작된다며 가리가네에게 이익이 되는 것을 조목조목 적어 가지고 오라고 주의를 주었다.

"제가 전에 내주십사 하고 부탁드린 답변서 건 말인데요. 특허국 조사가 어느 정도 진척됐는지, 혹시 모르십니까?" 하고 가리가네는 물었다.

"거기에 대해선 저도 잘 모릅니다만, 처음에는 분명히 당신이 다타라 씨의 발명을 훔친 것으로 알고 있는 것 같았습니다. 하지만 그 뒤로 제가 수차에 걸쳐 당신이 고생한 얘기를 했고, 또 당신 친구, 무라타 히사타로 박사도 당신의 인격과 노력을 말씀하셔서, 지금은 심사관들이 전과는 사뭇 다르게 생각하고 있는 눈칩니다. 다만 양쪽 모두에게 괜찮은 해결점을 찾을 수가 없는 게, 그게 이렇게 사건을 질질 끄는 원인이라고 생각합니다. 만일 이번 심사에 다타라 씨가 지게 되면, 다타라 씨 쪽에서 특허 무효 소송을 걸 게 틀림없고, 또 우리 쪽이 지면 항소를 낼테니까, 그 어느 쪽이 되더라도 투쟁은 계속될 게 틀림없기 때문에, 심사관도 꽤 신중히 하고 있는 것 같습니다. 야마시타 세이치로 씨의 이의 신청도 이론적으로는 성립되지 않는다는 것을 누구나 할 거 없이 다 알고 있지만, 야마시타 박사는 수산 제조학계의 권위자이고, 심사관 5명이 모두 그의 제자들이기 때문에 저도 심사관을 보면 딱한 생각이 듭니다. 제가 심사관이라도, 어떻게 못할 것 같아요."

하라타는 동정을 금치 못하겠다는 듯이 부드러운 표정으로 눈을 가늘게 뜨고 웃었다. 가리가네도 직업상 어쩔 수 없다고는 해도, 다른 사람 중간에 끼어 이러지도 저러지도 못하는 심사관의 고통은, 자기처럼 그저 무작정 공격하는 것과는 달라서 하루하루가 몹시 고통스러울 것이라는 생각에 잠시 묵묵히 생각에 잠겼었다. 그러나 아무리 생각해도 여기서 뒤로 물러설 수는 없었다.

"내일 다타라 씨 쪽 답변은, 물론 우리 쪽에는 불리한 부실한 것이겠지만, 결과가 어떤 식으로 날까요?" 하고 가리가네가 물었다.

"저는 내일 저쪽 답변으로 결과가 좌우되리라고는 생각하지 않습니다. 다타라 씨의 변리사 야마우치 세이치란 분은 저도 아는 분입니다만, 그 사람은 특허변리사로는 아직 아마추어라고 할 수 있습니다. 식민지 칙임 참의관을 그만두고 변호사가 된 법률가기 때문에, 이쪽 답변서를 읽고, 자기 쪽이 불리하다고 곧 느낄 겁니다. 아마 틀림없이 다타라 씨 쪽 이의 신청 속에 있는 신문기자를 앞세워 공격해올 겁니다. 그 기자가 기사를 쓴 게 당신이 특허를 출원하기 며칠 전으로 돼 있기 때문에, 관청에서 다타라 씨가 자기가 제조한 것을 기자에게 얘기해서 그 방법을 적게 했을 때가 당신이 특허를 출원한 시기보다 이르기 때문에, 당신이 특허를 절취한 것으로 보고 특허 출원을 무효화하는 데 전력투구할 게 틀림없습니다. 그건 그때 가서 다시 생각하기로 하고, 우선은 될 수 있는 대로 상대방의 약점을 포착하기 위해 내일 당신이 직접 증인에게 질문을 하는 게 좋을 것 같습니다."

"대리인인 당신이 있는데, 옆에서 제가 물어도 됩니까?" 하고 다시 가리가네는 물어보았다.

"물론입니다. 될 수 있는 대로 그러는 편이 좋을 것 같습니다."

가리가네는, 그러면 내일 정오까지 질문할 사항을 적어 가지고 올 테니까, 특허국에 가기 전에 한번 훑어봐달라고 말하고, 그날은 그대로 집으로 돌아왔다. 그는 그날 밤, 질문할 것을 차분히 생각하기에 적당한 조용한 숙소를 찾으려고, 복사지를 사 가지고 밤거리를 여기저기 헤매고 다녔다. 그러다 문득, 오시자카 자동차 대여점에 있을 때 그 근처에 있는 싸고 조용한 집으로, 한번은 그곳에서 연구 초고를 정리해보고 싶다고 생각했었던 집이 생각나, 자동차 대여점에는 들르지 않고 곧바로 그곳으로 가보았다. 강변에 면한 아담한 집으로, 종업원이 그를 맞아 방으로 안내하고는 방으로 들어가자마자 곧 누구를 불러드릴까요 하고 물었다. 여기서는 이름을 대고 여자를 부르지 않으면 안 되는 집인가 하고 가리가네는 놀랐지만, 자기는 오늘 밤 여기서 조용히 일을 하려고 왔는데, 다음에 돈이 생기면 다시 놀러 올 테니까, 오늘 밤은 혼자 쉬게 해달라고 부탁해보았다. 종업원도 처음엔 농담인 줄 알고 대꾸를 안 하다가, 그러면 숙박료를 지금 달라고 해서, 2엔 50전을 먼저 지불하고, 내일 오전 10시에는 꼭 깨워 달라는 부탁을 하고, 비로소 그는 느긋하게 책상 앞에 앉을 수가 있었다.

가리가네는 질문서를 작성하기 위해 다타라의 이의 신청서를 다시 한 번 차근차근히 읽어나갔다. 그런데 읽으면 읽을수록 이중으로 조작되어 있는 신청서에서 속출되는 허위 사실에 적의 급소가 구절마다 있는 것처럼 보여 오히려 당황스러웠다. 다시 말해서 가리가네를 대상으로 하고 있는 다타라의 신청은 모든 것이 거짓말인 것이다. 머리를 예리하게 가다듬고 상대방을 치려고 상대를 찾으니 상대방이 어디에도 없는 그런 막막한 꼴이었다.

이게 도대체 뭔가. 나는 이런 사람과 그렇게 오랫동안 씨름을 하고 있었나 하고, 가리가네는 갑자기 바보 같은 생각이 들었다. 어딘가 한 곳이라도 사실이 있다면, 다리를 베어 쓰러뜨리기 위해 있는 힘을 다해 칼을 휘두르겠지만, 사실이라곤 눈을 씻고 찾아봐도 없고, 허위 사실만으로 정연히 짜여 있는 종이를 앞에 놓고 있자니 어디부터 손을 대야 할지 몰라 몇 시간 동안 그저 초조하게 있으려니 피곤만 할 뿐 펜은 조금도 앞으로 나가지 않았다. 그러는 사이에 밤은 점점 깊어만 갔다. 내일 입회에 수면 부족인 상태로 참석하면 지는 거다. 이제 이렇게 된 마당엔 산산이 부서져라 하고 한쪽 끝에서부터 쳐부술 수밖에 없다고, ─ 그는 다타라 증인에게 질문할 조항을 머리에 떠오르는 대로 계속 적어 나갔다.

이 가리가네의 질문 조항에는, 증인은 물산연구소 동년 기록 중에, 다타라 겐키치 씨의 안초비 제조 사실이 없다는 것을 아는가, 하는 것부터 시작해서, 다타라가 비를 맑음으로 하기도 하고, 없는 연구 재료를 있는 것처럼 적은 사실 등, 그 밖에 근거가 없는 다타라 연구 11개 조항을 들어 질문하고, 최후로, 증인은 다타라 소장 명령으로 생선 상인 이시야마(石山) 모씨에 대해 다타라 씨의 연구 재료 다랑어를 연구소에 납품한 것으로 해달라는 부탁을 받고 이시야마 씨가 펄쩍 뛴 것을 기억하고 있나 하는, 증인의 제일 아픈 상처를 날카롭게 찌르는 질문을 하고 끝나는 것으로 되어 있었다.

다음날 아침, 정오가 되자 가리가네는 하라타 지쓰조에게 가서, 어젯밤 적은 질문서를 보여주었다. 하라타는 그것을 보고,

"이거라면 문제없습니다. 분명히 승리는 우리 것입니다."

이렇게 씩씩하게 말하고, 곧바로 가리가네를 데리고 특허국으로 갔다. 가리가네는 전차 속에서,

"오늘은 다타라 씨도 오십니까? 그렇다면 오랜만에 뵙는 건데요"

하고 하라타에게 물었다.

"다타라 씨는 아마 오시지 않을 겁니다. 심사관이 동기생들이니까, 올 필요가 없겠지요" 하고 하라타는 말하고 쓴웃음을 지었다.

만일 다타라가 오면, 오늘이야말로 그의 불신 행위를 통렬하게 지적하며 바짝 조여야겠다고 생각했는데, 하라타가 하는 얘기를 들으니, 힘이 쭉 빠지는 느낌이 들어 가리가네는 달리는 전차에 몸을 기대고 있는데, 돌연 이유를 알 수 없는 분노가 부글부글 끓어 올라왔다. 그는 이래서는 안 되겠다는 생각에 빨리 냉정을 되찾으려고 주위를 둘러보는데 문득 스기오 씨 댁 현관에서 아쓰코의 뒤를 쫓아갔을 때의 분노가 가슴을 스치듯 머리에 떠올랐다.

'그렇다, 오늘 돌아가는 길에 히사우치 씨를 만나보자.'

가리가네는 히사우치가 권한 하쓰코와의 혼담도 내친김에 이쪽에서 먼저 거절하지 않으면 안 되겠다고 생각했다.

두 사람이 특허국에 닿은 것은 한 시간이 지나서였다. 여기서는 질문 시간이 보통 재판과는 달라서 연장되는 일은 없었다. 두 사람은 법정과 마찬가지로 음울한 광선이 가라앉아 있는 질문실에 불려 들어갔다. 질문실에는 하라타가 말한 것처럼 다타라의 모습은 보이지 않았다. 가리가네가 하라타 좌측 좌석에 앉자, 다타라의 변호사 야마우치 세이치는 우측 좌석에 앉았다. 곧이어 법복을 입지 않은 심사관이 서기와 수위를 데리고 중앙 좌석에 나타났다. 심문은 먼저 호출된 신문기자부터 시작되었다. 기자는 새우등에 키가 땅딸막한 청년으로 사람을 볼 때 눈을 치켜뜨는 버릇이 있었다. 심사관은 기자와는 반대로 키가 크고 머리를 매끄럽게 위로 빗어 올렸는데, 눈동자가 약간 회색빛을 띠어 표정이 어두워 보이고 자신의 심리 초점이 분명하게 외부에 나타나지 않는 특징을 가지고 있었다. 심사관은 기자를 향해, 연구소에서 다타라에게 불려간 일자와 그 연구 보고 내용을 자세하게 물었다. 기자는 그에 명료하게

대답하고 다음에는 신문기사를 쓴 날짜에 대한 질문을 받자, 이 질문에
도 기자는,

"4월 20일 무렵이었습니다. 날짜를 확실히 기억하고 있지는 않습니
다"하고 대답했다. 그때 갑자기 옆에서,

"3월 20일이 아닙니까?"하고 다타라의 변호사 야마우치 세이치가
뭔가 의미있는 불안감을 띠고 되물었다.

"아니, 분명히 4월 20일 경입니다. 발표했을 때와 기사로 적었을 때
에는, 일 주간 정도의 차이가 있었습니다"하고 기자는 다시 분명하게
대답했다.

다음에 심사관은 가리가네와 하라타를 향해, 증인에게 새로 질문할
것은 없는지 물었는데, 두 사람이 없다고 대답하자, 드디어 기자 뒤를
이어 물산연구소 제조주임 마루오 데노스케(丸尾貞之助)가 호출되었
다. 마루오는 가리가네가 연구소에서 쫓겨나고 곧바로 뒤를 이어 주임
이 된 사람으로, 다타라가 출장명령을 할 때마다 언제나 여비와 급료를
이중으로 받는 은혜를 주어 환심을 사놓았는데, 어떤 때는 특허국에서
이등표와 일당을 받고 또 현에서도 규정의 여비를 받고 출장을 간 일도
있어, 직원들 사이에 선망의 대상이 된 적도 있을 정도였다. 그러나 이
러한 것은 마루오 한 사람에게만 국한되는 일은 아니다. 다타라가 지불
하는 야마우치 세이치의 변호비와 상납 여비도 연구소에 소속된 배 다
카나와(高輪丸) 호의 기름값 혹은 촉탁 명의로 관청이 지불금을 지불하
고 있다는 것은, 벌써부터 가리가네도 눈치 채고 있었다.

마루오가 주소 성명을 대고 증인 선서를 마치자, 심사관이 "증인의
직업은?"하고 첫 질문으로 들어갔다. 마루오는 직업을 말하고, 이어서
직무에 대한 질문을 받고 여기에 대답하고, 물산연구소에 주임이 되어
부임한 날짜에 대한 질문을 받았다.

"제가 들어간 것은, 2월 18일입니다." 마루오는 기자의 기사 집필 시간과의 차를 이때부터 벌써 염두에 두고 있는 듯, 다타라를 닮아 짙은 눈썹을 올리고 심사관을 보았다.

"담당 실무를 맡은 건 언제부터입니까?"

"3월 중순경으로 기억하고 있습니다."

그러자 심사관이 신문지 한 장을 마루오에게 내밀며,

"증인은 이 신문기사를 알고 있습니까?" 하고 물었다.

"네. 이건 제가 기자에게 말해서 쓰게 한 것입니다" 하고 마루오는 대답했다.

"그 얘기를 한 게 언젭니까?"

"3월 20일경으로 기억하고 있습니다."

기자의 대답과는 일 개월이나 차이가 나는 마루오의 대답을 듣자, 야마우치 세이치는 미리 짜 맞춘 것과 역력하게 차이가 나는 것에 당황함을 감추지 못하고 마루오를 험악하게 노려보았다. 그러나 심사관은 이것을 눈치 채지 못한 듯 다시 냉정하게 곧바로 질문을 계속했다.

"기자와는 어디서 만났습니까?"

"관청 안에서 얘기했습니다."

"관청 안이라고 하면, 물산연구소를 말씀하십니까?"

"네. 그렇습니다."

"그때 기자는 몇 명 있었습니까?"

"한 사람밖에 없었습니다."

"당신은 이 신문을 언제 보셨습니까?"

"나온 그날 관청에서 처음 보았습니다."

"그때 당신은 어떤 기분이 들었습니까?"

"특별히 어떤 기분도 들지 않았습니다."

"이 기사는 당신이 물산연구소에 와서, 처음 나온 것이고, 더구나 당신이 직접 한 신규 실험이 기사로 발표된 것이라, 무슨 특별한 감상이 일어날 법도 합니다만" 하고 심사관은 일격을 가하고 증인의 얼굴을 주시했다.

가리가네는 심사관의 질문이, 이제나 저제나 기회가 오기를 기다리고 있는 자기 주머니 속의 질문 조항에 가까워지고 있다는 것을 깨닫자, 거기에 동조하는 마음으로 마루오의 표정을 뚫어지게 쳐다보았다. 그러나 마루오의 얼굴도 대답도 조금 전과 마찬가지로 조금의 변화도 일어나지 않았다. 심사관은 책상 위에 놓여 있던 가리가네의 특허 출원서와 다타라의 이의 신청 반박문, 그리고 다타라의 반박에 대답한 가리가네의 답변서를 잠시 쳐다보다가, 드디어 핵심적인 질문으로 들어간다는 표정으로 마루오에게 말했다.

"특허 출원인의 답변서에 의하면, 본원의 핵심은 생선 내장의 효소 작용에 의해 액화된 것을 조미료로 사용하는 것으로 되어 있고, 신문기사에 발표된 것에 의하면, 같은 것을 단순히 안초비에 사용하는 것으로 돼 있는데, 이 차이점에 관해서 증인은 이것을 신문기사가 잘못된 것으로 보십니까, 아니면 증인이 말한 것과 기사가 똑같은 것으로 보십니까, 둘 중 어느 쪽이라고 생각합니까?"

심사관의 이러한 질문은, 가리가네의 생각으로는, 심문이 진전됨에 따라 야기될 증인의 혼란을 예상하고 그에게 서서히 정리할 시간을 주려는 구원의 심문과 같았다. 그렇지만 이때 심사관의 뜻이 증인인 마루오에게는 통하지 않은 듯, 갑자기 불안한 기색을 띠며 심사관에게서 눈을 돌렸다가는 다시 서둘러 심사관을 올려다보았다.

"저는 기자에게 안초비라고 얘기했습니다만, 이건 조미료가 생선 액화와 조금도 다르지 않다는 것을 몰랐기 때문입니다."

그는 이렇게 뜻도 통하지 않는 말을 해버렸다.

"그렇다면 또 한 가지, 신문기사에는 그저 단순히 전갱이를 말린 것이라고 되어 있는데, 특허 출원인의 답변서 속에는 분명히 생선 말린 것으로 되어 있습니다. 이 두 가지의 차이점은, 신문기사가 잘못된 것입니까, 아니면 기사 제보자의 잘못입니까, 아니면 증인이 얘기한 내용과 다른 것입니까, 당신은 어느 쪽이라고 생각하십니까?"

심사관의 한층 호의 어린 이 질문조차, 증인인 마루오는 그 질문을 너무 깊이 생각한 듯, 두꺼운 눈썹을 찌푸리고,

"전갱이 말린 것도, 생선도, 저는 제조법에 아무런 차이도 없는 같은 것이라고 생각했기 때문에, 그때 어느 쪽으로 얘기했는지 정확하게 기억하고 있지 않습니다" 하고 궁색한 대답을 했다.

그런데 증인의 이 두 대답은, 호시탐탐 기회를 엿보고 있던 가리가네의 계략에 스스로 말려든 꼴이었기 때문에, 가리가네의 안색이 갑자기 씩씩하게 움직이기 시작했다. 심사관은 증인에게서 눈을 떼고, 야마우치 세이치와 하라타 지쓰조 두 변리사를 향해, 증인에게 더 물어볼 것이 없는가 하고 물었다. 그러자 야마우치 세이치 쪽은 아무것도 없다고 대답했는데, 하라타 지쓰조는 태도를 가다듬고 비로소 심사관을 향해 입을 열었다.

"증인은 물산연구소의 제조주임으로 본건의 진의를 푸는 데 있어서 가장 적합한 인물이라고 생각하기 때문에, 특허 출원인 본인으로부터 직접 중요한 사항을 질문하려고 하는데, 허락해주시겠습니까?"

"그러죠" 하고 심사관은 정중하게 대답했다.

가리가네는 기다리고 기다리던 기회가 이제 왔다는 듯이, 인사를 하고 주머니에서 질문할 내용을 적은 종이를 한 장 꺼내서 심사관에게 제출했다. 그러자 야마우치 세이치는 눈을 크게 뜨면서, 얼른 가리가네

에게,

"저에게도 그걸 한 장 주십시오" 하고 말했다.

가리가네가 다른 한 장을 야마우치에게 건네자, 야마우치는 한 손으로 입을 열려고 하는 가리가네를 막으면서,

"잠깐, 제가 한번 훑어볼 때까지 기다려주십시오" 하고 다시 말했다.

가리가네는 종이 조각을 든 채 야마우치의 움직이는 시선을 초조하게 바라다보면서 기다리고 있었는데, 야마우치의 눈이 점점 가늘어지면서 이마에 범상치 않은 기색이 나타나는 것을 보고서 마침내 과녁을 정확하게 겨냥하여 쏜 궁인처럼 갑자기 여유가 생기고 침착해지는 것을 느꼈다. 그는 야마우치가 완전히 다 읽고 다시 시선을 처음 줄로 옮기는 것을 보았을 때, 첫째 질문을 읽어달라고 요청했다.

"증인은 물산연구소 동년 기록 중, 다타라 겐키치 씨의 안초비 제조 사실이 없는 것—"

여기까지 가리가네가 말했을 때, 돌연, 야마우치가 옆에서 강한 어조로 말했다.

"출두인의 제출 사항은, 증인보다도 물산연구소장에게 문서로 질문해야 마땅하다고 생각합니다."

"소장은 개인 명의로 이의 신청을 한 관계상, 자칫 잘못하면 공정성을 잃을 염려가 있는데, 증인은 제조부 주임이기 때문에 비교적 공정한 사실을 증명할 수 있을 것으로 사료되는바, 제게 본원 출원인으로서 질문할 수 있도록 허락해주십시오." 가리가네는 침착하게 이렇게 말했다.

그러나 야마우치는 가리가네를 거들떠보지도 않고 심사관을 쳐다보았다.

"특허 출원인은 대리인이 출두해 있는데도 불구하고, 본인이 직접 관여하는데."

"대리인이 나와 있어도 본인이 직접 관여해도 무방하다고 생각합니다." 심사관은 가리가네를 변호했다.

가리가네는 다시 가슴을 펴고 질문 조항을 읽으려고 종이를 폈다.

"증인은 물산연구소의—"

가리가네가 거기까지 말했을 때, 야마우치가 다시 재빠르게 옆에서 방해했다.

"저는 특허변리사에 대해서는 잘 모릅니다만, 일반 민사 재판에서는 심문 사항 이외의 심문은 허가하지 않는 것으로 알고 있습니다. 심사관, 지금까지 관례가 어떻게 되어 있는지 설명해주십시오."

"본국의 심문은 전부 재판과 마찬가지기 때문에 이의 신청인의 이의에 의거해서, 오늘은 이것으로 심문을 마치도록 하겠습니다."

심사관은 그렇게 말하고 온화한 얼굴로 하라타를 향해 다시 물었다.

"하라타 씨, 어떻습니까. 이 문제는 답변서만으로도 충분히 입증된 것 같은데, 특히 상대편이 동의하지 않는 것 같으니까."

하라타는 심사관의 고충을 눈치 채고, 여기에 대항해서 심문을 계속하는 것은 오히려 득책이 아니라는 생각에, 심사관에 동의했다. 가리가네의 고심에서 나온 책략은 이때도 너무 깊이 들어가 또다시 실패하고 말았다. 모든 사람이 질문실에서 나오자, 가리가네와 하라타는 함께 특허국 밖으로 나갔다. 야마우치 때문에 보기 좋게 내팽개쳐진 가리가네는, 아직도 야마우치와 주고받았던 대화 내용을 머리에 떠올리고, 자기가 쓰려고 했던 계책에 허점이 무엇이었나 곰곰이 생각하면서 점점 침체되어갔다.

"오늘은 저쪽이 진 겁니다. 심사관도 분명히 이쪽에 동조하는 것처럼 보였고, 아무튼 당신의 진의가 통했으니까, 오늘은 우리가 이긴 거나 마찬가집니다." 하라타는 가리가네에게 말하며 위로했다.

"재판이란 게 전부 이런 건가요? 저는 야마우치 씨에게 두 손 들었습니다. 보기 좋게 당했습니다."

"아니, 재판은 이기면 되는 거니까, 저쪽이 당황했다는 건 졌다는 얘기와 같습니다. 저도 나중에는 어떻게 해서라도 당신 체면을 세워주고 싶었지만, 그 심사관은 좋은 사람이니까, 그 이상 무리를 하지 않는 편이 나을 것 같아서, 그걸로 충분합니다."

"그럴까요? 그런데 마루오 씨와 기자가 대답한 업적 발표일이 한 달이나 차가 나는 건 코미디였지요." 가리가네는 말하고 싱글벙글 웃었다.

"그건 야마우치 씨가 칠칠치 못해 그렇게 된 겁니다. 야마우치 씨는 그때, 확실히 흥분해 있었지요? 그래서 마지막에 그런 무리한 수를 썼겠지만, 당신이 말하고 싶은 대로 말하게 두어도, 다른 방도가 얼마든지 있었는데."

"그런가요?" 하고 가리가네는 대답했다. 그리고 그때까지 침체해 있던 기분이 하라타가 설명함에 따라 서서히 승리는 우리 것이다 하고 고개를 끄덕일 수 있게 되었다.

20

여름이 가까워지면 일본해의 정어리 무리는 가리가네가 있는 도야마 앞바다에서 점차 동쪽으로 이동해 아키타(秋田) 쪽으로 건너가기 때문에, 그러지 않아도 실적이 오르지 않는 가리가네의 회사는 한층 더 수익을 올리지 못하게 되었다. 가리가네는 소송 결과를 알리는 보고가 언제나 올까 하고 애타게 기다렸지만 하라타에게서도 특허국에서도 영영 통지가 오질 않았다. 가리가네는 특허국으로부터 통지가 오기를 기다리는 한편 후원자를 오사카에서 찾아볼 결심을 하고 있던 참에 마침 오사카에 있는 지인에게서 한번 오라는 권고를 받았다. 그러나 소송 결과가 질질 끄는 것이 그의 마음에 하루도 평화를 주지 않았다. 답답한 마음에 그가 하라타에게 편지로 문의한 것에 대한 답변에 의하면, 증인 심문시의 심사관은 사직했고 새로 바뀐 심사관은 복잡한 조서 내용을 파악하는 데 시간이 걸려서 아직 결과가 나오지 않았다는 것이었다.

'그러니까 나 때문에 심사관이 두 명이나 생활의 터전을 잃어버린 건가.' 이렇게 생각하니, 가리가네는 새삼 소름이 끼쳐서 이제 그 특허는 포기하는 것이 어떨까 하는 생각마저 들었다.

가리가네가 오사카의 지인을 찾아간 것은 그로부터 일 주일이나 지나서였는데, 막상 찾아가보니 가리가네의 이름을 듣고 모여든 후원자는 여기서도 전과 마찬가지로 사업에 실패한 실업자, 형이 대자본가라고 떠들어대는 사기꾼, 숙부가 죽기를 학수고대하는 방탕아, 자작(子爵)의 영식이라고 칭하면서 더러운 아파트에 살고 있는 독신자 등등으로, 신뢰할 수 있는 사람이라곤 한 사람도 없었다. 그러는 사이에 가리가네가 신세를 지고 있는 집에, 그 집의 친척 중에 실직한 사람이 흘러 들어와 또 신세를 지게 되었다. 가리가네는 보다 못해 마당 청소나 집 안 청소 등을 돕는 한편 손을 대기 시작한 소나무잎술의 특허를 받으려고 하고 있었는데, 어느 날 하라타 지쓰조로부터 드디어 통지가 왔다. 그 편지 속에는, 그의 특허가 패소가 된 이유서와 야마시타 세이치로 박사의 이의 신청이 성립이 되지 않은 이유서가 들어 있었다. 다타라의 이의를 받아들이고, 야마시타 박사의 이의를 기각하고, 그리고 가리가네의 특허 출원을 불허가로 결정한 심사관의 고충은 가리가네도 어느 정도 충분히 수긍할 수 있었다. 그러나 하라타가 첨부한 편지 속엔, 이 불허가 결정에 승복하기 어려우면 다시 항고 심판을 청구할 것을 권고한다, 그러니 이에 동의한다면 즉각 상경하라는 의미의 내용이 적혀 있었다.

가리가네의 효소 이용 건어의 특허 불허가 이유는 두 가지로, 증인 심문시 심사관이 중시했던 두 가지 점과 동일한 사항으로, 신문기자의 초고가 완성됐을 때가 가리가네의 출원 이전이기 때문에 그의 특허는 다타라의 안초비 제조법을 모방한 것이라는 것이고, 또 한 가지는, 다타라의 건어를 안초비 원액에 담그는 제조법과 가리가네의 생선을 원액에 담갔다가 말리는 제조법은 그 효과가 동일하기 때문에, 그의 특허를 불허한다는 것이다. 가리가네는 심사관 두 명을 사직까지 시켜가며 투쟁한 셈이기 때문에, 이제 이 선에서 항고 심판을 포기하려고 했다. 그러나 이 효소 이용 건어는 그가 낸 특허 중에 그에게 가장 이익을 가져다줄 뿐만 아니라 그에게 최대의 동정과 응원을 아끼지 않았던 물산연구소가 있는 그 고장과 그곳 사람들에게도 번영을 가져다줄 수 있는 것이고 무엇보다도 이 특허권을 그 고장에 양도하는 것이야말로 가리가네가 은혜에 보답할 수 있는 길이기도 했다. 특히 이것은 가리가네가 이전부터 남몰래 가슴에 품고 있던 포부이기도 했다. 전국의 어민 중 빈곤자와 실업자를 원조하기 위해 연해에서 잡히는 정어리를 이용하는 방법 중 제일 유력한 수단으로 이 효소 이용 건어 제조법의 단순한 특징이야말로, 실현 가능성이 가장 높은 것이었다. 만일 이 특허를 이대로 포기해 버린다면 아마도 언젠가는 그를 대신해서 성공시킬 다른 특허 출원인이 나타나고 또 반드시 대자본가가 붙어 영리 사업이 될 것이기 때문에 가리가네의 고생도 수포로 돌아갈 가능성이 컸다. 이런저런 생각 끝에 가리가네도 거의 포기했던 투쟁을 번복해서 다시 싸울 결심을 굳혀갔다. 그러나 이때 그에게는 이미 상경해서 하라타 지쓰조에게 지불할 변리 대금이 한 푼도 없었다. 그래서 하는 수 없이 직접 그가 항고해보려고 일단 상경하는 것은 보류하고, 항고에 필요한 무기를 좀더 보강하는 차원에서 학리적으로 효소 이용 특허 이유서를 충실하게 만들기 위해, 오사카 국립위생시험소 주임기사를 방문했다. 그러자 그 기사는, 오사카에서 효소 화학에 관한 제일의 학자는 공업대학 발효과장이니까 그 박사를 찾아가보라고 권했다. 그래서 그는 다시 대학의 발효과장을 찾아갔다. 과장인 미야다(宮田) 박사는 선선히 가리가네를 만나주었다. 그는 가리가네가 하는 얘기를 조용히 고개를 끄덕이며 듣고는,

"말씀을 듣고 보니, 선생 연구는 생선살 쪽인 것 같은데, 그쪽은 저보다도 와기(和木) 박사가 더 전문이니까, 와기 박사를 찾아가보시는 것이 좋을 것 같군요. 와기 군은 전에는 영양연구소에 있었는데, 물고기를 많이 연구한 박학한 교수입니다. 그분 연구실로 안내하죠."

박사는 그렇게 말하고 곧 조수를 시켜 가리가네를 와기 박사 연구실로 안내했다. 와기 박사 연구실에 가서 문을 밀자 시험관이 나란히 늘어선 책상 위에서 갑자기 검은 피부에 얼굴이 동그랗고, 넥타이는 삐딱한, 맑디맑은 어린아이 같은 아름다운 눈을 가진 새파랗게 젊은 교수가 이쪽을 바라다보았다. 그 사람이 와기 박사였다. 가리가네는 박사의 순박한 미소를 보자마자 왠지 모르게 가슴이 약동하는 듯한 상쾌한 흥분을 느껴 목인사를 했다. 이렇게 되면 그는 앞뒤 가리지 않고 마구 떠들어대는 것이 보통인데, 이때도 그는 자기 이름은 말하는 둥 마는 둥 하고, 곧바로 다타라의 이의 신청 성립 내용과 그 밖의 특허국 서류를 전부 펼쳐서 빠른 어조로 설명하기 시작했다. 와기 박사도 처음에는 놀란 듯 가리가네가 말하는 것을 조용히 입을 다물고 신중하게 듣고 있었는

데, 돌연 가리가네가 다시 한 번,

"어떻게 생각하십니까? 제 특허가 잘못된 건가요? 특허국은 이것처럼, 내장에 있는 자기 소화액으로 생선을 말리는 제 방법을, 내장을 뺀 안초비 말린 것과 동일한 것으로 보고, 관청 업적 발표 신문기사를, 기자가 그것을 썼을 때보다 제가 출원한 날짜가 뒤라는 이유로 불허가 결정을 내렸습니다. 이런 것이 불허가 이유가 될 수 없다고 저는 생각하고, 또 제 변리사도 특허국이 제시한 이유에는 승복하기 어려운 점이 있으니 항고 심판을 하라고 하는데, 선생님이 보시기에 제 항고가 성립할 가능성이 있는 것 같습니까? 제발 부탁드립니다, 고견을 들려주십시오."

와기 박사는 고개를 약간 숙이고 뭔가를 골똘히 생각하는 듯 눈썹을 찌푸리고 있다가,

"저는 당신 주장이 성립된다고 생각합니다" 하고 딱 잘라 말했다. "그런데 이해가 잘 가지 않는 곳이 있습니다. 첫째, 당신이 출원한 후에 발행됐다는 신문기사 때문에, 이의 신청이 성립한다면, 서적 같은 것의 일 년 전 초고 일자도 공지된 것으로 본다는 것인데, 사실 그런 일은 없거든요. 대개는 발행일을 기준으로 하는 것이 원칙입니다. 게다가 신문을 이삼 일 전에 인쇄한다는 건 있을 수 없으니까요."

"그렇습니다. 관청이 업적 발표를 했을 때와 신문 발행일과는 일개월이나 차이가 납니다." 가리가네는 힘주어 말했다.

"날짜 문제는 제 전공이 아니기 때문에 의심스럽다는 말밖에 할 수 없습니다만, 첫째로 이의를 성립시킨 건어와 생선 문제도, 효과에 있어서 차이가 있습니다. 만일 이것이 간장 같은 것으로, 일 년이나 반년 동안이나 같은 원액에 담가두는 것이라면 건어도 생선도 어쩌면 효과가 동일할 수도 있겠지만, 건어는 생선처럼 몇 시간이나 며칠 동안 가지고

는 효과가 동일하게 작용하지 않기 때문에 당신이 한번 시위생시험소나 홍업시험소에서 실험 증명을 해서 입증하면 되지 않겠습니까? 특히 생선의 내장을 이용한 생선살의 소화액에 담그는 것과 내장을 빼낸 소화어육에 건어를 담그는 것은, 효소력에 차이가 크다는 것 등은, 너무나 확실해서 논쟁의 여지가 없으니까요."

"이렇게 친절하게, 정말 감사합니다." 가리가네는 인사하고, 다시 무릎을 반듯이 붙이고 정중히 고개 숙여 인사했다.

"당신의 생선간장 연구는, 저도 대단히 감복했습니다. 학리에 일치할 뿐만 아니라, 학자도 그런 발명을 할 수 없습니다. 저희들 같은 사람은 공상으로도 그런 장치를 고안해낼 수 없습니다." 박사는 가리가네의 얼굴을 뚫어지게 바라보며 말했다.

"그건 공업적으로 봐도, 그렇게 하지 않았으면 잘 안 되었을 테니까, 궁하면 통한다에 해당하는 발명으로, 특별히 자랑할 만한 게 못 됩니다. 우연히 그렇게 된 겁니다."

"무슨 겸손의 말씀을." 와기 박사는 그렇게 말한 다음, 가리가네가 그후로 발명한 미소 된장과 다마리*에 대해 자세히 물었다.

가리가네는 지금 제일 자신 있는 것이 정어리 된장인데, 이 다음에는 다마리와 함께 가져올 테니 꼭 한번 봐달라고 부탁하고, 그날은 고맙다는 인사를 정중히 하고 돌아왔다. 다음날, 그는 와기 박사가 가르쳐준 대로, 시립 홍업시험소에 가서 고엔(高遠) 주임기사를 만나서 자기가 만든 정어리 젓갈, 생선 정어리와 말린 정어리, 그리고 다타라의 탁상연구인 안초비 등을 보여주고 실험을 부탁했다. 그런데 이곳의 주임기사도 야마시타 세이치로 박사의 제자로 특허 공보를 통해 이미 가리가

---

* 溜リ : 거르지 않은 간장 진국 속에 용수를 박아, 그 속에 괸 간장을 조미료로 쓰는 것.

네가 유명한 발명가라는 사실과 다타라와의 투쟁 사건 등을 알고 있었다. 그러나 그가 어쩐 일인지 호의를 가지고 가리가네가 부탁한 실험을 쾌히 승낙했기 때문에, 가리가네도 그대로 아무 불안도 없이 믿고 실험 보고를 기다릴 수 있었다. 그 사이에 그는 약속한 정어리 미소 된장과 다마리와 간장을 가지고 와기 박사를 다시 한 번 찾아갔고 박사는 금방 그 자리에서 실험을 해주었는데, 특히 미소 된장과 다마리는 맛이 있다고 감복한 듯했다.

"다마리와 미소 된장이 간장보다도 훨씬 훌륭합니다. 이건 천하일품이라고 해도 손색이 없겠어요. 그런데 혹시 이 학설을 어딘가에 발표하신 적은 없습니까?"

"아니, 아직 없습니다." 가리가네는 들떠서 대답했다.

"그러면, 대학 학회에 발표하시는 게 어떨까요." 박사는 갑자기 가리가네가 생각지도 않았던 얘기를 꺼냈다.

가리가네는 대답을 못하고 얼굴만 붉히고 박사 얼굴을 보다가,

"그건, 저에게는 다시없는 영광입니다만,—선생님, 저는 초등학교밖에 못 나왔습니다."

"그런 건 걱정하실 일이 못 됩니다. 당신이 발명한 것을 자금 관계로 견본만 만들고 버려두는 것은, 양조학계 발전에도 중대한 지장을 초래할 겁니다."

"그럴까요?"

가리가네는 넋을 잃고 말았다. 박사가 무엇을 찾으려는지 의자에서 일어서서 책장 쪽으로 걸어가자, 가리가네도 덩달아 일어서서 그쪽으로 따라갔다. 박사가 대학이 발행한 발효학지 몇 권을 꺼내서 가리가네에게 주자, 가리가네는 눈을 반짝였다. 미소를 머금은 가리가네의 검은 얼굴에서 얼마 동안 볼의 홍조가 가시지 않았다.

"이런 곳에 제 학설을 발표할 수만 있다면, 항고 심판 참고 자료로는 더할 나위 없이 좋을 것 같습니다만, 저는 무학이나 마찬가지니까, 지금부터 지도 편달을 부탁합니다. 저는 도쿄의 무라타 박사에게 전부터 여러 가지 지도를 받아왔습니다. 그런데 도쿄에 가려면 여비가 드는데, 저에겐 그럴 여유가 없습니다. 염치없는 말씀입니다만, 제가 종종 이곳에 와서 선생님을 괴롭혀도 되겠습니까?"

"그러세요." 와기 박사는 선뜻 대답했다.

그로부터는 모든 일이 전과는 다르게 잘 풀려나갔다. 홍업시험소로부터 온 시험 보고도 가리가네의 완전한 승리였다. 그 시험 기록에는, 가리가네가 특허 출원한 생선을, 아미노 질소량 1.055%의 정어리 젓갈 원액에 담근 것의 정량은 1.136%가 되고, 같은 원액에 담근 다타라의 건어는 1.066%의 정량 검출이 나와, 가리가네의 생선이 훨씬 위였다. 또한 다타라의 안초비 원액은 가리가네 젓갈 원액처럼 투명해지지 않고, 거기에 담갔던 건어의 아미노 질소량도 정량 검출마저 되지 않을 정도였다.

그날 가리가네는 홍업시험소 고엔 주임기사로부터 실험 증명서를 받고, 야마시타 세이치로 박사의 제자로서 자기편에 서준 공정한 성실함이 동문인 다타라의 암약(暗躍)을 완전히 무효화해서 지금 여기에 나타난 것이라고 생각하니, 앞으로는 고엔 기사를 위해서라도, 다타라에게 품었던 모든 원망을 흐르는 물에 전부 흘려보내야겠다고 결심했다. 그후 가리가네는 항고 심판 청구 이유에 고엔의 증명서를 첨부해서 특허국에 함께 제출했는데, 이번에야말로 특허 결정이 완전히 나오리라고 굳게 믿어 의심치 않았다.

가리가네 하치로와 나는 그후로 오랫동안 만날 기회가 없었다. 그런데 어느 날 그에게서 서류가 와서 보니, 대학 학회 간행물인 발효학회에 많은 박사들 틈에 끼어서, '정어리의 양조적 이용에 대해서'라는 가리가네의 논문이 게재되어 있었다. 그리고 함께 들어 있는 편지에는, 길게 끌었던 소송도 드디어 특허 결정으로 끝나 이제 한시름 놓았다는 얘기와, 마지막에 뜻밖에도 오는 16일 오후 5시부터 약 삼십 분간 정어리에 대해 자신이 방송을 하게 되었으니 들어달라는 얘기가 적혀 있었다. 나는 그날 시간이 돼서 라디오를 틀었는데, 평소에 말이 빠른 그라 분명히 알아듣기 힘들 것이라고 생각한 것이 무색하게 막상 시작하니까 그답지 않게 아주 침착하게 말하는 게 목소리까지 다른 사람처럼 느껴졌다.

"세상에는 비록 값어치가 없는 것도 그 숫자가 적은 관계로 진귀하게 여기는 수가 있는데, 그와는 반대로 대단히 값어치가 있는 것도 숫자가 많기 때문에 귀하게 여기지 않는 안타까운 것도 있습니다. 정어리도 그런 것들 중에 하나로, 그 영양 가치는 단백질 지방성 식품으로는 세계적으로 아주 좋은 물건입니다."

이렇게 시작해서, 가리가네의 얘기는 효소에 대해 이어지고, 다른 식품과 정어리를 비교하고, 경제와 연관시켜, 정어리야말로 쌀처럼 일본인이 귀하게 여겨야 할 가장 중요한 것이라는 것을 유유하게 말해나갔다. 나는 문득 그의 얘기 도중에 히사우치와 아쓰코는 지금 이 이야기를 듣고 있을까 하는 생각을 했는데, 분명히 히사우치만은 어느 거리 한 모퉁이에서 틀림없이 듣고 있을 거라고 생각했다. 그런데 그날 밤 가리가네의 방송이 끝나고 서너 시간 정도 지났을 무렵, 너덜너덜한 유카타를 입고, 오비도 낡아 노끈처럼 된 것을 맨 가리가네가 모자도 쓰지 않고 들어왔다. 내가 아까 들은 그의 침착한 방송을 극찬하니까, 방송은 오사카에서도 한 번 한 적이 있어 이미 익숙해졌다고, 그가 웃으면서 말했다. 그런데 어딘지 모르게 그의 표정이 어두워 보여, 이 기쁜 밤에 왜 그리 걱정스런 얼굴을 하고 있느냐고 내가 물어보았다.

"그게, 실은 어려워요. 방송국은 돈을 주지 않기 때문에, 내일 오사카에 돌아갈 여비도 없습니다" 하고 가리가네가 고백했다. 그러면 여비를 마련해주겠다고 내가 말하자,

"그렇게 해주시면 고맙겠습니다. 오사카에서는 금방 줬는데, 도쿄는 어떻게 된 건지 알려주면 좋겠어요."

나는 그건 자네가 돈이 없다는 것을 방송국이 모르니까, 전신으로 벌써 도야마로 부쳤을 것이라고 말하고,

"그런데, 아직도 자네는 그렇게 어려운가?" 하고 나는 거리낌 없이 물어보았다.

"물론, 가난합니다. 어떻게 된 일인지, 저는 발명을 하나 완성하면, 그걸 어떻게 해볼 생각보다는, 다음 발명을 하고 싶어 견디질 못합니다. 머지않아 새로운 게 두 가지 나올 겁니다."

이렇게 말하고 그는 어딘지 모르게 나한(羅漢)처럼 천진한 표정을 지으면서 빠른 어조로 벌써 새로운 다음 발명에 대해 설명하기 시작했다. 나는 항고 심판으로 특허를 받은 건어에 대해 물어보았다. 그러자 그것은 벌써 물산연구소가 있는 고장에 특허권을 양도해버렸다고 대답했다.

시대의 불안을 예리하게 포착한
일본 신감각파의 대표 작가

1. 요코미쓰 리이치가 나오기까지의 일본 문학

　　일본 최초의 근대 소설은 후타바테 시메(二葉亭四迷)가 언문일치체로 쓴 「뜬구름(浮雲)」(1887)이다. 후타바테는 당시 신문학 운동의 선봉에 섰던 쓰보우치 쇼요(坪內逍遙)로부터 큰 영향을 받았다. 1867년 메이지 유신(明治維新)이 일어나자 일본의 선각자들은 앞다투어 서구의 문화와 사상을 받아들인다. 문학계도 예외는 아니어서 근대 사상에 기초를 둔 서구의 문학이 물밀듯이 들어온다. 이때 일본에 소개된 것이 1850년대 프랑스를 중심으로 활발한 창작 활동을 했던 사실주의 작가의 소설들이다. 번역에도 종사했던 쓰보우치 쇼요는 새로운 형태의 소설을 쓰기 시작하면서 사실주의 노선을 택하였다. 당시 사실주의 소설을 시도했던 작가들은 에도 시대(江戶時代: 1600~1867)의 작가들이 개념으로서의 풍경을 문어체로 묘사했던 것에서 탈피하여 현실을 구어체로 표현하려고 노력했다. 러시아의 문호 투르게네프의 소설도 번역했던 후타바테 시메도 사실주의 노선을 받아들여 언문일치체를 사용하여 창작에 전념했다. 그리하여 동료나 후배 작가들에게 지대한 영향을 미쳤다.

메이지 시대(明治時代 : 1868~1912)의 문인들은 새로운 표현 방법을 찾아 고심했다. 젊은 군의관으로 독일 유학을 마치고 돌아온 모리 오가이(森鷗外)가 1890년 발표한 『무희(舞姬)』는 「뜬구름」과는 대조적으로 유려한 문어체로 씌어졌다. 나쓰메 소세키(夏目漱石)의 첫 소설 『나는 고양이로소이다(吾輩は猫である)』도 문체에 있어서나 내용에 있어서 그때까지 있었던 소설과는 전혀 다른 새로운 시도였기 때문에 세간의 관심을 집중시켰다. 모리 오가이와 나쓰메 소세키는 근대적인 문화와 교양을 겸비한 작가로 일본 근대 문학을 대표하는 작가로 인정받았다. 그 밖에 근대시의 새로운 길을 개척한 시마자키 도손(島崎藤村)이 『파계(破戒)』를 써서 나쓰메 소세키의 극찬을 받았다. 이 작품은 다야마 가타이(田山花袋)의 『이불(蒲團)』과 함께 자연주의 문학의 대표작이 되었다. 또한 이 무렵 단카(短歌: 和歌의 한 형식, 5·7·5·7·7의 5구 31음을 기준으로 함)와 하이쿠(俳句: 일본의 단형시, 5·7·5의 3구 17음으로 이루어짐)의 혁신 운동을 일으킨 마사오카 시키(正岡子規)가 문장 혁신 운동을 주도해 동시대 문인들의 문체에 큰 영향을 주었다. 이렇듯 메이지 시대의 문인들은 제각기 새로운 표현 방법을 찾아 작품 활동을 하면서 근대 문학의 기초를 쌓아갔다.

그후 일본 문학은 20대 청년들이 모여서 창간한 두 개의 동인지를 중심으로 발전해나간다. 『시라카바(白樺)』와 『신사조(新思潮)』가 그것이다. 『시라카바』를 통해서는 시가 나오야(志賀直哉), 무샤노코지 사네아쓰(武者小路實篤) 등이 나와서 문단에 새로운 바람을 일으켰다. 특히 후에 '문학의 신'이라고까지 일컬어지는 시가 나오야는 강렬하면서도 순수한 자아를 지닌 작가로 그만의 독특한 문학 세계를 구축하며 후배 작가들에게 큰 영향을 주었다. 『신사조』를 통해서는 아쿠타가와 류노스케(芥川龍之介), 기쿠치 간(菊池寛) 등이 지성적이면서 새로운 감각을 구사한 작품을 발표했다. 특히 아쿠타가와는 잘 정제된 주옥 같은 단편을 발표했다. 한편 새로운 흐름을 받아들이면서 동시에 에도 시대로부터의 전통적인 문학에도 조예가 깊은, 즉 전통과 새로운 사조를 조화시킨 새로운 형태의 문학을 구축한 다니자키 준이치로(谷崎潤一郎)와 나가이 가후(永井荷風)가 등장했다.

시대가 쇼와(昭和: 1926)로 바뀔 무렵부터 어두운 전운의 그림자가 일본 전국토를 덮기 시작했다. 전쟁의 예감으로 예술, 문학 등은 물론 일반 국민들은 닥쳐오는 미래에 대해 불안감을 품게 되었다. 이러한 시대의 풍조를 새로운 감각으로 예리하게 포착한 문인들이 바로 요코미쓰 리이치(横光利一)를 중심으로 한 신감각파 문학의 작가들이다.

2. 작가 요코미쓰 리이치

요코미쓰 리이치는 1898년 3월 17일 후쿠시마(福島)현 기타아이즈(北會津)군에서 아버지 우메지로(梅次郎)와 어머니 고키쿠(小菊)의 장남으로 태어났다. 아버지가 토목기사였던 탓에 어린 시절 이사가 잦았다. 그는 중학교 시절부터 문학에 관심이 많아 교내지에 습작을 발표하기도 했다. 1914년 요코미쓰는 와세다 대학 고등예과 문과에 입학하지만 제적, 복학, 전과 등을 거쳐 중퇴하고 말았다. 그후로 문학에 전념하여 본격적으로 습작에 몰두하기 시작했다. 그는 1917년부터 잡지『문장세계(文章世界)』와『만조보(万朝報)』등에 단편을 투고하여 입상했다. 이 무렵 기쿠치 간을 만나 평생 그의 신뢰와 사랑을 받았다. 당시 신문소설을 써서 최고의 작가가 된 기쿠치 간이 1923년 종합 잡지『문예춘추(文藝春秋)』를 발간하자 요코미쓰는 가와바타 야스나리(川端康成)와 함께 여기에 참가했다. 그리고 『문예춘추』 창간호에 발표한 「파리(蠅)」와 잡지 『신소설(新小說)』에 발표한 「태양(日輪)」으로 그는 신예 작가로 주목을 받게 되었다.

요코미쓰가 본격적으로 작품 활동을 시작한 1920년대 중반은 일본 근대 문학사에서 일종의 변혁기에 해당하는 시기다. 즉 제1차 세계 대전 후의 새로운 유럽 문학이 번역의 형태로 들어오고, 제1차 세계 대전의 결과 일어난 러시아 공산주의 혁명의 영향으로 마르크시즘이 유입되어 프롤레타리아 문학이 싹트기 시작했다. 좌익계 정치 사상을 지닌 문인들이 『문예전선(文藝戰線)』을 창간하자, 예술파 문인들은 여기에 대항하기 위해서 『문예시대(文藝時代)』를 창간한다. 이후로 두 잡지는 1920년대 말까지 서로 대립하고 교류하면서 그 시대 신문학의 양대 원천이 된다. 요코미쓰 리이치는 『문예시대』의 대표 작가였다.

신감각파란 말은 요코미쓰가 『문예시대』 창간호에 발표한 단편 「머리 및 배(頭ならびに腹)」에 대한 평론에서 당시 마이니치 신문기자이며 문예평론가인 치바 가메오(千葉龜雄)가 '신감각파의 탄생'이란 표현을 쓰면서 생겼다. 그런데 요코미쓰는 이 명칭을 자신의 문학 활동의 기치로 삼겠다는 선언을 '신감각론'을 통해 밝혔다.

「머리 및 배」는 다음과 같은 문장으로 시작된다. "대낮이다. 특별 급행열차는 만원의 상태에서 전속력으로 달리고 있었다. 연변의 작은 역은 돌덩이처럼 묵살되었다." 이런 식의 비약적인 형용은 그때까지의 일본 문단에서는 찾아볼 수 없었던 것이었다. 이렇게 거칠면서도 탄력적이고 또 신선한 인상을 주는 문체를 이 시기의 요코미쓰는 즐겨 썼다. 그것은 19세기 말엽 자연주의 작가들이 일본 문학을 일상생활에 직접 묶는 문체를 만든 이래, 다니자키 준이치로나 아쿠타가와 류노스케의

미의식을 살린 문체에 의한 저항이 있기는 했지만, 완고하게 이어진 대화체 계통의 문체에 대한 강한 도전이었다. 그가 이러한 문체를 만들어 내기까지는 문장에서 모든 불필요한 요소를 제거하여 문장에 힘을 실어주는 표현을 사용한 시가 나오야의 영향도 컸지만, 그 무렵 문학 청년들의 관심을 끌었던 츠키지(築地) 소극장에서 공연되었던 번역극의 영향 또한 컸다. 신감각파 문학이 문체에 있어서뿐만 아니라 구성에 있어서도 희곡적인 특징을 띠는 것은 여기서 비롯되었다.

　　요코미쓰는 그의 예술론에서 마르크시즘과 대립하는 입장을 취하여 그 사상에 대항하는 도전적인 글을 쓰기도 했지만 자신은 유물론의 영향을 상당히 받아 지리학적인 유물 사회관을 골조로 하는 소설도 썼다. 그의 신감각파적 작풍의 최후의 집대성이라고도 할 수 있는 『상해(上海)』가 그것이다. 1928년 요코미쓰는 생전의 아쿠타가와 류노스케가 권했던 중국 여행을 단행했다. 그는 상해에서 한 달간 중국을 경험하고 돌아오는데 귀국 후 발표한 단편 「목욕탕과 은행(風呂と銀行)」이 그의 최초의 장편소설 『상해』의 머리 부분이다. 잡지 『개조(改造)』에 3년여에 걸쳐서 발표한 『상해』는 오랫동안 산발적으로 연재했기 때문에 발표 당시에는 호평을 받지 못했지만 신감각파적 기법과 사고법의 종합체로 주목할 만한 역작이다. 또한 사상보다는 표현이 중시되었다는 점에서 프롤레타리아 문학에 대한 도전장과도 같은 의미가 있는 작품이었다.

　　1930년 발표한 「기계(機械)」를 기점으로 요코미쓰의 문체가 완전히 바뀌었다. 그때까지의 신감각파적 문체는 비약과 다른 종류의 용어를 결합하여 쓰는 템포가 아주 빠른 것이었던 것에 반해, 「기계」에서는 구두점도 문단도 거의 없는 당초무늬처럼 구불구불 길게 연결되는 템포가 느린 문체를 썼다. 이 문체는 얽히고설키는 등장인물의 심리를 확대해서 표현한 소설의 내용과 일치하는 것이었다. 그때까지 그는 외부 세

계에 대한 인상을 비약적인 기술과 관념을 섞어 표현했는데 「기계」에서
는 독자적인 심리 묘사를 중심으로 외형의 묘사는 심리적인 리얼리즘에
연관되는 것만을 표현하는 방법을 썼다. 그의 이러한 문체는 당시 일본
에 번역되어 소개된 제임스 조이스, 프루스트 등의 유럽의 심리주의 문
학의 영향이 컸다. 여기서 그는 일인칭 소설체를 사용했다. 당시 문단에
서 요코미쓰와 함께 최첨단에 있었던 다니자키 준이치로도 일인칭 소설
체를 즐겨 썼는데 그것은 일인칭을 쓰는 것이 심리소설을 쓰기에 가장
적합하다고 생각했기 때문이었다. 의식의 흐름을 표현하는 데 훌륭하게
성공한 이 작품은 발표 이후 오늘날까지 찬사를 받고 있다.

요코미쓰가 『문장(紋章)』을 발표한 것은 1934년의 일이었다. 잡지
『개조』에 연재한 이 작품은 심리주의에 행동주의를 가미한 작품으로 프
롤레타리아 문학이 붕괴한 문단에 큰 화제를 불러일으켰다. 이 작품은
그 무렵 일본에 번역되어 소개된 지드의 작품의 영향을 받아 쓴 평론
「순수소설론」과 관계가 있다. 이 글은 그가 순수 문학과 대중 문학과의
문단적인 구별을 부정하는 입장에서 쓴 것으로 우연성이란 요소를 소설
속에서 살려야 한다는 의견이다. 몇 가지 힘의 균형을 이루며 유지되는
현실 속에 외부로부터 들어오는 힘을 그는 우연성으로 특징지었다. 우
연성, 즉 순수소설, 즉 예술소설과 대중소설의 융화라는 사고방식이 다
시 그를 초기의 신감각파적 비약 구조로 몰고갔다. 그러나 비약 구조가
여기서는 문체에 작용하지 않고 그의 사고 속에서 우연이란 신비적인
인자를 만들어냈다. 그리고 일종의 신비적인 상태를 용인함으로써 1935
년 이후 전운이 점점 짙어지는 일본에서 민족주의와 연결시켜나갔다.

요코미쓰는 1936년 유럽을 여행하게 되는데 그때 그의 내부에 잠재
되어 있던 강한 민족의식이 표출되어(『문장』에서 표현된 민족주의 사상
이 더욱 발전하여) 그의 생애 최대의 미완의 역작 『여수(旅愁)』를 탄생

시켰다. 아름다운 자연 묘사로 시작되는 이 소설은 파리를 무대로 청춘 남녀의 사랑을 그렸다. 그러나 이 작품이 단순한 연애소설로 끝나지 않는 것은 이 작품 속에 동양과 서양이 대결하고 전통과 과학이 대결하는 사상소설로서의 면모가 들어 있었기 때문이다. 이 작품은 사상의 특수성을 띠면서도 강렬한 윤리적 청결함 때문에 읽는 이들을 움직이는 힘이 있다.

말년에 일본 정신의 우위를 강력히 주장하여 신비적 독단주의로까지 기울어졌던 요코미쓰는 일본이 패전의 상처에서 벗어나려고 허덕이던 1947년 만 49세의 나이로 안타깝게 생애를 마감했다. 항상 일선에 서서 문학의 흐름을 일으키고 주도해나가며 변모를 거듭한 요코미쓰는 창작에 있어서뿐만 아니라 『신감각파론』 『형식주의 문학 논쟁』 『순수소설론』 등의 평론을 통해서도 알 수 있듯이 이론적인 면에 있어서도 항상 시대의 중심에 서 있었다. 일본을 대표하는 상징적인 작가 요코미쓰의 생애는 하나의 큰 실험의 연속이었다고 할 수 있다.

3. 작품 설명

발표 당시 대단한 화제를 모았던 『문장』은 1934년 잡지 『개조』에 연재되었다. 이 작품은, 지금은 몰락했지만 유명한 명문 출신으로 바나나주, 생선간장 등의 발명에 열심인 행동가 가리가네 하치로와 양조학의 권위자인 야마시타 세이치로 박사의 아들로 자의식이 강한 야마시타 히사우치를 주인공으로 한 작품이다. 히사우치는 가리가네와 맺어질 뻔했던 아쓰코를 부인으로 맞이한 인물이다. 가리가네가 갖가지 난관에 부딪힐 때마다 자랑스러운 조상을 상기하면서 재기해나가는 모습이 이 작품의 주축을 이룬다. 그래서 이 작품의 제목이 가문(家門)을 상징하는 '문장(紋章)'이 되었다.

문장은 가문이나 단체를 나타내는 표시로 천지문이나 동식물 또는 기물 등을 본떠서 만든 도안이다. 일본에서는 전통적으로 가문을 상징하는 문장을 정장인 검은 기모노 깃이나 행렬시 사용하는 등이나 깃발에 새겼다. 유명한 가문의 문장 중에는 대부분의 일본인이 다 알고 있을 정도로 널리 알려진 것도 많다.

주인공 가리가네는 초등학교밖에 안 나왔지만 발명에 천부적인 소질이 있어 간장, 된장, 술 등을 차례차례 발명한다. 발명에 거의 병적으로 집착하는 그는 발명으로 생기는 이익을 사회에 환원하고자 계획한다. 그러나 발명에 성공하여 특허를 받고 정작 이익을 남기는 사업으로 전환하는 단계에 이르면 방해에 부딪혀 실패하고 만다. 가리가네란 인물에는 실제로 모델이 있었다고 한다. 발명하는 과정이 자세히 기록되어 있고 신문에 발표된 날짜가 명기된 것으로 쉽게 짐작할 수 있다. 그의 발명은 시행착오를 거듭하는 사이에 우연히 성공하게 되는데 그 발명에 얽힌 사람들의 사리사욕이 그의 성공을 방해한다. 그런데 그 방해는 가리가네의 계획에는 들어 있지 않기 때문에 우연히 일어난 것처럼 보인다.

『문장』에는 또 한 명의 주인공이 있다. 세상 물정 모르고 발명에만 전념하는 행동가 가리가네와는 대조적인 야마시타 히사우치라는 인물로 일정한 직업 없이 부모의 도움으로 살아가는 남자다. 이런 종류의 인물 묘사는 요코미쓰가 처음이 아니다. 메이지 시대의 대표적인 작가 나쓰메 소세키의 소설에 나오는 이른바 '고등유민(高等遊民)'과 같은 연장선 상에 있다고 할 수 있는 부류의 인물이다. 교육도 받고 시간도 있는 계층의 남자로 외국서 들어온 철학책이나 문학책 등을 읽으며 가끔 글을 쓰기도 하는, 다시 말해서 시라카바파의 작가들이 대개가 이런 부류였는데, 자의식 과잉가이다. 그러나 주위에 있는 사람들로부터는 무슨 생각을 하고 있는지 이해가 안 되는 사람이라는 평가를 받는다. 요코미쓰는 이렇게 두 주인공의 성격을 확실히 구별하고 있다. 그러나 실제로 사람의 성격을 그렇게 확실히 구분지을 수는 없다. 분명하게 구분지을 수 없는 사람의 성격을 이렇게 구분지어 표현한 것은 다분히 의도적이라고 볼 수 있다. 의도적이라고 말할 수 있는 근거는 또 있다. 이 작품에 등장하는 두 명의 여자도 성격이 대조적으로 묘사되고 있다. 지성적이면서도 활동적인 아쓰코와 말수가 적으면서 내성적인 하쓰코 또한 작가가 두 사람은 성격이 확실히 달라야 한다는 자세로 쓴 것처럼 느껴진다.

히사우치는 겉으로는 표현하지 않지만 내심 아내 아쓰코가 가리가네를 좋아하고 있지는 않을까 의심한다. 그리고 아버지의 제자들이 모두 합심하여 부당하게 가리가네를 곤경에 빠뜨리자 가리가네에게 패배감을 느낀다. 그런 히사우치의 마음을 아쓰코는 눈치 채고 있다. 그는 아버지가 사업에 실패하자 직업을 구해 집에서 나와 아내와 별거에 들어간다. 그리고 가리가네와 혼담이 있었던, 아쓰코와는 달리 조용한 성격의 하쓰코와 만나면서 마음의 위안을 얻는다. 그렇다고 이렇게 엇갈린 사람들 사이에 이렇다 할 사건이 일어나는 것은 아니다. 그러는 사이에 아쓰코는 별거하고 있는 남편의 거처를 찾아가 재출발을 꾀한다. 그런데 여기에 화합의 매개체로 등장하는 것이 일본의 전통적인 차모임이다.

히사우치는 딱히 차모임을 좋아하는 것은 아니지만 야마시타 씨 댁에서 열리는 차모임에 하쓰코, 아쓰코 그리고 조카뻘 되는 젠사쿠와 함께 출석한다. 그런데 작품의 처음과 마지막 부분에 차모임 장면이 아주 자세하게 묘사되어 있다. 이렇게 자세히 설명하는 데는 작가 나름대로의 이유가 있다. 이 차모임을 통해 등장인물들이 마음의 평화를 얻는다고 하는 점, 다시 말해서 일본 정신의 우위성을 강조하기 위한 것이다.

『문장』에는 '나'란 독특한 존재가 등장한다. 소설을 읽다 보면 '나'가 작가 자신이란 생각이 들게 된다. 저서에 사인을 해달라는 장면이 있기 때문이다. 작가가 제삼자의 심리를 가지고도 설명을 할 수 없고 그렇다고 작가가 여기에 판결을 내리기도 어려울 때 무색 무주관의 인물을 등장시켜 다른 등장인물의 심리와 행위를 표현하는 근대 소설의 한 방법이다. 당시로는 생소했던 이 수법을 요코미쓰는 아마도 도스토예프스키의 장편소설『악령』에서 배웠을 것이다. 그는 이 소설을 쓰기 1년 전에 「악령에 대해서」란 에세이를 발표했다. 요코미쓰가『순수소설론』에서 제시한 '4인칭'을 실제 작품에서 시도한 것이다. 그러나 작가 자신도 인정했듯이『문장』에서의 '4인칭'이 반드시 성공했다고는 말할 수 없다.

'현대 장편소설 전집' 제9권으로 간행된『문장』에서 요코미쓰는 다음과 같이 말했다. "1934년 말부터『문장』을 썼다. 지식 계급 속에서 생겨나고 있는 새롭지만 아직 형태를 갖추지 않은 관념이, 오래되고 완고한 관념과 평행해서 생활하면서 어떠한 모습을 형성해나갈까 하는 의문이『문장』을 쓰게 한 동기이다. 펜을 움직여나가면서 여러 가지 난관에 봉착했기 때문에 배는 때때로 침몰할 뻔했지만, 키를 하나 둘씩 늘려가는 사이에 원고가 끝나고 말았다. 후편은 다시 생각을 가다듬어 쓰고 싶다."「속 문장」은 9회 연재되었으나 중단되고 말았다. 요코미쓰의 문제의식은「여수」에 계승되었다고 보는 것이 타당할 것이다.

이제는 소설의 한 장르로 자리 잡은 기업소설로서의 면모를 갖추고 있는 이 작품의 저변에는 윤리가 깔려 있고 전통이 흐른다. 이 작품에서

작가는 우연성이라는 요소를 소설에 도입하여 예술소설과 대중소설의
접목을 시도하여 순수소설을 탄생시키는 데 성공했다.

1898   3월 17일 후쿠시마현 기타아이즈에서 출생

1916   와세다(早稻田) 대학 고등예과 문과에 입학

1917   「신마(神馬)」를 『문장세계(文章世界)』, 「범죄(犯罪)」를 『만조보(万朝報)』에 투고하여 입선

1923   『문예춘추(文藝春秋)』 동인이 됨. 「파리」를 『문예춘추』에 발표, 「태양」을 『신소설(新小說)』에 발표, 「마르크스의 심판」을 『신조(新潮)』에 발표

1924   가와바타 야스나리와 함께 『문예시대(文藝時代)』 창간. 이 잡지에 「머리 및 배」 발표. 첫 창작집 『그대(御身)』 발간

1925   「표현파 배우」를 『신조』에 발표, 평론 「감각 활동(신감각론으로 개명)」을 『문예시대』에 발표, 희곡 「무서운 꽃」을 『신소설』에 발표

1926   「나폴레옹과 버짐」을 『문예시대』에 발표, 「봄은 마차를 타고」를 『여성』에 발표

1928   「신감각파와 코뮤니즘 문학」을 『신조』에 발표, 중국 상해 여행. 장편 『상해』의 첫부분 「목욕탕과 은행」을 『개조(改造)』에 발표, 「문예시평(文藝時評)」을 『문예춘추』에 연재

1929   가와바타 야스나리, 이누가이 다케시(犬養健) 등과 동인지 『문학(文

學)』창간

1930   「기계」를『개조』에 발표,『침원(寢園)』전반부를『동경일일신문(東京
        日日新聞』에 연재

1931   『상해』완결

1932   『침원』후반부를『문예춘추』에 연재

1934   『문장』을『개조』에 연재

1935   『성장(盛裝)』을『부인공론(婦人公論)』에 연재. 아쿠타가와 상 선고위
        원이 됨.「순수문학론」을『개조』에 발표.「문장」으로 제1회 문예간화
        회(文藝懇話會)상을 수상.『가족회의(家族會議)』를『동경일일신문』
        『오사카매일신문(大阪每日新聞)』에 연재

1936   문예간화회 편집 동인이 됨.『동경일일신문』『오사카매일신문』특파
        원으로 유럽에 감

1937   『여수』를『동경일일신문』『오사카매일신문』에 연재.「춘원(春園)」을
        『주부의 벗(主婦之友)』에 연재,『구주기행(歐洲紀行)』발간

1939   기쿠치 간(菊池寬) 상 선고위원

1940   『문장』속편을『개조』에 연재, 일본문학가협회 발기인이 됨

1941   『계원(鷄園)』을『부인공론』에 연재

1942   「군신의 부(軍神の賦)」를『문예(文藝)』에 발표, 대동아문학가회의에
        참가. 문예보국 강연회에 참가, 규수를 여행함

1944   「빵과 전쟁」을『문예춘추』에 발표

1945   「특공대」를『문예』에 발표. 야마가타현 시즈오카 시로 소개

1947   『밤의 구두』발간. 12월 30일 복막염 합병증으로 영면

1948   7월 요코미쓰 리이치 상이 설립됨

'대산세계문학총서'를 펴내며

근대 문학 100년을 넘어 새로운 세기가 펼쳐지고 있지만, 이 땅의 '세계 문학'은 아직 너무도 초라하다. 몇몇 의미있었던 시도에도 불구하고, 전체적으로는 나태하고 편협한 지적 풍토와 빈곤한 번역 소개 여건 및 출판 역량으로 인해, 늘 읽어온 '간판' 작품들이 쓸데없이 중간되거나 천박한 '상업주의적' 작품들만이 신간되는 등, 세계 문학의 수용이 답보 상태에 머물러 있었음을 부인하기 힘들다. 분명한 자각과 사명감이 절실한 단계에 이른 것이다.

세계 문학의 수용 문제는, 그 올바른 이해와 향유 없이, 다시 말해 세계 문학과의 참다운 교류 없이 한국 문학의 세계 시민화가 불가능하다는 의미에서, 보다 근본적으로, 우리의 문화적 시야 및 터전의 확대와 그 질적 성숙에 관련되어 있다. 요컨대 이것은, 후미에 갇힌 우리의 좁은 인식론적 전망의 틀을 깨고 세계 전체를 통찰하는 눈으로 진정한 '문화적 이종 교배'의 토양을 가꾸는 작업이며, 그럼으로써 인간 그 자체를 더 깊게 탐색하기 위해 '미로의 실타래'를 풀며 존재의 심연으로 침잠하는 작업이라 할 수 있다.

우리의 현실을 둘러볼 때, 그 실천을 위한 인문학적 토대는 어느 정도 갖추어진 듯이 보인다. 다양한 언어권의 다양한 영역에서 문학 전공자들이 고루 등장하여 굳은 전통이나 헛된 유행에 기대지 않고 나름의 가치있는 작가와 작품을 파고들고 있으며, 독자들 또한 진부한 도식을 벗어나 풍요로운 문학적 체험을 원하고 있다. 새롭게 변화한 한국어의 질감 속에서 그 체험이 이루어지기를 바라는 요청 역시 크다. 그러므로 필요한 것은 어쩌면 물적 토대뿐일지도 모른다는 판단이 우리를 안타깝게 해왔다.

이러한 시점에서, 대산문화재단의 과감한 지원 사업과 문학과지성사의 신뢰성 높은 출판을 통해 그 현실화의 첫발을 내딛게 된 것은 우리 문화계의 큰 즐거움이 아닐 수 없다. 오늘의 문학적 지성에 주어진 이 과제가 충실한 결실을 맺을 수 있도록, 우리는 모든 성실을 기울일 것이다.

'대산세계문학총서' 기획위원회